Nadine Schnyder

ZELLE 10

Soft-Krimi rund um den Sedel Luzern

Nadine Schnyder

ZELLE 10

Soft-Krimi rund um den Sedel Luzern

PRO
LI
BRO
LUZERN

Impressum

Texte: Nadine Schnyder
Titelbild: Eingangstür zum Sedel The Club
mit dem Gemälde von Sämi Hofmann

Weber Verlag AG:
Leitung/Konzept: Annette Weber-Hadorn
Gestaltung/Satz: Aline Veugel
Gestaltung Cover: Bettina Ogi
Lektorat: Laura Spielmann
Korrektorat: Alice Stadler

ISBN 978-3-905927-74-0
www.weberverlag.ch

myclimate neutral Drucksache

Der Weber Verlag wird vom Bundesamt für Kultur mit einem Strukturbeitrag für die Jahre 2021–2024 unterstützt.

Inhalt

Mittwoch, 26. Juli, 12.42 Uhr

«Schön ist das!»

Hermann kannte zwar die eigentlich umgekehrte Bedeutung dieses Ausspruchs von Kommissar Glinz, aber in diesem Fall fühlte er sich irgendwie sonderbar berührt. Die Szenerie hatte tatsächlich eine gewisse Ästhetik inne. Der junge Mann auf dem Boden lag da wie inszeniert. Mit seinen langen, dürren Beinen in den schwarzen Röhrenhosen, der anliegenden dunkel schillernden violetten Lederjacke und seinem blassen, androgynen Gesicht wirkte er wie eine Ikone. Seine grossen, weit aufgerissenen, blauen Augen waren mit Kohlestift umrahmt und erinnerten Hermann an diese Puppe mit auf- und zuklappenden Augen, die seine Schwester in der Kindheit besessen hatte. Unter dem Kopf des Toten lag der goldgelb glitzernde Korpus einer 69er Gretsch-Gitarre und wirkte im Kontrast zum glänzenden, rabenschwarzen Haar, das sich um das Gesicht rankte, wie ein Heiligenschein. Eine Strähne klebte an der Wange des Toten und lag in vollendetem Schwung um einen eingetrockneten Blutstropfen auf dem weissen Antlitz.

«Er hat irgendwie etwas von einer Madonna ...», murmelte Hermann und wurde sogleich verlegen ob seiner Bemerkung.

Glinz stand da mit den Händen in den Hosentaschen und meinte: «So ein Kabis!»

Aber der Reihe nach.

Mittwoch, 26. Juli, Morgen

Der Tag hatte mit einem harmlos zartblauen Himmel begonnen, der eher nach Frühling aussah als nach Sommer. Hermann war früher erwacht als sonst, und in so unbeschwerter Stimmung, als stünde ihm ein freier Tag bevor. Er mochte es, morgens mehr als genug Zeit zu haben, und machte sich zu seinem Stammcafé auf. Die Luft duftete, wie der Himmel aussah – zum Verlieben.

Kurz vor 8 Uhr schlenderte Hermann pfeifend durch die Burgergasse, machte einen Umweg durch die Pfistergasse und blieb eine Weile vor dem Schaufenster des Comics- und Schallplattenladens stehen, in dem er sich regelmässig mit Büchern und Vinyl eindeckte. Als er ins Büro kam, lag quer über seinem blanken Schreibtisch ein Lichtstreifen. Durch sein Bürofenster fiel nie direktes Sonnenlicht, doch dank irgendwelcher Reflexionen schienen genau zu dieser frühen Stunde ein paar der morgendlichen Sonnenstrahlen für Hermanns Arbeitstisch abzufallen. Die letzten drei Tage hatte Hermann mangels dringender Aktualitäten der Aufarbeitung all seiner lange vor sich hingeschobenen Pendenzen geopfert. Die kriminelle Energie in der Stadt Luzern schien Ferien zu machen. Es gab im Moment nichts zu tun, und der Anblick des nunmehr leeren Schreibtisches war erhebend. Zudem fiel Hermann ein, dass er am Abend mit Ellie zu einer ihrer «Serienjunkies-Sofa-Sessions» verabredet war, auf die er sich immer freute. Alles an diesem Morgen schien freundlich und ruhig. Fünf Leute der Abteilungen im Stockwerk weilten im Urlaub, und die für gewöhnlich herrschende Betriebsamkeit hatte sich in eine träge Gemächlichkeit verwandelt. Hermann setzte sich, startete den Computer, stempelte ein und checkte seine Mailbox. Dann packte ihn der Wagemut, seine Aktenablage neu zu ordnen. Er grinste, als ihm beim Zurechtlegen der neuen Ordnungslogik «High Fidelity» einfiel. Den Spleen, seine Vinylsammlung nach wechselnden Launen und Kriterien umzusortieren, hatte sich Hermann dieser köstlichen Verfilmung von Hornbys Roman entliehen. Warum war er eigentlich nicht Schallplattenladenbesitzer geworden?

Punkt 9 Uhr schlenderte Edgar Glinz an seiner offenstehenden Tür vorbei und grüsste im Vorbeigehen, indem er mit zwei Fingern an die Hutkrempe seines braunen Strohhuts tippte und Hermann zuzwinkerte. Er schien guter Dinge zu sein: Ein unverkennbares Anzeichen dafür, dass die Sommerstimmung auch vor ihm nicht Halt gemacht hatte. Später sah es in Hermanns Büro aus, als wäre Gaston Lagaffe zu Besuch gewesen, um ein Aktenlabyrinth anzulegen. Beim Abheften endloser Berichte liess Hermanns Magen auf einmal ein gedehntes Grollen verlauten. Wie zur Antwort erdröhnte ein langgedehnter, ferner Donner. Erschreckt fuhr Hermann hoch. Er hatte sich so ergeben der stumpfen Stapelverarbeitung gewidmet, dass ihm völlig entgangen war, wie sich draussen der Himmel verdunkelt hatte. Ein seltsamer Stimmungswechsel.

Hermann stand auf, holte sich zur Not einen Becher «Abigugsl», wie man in der Abteilung die Bouillon aus dem Automaten nannte, und stellte sich damit ans grosse Fenster am Ende des Korridors, um das Gewitter zu beobachten. «Automate-Bouillon isch gruusig und git schlächti Luune», die volle Bedeutung der Abkürzung «Abigugsl», leistete ganze Arbeit: Die Brühe zauberte auf Hermanns Gesicht einen Ausdruck, dem das Wort «angewidert» kaum das Wasser reichen konnte.

In diesem Augenblick trat Kommissar Glinz aus seiner Tür. Er steuerte auf Hermanns Büro zu.
«Hier bin ich, Chef!»
Glinz drehte sich überrascht um und betrachtete seinen Assistenten verwundert. «Ah, da bist du! … Was hast du? Ist dir übel?» Hermann wies wortlos auf den leeren Plastikbecher in seiner Hand und verzog die Mundwinkel zu einer «Kermit – ganz zerknüllt»-Miene.
«Ach so!», winkte der Kommissar ab. «Komm, Hermann, wir haben eine Leiche! Ich erzähl dir dann den Rest im Auto. Wir müssen los. Die anderen kommen nach.»
Hermann stürmte mit einem «Okay! Komme!» in sein Büro, schnappte sich seine Ledermappe und eilte seinem Vorgesetzten nach. Die zwei Polizisten durchquerten, sich gegen den Wind stemmend, den Wagenpark in Richtung Glinz' Ford. Als die beiden im Auto sassen, blickte Hermann verdutzt auf seine Hände. In der Rechten hielt er seine Mappe, während die Linke noch immer den leeren Bouillonbecher umklammerte.
«Also», begann der Kommissar, «um 12.13 Uhr ging bei der Zentrale ein Telefonanruf ein, es sei ein Toter entdeckt worden. Ein Charlie Binggeli war der Anrufer, angeblich Hauswart im Musikzentrum Sedel. Den Sedel kennst du ja vermutlich?»
«Klar, kenn ich den Sedel! Wie meine Westentasche. Ich war viele Jahre lang Keyboarder bei den ‹Hermits› und ging da wöchentlich ein und aus.»
«Gut. Kennst du auch den Hauswart?»
«Diesen Binggeli? Nein. Damals war noch Jenny Hummel im Amt. Binggeli hat dann ihre Nachfolge angetreten. Ich hab ihn schon gesehen. Scheint ein netter Typ zu sein.»
«Binggeli hat da jedenfalls in einem der Proberäume einen Toten entdeckt. Er sagte, er wollte gerade einen Kanister mit Reinigungsmittel aus dem Putzkasten holen, der in die-

sem Raum untergebracht sei, und fand dann diesen Jungen bewusstlos auf dem Boden. Er hätte ihm nach dem Puls fühlen wollen, aber als er ihn berührte, stellte er fest, dass er steif und kalt war. Er sprach auch von Blut und einer Beule auf dem Kopf. War ziemlich aus dem Häuschen, dieser Binggeli.»

Hermann sah seinen Chef von der Seite an. Wenn er fuhr, spannten sich hin und wieder seine Kiefermuskeln, was Hermann an Clint Eastwood erinnerte, worüber er jedes Mal schmunzeln musste. Der Kommissar hatte Klasse, daran bestand kein Zweifel, aber eine Ähnlichkeit mit Clint Eastwood konnte man beim besten Willen nicht ausmachen. Edgar Glinz war mit seinen 54 Jahren bereits vollständig ergraut, was ihm in Verbindung mit seiner sonnengebräunten Haut und den hellen, grauen Augen jedoch eine besondere Attraktivität verlieh. Er strahlte eine angeborene Selbstsicherheit aus und war stets tadellos und geschmackvoll gekleidet. Hermann wusste im Grunde nicht viel über seinen Vorgesetzten. Aus den seltenen privaten Gesprächen war zu schliessen, dass er gern und viel wanderte, und dass er es vorzog, Junggeselle zu bleiben. Die Kollegen in der Abteilung hatten Glinz vor einiger Zeit aufgezogen, weil Meyer 4 ihn im tiefsten Entlebuch in Begleitung einer Frau – beide mit Wanderstöcken – gesichtet hatte.
Wenige Tage darauf hatte Kommissar Glinz dann die Bombe platzen lassen. Nein, er heiratete nicht. Er hatte gekündigt und sattelte um. Heimlich hatte sein Chef Pläne geschmiedet, die Hermanns Welt – zumindest seine Arbeitswelt – auf den Kopf stellten. Glinz hatte in jungen Jahren die Wirteprüfung gemacht, und nun würde er seinen alten Pfad wieder aufnehmen und Beizer werden. Er hatte mit der Stadt einen Pachtvertrag über das alte Krematorium abgeschlossen, wo er nach eigenen Worten eine Spe-

lunke mit Stil eröffnen würde. Als er vor ein paar Monaten der Abteilung diese Neuigkeit verkündete, standen seine Mitarbeiter da wie «gribseti Mischtschwibeli», wie es Franz Hohler beschrieben hätte. Den Hermann aber het's richtig agschnäggelet. «Schön ist das!» Sein Chef würde nicht mehr sein Chef sein? Sie waren ein Dream-Team. Über sechs Jahre zusammengewachsen. Es passte einfach. Sie waren Batman und Robin. Bud Spencer und Terence Hill. Dominik Dachs und Niki Tiki. Wie sollte man an der Seite irgendeines anderen je die Katzenpiraten bezwingen?! Seither verdrängte Hermann den nahenden Abschied meistens. Aber jetzt, da er neben seinem Partner in Criminology im Batmobil sass, wurde ihm das Herz schwer.

Der Kommissar lenkte den Wagen schweigend die St. Karlistrasse hinauf, am Friedhof vorüber, die Sedelstrasse entlang, vorbei am Restaurant Seehüttli, dem früheren «Regatta». Hermann war diese Strecke jahrelang mit dem Solex entlanggetuckert. Der Sedel, das ehemalige Gefängnis, das in den frühen Achtzigerjahren zum Musikzentrum mit Proberäumen, Ateliers und einem Club umgenutzt worden war, lag in seiner idyllischen, ländlichen Umgebung da wie der Frieden selbst. Hier hatte sich die Gewitterstimmung noch nicht eingefunden. Als Hermann und der Kommissar die Autotüren zuschlugen und aufs Gebäude zuschritten, glotzten ihnen ein paar Kühe von der angrenzenden Weide aus nach, als wären sie zwei Marsmenschen.
Kaum hatten sie den Eingang passiert, kam ihnen ein zappeliger, stämmiger Mann in Bermudas und Baseballcap entgegen. «Sind Sie Herr ... ähm ... Inspektor Glinz?»
«Kommissar Edgar Glinz, ja. Und dies ist mein Assistent, Inspektor Hermann Schmid. Grüezi Herr Binggeli! Der sind Sie doch, nehme ich an?» Er nickte dem Hauswart zu.
«Jaja. Guten Tag! Danke, dass Sie so schnell da sein konnten!

Es ist gleich hier oben ...»
Ein paar Treppenstufen führten in den ersten Stock. Links gings zum Club. Binggeli wählte einen der Schlüssel an der Kette, die von seinem Hosenbund hing, und schloss den ersten Raum auf, Nr. 10.
Als sie eintraten, wirkte der Hauswart verlegen, als würde er feine Gäste in seine eigene unordentliche Bude bitten. Unordnung war tatsächlich auch bloss ein Kosename für das im Raum herrschende Chaos. Inmitten all des ganzen Durcheinanders lag ein wächsern wirkender junger Mann, der zwar tot war, aber merkwürdigerweise einen schönen Anblick bot.
«Es ist Lino De Luca. Er probt schon lange hier drin mit seiner Band. Ich hab mich grausam erschrocken, als ich reinkam und ihn da liegen sah. Erst dachte ich, er wäre betrunken eingepennt oder irgend so was. Aber dann ... sehen Sie sich mal das hier an!» Binggeli stellte sich neben den Kopf des Toten und wies auf seinen Scheitel. Dort war eine grosse, blau unterlaufene Beule zu sehen. Der Kommissar ging in die Hocke und inspizierte den Leichnam. Hermann stand eine Weile nur da und betrachtete. «Betrachten» bedeutete in seinem Fall, die Szenerie mit allen Sinnen in sich aufzunehmen und sie auf sich wirken zu lassen. Für kurze Zeit hörte er auf, Hermann Schmid zu sein, und wurde Bestandteil des ihn Umgebenden. Nach ein paar Minuten nahm er sein rotes Buch hervor und notierte detailgetreu alles, was er sah, roch, dachte, hörte, und alles, was es an Fakten gab.

«Sie haben am Telefon gesagt, Sie seien in diesen Raum gegangen, weil Sie etwas holen wollten.» Der Kommissar sah den Hausmeister dabei in seiner typischen, durchdringenden Art an, die die meisten sofort nervös werden liess. Auch Binggeli war da keine Ausnahme. Seine runden, ro-

sigen Wangen verfärbten sich purpur, und eine kaum merkliche weichende Bewegung seines Körpers drückte Verteidigung aus.
«Jaja. Es ist nämlich so, dass in diesem Raum seit jeher der Kasten mit dem Putzmittellager untergebracht ist. Ich komme nur selten hier rein, wenn ich einen Nachfüllkanister holen muss.»
Glinz besah sich in Ruhe reihum die Wände. Es waren Wandschranktüren vorhanden, doch keine sah zugänglich aus.
«Können Sie mir diesen Schrank zeigen, Herr Binggeli?»
Die wässrig hellen Augen des Hauswarts weiteten sich für einen winzigen Moment. Seine Pupillen schienen zu vibrieren und seine fieberhafte Hirntätigkeit zu spiegeln. Dann verbarg er kurz seine Stirn in der Hand – ertappt! Als er wieder aufblickte, zeigte sein Gesicht ein Grinsen, das Hermann bekannt vorkam.
«Ich habe Ihnen Quatsch erzählt, Herr Kommissar. Entschuldigen Sie bitte! Es ist ziemlich peinlich ... ich habe mich einfach geschämt zu sagen, was ich wirklich hier holen wollte, weil ich ... na ja, weil ich manchmal Dinge tue, die ich nicht tun sollte. Scheisse!» Der Typ lachte! Hermann traute seinen Augen nicht. Der lachte ... jetzt fiel es ihm ein: wie Peter Lorre!
Glinz stand da wie ein Fels und wartete, seinen unerforschbaren Blick auf den Hausmeister gerichtet. Hermann kannte das. Es war ein Phänomen: Kommissar Glinz «knackte» seine «Pappenheimer» mit dieser Methode. Warten, schweigen, unbeirrt ansehen. Meistens stellte er die Fragen gar nicht, die ihm beantwortet wurden. Es war seine Seelenruhe, die die Leute aus der Ruhe brachte, und die Geständnisse aus ihnen presste, wie eine starke Hand den Saft aus Zitronen.
«Es ist nichts Schlimmes, wissen Sie … ich habe mein Aufnahmestudio hier im Haus. Da hinten, neben meiner

Wohnung. Und manchmal hab ich halt Bands da, die irgendwas vergessen haben. Ein Kabel, einen Mikrofonständer, irgendwas Kleines eben. Wenn man dann mittendrin ist und dranbleiben muss – meistens erreicht man ja keinen, wenn man fragen möchte, ob man was ausleihen darf – na ja, dann hole ich mir halt das fehlende Teil in einem Proberaum von Leuten, die cool drauf sind. Die wissen das auch. Ich bringe ja die Sachen immer wieder zurück. Da können Sie fragen, wen Sie wollen. Das läuft hier einfach so … Und ja, eben … heute Mittag kamen die ‹Lopez Mobs› ins Studio. Die brachten drei Typen mit und wollten für die Backings bei einem der Songs Matrosengegröle einspielen, da brauchte ich einfach mehr Mikrofonständer, als ich dahatte. Und weil ich Lino und die Jungs gut kenne, und na ja, wir haben das auch schon so gemacht … da wollte ich eben rasch hier zwei Mikrofonständer holen. Ich hätte sie am Abend wieder zurückgetan, das garantiere ich Ihnen! Lino kann … könnte es bestätigen! … Scheisse!» Binggeli hatte geredet, als hätte man bei ihm auf einen Knopf gedrückt, mit wedelnden Händen, fahrigem Blick, eingezogenem Kopf.
«War die Tür abgeschlossen?» Dem Kommissar war keinerlei Gemütsregung anzusehen.
«Nein ... Ich hatte nichts gehört, keine Stimmen oder so, und nicht erwartet, dass jemand da sein würde. Als ich aufschliessen wollte, merkte ich, dass die Tür unverschlossen war. Ich streckte den Kopf hinein und wollte was sagen, da sah ich Lino auf dem Boden liegen … Den Rest hab ich Ihnen ja erzählt. Ich hab Lino nach dem Puls fühlen wollen, da wurde mir klar, dass er … er war völlig kalt. Ich bin zu Tode erschrocken! … Dann rannte ich in meine Wohnung und rief bei der Polizei an.»
«Gut, Herr Binggeli. Wir haben ihre Aussage notiert. Halten Sie sich bitte für weitere Fragen zur Verfügung, wenn wir Sie brauchen. Noch etwas: Hatte Herr …»

«De Luca»
«Hatte Herr De Luca in letzter Zeit Probleme, Streit? Haben Sie, sagen wir, in den letzten 24 Stunden Geräusche, Lärm, Stimmen aus diesem Raum gehört?»
«Gehört hab ich nichts, nein. Aber Sie müssen wissen, dass es hier im Sedel oft laut ist. Hier herrscht ein Kommen und Gehen. Es proben so viele verschiedene Leute und Bands hier, dass ich mich nicht besonders auf Geräusche achte. Ausserdem bin ich, wenn ich nicht gerade putze, meistens in meiner Wohnung oder im Studio. Das ist gut isoliert, da krieg ich wenig mit, was rundherum läuft.»
«Noch was: Wie gut kannten Sie De Luca? Können Sie uns etwas über ihn sagen?»
«Also … Lino und seine Band – ‹The Men› – die proben schon seit Jahren hier. Man sieht sich halt, grüsst, spricht hin und wieder ein paar Worte miteinander. Ich mag die Jungs. Sie sind in Ordnung. Lino ist … war … eher ein ruhiger Typ. Sänger und Leadgitarrist. Manchmal konnte er ziemlich draufgängerisch sein. Viele halten ihn für arrogant. Aber ich glaube, er ist … er war einfach nicht besonders zugänglich.» Binggelis Blick war immer wieder auf die Leiche gefallen, wenn von Lino die Rede war. Jetzt stand er mit gesenktem Kopf da. Seine Augen wurden feucht. Er sah ratlos aus, und traurig.
Hermann trat auf ihn zu. «Haben Sie eine Idee, mit wem er sich gestritten haben könnte?»
Binggeli sah auf. «Keine Ahnung. Ich weiss nicht viel über Lino, ausser, was ich Ihnen gesagt habe … Es gibt schon Leute, die … ich meine, Lino war nicht bei allen beliebt. Aber so was … Nein.»
Kommissar Glinz ging zur Tür. «Sie können gehen, Herr Binggeli. Wenn wir weitere Fragen an Sie haben, melden wir uns bei Ihnen. Danke!»
Damit reichte er Binggeli die Hand, streckte ihm mit der an-

deren eine Karte hin und schob ihn hinaus. «Und wenn Ihnen noch etwas einfallen sollte: Rufen Sie mich an.» Glinz zog die Tür hinter Binggeli halb zu, wartete, bis sich die Schritte des Hauswarts entfernt hatten und sah Hermann an. «Was meinst du?»

«Hm … Meinem Ersteindruck nach ist er aufrichtig.» Hermann kniete sich neben den toten Musiker, streifte sich ein Paar Latexhandschuhe über und untersuchte seine Taschen. Kein Personalausweis, kein Führerschein, keine Kreditkarte; nicht einmal ein Handy. Lediglich eine zerknitterte Zwanzigfrankennote im Hosensack. In der Jackentasche drei Schlüssel, mit einem Stück Wäscheleine zusammengehalten, und ein «Drogensäckchen», wie Kommissar Glinz die kleinen Verschluss-Plastikbeutel nannte. Allerdings nicht mit Rauschgift, sondern mit vier Gitarrenplättchen drin. «Was hältst du von dem Ganzen, Edgar?» Der Kommissar sah seinen Assistenten an und zuckte mit den Schultern. «Sieht auf den ersten Blick nach Totschlag aus. Aber abwarten!»

Hermann betrachtete erneut seltsam berührt den toten Mann auf dem Boden, während der Kommissar seine Hände in die Hosentaschen steckte, vernehmlich seufzte, sich im Raum umsah und brummte: «Schön ist das!»

Hermanns Bemerkung, dass der Tote etwas von einer Madonna hätte, quittierte sein Chef mit dem ernüchternden Kommentar «So ein Kabis!».

«Lino! … Verdammte Schlampe! Wenn du die Kohle jetzt nicht rausrückst, kannst du deinen Krempel packen und dich verpissss…» Die Stimme hatte sich vom Korridor her genähert und verstummte jetzt mit dazugehörendem Kerl im Türrahmen. Aschfahl uralt.

«Sie kennen den Jungen?» Glinz schritt auf den Zaungast zu. «Ist er …?»

«Ja, ist er.»

Das war so eine Glinz-Marotte. Er konnte in solchen Situationen einfach keine angemessenen Worte finden. Ein «Tut mir leid»» hinzuzufügen hätte ja nichts gekostet. Zudem hatte er sich gar nicht erst vorgestellt. Stattdessen legte er gleich mit der Befragung los. «Sie kennen ihn also? Wie ist der Name?», hakte Glinz nach.
Der Verstörte an der Tür starrte wie hypnotisiert auf den Toten. «Meiner?»
«Meinetwegen, ja.»
«Mein Name ist Pepe Zingg.» Der Blick des Mannes wanderte wieder zum Toten und blieb darauf fassungslos haften.
«Wie gut kannten Sie den Verstorbenen, Herr Zingg? Und in welcher Angelegenheit wollten Sie ihn eben aufsuchen?»
«Lino ist … war ein Musikerkollege. Er ist Untermieter, mit seiner Band, hier in meinem Proberaum. Und ich wollte, na ja, wissen Sie, mit Musikern ist das halt so eine Sache, ich meine mit dem Geld. Er schuldet mir die Miete seit fünf Monaten … Wie … Wie ist denn das passiert?»
«Die Todesursache konnte noch nicht schlüssig festgestellt werden. Können Sie mir ihre Adresse und Telefonnummer angeben? Nur für den Fall, dass wir von Ihnen weitere Informationen über den Toten benötigen sollten.»
«Sicher. Ja, klar.» Der Typ kramte in seiner Jeanstasche nach einem Zettel. Auf seiner Stirn hatten sich Schweissperlen gebildet. Er war ein haariger Bursche von schwer schätzbarem Alter. Die vielen Biere in seinem Leben hatten sich in einer gewissen, im Bauchbereich konzentrierten Körperfülle manifestiert.
«Waren Sie mit Herrn De Luca verabredet, Herr Zingg?» Glinz setzte seinen Blick auf.
«Wie? … Äh… nein, nein. Ich kam grade hoch, weil ich bei den ‹Lopez Mobs› Chöre einsingen gehe. Da sah ich, dass die Tür leicht offen stand. Und wenn einer um diese Zeit da ist, kann das nur Lino sein, also dachte ich, ich hau ihn

gleich wieder mal wegen der Miete an. Ich konnte ja nicht wissen, dass…»

«Was meinen Sie damit, dass um diese Zeit nur Lino hier sein kann?», fragte Kommissar Glinz und sah kurz auf seine Uhr. Es war fast 13 Uhr.

«Na, die anderen von der Band haben vermutlich alle irgendwelche Fulltimejobs, keine Ahnung. Jedenfalls war Lino oft mitten am Tag da. Er kam, glaub ich, oft auch einfach hierher, um etwas rumzuhängen, für sich zu sein, Musik zu hören und ein Bier zu trinken.»

«Na, wer hätte das gedacht!», murmelte der Kommissar und schielte auffällig zu den zahllosen, herumstehenden Fläschchen hin.

Der Proberaum mass ungefähr 20 m^2, wovon wohl allein 2–3 m^2 von als Aschenbecher benutzten Gefässen und leeren Bierflaschen beansprucht waren. Nebst Schlagzeug, Verstärkern, stattlichen Boxen und einem alten, kaputten Kontrabass standen und lagen vielfältige Gerät- und Gerümpelschaften herum. Die Wände waren mit Plakaten und Fotos vollgepinnt. Eine ausgeweidete Schokoladenkeksrolle hatte den ausgetretenen, roten Teppich mit ihren unzähligen Krümeln versüsst, und mitten in dieser Szenerie lag der tote Musiker, den Kopf auf dem Korpus einer Gitarre, und wirkte auf Hermann wie Tarantinos Interpretation eines Heiligenbildes.

«Wenn wir gerade von Jobs reden: Wissen Sie, was De Luca gearbeitet hat?»

Pepe Zingg setzte eine Grimasse auf. «Auf jeden Fall nicht viel. Er war ja immer pleite. Ich glaube, er hat immer mal wieder irgendwelche Gelegenheitsjobs aufgegabelt. In letzter Zeit war er im Golfclub Rasenpfleger oder so was. Er wollte ja mit ‹The Men› voll auf die Musik setzen. Die waren vor kurzem auf einer längeren Tournee. Ich habe gehört, sie hätten da sogar einen Major-Vertrag aufgetrieben.

Soll aber bandintern irgendwie Stunk gegeben haben. Man soll ja nicht schlecht über Tote reden …», er blickte entschuldigend zum Toten hin und zögerte, «… aber Lino war manchmal ein Arschloch. Sorry!»
Hermann hob die Brauen. «Major-Vertrag» sagte dem Kommissar wohl kaum viel – ihm dagegen umso mehr. Das war ja allerhand! Er mischte sich ins Gespräch: «De Lucas Band hat einen Vertrag gekriegt? Wissen Sie, bei welchem Label?»
Kommissar Glinz sah Hermann aufmerksam an. Sein Assistent mochte zwar ein untypischer Polizist sein, ein junger Spund mit unkonventionellen Methoden, aber der Junge war Gold wert.
Pepe Zingg wandte sich an Hermann: «Irgendwer hat von EMI gesprochen, aber Sie wissen ja, wie das ist. Man hört viel, und nur die Hälfte davon ist wahr. Von Lino selbst weiss ich es jedenfalls nicht.»
Hermann liess noch nicht locker. «Können Sie sich erinnern, wer Ihnen das gesagt hat? Und hat Ihnen diese Person auch Näheres über diesen Bandzwist erzählt?»
«Hm … Warten Sie mal … Das könnte Nora gewesen sein, die Sedel-Sekretärin … Ja, ich glaube, sie hat das letzthin erwähnt. Nora kommt hier natürlich einiges zu Ohren. Ich meine, sie hat von Zoff zwischen Lino und Bootie gesprochen. Seither ist die ganze Band verkracht. Wenn ich mich richtig erinnere, hat sie sogar gesagt, Lino habe Bootie aus der Band geworfen.»
«Okay …» Hermann bannte das Gerücht sofort in sein kleines, rotes Buch. «Wer ist dieser Bootie? Und kennen Sie De Lucas Bandmitglieder mit vollen Namen?»
«Bootie ist Gitarrist. Ein verdammt guter sogar. Cooler Typ, immer gut drauf. Da war wohl immer so ein bisschen ein Fight in der Luft zwischen ihm und Lino … Also, Bootie … wie heisst der gleich noch mit Nachnamen …» Zingg

schnippte mit den Fingern und schien mit den Augen den dreckigen, roten Teppich nach Booties Nachnamen abzusuchen, bis sein Blick über die Leiche stolperte. Das musste seinem Gehirn den nötigen Schubser verpasst haben: «Bösiger! Bösiger heisst er! Und die anderen … Vico und Mandy – von denen weiss ich die Nachnamen nicht. Fragen Sie Nora vom Büro, die hat alle Namen. Sie ist aber nur am Montag und am Donnerst… ach was, warten Sie, ich geb Ihnen ihre Natelnummer.» Zingg nestelte sein Handy aus der Jackentasche, tippte mit seinem Daumen darauf herum und las Hermann eine Nummer vor. «Shit!» Zingg hatte offenbar die Uhr auf seinem Handy erblickt. «Ich muss los, die haben um eins angefangen! Äh, brauchen Sie mich noch?»

Der Kommissar, der sich auf die Bassbox gesetzt hatte und zur Decke starrte, entliess Pepe Zingg mit den Worten: «Nein, für den Moment ist das alles – ah, nein, noch etwas: Der Raum kann vorläufig von niemandem benutzt werden. Er wird als Tatort versiegelt. Bis zur Freigabe hat nur die Polizei Zutritt.»

Hermann sah seinen Chef für einen Moment lang an und folgte dann dessen Blick zur Decke. Dort oben hing über der Leiche eine der Deckenplatten schief herab. Offenbar hatte sich die Platte an zwei Ecken gelöst, sodass sie nur noch an einer Seite befestigt war.

Zingg nickte wenig begeistert. «Aha, okay, ja. Ähm … Eben, ich sollte dann mal los …»

Hermann reichte Zingg seinen Kugelschreiber, den dieser hastig ergriff und damit seine Personalien auf das RIZLA-Papierchen krakelte, das er aus seiner Hosentasche hervorgefriemmelt hatte.

«So, ’tschuldigung, ich muss.» Damit übergab Zingg Hermann das Papier, trabte hinaus und ging links den Korridor lang. Kurz darauf erscholl vom Ende des Flurs her energiegeladene Punk-Musik und verschwand ebenso unvermittelt

wieder in der Stille, wie sie aufgetaucht war.
Der Kommissar zog die Tür zu und schritt umher. «Da oben hat es einen Hohlraum.» Glinz stand jetzt auf der anderen Seite des Proberaums und gestikulierte seinen Assistenten herbei. «Da könnte was runtergefallen sein, das ihn getroffen hat.»
Hermann stellte sich neben seinen Chef und spähte empor. Oberhalb der Deckenplatte gab es eine etwa 15 cm hohe Lücke bis zur ursprünglichen Raumdecke, und die Öffnung der herunterhängenden Platte zeigte auf den liegenden Leichnam hinab. Beide Männer liessen ihre Blicke über den Boden schweifen. Aber nirgends lag ein Objekt, das von Form und Gewicht her in Frage kam. Zudem schien die lose Deckenplatte zur natürlichen Tohuwabohu-Topografie dieses Raumes zu gehören und hing wohl schon lange herunter. Dann klingelte Glinz' Handy. Er zog das zeternde Ding aus seinem Mantel und nahm den Anruf entgegen.
«Ach ja: Wenn du reinkommst, die Treppe rauf und dann die erste Tür geradeaus, Raum Nr. 10. Wo seid ihr? Aha, gut.»
Er steckte das Handy wieder ein und grinste Hermann an.
«Die Anderen irren im Haus herum.»

Die Spurensicherung, der Rechtsmediziner, die Leute vom Labor – kurzum alle Instanzen, die ausser ihm und Hermann an einem Fall zu tun hatten, waren für Glinz einfach «die Anderen». Er würdigte ihre Arbeit durchaus, aber wenn er eine Gelegenheit fand, ein bisschen über sie zu spötteln, liess er sie sich nicht entgehen. Umgekehrt genoss Glinz grossen Respekt bei allen Mitarbeitern, was diese jedoch auch nicht daran hinderte, hin und wieder unter vorgehaltener Hand ein Spässchen über ihn zu machen.
Draussen auf der Treppe hörte man jetzt Schritte und Stimmen. «Die Anderen» stapften mit ihren Gerätschaften treppab. Hermann stand versonnen da und begann in seiner

Fantasie den Raum mit einer Band zu bestücken, die gemeinsam an einem Song arbeitete. Schlagzeug, Bass, zwei Gitarren. Der Leadgitarrist am Mikrofon – die zentrale Figur. Der Frontmann. Lino De Luca. Dann verblich sein Gesicht, und an seine Stelle trat Glinz' Charakterkopf. Am Bass stand auf einmal Ottiger, an der zweiten Gitarre Bühlmann, am Schlagzeug sass Dr. Fahrni ... die Anderen eben. Diese Vorstellung belustigte Hermann umso mehr, als in diesem Augenblick Ottiger in der Tür erschien, und in seinem Gefolge die restlichen Mitglieder seiner «Kopf-Band» hereinmarschierten. Er grüsste sie mit einer Heiterkeit, die sie sich wohl kaum erklären konnten. Der Kommissar nahm «die Anderen» in Empfang und instruierte sie über die Lage. Ueli Ottiger und Kurt Bühlmann würden nach Finger-, Fussabdrücken und sonstigen Hinweisen suchen, während Dr. Fahrni den Leichnam kurz an Ort und Stelle untersuchen und ihn dann in die Rechtsmedizin bringen lassen würde. Am nächsten Morgen waren erste Resultate zu erwarten.

Seltsam. Gewöhnlich ergriff Hermann beim Anblick von Toten ein abgründiges Unbehagen und eine ekelhafte Übelkeit. Seine erste Leiche hatte er vor rund sechs Jahren gesehen, just eine Woche nachdem er als Assistent von Kommissar Glinz begonnen hatte. Damals hatten Hermann wochenlang Albträume heimgesucht. Er war schon davor in unregelmässigen Abständen zur Psychotherapie gegangen. Für einige Zeit häuften sich nun die Besuche bei Dr. Forny. Glinz hatte seinem feinbesaiteten Assistenten einmal gesagt, er müsse das Ganze organischer betrachten. Wir wären alle im Grunde nichts anderes als Knochengestelle, umgeben von einer Menge von Zellen, und aus unerfindlichen Gründen für eine gewisse Zeitspanne mit Leben erfüllt. Das Werden und Vergehen gehöre genauso zum Sein,

wie das Sein selbst. Aber Hermann hatte sich nie daran gewöhnen können, dem Tod ins Gesicht zu sehen. Insbesondere dem absichtlich herbeigeführten Tod. Manchmal verfluchte er sich selbst für den Entscheid zur Kripo gegangen zu sein. Warum war er nicht Lokführer geworden? Oder warum eigentlich nicht Musiker?
Musiker! Da lag nun einer vor ihm, ein paar Dutzend Nasenlängen von seiner eigenen, noch atmenden Nase entfernt, und atmete nicht mehr. Hermann hätte nicht zu sagen vermocht, weshalb ihm diesmal anders zumute war.

Kommissar Glinz hatte indessen seine Anweisungen an die Kollegen erteilt und wandte sich Hermann zu: «Komm, Stift, lass uns stiften gehen!» Die beiden verabschiedeten sich und verliessen den Ort des Geschehens.
Als sie draussen auf Glinz' Wagen zuschritten, leuchtete etwas weiss vom Autodach her und hob sich gegen den inzwischen auch hier tiefgrau bewölkten Himmel ab. Der Bouillonbecher. Da stand er, zur Hälfte mit Regenwasser gefüllt. Doch das Gewitter war weitergezogen.

Wieder im Büro, suchte Hermann vergebens nach Lino De Lucas Adresse. Die Polizei hatte Zugang zu den detaillierten Daten der Einwohnerkontrolle, was in manchen Fällen dennoch nichts nützte. Der Umstand, dass man heutzutage kaum mehr Festnetztelefonanschlüsse hatte, erleichterte die Personensuche auch nicht, und so blieben oft nur Umwege oder soziale Netzwerke, um jemanden aufzuspüren. In der Region fanden sich zwei Einträge, eine Rosa und ein Emilio De Luca, beide mit Festnetzanschluss.
In diesem Moment fiel Hermann wieder ein bzw. auf, dass der Tote kein Handy bei sich getragen hatte. Das Handy war ja zum schier lebenswichtigsten Utensil des Menschen geworden. Während man aufs Tragen einer Uhr, einer

Brieftasche oder eines Terminkalenders verzichten konnte, durfte der drahtlose Draht zur Welt nie fehlen.

Das Strassenbild war von Leuten geprägt, die mit gesenkten Köpfen unentwegt an ihren Smartphones herumfummelten, als hätten sie die Fernsteuerung zu ihren eigenen Köpfen und Körpern in Händen. Hermann mochte Handys eigentlich nicht riechen. Er hatte sich als Teenager hin und wieder gefragt, weshalb die öffentlichen Telefonzellen früher nicht hoffnungslos überlastet gewesen waren, da die Menschen ja an einem überall und immer währenden Mitteilungszwang zu leiden schienen.

Hermann griff zum Hörer und wählte die Nummer von Rosa De Luca. Eine heisere weibliche Stimme meldete sich mit einem kaum verständlichen *«Pronto!»*[1]

«Guten Tag! Spreche ich mit Frau Rosa De Luca?»

«Ma chi è?»

«Hier spricht Hermann Schmid von der Kripo Luzern ... parlo con la Signora De Luca? Parla il tedesco?» Ein paar italienische Brocken konnte Hermann im Notfall hervorzaubern. Aber sich am Telefon auf Italienisch verständigen zu müssen, stellte eine Herausforderung dar.

«No, no! Aspetta, figliolo! ... Rosaaa!» Die alte Frau schrie offenbar in den Raum hinter sich, um Rosa De Luca herzurufen, vergass dabei aber, die Sprechmuschel von ihrem Mund wegzuhalten. Hermann rieb sich augenrollend sein malträtiertes Ohr und hielt es wieder an die Hörmuschel. Schritte, ein unverständliches Palaver, dann sprach eine andere, etwas weniger schrille Frauenstimme ins Telefon:

«Pronto! Chi è?»

«Mein Name ist Schmid. Sprechen Sie Deutsch?»

«Jaa ...»

«Sind Sie Frau Rosa De Luca?»

---

[1] Übersetzungen fremdsprachlicher Passagen finden sich am Ende des Buches.

«Jaa.»
«Verzeihen Sie bitte die Störung! Ich bin auf der Suche nach jemandem, der mit Lino De Luca verwandt ist. Kennen Sie ihn?»
«Jaa.»
Hermann verdrehte abermals die Augen. Diese Frau sprach vermutlich kein Dutzend deutscher Wörter ausser «Ja». «Sind Sie verwandt mit ihm?»
«Lino isse meine Sohn. Warum Sie telefonire?»
«Frau De Luca, ich bin Kriminalbeamter von der Kripo Luzern, und möchte gerne kurz persönlich bei Ihnen vorbeikommen, wenn das möglich ist. Sind Sie während der nächsten halben Stunde zuhause?»
«Jaa.» Rosa De Luca seufzte vernehmlich und schnarrte vor dem Auflegen mehr als halblaut etwas zu der offenbar noch immer bei ihr stehenden anderen Frau.
Flüstern konnten Italiener etwa so gut, wie telefonieren. Hermann glaubte etwas zu verstehen, wie: *«Ha di nuovo combinato qualche cosa, il disgraziato!»* Linos Mutter schien anzunehmen, dass ihr Sohn – wieder mal – etwas angestellt hatte.

Hermann fand es unmenschlich, Schreckensbotschaften an Angehörige per Telefon zu verkünden, obgleich es für ihn eine Qual war, solche Dinge den Betroffenen persönlich mitzuteilen und ihre Erschütterung miterleben zu müssen. Er hätte in solchen Momenten lieber weggesehen. Auch aus Pietätsgründen. Vor allem aber, um sich zu schützen. Aber Glinz hatte ihm eingetrichtert, dass die Reaktionen der nächsten Verwandten im Augenblick der Todesnachricht in einer Ermittlung wichtige Schlüsselmomente darstellen konnten, und dass man sie zurückhaltend, aber aufmerksam beobachten müsse.
Hermann trabte zum Büro seines Chefs, schwenkte sein kleines, rotes Buch und berichtete: «Edgar, ich hab die Mutter! Emmenbrücke, Rüeggisingerstrasse 15.»

Kommissar Glinz erhob sich aus seinem Bürosessel und murmelte mehr zu sich als zu Hermann: «Also gut.» Er musste sich zum Überbringen solcher Nachrichten genauso überwinden, wie Hermann. Die beiden Männer machten sich mit vergleichbarer Euphorie auf den Weg, als müssten sie zum Zahnarzt.

Das Haus an der Rüeggisingerstrasse 15 war ein hässlicher Block mit grauer Fassade. Sie klingelten bei S. De Luca.
«S?» Hermann sah den Kommissar an. Dieser ging nicht darauf ein. Stattdessen sagte er: «Du kannst ja italienisch, oder?»
Als der Summer ertönte, traten sie ins Haus ein, fuhren in einem schäbigen Lift in die 3. Etage, in der eine kleine, dunkelhaarige Frau im Korridor stand, und sie erwartete.
«Sind Sie Frau Rosa De Luca?», versuchte es Hermann auf Deutsch.
«Jaja. Komme Sie erein!»
Sie folgten der Frau in eine dunkle, beengende Wohnung. Hermann bedrückten Möblierung und Stimmung dieser Wohnung. Er wusste, dass Tausende von Haushalten so oder ähnlich aussahen. Das Einzige, was eine gewisse Behaglichkeit verströmte, war der Geruch, der aus der Küche kam. Frau De Luca wies die beiden Polizisten auf ein dunkelbraunes Sofa, während der Kommissar ihr die Hand hinstreckte und sich und seinen Assistenten vorstellte.
Der Frau war nicht wohl, das war ihr deutlich anzusehen. Sie drehte unablässig mit der rechten Hand an den Fingern ihrer Linken und wirkte unbeholfen. Man sah ihr an, dass sie als junge Frau dem Typ der schönen Südländerin entsprochen hatte. Hermann glaubte, in ihrem Gesicht gewisse Ähnlichkeiten mit der toten Rockikone im Sedel zu entdecken.
«Wolle Sie was trinke?»
Glinz winkte ab. «Nein, danke. Wir sind hier wegen Ihres Sohnes. Lino De Luca. Ist das ihr Sohn?»

Die Frau ging in die Küche, sagte irgendetwas in ihrer Sprache zu jemandem, der sich offenbar dort aufhielt, und kam mit zwei Gläsern und einer Kanne auf einem Tablett zurück. Sie stellte es auf den niedrigen Salontisch und erklärte: «Das isse Orzata. Gut für Sie. Keine Alkol.» Dann setzte sie sich in den Sessel gegenüber und sah geradewegs in die Gesichter der Polizisten. «Wasse er gemacht, Lino?»
«Frau De Luca, haben Sie vielleicht ein Foto von Ihrem Sohn?» Hermann wollte jeden Irrtum ausschliessen.
Rosa De Luca stand wieder auf und ging in eines der Zimmer. Als sie zurückkehrte, hielt sie nicht ohne leisen Stolz ein Bild von dem jungen Mann in der Hand, den Hermann vor wenigen Stunden auf dem Boden des Proberaums hatte liegen sehen. Nur dass er auf dem Foto die Gitarre nicht unter seinem Kopf, sondern in den Händen hielt und in äusserst lebendiger, provokativer Pose im Lichtkegel eines Scheinwerfers stand. «Lino isse Rockemusiker.», erklärte sie etwas verlegen.
«Danke, Frau De Luca. Setzen Sie sich, bitte.» Hermann fühlte, wie sich alles an ihm verkrampfte. Er hasste diesen Moment. «Frau De Luca, wir haben Ihnen eine traurige Mitteilung zu machen … Ihr Sohn wurde heute Mittag in seinem Proberaum im Sedel gefunden. Ihm ist etwas zugestossen. Wir wissen noch nicht, wie es dazu kam. Es tut mir sehr leid, Ihnen das sagen zu müssen: Er ist gestorben, Frau De Luca.»
Die Frau sass regungslos da und starrte Hermann an. Erst dachte er, sie habe den Sinn seiner Worte nicht verstanden. Dann kippte sie nach vorne. Der Kommissar reagierte schnell und packte sie an den Schultern, bevor ihr Kopf auf die Mosaikplatte des Salontischs geprallt wäre. Hermann sprang um den Tisch und lehnte die ohnmächtige Frau in den Sessel zurück. Er füllte eins der Gläser mit dem weisslichen Getränk aus der Kanne und hielt es an ihren Mund.

Ihr Gesicht sah fast so wächsern aus wie das ihres Sohnes. Als die Flüssigkeit ihre Lippen berührte, lief ein kurzes Zucken durch ihren Leib. Sie schlug die Augen auf, starrte Hermann erneut an und gab auf einmal ein klägliches Wimmern von sich, das sich in ein haarsträubendes Krächzen steigerte. Hermann stellten sich die Nackenhaare auf. Er sah verzweifelt zu seinem Chef hinüber, der auf seinem Sofa nicht minder ratlos aussah.

«Ma che c'è? Rosa mia, che cos'è?» Aus der Küche kam eine weisshaarige Frau herbeigestürzt. Die ältere und noch kleinere Ausgabe von Rosa De Luca, mit sonnengegerbter, faltiger Haut, gebogener Nase und von Strümpfen bis Kragen in schwarz gekleidet. Wenn sie sich in einem Märchen befunden hätten, hätte sich Hermann nach der schwarzen Katze umgesehen. Eine Assoziation, für die sich Hermann umgehend schämte, und die er augenblicklich durch die Annahme ersetzte, dass die alte Frau Rosas Mutter war.

«Maaamma! Lino è morto! Morto è, mamma!», schrie Rosa und verkrallte ihre Hände in die Schürze der alten Frau, die mit entsetzter Miene das Kreuz schlug. *«O dio santo cielo! Che sfortuna mandi ammia figlia! Ommadonna mia!»* Die Mutter stimmte mit ihrem Lamentieren in das der Tochter ein, als wäre es ein eingeübter Kanon des Grauens. Beide stiessen dabei immer unverständlichere Sätze aus, vielleicht Gebete in irgendeinem süditalienischen Dialekt, wie eine unheimliche Liturgie, in einer Tonlage, die in Hermann eine schleichende Panik emporsteigen liess …

Er sah den Kommissar an, der noch immer auf dem Sofa sass. Diesen Gesichtsausdruck hatte er noch nie an ihm gesehen. Seinen Chef konnte so leicht nichts aus der Ruhe bringen, aber dies hier übertraf wohl selbst für ihn die kühnsten Erwartungen. Mit vorgerecktem Kopf beobachtete er fassungslos die beiden Frauen, offensichtlich unfähig zu begreifen, was vor sich ging. Als er Hermanns Blick

auf sich bemerkte, erhob er sich langsam und bedeutete ihm, sich zu ihm zu gesellen. Es schien unmöglich, diese Gesänge des Schmerzes zu unterbrechen. Die Polizisten entfernten sich ein paar Schritte von den Wehklagenden, und der Kommissar stellte Hermann mit unnötigerweise gesenkter Stimme die gleiche Frage, die ihm selbst unter den Nägeln brannte: «Was sollen wir tun?»
«Ich weiss es nicht.»
Die beiden Männer wandten ihre Gesichter langsam zu den Frauen um, als diese ihre Augen ebenso auf die Männer zu richten begannen. Es hätte eine Theaterinszenierung sein können. Eine absurde Szene in einem schrägen Film. Aber das hier war real.
In den Mienen der Frauen lag etwas wie Misstrauen. Hermann ertappte sich dabei, ein Schuldgefühl in sich aufkommen zu lassen. Doch dann fasste er sich. Der schauerliche Singsang der Italienerinnen war etwas verebbt, als hätte jemand den Volumenregler zurückgedreht.
«Jetzt!», sagte Hermann still zu sich und tat einen Schritt auf Rosa und ihre Mutter zu. «Wir sind untröstlich! Wirklich! Es ist völlig verständlich, dass Sie ausser sich sind. Herr Glinz und ich hätten noch ein paar Fragen an Sie, Frau De Luca, aber die können wir auch ein andermal klären, wenn Sie lieber möchten, dass wir jetzt gehen.» Er kramte in seiner Mappe, um eine Karte hervorzuziehen, und reichte sie Rosa De Luca. «Meinen Sie, Sie können morgen zu uns ins Büro kommen?» Die erschütterte Frau stand mit Hermanns Visitenkarte in der Hand da, wimmerte wie mechanisch weiter und sah abwechslungsweise Hermann und seine Karte an.
«Sarebbe possibile, che lei ... äh ... viene domani al nostro ufficio?», probierte er mal anders.
In ihrer Sprache angesprochen, schien Rosa De Luca ein wenig aus ihrem Bann zu erwachen. Ihr Blick klärte sich leicht.

Sie japste ein paar Mal nach Luft, strich sich mit dem Ärmel Tränen aus den Augen und sagte nach einer Weile: *«Si, Signor ... Schemid. D'accordo. Mi presenteró da voi domani. Mi scusate per adesso, vi prego!»* Mit schleppenden Schritten begleitete sie die beiden Männer zur Tür und verabschiedete sie mit gesenktem Haupt und tränenerstickter Stimme. Drinnen klang, nun leiser, die monotone Litanei ihrer Mutter weiter. Als sich die Tür hinter ihnen geschlossen hatte, fühlte sich Hermann, als wäre er von einem bösen Zauber erlöst. «Herrgott nochmal!», flüsterte ihm der Kommissar halblaut zu. «So was hab ich noch nie erlebt!»
Die beiden hatten eine einvernehmliche Eile, zum Auto zu kommen. Sie schlugen sich in die Wagensitze, als wären es Büsche jenseits der feindlichen Linie. Der Kommissar startete den Motor und fuhr los. Einige Minuten lang sassen sie schweigend nebeneinander.
Hermann fühlte sich wie als Kind, nachdem er zum ersten Mal «Aktenzeichen XY ungelöst» gesehen hatte. Damals waren seine Eltern ausgegangen. Mani, Hermanns Bruder, weilte seinerzeit für ein paar Tage bei Tante Emilie in den Ferien, und Hermann hatte seine kleine Schwester Céline schon zu Bett gebracht. Er hatte sich auf einmal selbstbestimmt gefühlt, fast wie ein Erwachsener. Mit einem Glas Buttermilch und der «Guetzlidose» war er vor den Fernseher gepilgert und hatte am Gerät Programm um Programm gewechselt, bis er auf einem hängengeblieben war. Nach Ende der Sendung hatte er sich in die Ecke des Fauteuils gekauert wiedergefunden, schweissnass und verstört. Milch und Plätzchen unberührt. Er war nichts ahnend in eine Welt des Unheils gestürzt worden und hatte ihre Schatten kaum mehr abschütteln können. Hermann wandte sich seinem Chef zu und sah, dass es ihm wohl ganz ähnlich zumute war. Irgendwie wirkte er, als wäre er fünf Tage lang Geisterbahn gefahren.

«Jetzt haben wir uns erst mal eine Pause verdient, mein Junge!» Der Kommissar bog am Kreuzstutz nach links zum Bahndamm ab. Hermann wusste, welche Wirtschaft sein Chef anpeilte. Die «Alti Fähri» gehörte zu seinen Stammlokalen. Genau wie Hermann mochte Kommissar Glinz die Nähe des fliessenden Gewässers. Dazu kamen die alte Jukebox voller alter Countrysongs und die unkomplizierte Kneipenatmosphäre, die er schätzte.

Gerade als sie die Wirtshausterrasse betraten, löste sich kurz die Sonne aus den Wolken und liess auf einmal alles in leuchtenden Farben erstrahlen, während der Horizont noch immer in schweren, schwarzen Wolken stand. «Ahhh, das tut jetzt gut.» Der Kommissar liess sich in einen der grossen Holzstühle sinken. «Was hältst du von einem kleinen Imbiss?»
Hermann holte sein Zigarettenetui aus der Manteltasche und beäugte die kleine Speisekarte. Als Glinz ein Päckchen Brunette auf den Tisch legte, stutzte Hermann.
«Du, Edgar? Du rauchst?»
Der Kommissar wurde etwas verlegen. «Ach … es gibt Momente.»
Sie bestellten beim Kellner eine kalte Platte und zwei Stangen. Das kühle Bier erfrischte Hermanns Kehle und Seele. Sein Vorgesetzter sass ihm gegenüber, schmauchte seine Brunette und wirkte vollkommen zufrieden. Manchmal war Hermann nahe daran, ihn etwas Persönliches zu fragen. Er hätte diesen Mann gerne besser kennengelernt. Aber Glinz hatte so etwas wie einen unsichtbaren Abstandhalter um sich. «Was steht heute noch an, Chef?», fragte Hermann anstelle von irgendetwas, was ihn interessiert hätte. Gleichzeitig ärgerte er sich über seine Frage. Er konnte es nicht ausstehen, wenn Leute nur über die Arbeit redeten. Gerade unter Männern war ihm dieses Phänomen

aufgefallen. Meistens waren es Krawattenträger, mit Gesichtern und Anzügen von der Stange.

«Nun, zunächst versuche doch bitte, die Namen der Kumpane aus De Lucas Musikgruppe ausfindig zu machen. Wenn du einen von denen heute noch erreichst, umso besser. Unterdessen schaue ich das Register durch, ob ich was über unseren Toten habe. Von seiner Mutter erfahren wir morgen mehr ... wenn sie nicht wieder ...» Glinz seufzte. «E Guete!»

Zurück im Büro trug Hermann seine jüngsten Eindrücke in sein Notizbuch und in die elektronische Akte ein. Dann wählte er die Handynummer von Nora, der Sekretärin des Sedels.
«Ja, hallo?»
«Hier spricht Hermann Schmid, Kriminalinspektor von der Kantonspolizei Luzern, hallo! Sind Sie die Sekretärin vom Musikzentrum Sedel?» Wenn Hermann mit jüngeren oder gleichaltrigen Leuten zu tun hatte, die er für gewöhnlich geduzt hätte und die die gleichen Konzerte, Beizen und Bars besuchten und seine Interessen teilten, kam er sich immer reichlich doof vor, wenn er seine dienstliche Form wahren musste. In solchen Momenten genierte er sich, Polizist zu sein. Er erinnerte sich an die Zeiten als Jugendlicher, als er selbst noch über die «Tschugger» gespottet hatte.
«Ja, die bin ich ... Gabs schon wieder einen Einbruch?»
«Nein, Frau ...»
«Seiler. Nora Seiler.»
«Frau Seiler, keinen Einbruch, sondern einen Todesfall. Kommissar Glinz und ich untersuchen in dieser Sache und sind auf der Suche nach Personen, die dem Verstorbenen nahegestanden haben. Es handelt sich um Lino De Luca, der ...»

«Was?! Lino? Mein Gott!»
«Ja, Frau Seiler. Es tut mir leid, Ihnen dies mitteilen zu müssen. Standen Sie in engem Kontakt mit Herrn De Luca?»
«… Nein. Das heisst, wir gingen mal eine Weile miteinander. Während drei Monaten oder so. Aber das ist mega lange her. Seither hatten wir eigentlich keinen Kontakt. Ausser, wenn wir uns im Sedel begegneten oder sonst wo unterwegs. Mein Gott, was ist ihm denn geschehen?»
«Das lässt sich noch nicht mit Bestimmtheit sagen. Aber eine natürliche Todesursache lässt sich wohl ausschliessen.»
«Jesses!» Nora Seilers Stimme klang echt betroffen.
«Frau Seiler, können Sie mir die Namen, Adressen und Telefonnummern der Bandmitglieder von Lino De Lucas Band geben? Und kennen Sie eventuell noch weitere Personen aus seinem näheren Umfeld? Wir sind um jeden Hinweis froh. Auch, wenn Ihnen zum Beispiel irgendetwas aufgefallen oder zu Ohren gekommen sein sollte, was uns weiterbringen könnte.»
Hermann bemerkte ein kurzes Zögern bei Nora Seiler. «Also, die Adressdaten habe ich eigentlich im Sedel, im Büro. Aber ich habe die Kontaktdaten der Sedelmitglieder mit meinem Mobile synchronisiert und kann Ihnen nachher gleich die Kontakte aufs Handy schicken, wenn Sie mir Ihre Nummer angeben. Also, da ist mal Vico, der Drummer, der heisst Schwarz. Das war Linos bester Freund, auch schon damals, als wir zusammen waren. Dann Mandy, der heisst richtig Armand Müller. Ich glaube, der wohnt in Ebikon. Und dann natürlich Bootie Bösiger, der heisst richtig Pascal.»
Hermann dankte Nora Seiler und gab ihr seine Handynummer an.
«Übrigens … warum sagten Sie vorhin ‹dann natürlich Bootie Bösiger›? Hat er eine besondere Funktion oder Stellung inne, oder eine besondere Beziehung zu Lino

De Luca?», unterbrach Hermann rasch.
«Ach … nein. Das sagte ich einfach so. Weil er irgendwie ein mega geiler Typ und Gitarrist ist. Lino war da zwar anderer Ansicht, aber der war nur eifersüchtig auf Bootie.»
«Eifersüchtig? Stand eine Frauengeschichte zwischen den beiden?»
«Nein, nicht dass ich wüsste. Ich meine, weil Lino Bootie irgendwie immer als Konkurrenz gesehen hat. Bootie ist ein mega talentierter Musiker, wissen Sie, und er ist einfach ein cooler Typ. Bootie mögen alle. Lino ging das nicht runter. Er hatte nie viele Freunde, und da war er selbst schuld dran. Verstehen Sie mich nicht falsch: Lino war kein mieser Typ, das nicht. Aber er war … wie soll ich sagen … verschlossen! Die meisten fanden Lino eingebildet.»
«Er hatte also kaum Freunde, von Vico Schwarz abgesehen. Wissen Sie zufällig, ob er eine Freundin hatte?»
«Oh God! Ja! Natürlich! Seine Terry! Haben sich ständig Szenen geliefert … Ich weiss zwar nicht, ob sie noch zusammen waren. Sie sah man in letzter Zeit öfters mit einem Anderen. Warten Sie mal, wie heisst diese Terry doch gleich? So was wie Gasser oder … nein …»
Hermann wartete geduldig. Er zeichnete Strichmännchen in sein Buch. Eines mit einer säuerlichen Miene, das er mit dem Namen «Lino» versah, und eines mit einem Smiley-Kopf. Darunter schrieb er «Bootie». Neben das griesgrämige Männchen kritzelte er ein Strichweibchen und ein weiteres Männchen, die er neutral liess.
«Graber? Nein! Gruber! Gruber, genau, so heisst sie. Ich glaube, Lino hatte so halb bei ihr gewohnt. Diese Terry ist ziemlich durchgeknallt …»
«Kennen Sie die Adresse?»
«Nein. Ich weiss bloss, dass sie in der Stadt wohnt. Vielleicht im Bruchquartier. Ich sehe sie da ab und zu in der Migros beim Einkaufen.»

«Und kommt Ihnen sonst noch etwas in den Sinn? War Lino in letzter Zeit in Schwierigkeiten?»
Die junge Frau lachte spitz auf. «Lino? Der war immer in Schwierigkeiten!»
«Nun ja, jemand, der heute zufällig im Sedel war, meinte, er habe von Ihnen erfahren, dass ‹The Men› einen Bandzwist hatten, im Zusammenhang mit einem Plattenvertrag oder so was. Wissen Sie darüber Näheres?»
«Ach so, das! Ja, das hat mir Bootie erzählt. Die waren ja eineinhalb Monate auf Tournee in Deutschland und England. In England hatten sie mega Glück. Da kam in einem Club so ein Typ von der EMI auf sie zu und sagte, er wolle sie unter Vertrag nehmen. Die Jungs waren natürlich total gehypt! Einer von ihnen, ich glaube Mandy, hat sogar gleich seinen Chef angerufen und seinen Job gekündigt. Das ist der grosse Traum, verstehen Sie? Von der Musik leben zu können, wünscht sich jeder Musiker.»
Hermanns Gesicht verzog sich wieder zu einem zerknüllten Kermit. Das wusste er wohl, was sich Musiker erträumten! Nur konnte sich das die Sedel-Sekretärin ja nicht denken, dass der Polizist, den sie da am Draht hatte, früher zehn Jahre lang in einer Band gespielt und den grossen Traum geträumt hatte.
«Und als sie dann da vortraben mussten, bei EMI, begann Lino sich voll quer zu stellen und machte Stunk. Er wollte, dass sie den Vertrag als Trio bekämen, und zwar ohne Bootie. Das war natürlich der Crash! Die Jungs waren total von der Rolle. Aber der Typ von EMI hatte wohl den Narren an Lino gefressen, und der willigte voll ein. Dann gabs einen Megakrach. Mandy und Vico sind stinksauer auf Lino. Und Bootie, das können Sie sich ja denken, der ist voll durchgefallen!»
«Interessant … Tja, vielen Dank, für ihre Hilfe, Frau Seiler! Vielleicht werde ich Sie noch einmal anrufen.»

Nora Seiler schien etwas zu beschäftigen. Jedenfalls war es still am andern Ende. Dann sprach sie mit spürbarer Vorsicht in der Stimme: «Aber … Sie glauben doch nicht, dass einer der Jungs von der Band Lino das angetan hat, oder? Die sind viel zu lieb, das können sie mir glauben. Rockmusiker sind nicht so aggressiv drauf, wie die meisten Leute glauben …»
Jetzt musste es einfach aus Hermann heraus! «Sagt Ihnen ‹The Hermits› etwas, Frau Seiler? Mit dieser Band spielte ich zehn Jahre lang. Wir haben auch im Sedel geprobt. Damals war noch Samantha im Sekretariat.»
«‹The Hermits›? Ja klar hab ich von denen gehört! Und Sie waren bei denen dabei?» Nora Seiler klang ungläubig. «Ja. Ich war Keyboarder und Mitbegründer. Wir waren etwas retro, die einzige Band, die Beat machte, aber ich kannte sie alle, die bösen Buben mit ihren zornigen Attitüden, und ich weiss sehr wohl, dass keiner von ihnen auch nur einer Fliege was zuleide tun kann.» Hermann grinste hörbar. «Je böser einer aussah, desto harmloser war er. Sehen Sie, es gehört nun mal zu unserer Arbeit, mit möglichst vielen Menschen aus dem Umfeld des Todesopfers Gespräche zu führen. Das bedeutet noch nicht, dass wir sie verdächtigen. Machen Sie sich also keine Sorgen, und haben Sie Dank für ihre Auskunft! Einen schönen Abend noch, Frau Seiler, auf Wiederhören!»
Hermann hatte das Schweigen in der Leitung diesmal mit Genugtuung als ein respektvolles ausgelegt. Nora Seiler hatte keine Gelegenheit mehr, ihrer Verblüffung Ausdruck zu geben, verabschiedete sich aber mit einer beeindruckten Note in der Stimme. Als er aufgehängt hatte, fiel ihm beim Vervollständigen seiner Notizen auf, dass Nora von Lino konsequent in der Vergangenheitsform gesprochen hatte. Das war eher ungewöhnlich bei Menschen, die gerade vom Ableben eines Bekannten erfahren hatten. Aber es musste

nichts bedeuten. Manche Leute konnten schneller umschalten als andere. Dann riss Hermann ein «Dideldum» von seinem Handy aus seiner Überlegung, ein zweites setzte nach und ein drittes machte die Zahl aller guten Dinge voll. Nora Seiler hatte ihm die Kontakte geschickt. Und weil Papier geduldiger war, als es Handyakkus waren, übertrug Hermann alle Kontaktangaben säuberlich in sein rotes Buch.

«Ähm … Hermann! Du kannst Feierabend machen. Morgen gehts wieder weiter, das ist früh genug.» Edgar Glinz stand in der Tür. «Okay, Chef. Danke. Ich mach hier nur noch meinen Eintrag zum Telefonat mit der Sedel-Sekretärin fertig. Schönen Abend, Edgar!»
«Dir auch, mein Junge. Danke!»
Fast eine Stunde später, gerade, als Hermann seinen Computer ausschaltete, läutete sein Handy. Auf dem Display leuchtete «Ellie» auf.
«Kneift er etwa wieder, der Herr Weichmaster?»
Ellie konnte sich offenbar keine auch noch so zart annähernde Vorstellung davon machen, was es hiess, einen mit der Entdeckung eines Tötungsdelikts angereicherten Arbeitstag hinter sich zu haben. Etwas Ablenkung konnte Hermann allerdings nicht schaden.
«Aber nicht doch! Diesmal gibt er sich die Ehre, Werteste!»
«Um halb sieben, im Südflügel meines bescheidenen Heims, der Herr?»
«Sehr wohl, Ungnädigste!»

Es hatte seine Gründe, dass Ellie kurz vor ihren Soirées Fixes jeweils kurz anrief. Auch schon hatte sich Hermanns Arbeit in den Abend hineingezogen, und in der Hektik hatte er vergessen, Ellie Bescheid zu geben.
Wenig später machte sich Hermann zu Ellie auf. Er ging zu

Fuss, promenierte betont gemächlich, wählte noch einen Umweg über den Mühleplatz – und schaffte es natürlich wieder nicht, Punkt acht in der Museggstrasse 20 zu sein. Ellie hasste Gäste, die zu früh eintrafen. «Die Stunden der cineastischen Musse gehören dir, Verkehrtester. Aber keine Sekunde mehr!», hatte sie einst verkündet, als Hermann einmal ein paar Minuten vor der vereinbarten Zeit an ihrer Tür geklingelt hatte. Ellie besass eine Radikalität, die Hermann bodenlos beeindruckte. Nebst dem ganzen Rest ihrer Persönlichkeit. Wäre sie gross und dunkelhaarig gewesen, hätte Hermann beileibe nicht sagen können, warum er ihr nicht auf der Stelle bedingungslos verfiel. Aber sie war grade mal etwas über eineinhalb Meter klein, aschblond und seine beste Freundin.

«Heute darf es was Leichtes sein», entschied sie salopp für beide und pflückte die erste Staffel von «Lilyhammer» aus dem monumentalen DVD-Regal im überproportionierten Entrée ihrer selbstrenovierten Altbauwohnung.

«Ergebensten Dank!»

«Bisschen weniger gefügig stände dir gut zu Gesicht, du bist ja ganz blass um die Nase, Beatnik!»

Hermann beaugapfelte sich im Flurspiegel von Ellies Wohnung und rollte ein mattes Grunzen aus der Kehle. Irgendwie fühlte er sich von seinem bleichen Konterfei an die tote Ikone erinnert. «Es ist mal wieder gestorben worden. So was verleiht keine gesunde Farbe. Und die Volksinitiative für freie Benützung von Bräunungszentren für Polizisten wurde einmal mehr abgelehnt.»

«Meine Güte, du fantasierst schon wieder, mein Bester? Zeit für ein gerüttelt Mass an trivialer Unterhaltung! Setz dich! Nimm das!» Damit streckte Ellie ihm ein eiskaltes Fläschchen Barbara vor die Brust – Bier, Erdnüsse, Popcorn und der Salzstreuer gehörten einfach dazu – und buxierte ihn ins Wohnzimmer.

Ellie teilte Hermanns Faible für Krimis und verwandte Genres. Über den Frühling hatten sie sich sämtliche Hitchcocks reingezogen, und im Frühsommer waren Klassiker der französischen Films Policiers an der Reihe gewesen.
Hermann machte sich oft über die parodierende, realitätsfremde Darstellung der Polizeiarbeit und inkonsistente Handlungsabläufe lustig.
Ellie hatte ihm bei seiner ersten Tirade zu bedenken gegeben, dass sein Berufsstand und seine Tätigkeit immerhin von regem, allgemeinem Interesse sei. Er solle sich mal vorstellen, wie es wäre, wenn anstelle von Krimis, in gleicher Anzahl und Vielfalt, Filme über die Herausforderungen von kaufmännischen Angestellten gezeigt würden. Diese Idee belustigte die beiden so sehr, dass sie es sich fortan zum Brauch machten, an jedem ihrer Filmabende das gleiche Gedankenspiel mit einem anderen Beruf anzustellen. Dabei hatten sich einzelne Beschäftigungen als überraschend spannend herausgestellt – zumindest mit einiger Fantasie. Beispielsweise die Aufgabe des Raumpflegers. Oder diejenige der Entrümplerin. Heute war die Position Chef de Cuisine im Pflegeheim angesagt. Auch nicht ohne! Allerdings landeten sie beim Ausdenken von Geschichten zu den verschiedenen Berufen letztlich doch immer mehr oder weniger bei Kriminalstories und somit bei der guten alten Polizei.
Als sie ihren Kopf-Film über die Pflegeheim-Köchin und ihre Abenteuer mit zahnlosen Grannies from Hell, dementen Veganern und Mehlwurmsoufflés für vollendet erklärten, verkündete Ellie feierlich: «Film ab!», und richtete die Fernbedienung auf den DVD-Player, als führte sie ein Lichtschwert. Zeit, sich unterhalten zu lassen!

Nach drei äusserst erheiternden Serie-Folgen und den üblichen, mit ihren gemeinsamen Filmtreffen verbundenen

kleinen Ritualen verabschiedete sich Hermann von Ellie und trat vor die Haustür, wo ihm eine Feuchtigkeit an den Leib klatschte, als wäre er in eine Wäscherei eingetreten. Das Klima in der Schweiz hatte in den letzten Jahren beinahe tropische Züge angenommen. Und dieser Sommer hatte es faustdick hinter den Ohren und schweissnass unter den Armen! Seit über einer Woche herrschte fast ununterbrochen schwüle Hitze. Obwohl sich fast jeden Abend gewaltige Gewitter entluden, wälzten sich bereits in den Morgenstunden wieder schwere, dräuende Wolkenmassen heran und drückten diese träge, zähe Feuchtigkeit in die Tage.
Kaum war Hermann ein paar Schritte gegangen, begannen dicke Tropfen aufs Pflaster und auf seinen Kopf zu prasseln. «Schön ist das!» Er klappte den Kragen seines Trenchcoats hoch und begann zu rennen.

Donnerstag, 27. Juli

Als erstes drang Hermann ein penetranter Geruch von verbranntem Gummi in die Nase. Er schlug die Augen auf. Ein letztes Bild vom Traum, in dem er sich erst gerade noch befunden hatte, glitt vorüber. Dann lag er wach da. Gummi. Verbrannt … Was sagte ihm das?

Mit einem Satz war er aus dem Bett und in die Küche gerannt. «Scheisse, verdammte! Mani!» Er machte den Herd aus, griff nach den Topflappen und nahm vorsichtig den rauchenden, glühend heissen italienischen Kaffeekrug von der Platte. Der schwarze Plastikgriff war abgeschmolzen und lag wie eine vom Rumpf getrennte Extremität auf dem Herd. Dieser Krug war der dritte dieses Jahr. Und Mani ein pathologischer Kaffeekrugmörder!

«Mani, gopferteli, du hast es wieder einmal geschafft! Irgendwann fahren wir hier direkt zur Kaffeehölle wegen dir!»

«Was schreist du denn wieder rum, so früh am Morgen, du Hysteriker?» Mani schlurfte in aller Gemütsruhe und seinen schlabbrigen Trainerhosen herein, erblickte den zerstörten Kaffeekrug und hatte bloss ein Schulterzucken dafür übrig. «Kauf ich eben wieder ’nen neuen. Was solls?»

«Es geht um die Brandgefahr, du Schlaumeier! Pass gefälligst auf, wenn du was aufs Feuer stellst! …Und heute ist übrigens mal wieder Abwaschtag für dich.» Hermanns Blick wanderte über aufeinander gestapelte Teller, ineinander verschachtelte Tassen und Gläser, zum Teil mit Speiseresten und Zigarettenstummeln verschönt, mit Einweichwasser drin, das dank irgendwelcher Bakterien eine Haut gebildet hatte. Alles in allem eine kühn gewachsene Geschirrlandschaft im Spülbecken, deren Schöpfer sie nun ihrer natürlichen Evolution zu überlassen gedachte.

«Hey, hats Kaffee?», fragte eine heisere Mädchenstimme von der Küchentür her. Da stand eine junge Frau. Sie hatte

unheimlich lange, braune Beine und trug unheimlich lange, braune Haare und ein Herrenhemd. Zwischen ihren zerzausten Ponyfransen sah sie mit jener Art von verschlafenem Blick hindurch, die einen vor Entzücken mühelos den Verstand verlieren liess. Hermann schluckte und riss sich aus seiner Hingerissenheit. «Nein, der Kaffee ist mitsamt Krug im Schweisse seines Angesichts dahingeschieden, meinem Bruder sei Dank. Im Übrigen, hallo! Ich bin Hermann.»
«Melanie. Salut!» Sie streckte ihm die Hand entgegen, und Hermann versuchte mit allen Mitteln nicht zu bemerken, wie das weite Hemd – wohl eines von Manis wenigen «Bürohemden», das ihr als Nachthemd gedient hatte – dabei beinahe die Sicht auf ihre rechte Brust freigab.

Wie kam Mani bloss zu dieser Frau?! Oder eigentlich eher: Wie kam sie auf Mani? Wie konnten Frauen seinen Bruder Manuel überhaupt wahrnehmen, ganz zu schweigen, Interesse für ihn entwickeln. Sah Hermann ihn irgendwie nicht richtig? Mani hatte in seinen Augen das Charisma und den Charme einer Toastscheibe, ein nahezu unübertrefflich durchschnittliches Äusseres und die unselige Gewohnheit, seinen Leib in Dinger zu stecken, die mit knapper Not als Kleidungsstücke bezeichnet werden konnten. Sein Vollbart stand wohl weniger aus Stilbewusstsein um sein Kinn als vielmehr als Ergebnis seiner Lebensphilosophie «fuul isch cool». Mani war Elektriker und gehörte somit durchaus nicht zu jener Gattung von Männern, die die Damenwelt durch Intellekt, Ansehen oder Kapital beeindrucken konnte. Dennoch erklang in der brüderlichen WG alle paar Wochen morgens eine andere verschlafene, weibliche Stimme und verlangte nach Kaffee. Es war ein Mysterium!
Aber nicht dasjenige, dem sich Hermann heute zu widmen hatte. Während er die Badezimmertür abschloss, um in Ruhe seine Morgentoilette verrichten zu können, beschloss

er, die bisherigen Fakten zum neuen Fall unter der Dusche und während der Rasur konzentriert zu rekapitulieren. Er hatte keine Lust, mit Mani und seiner Eroberung gemeinsam in der unaufgeräumten Küche irgendwelche Kaffeeersatzbrühen aus schlecht abgewaschenen Tassen zu schlürfen, und womöglich an ihrem Am-Morgen-danach-Smalltalk teilzuhaben. Eine richtige Tasse Kaffee und ein frisches, duftendes Gipfeli auf der Terrasse seines Stammcafés würden ihn, wie fast jeden Morgen im Sommer, mit einem Heile-Welt-Proviant für den Tag versorgen. Zudem war es ihm zum Ritual geworden, morgens die Witterung zu beobachten. Er fühlte sich dabei ein bisschen wie ein Seemann, der am Morgen die Nase in die Luft streckte, um daraus die Entwicklung des Wellengangs über den Tag hinweg zu erschnuppern.

Hermann streifte seinen Pyjama ab und stellte sich unter die Brause. Was für ein Triumph, sich diesmal aus Absicht und freiem Willen mit Wasser berieseln zu lassen! Als er gestern Nacht zu Hause angekommen war, hatte alles, was er am Leib trug, getrieft, als hätte er eine Seeüberquerung in Kleidern hinter sich. Seine geliebten Schnabelschuhe ähnelten gekenterten Schaluppen, als er sie von seinen Füssen zog. Jetzt war der warme Strahl auf seinem Körper eine reinigende Wohltat. Während er den Tag, an dem er die Bekanntschaft mit der toten Ikone gemacht hatte, Revue passieren liess, zog er sich an, packte seine Mappe, schwang sich damit zur Tür hinaus und rief ein allgemeines «Ciao!» in die Wohnung hinter sich.

Heute war es zur Abwechslung mal noch nicht schwül, aber dunstig. Das Treppenhaus duftete nach diesem Putzmittel, das Hermann so gerne roch. Er musste Frau Kübler mal ein Kompliment für die gute Wahl machen. Oder war das hei-

kel? Würde sich eine Hauswartin durch so was banalisiert fühlen? Caretaker harassment? Ach was!
Die Tür fiel hinter Hermann mit einem Wumms ins Schloss, und beförderte seine Gedanken weg von den Wirren der political correctness. Wie meistens, wenn er zu Fuss zur Arbeit ging, durchquerte er das Vögeligärtli. In diesem kleinen Park vor der Hochschulbibliothek waren einst zu jeder Tageszeit allerhand Tagediebe anzutreffen gewesen, die sich miteinander unterhielten oder stritten. Seit einiger Zeit hatte das Vorkommen dieser Gattung jedoch massiv abgenommen und den Kinderwagenrowdies und Kampfhündelern Platz gemacht. Aber an diesem Morgen hatte es zwei Exemplare der obsoleten Spezies, und die stritten sich. Als Hermann auf ihrer Höhe vorüberging, keifte und stiess einer der Typen den anderen auf einmal so heftig an, dass dieser aus dem Gleichgewicht kam und rückwärts gegen Hermann taumelte. Verdutzt und ohne sich zu entschuldigen, rappelte sich der Kerl wieder auf und sah Hermann dabei flüchtig und ausweichend an. Diese Art, einem nicht richtig in die Augen zu sehen, war Drogenabhängigen eigen, das wusste Hermann von seinen Jahren bei der Fachgruppe Betäubungsmitteldelikte. Aber in diesem winzigen Moment, da sich ihre Augen trafen, kam ihm noch irgendwas anderes bekannt vor. Er wusste nicht was.

Wenig später setzte sich Hermann an eines der Tischchen vor seinem Stammcafé. Vom Reusswehr her toste das ihm vertraute Rauschen. Schwalben drehten ihre Kreise durch die Morgenluft. Eine Schar chinesischer Touristen zog an Hermanns Tisch vorbei. Sie sahen missgelaunt und unausgeschlafen aus. Hermann fragte sich, ob sie sich wohl genau an diesem Morgen bewusst geworden waren, dass sie sich mit der «Europe in 5 days»-Tour etwas viel zugemutet hatten. Er konnte nicht umhin, sie lieb anzuschmunzeln, während er sich geniesserisch seinem Kafi und Gipfeli widmete.

In seinem Büro erwarteten ihn sein nicht mehr leerer Schreibtisch und ein ungeduldiger Kollege vom rechtsmedizinischen Dienst.
«Morgen, Hermann! Also, wir haben da ein paar Sachen gefunden. Den Bericht hab ich dir schon aufs Pult gelegt. In Kürze: Der Tod wurde durch eine Hirnblutung ausgelöst, verursacht durch stumpfe Gewalteinwirkung auf den Schädel. Ein Materialsplitter aus der Wunde wird zurzeit im Labor ausgewertet. Scheint so was wie Lack zu sein. Dazu hörst du nächstens was von Roman, nehme ich an. Eingetreten ist der Tod in der Nacht auf Mittwoch, etwa im Zeitraum zwischen Mitternacht und zwei Uhr morgens. Dann zu den Blutspritzern: Die stammen nicht von ihm. Der Fahrni hat aber keinerlei Hinweise auf einen Kampf gefunden. Der Junge hatte ein paar Biere intus, aber nichts Dramatisches. Übrigens hat er als letztes Cornflakes mit Schokoglasur und Kokosjoghurt zu sich genommen. Muss ich auch mal probieren, diese Kombination.»
«Danke, Stefan!» Hermann staunte immer wieder über den bodenständigen und bisweilen morbiden Humor der Rechtsmediziner. Stefan Camenisch war dazu noch mit einem unbestechlichen Appetit begabt. Der Freizeit-Küchengott konnte genauso hingebungsvoll wie hemmungslos von seiner jüngsten kulinarischen Kreation schwärmen, während er den Mageninhalt eines Dahingeschiedenen analysierte.
Hermann setzte sich und griff nach den Akten. Er überflog sie kurz und stellte fest, dass darin stand, was ihm Stefan eben mitgeteilt hatte. Dann kramte er seine sieben Sachen aus der Mappe und begann unentschlossen mit dem Zeigefinger auf seinem Handy hin und her zu wischen. Er zögerte. Wen sollte er sich zuerst vornehmen? «Dann natürlich Boo-

tie!», wiederholte er murmelnd Nora Seilers Worte, während er nach dem Hörer griff und wählte.
«Bösiger»
«Schmid, grüezi Herr Bösiger. Sie sind Herr Bösiger, der auch ‹Bootie› genannt wird?»
«Ja, schon ...» Die Stimme klang verschlafen.
«Herr Bösiger, ich bin Inspektor von der Kripo Luzern. Ich rufe an, weil ich in einem Todesfall ermittle. Laut unseren Informationen waren Sie mit Lino De Luca befreundet, stimmt das?» Hermann wollte ihn ein wenig provozieren. Irgendwie war ihm dieser «Bootie», den alle so «geil» fanden, nicht recht geheuer. Am andern Ende der Leitung herrschte Schweigen. Dann hörte Hermann so was wie ein schwaches Räuspern. «Ich weiss. Es ist grauenhaft.»
«Sie wissen, dass Lino De Luca tot ist?»
«Ja. Ich habs erfahren. Gestern Abend.»
«Wie haben Sie davon erfahren, Herr Bösiger?»
Bösiger schnäuzte sich geräuschvoll. «Ich wollte gestern Abend meine Sachen aus dem Proberaum holen. Die Band hatte mich rausgeschmissen, und bis jetzt konnte ich mich einfach nie dazu aufraffen, in den Bandraum zu gehen. Gestern gab ich mir dann einen Ruck und ging rauf, um meinen Amp und mein übriges Zeug aus dem Raum zu holen, da sah ich die Absperrung. Ich ging zu Charlie, dem Hauswart, und fragte, was das soll. Da hat ers mir gesagt. Es ist … es ist einfach zu viel!» Bösiger hatte eine angenehme Stimme. Im Hintergrund begann eine Katze zu miauen. Dann hielt Bösiger die Hand aufs Mikrofon des Telefons und sagte gedämpft vernehmlich: «Terry, gib doch Hatschi was zu essen, der macht hier Terror!» Beim Wort «Terry» spitzten sich Hermanns Lauscher zu Spock-Ohren. Er horchte, ob er eine Antwort mitbekäme, aber ausser entfernten Geräuschen war nichts zu hören. «Herr Bösiger, ich wäre ganz gerne kurz bei Ihnen vorbeigekommen, wenn das möglich ist.»

Wieder Schweigen. «Hm ... ich muss eigentlich zur Arbeit. Aber ich kann anrufen, dass es später wird. Wann wären Sie denn da?»
Hermanns Finger rutschte auf der Namensliste in seinem roten Buch auf Bösigers Adresszeile. Da stand Trüllhofstrasse 5. «In etwa 5 Minuten. Geht das?»
«Ja, klar. Meinen Sie, es dauert länger als eine Stunde?»
«Nein, auf keinen Fall. Ich mach mich dann gleich auf den Weg. Bis bald und danke, Herr Bösiger!»

Hermann beeilte sich, Edgar Meldung zu erstatten, dass er auf «Visite» ging und schwang sich draussen auf seine schwarze Vespa, die er als Dienstfahrzeug benutzte, wenn er allein unterwegs war. Er wollte unbedingt diese Terry noch antreffen. Wäre ja höchst interessant, wenn Linos Freundin morgens um acht bei diesem Bootie Katzen fütterte.

Als Hermann die steile Trüllhofstrasse hinauf tuckerte und vor dem Haus Nummer 5 anhielt, kam ein rotgetigertes Kätzchen um die Hausecke. Hermann klemmte sich den Helm unter den Arm und klingelte bei P. Bösiger und F. Stalder. Es vergingen ein paar Sekunden, dann erschien eine verstrubbelte Männergestalt hinter der Haustürscheibe und hantierte mit dem Schlüssel im Schloss. Die Tür fiel auf und Hermanns Kiefer runter.
«Terry!» – «Hörmey! Mann, was machst denn du hier?!! Wir erwarten nämlich einen Tschugger!» Terry lachte sein altvertrautes, kehliges Lachen und schlug Hermann auf die Schulter, dass dieser schier ins Taumeln geriet.
«Du wirst lachen, Terry, ich bin der Tschugger!» Jetzt fiel dem anderen die Kinnlade runter.
«Was?! Du?!»
«Ja, ich. Einen besseren Witz weiss ich im Moment nicht.»
Die beiden Männer standen sich einen Augenblick gegen-

über, ohne weitere Worte zu finden. Terry Knutson war Bassist gewesen bei «The Hermits». Sein Bassist! Er war damals erst vor zwei Jahren in die Schweiz gekommen, aus einem Kaff namens Ødebø. Terry war immer zu liebenswürdigem Unfug aufgelegt und hatte die Band mit Anekdoten aus seinem Heimatort regelmässig in Lachkrämpfe versetzt. Hermann hatte ihn seit der Auflösung seiner Band nie mehr gesehen.

«Mensch, Terry, alter Schwede! Wo warst du denn die ganze Zeit über?»

«He! Ich war immer da! Du tauchst ja plötzlich aus dem Nichts auf, und willst mich gleich hinter schwedische Gardinen bringen!» Terrys Gelächter hallte im Treppenhaus, während er Hermann seine Handgelenke hinstreckte, als warte er auf ein Paar Handschellen.

«Quatsch, Terry, ich buchte nur deine WG ein. Führ mich doch endlich in die feine Gesellschaft ein!»

Terry führte seinen Jugendfreund treppauf in eine sonnige, geräumige Wohnung, die einem Vintage-Musikalienmuseum glich. Hermanns Augen begannen zu leuchten. Ein Paradies!

«Mir bricht das Herz! Meinst du das ernst mit den Dingern da? Grosser Gott, ein Fender Rhodes! Und da ...!» Hermann schritt andächtig auf eine Silvertone mit Verstärkerkoffer zu und strich mit der Hand über die geriffelte Seitenverkleidung. Er fühlte sich wie ein kleiner Junge an Weihnachten. Am liebsten hätte er gefragt: «Und das ist wirklich alles für mich?!»

«Da hat einer Geschmack!», sagte hinter ihm die angenehme Stimme, und Hermann fuhr herum.

«Ups! Tschuldigung! Das Fummeln ist mir angeboren. Gehört sie dir?», hörte Hermann sich sagen. Mist! Er sollte seinen «Klienten» nun gewiss nicht duzen.

«Nein, ich bin hier nur der Raumpfleger.» Der junge Mann

grinste Hermann an und streckte ihm die Hand entgegen. Hermann ergriff sie und konnte nicht umhin festzustellen, dass seinem Gegenüber das Sympathischsein angeboren war.
«Päscu, das ist Hörmey, der Tschugger. Er spielt Keyboard, aber sonst ist er in Ordnung», stellte Terry vor. Hermann genierte sich mal wieder, und Pascal Bösiger machte ein langes Gesicht.
«Ist wahr?»
Hermann nickte und meinte zu seiner Entschuldigung: «Der Berufsberater hat mir den Beruf passend zu meinem Musikinstrument ausgesucht.»
Bösiger lud zum Kaffee in die Küche ein. Terry ging aus dem Raum, kehrte Krawatte bindend zurück und sagte: «Ich nehme mal den Fluchtweg, Leute. Wenn ich nicht spätestens um neun in der Bank bin, rauben die Kumpels sie wieder ohne mich aus.» Dann knuffte er Hermann in den Arm und fügte an: «Und du, wenn du in zehn Jahren wieder auftauchst, dann sei so nett und sei was angenehmeres von Beruf!»
Hermann knuffte zurück und seufzte. Die Erinnerungen an die alten Zeiten mit der Band machten ihn in Anbetracht seiner heutigen Lebensumstände sentimental.
Als Pascal Bösiger Hermann gegenüber am Küchentisch sass, und Terry die Wohnung verlassen hatte, versuchte Hermann sich zu vergegenwärtigen, dass er einen mutmasslichen Mordfall aufzuklären hatte. Während er sich noch überlegte, wie er Bösiger nun weiter anreden sollte, nachdem ihm vorhin das spontane «du» durchgerutscht war, nahm ihm der andere das Problem ab: «Du bist also Polizist. Na ja, das kann ja jedem mal passieren.» Bösiger lächelte und zuckte die Schultern. «Lieber das, als was Lino passiert ist, oder? Was ist ihm denn nun eigentlich passiert? Charlie sagte, er wäre erschlagen worden! Wurde er beraubt? Hatte er Geld bei sich? Sonst macht das doch überhaupt keinen Sinn!»

Hermann erwachte auf einmal aus seiner Geniertheit und betrachtete Booties Gesicht. Es war ein ebenmässiges Gesicht mit einer fein geschwungenen Nase. Die braunen Locken liessen die ganzen auf cool gestylten Frisen in Werbespots für Herrenhaarpflegeprodukte alt aussehen. Ein rundum gelungenes Individuum, das ihm nun Fragen stellte, statt andersrum. Hermann musste das Ruder herumreissen. «Interessant! Charlie Binggeli sprach von Totschlag? Da scheint er der Polizei eine herausgestreckte Zungenlänge voraus zu sein. Wir unsererseits ermitteln noch, was genau geschehen ist.»
Bootie fixierte abwesend seine Kaffeetasse. Dann blickte er wieder auf. «Lino war unbeliebt. Aber das ist kein Grund, einen umzubringen. Es laufen massenhaft unbeliebte Leute durch die Gegend, die steinalt werden. Verdammt, da stimmt doch was nicht!»
«Mhm ...» Hermann war gerade etwas in gleicher Geschwindigkeit entfallen, wie es ihm eingefallen war. Er redete eher zu sich selbst: «Stimmt, da stimmt was nicht...»
Plötzlich blickte er Pascal Bösiger geradewegs in die Augen. «Wie sauer auf einer Skala von 1 bis 10 warst du auf Lino, als er dich aus der Band geschmissen hat?»
Sein Gegenüber sah nachdenklich aus. Statt einer Antwort kam von Bösiger eine Gegenfrage. «Hör mal, glaubst du, dass du einem Typen auch nur den kleinen Zeh brechen könntest, weil er dich aus seiner Band schmeisst?»

Da war es! Das Du und seine Folgen. Oder dann hatte dieser Bursche ganz einfach keinen Respekt gegenüber einer polizeilichen Befragung – was Hermann irgendwie gefiel.
«Zehn!» kam es von Bösiger unvermittelt. «Und ich hätte echt Lust gehabt, ihn zu vermöbeln. Nur weiss ich nicht mal, wie das geht.»
Hermann dachte an Edgars Schweigetaktik und sah seinem

Gegenüber seelenruhig in die Augen. Als dieses Vorgehen in Bösiger die Mitteilsamkeit weckte, musste Hermann Acht geben, vor Erstaunen darüber nicht aus dem Konzept zu geraten.

«Wir waren so nahe dran! Herrgott nochmal! Wie oft passiert es einer Schweizer Band, dass sie einen Major-Vertrag kriegt?!... Und dieser Depp fand wohl, ich würde ihm die Schau stehlen! Wenn immer ich ein cooles Riff oder einen Song brachte, warf er sich in die Brust und schmollte wie ein kleines Kind.»

«Wie kamst du denn zu der Band?», wollte Hermann wissen.

«Lino war kein allzu guter Gitarrist. Eines Tages quatschte mich Mandy an, ob ich Lust hätte, bei ‹The Men› die Sologitarre zu spielen und schleppte mich mit in die Probe. Mandy und Vico waren sofort begeistert. Nur Lino schwieg sich lautstark aus ...»

Die Beiden sassen einen Moment lang still da. Dann regte sich der Polizist. «Ihr teilt euch die Wohnung hier, du und Terry?»

Bösiger sah ihn überrascht an. «Ja. Seit etwa einem Vierteljahr wohnt er hier.»

«Und F. Stalder habt ihr in die Besenkammer verbannt?»

Bootie kräuselte die Mundwinkel. «Klar, zusammen mit Blaubarts Frauen! F. Stalder war meine Freundin. Glaubte ich wenigstens, bis sie vor ein paar Monaten mit ihrem Surflehrer nach Australien auswanderte.»

«Oh, verstehe … tut mir leid.»

«Tja, mir auch.» Booties Seufzer liess Hermann tatsächlich bereuen, die Frage gestellt zu haben. Er erhob sich und stellte seine leere Tasse in die Spüle. «Danke für den Kaffee! Dann geh ich mal hin und belästige andere Leute.» Pascal Bösiger stand auf und öffnete der rotgetigerten Katze das Fenster. Sie trabte herein und schnurstracks auf eine Futterschale zu.

«Ciao! Äh ... wie war dein Name?... Hörby?»
«Hermann hiess er», zitierte Hermann Nina Hagen und grinste schief, als er Pascals Hand schüttelte.

Zehn Minuten später stand Hermann wieder in seinem Büro. Eine Handnotiz von Edgar Glinz lag auf seinem Schreibtisch. «Mutter 10 bei mir!», stand darauf. Glinz pflegte seine Notizen so knapp zu halten, dass das Verstehen derselben zuweilen einem Lippenlesen gleichkam. Natürlich handelte es sich um Linos Mutter, die sich offenbar für 10 Uhr bei der Kripo angemeldet hatte. Es war kurz nach 9. Hermann öffnete das Fenster, tat ein paar tiefe Atemzüge und sah fasziniert den sich aus Osten aufbauenden Wolken zu.
Es gefiel ihm nicht, dass er in einer Ermittlung Sympathie zu einem möglichen Verdächtigen gefasst hatte. Aber mehr ärgerte ihn eigentlich, dass ihm ausgerechnet ein Mensch sympathisch war, der offenbar jedem sympathisch war. Extreme Popularität war ihm schon immer suspekt gewesen. Hermann schloss das Fenster und kehrte zu seinem Schreibtisch zurück. Er grub sein kleines rotes Buch aus seiner Mappe, schlug die Seite mit den Telefonnummern auf und wählte die Nummer von Vico Schwarz. Eine verschlafene Stimme meldete sich.
«Pardon, ich scheine Sie geweckt zu haben. Mein Name ist Schmid. Ich bin von der Kriminalpolizei und hätte ein paar Fragen an Sie. Können wir uns heute irgendwann treffen?»
Am anderen Ende wurde gezögert. «... Kriminalpolizei? Ich wüsste nicht, was die von mir wollen könnte!» Seinen Tonfall als «gehässigen Unterton» zu bezeichnen, wäre eine Untertreibung gewesen, aber der Begriff «gehässiger Oberton» existierte nun mal nicht.
«Laut unseren Informationen sind Sie mit Lino De Luca befreundet. Stimmt das?»

«Oh Mann! Hat der irre Typ Mist gebaut?»
«Das wissen wir nicht. Wir wissen bis jetzt nur, dass er umgekommen ist. Vielleicht können Sie uns bei unseren Ermittlungen weiterhelfen.»
Das hatte gesessen. Schwarz' Stimme hatte nun jeglichen Ton verloren. Nach einigen Sekunden flüsterte er: «Was?»
«Es tut mir leid, Ihnen diese Mitteilung so schonungslos am Telefon machen zu müssen. Sie wussten noch nichts davon?»
«Lino ist tot? Ist das wirklich wahr? Warum? Ich meine, wie? Was ist passiert?»
«Das würde ich Ihnen lieber bei einem persönlichen Gespräch erklären. Können wir uns treffen?»
«Ja. Warten Sie ...» Ein paar Geräusche liessen darauf schliessen, dass Vico Schwarz irgendetwas suchte. Dann meldete er sich wieder. «Also, heute gehts nicht, da haben wir – ach, Scheisse! – nein, wir haben keine Probe!» Das Klicken eines Feuerzeugs war zu vernehmen. «Mann, ich check es einfach nicht! Nein, ich meine, ja, heute nach der Büez, so gegen 19 Uhr. Heilige Scheisse! ... Weiss es Mandy schon?» Schwarz stiess in einem langen Zug Rauch aus.
«Nein, ihm werde ich als nächstes die Hiobsbotschaft verkünden müssen.»
«Okay. Machen Sie's schonend, ja? Wohin soll ich kommen?»
«Ich komme zu Ihnen. 19.15 Uhr?»
«... hm ... von mir aus, ja, wenn Sie wollen.»
«Gut, vielen Dank, und bis heute Abend dann. Stürzen Sie sich in die Arbeit, das hilft ein wenig!»
«Werds versuchen. Bis dann.» Damit legte Schwarz auf.
Hermann hatte von seinem Chef schon einige Male Warnungen geerntet, er sei zu einfühlsam. Aber eigentlich empfand Hermann seine Empathie als eine Eigenschaft, die bei der Polizei zu kurz kam. Die gewohnheitsmässige Konfrontation mit dem Tod liess viele seiner Kollegen vergessen, was für eine Wirkung er auf Nahestehende der Opfer hatte. Her-

mann tippte die Handynummer von Mandy Müller ein, während er sich überlegte, dass er vielleicht bereits Linos Mörder dessen Tod schonend kundgetan hatte.

Aber unter der Handynummer von Mandy Müller meldete sich niemand. Nicht einmal eine Combox. «Ist wohl an der Arbeit», murmelte Hermann. Da plötzlich dämmerte ihm, was ihm bei Bootie ein- und gleich wieder entfallen war, das nicht stimmte. Er klatschte sich mit der flachen Hand auf die Stirn. «Ich Galöri! Linos Handynummer!» Hastig suchte er Nora Seilers Nummer heraus und wählte.
«Ja?»
«Hallo Frau Seiler, Schmid hier, von der Kripo. Dürfte ich ihre Hilfe nochmals in Anspruch nehmen? Ich hatte völlig vergessen, Sie nach Linos Handynummer zu fragen. Er hatte doch eine, nehme ich an?»
«Ach so, ja, grüe … äh … hallo! Im Moment bin ich gerade im Auto unterwegs, aber in etwa einer Stunde werde ich im Sedelbüro sein. Dann kann ich den Kontakt raussuchen und Sie zurückrufen. Ist das okay?»
«Ja, das ist gut. Warten Sie, das heisst … Dann bin ich vermutlich in einer Besprechung. Ich werde mich wieder bei Ihnen melden.»
«Ok, ich schreibe dann schon mal die Nummer von Lino raus. Brauchen Sie noch eine andere?»
«Ich glaube nicht, nein. Also dann bis später, Frau Seiler, danke.»
Damit legte Hermann den Hörer auf und hob ihn gleich wieder, um Edgars interne Nummer zu wählen.
«Glinz!», raunte es aus der Muschel.
«Weiss ich, ich hab ja deine Nummer gewählt.»
«Schon gut, du Plagöri , was gibt's?»
«Ich wollte fragen, ob du mich beim Gespräch mit Linos Mutter dabei haben willst.»

«Nein, brauchst eigentlich nicht dabei zu sein. Ich hab den Russi bestellt, damit die Frau in ihrer Sprache reden kann.» Russi hiess richtig Bernardo Russo, stammte aus dem Südtirol, und war ihr Italienischübersetzer sowie ein sehr fähiger Kriminalpsychologe. Nebst dem Umstand, dass sein Name demjenigen des einstigen Schweizer Skistars glich, hatten sie eines Tages bei einem Skitag der Abteilung festgestellt, dass Bernardo auf den Brettern sämtliche Schweizer Kollegen in den Schatten stellte, oder vielmehr in der Schneewolke stehen liess. Von da hatte er seinen Übernamen.
«Gut, dann kommt ihr ja zurecht. Hast du für Watson eine besondere Mission, oder soll er sich in der Zwischenzeit einfach ein bisschen scharfsinnig betätigen?»
«Ich lass dir lange Leine, mein lieber Spürhund», grinste der Kommissar ins Telefon und legte auf.
«Also dann ...» erwiderte Hermann in die stille Leitung und liess den Hörer schwungvoll auf die Vertiefung in seinem Plastiktelefon klappen. Er stand auf und vollführte ein paar legere Lockerungsübungen, wie sie Mister Bean nicht gekonnter hingekriegt hätte. Dann fiel er über sein kleines rotes Buch her und suchte den Namen von Linos Freundin. Zu seiner Verblüffung fand er im Online-Telefonbuch einen Festnetzanschluss zum Namen Terry Gruber. Er wählte sofort die Nummer. Im selben Moment turnte Kollege Stefan ins Zimmer und fuchtelte mit einem Blatt Papier. Währenddessen schaltete sich in der Leitung ein Beantworter ein. Eine Frauenstimme hauchte: «Ich bin nicht da. Das merkst du ja. Wenn du willst, kannst du meine Combox vollquatschen, aber bilde dir nicht ein, dass ich deswegen zurückrufe.» Dann ertönte ein unsicherer Piepston, den Hermann mit Auflegen des Hörers quittierte. «Kannst mich mal!», knurrte Hermann sein Telefon an, und Stefan bat betreten um Verzeihung. «Ach Unsinn, Stefan, dich hab ich doch damit nicht gemeint! Was hast du denn da?»

Kollege Camenisch liess sein überproportioniertes Gebiss erscheinen, näherte sich und legte das Papier auf Hermanns Schreibtisch. «Die Analyse des Bluttropfens auf der Wange des Opfers hat ergeben, dass es sich um das Blut einer Frau handelt!», verkündete er stolz.
Hermann guckte ihn von schräg unten an und meinte lakonisch: «Na, das ist ja fantastisch. Das schränkt unsere Recherchen immerhin auf die Hälfte der Menschheit ein.»
«He, immerhin weisst du jetzt, dass es kein Tierblut ist. Hätte ja sein können, dass der Typ noch sein Meerschweinchen rituell geopfert hat, bevor er sich selbst erschlug. Schamane oder so.»
Hermann gluckste belustigt vor sich hin. Dieser Camenisch war unbezahlbar!
Der Teure führte indessen weiter aus: «Wir wissen natürlich noch mehr über sie. Ich meine die Besitzerin des Blutes. Sie dürfte Ende Zwanzig sein, ist vermutlich braunhaarig und hat Blutgruppe B+. Zudem ist sie schwanger und kokst.»
«Ahhh! Das sind Ergebnisse! Und wie heisst sie?»
«Tja, leider ist der Name nicht genetisch vererbt, Hermi. Aber Columbo hätte einen Freudentanz aufgeführt, wenn er sich an DNS-Informationen seiner Schäfchen hätte schlau machen können, das sag ich dir!»
«Okay, okay, Stefan. Du hast ja recht!» Hermann stand auf und begleitete seinen Kollegen aus dem Raum. «Danke!» Als er wieder allein war, wählte er unlogischerweise nochmal Terrys Nummer, und nicht weniger unlogischerweise hob sie diesmal ab: «Ja, was ist denn heute zum Teufel noch mal los?!»
«Der Löwe ist los, Frau Gruber», erwiderte Hermann gelassen.
«Was?!»
«Haben Sie einen Moment Zeit, oder sind Sie im Stress?»
«Sind Sie von den Zeugen Jehovas, oder was?»
«Nein, nur von der Kriminalpolizei.»
Stille.

Dann kam es etwas gefasster aus der Muschel: «Ist das ein Witz? Löwe? Kriminalpolizei? Was soll das?»
«Das mit dem Löwen ist nicht wörtlich zu nehmen, Frau Gruber. Mein Name ist Schmid, und ich rufe Sie an, weil ich einen Todesfall aufzuklären habe. Sie haben laut unseren Informationen den Verstorbenen gekannt. Wenn es geht, käme ich gerne kurz bei Ihnen vorbei, um Ihnen ein paar Fragen zu stellen.»
Wieder Stille. «Wer ist gestorben?» Terrys Stimme klang Unheil ahnend. «Das möchte ich Ihnen wirklich lieber persönlich sagen», log Hermann, was das «lieber» betraf. «Kann ich bei Ihnen vorbeikommen?» Nach einigem Zögern willigte Terry Gruber ein.

Hermann hatte den kurzen Weg gehend unter die Füsse genommen und bog gerade in die Bruchstrasse ein, als die dräuende Wolke über ihm ganz spontan entschied, sich zu entleeren. Die Leute, die eben noch vor den Cafés ihre kleinen Tischchen mit Tassen und Zeitungen belagert hatten, gerieten in Bewegung, als hätte der Besitzer ihrer gemeinsamen Fernsteuerung auf den Knopf «rush in» gedrückt. Remote controls mussten nun mal englisch beschriftet sein, oder? Hermann indessen rannte im Schnellvorlauf auf den Eingang der Hausnummer 48 zu, rutschte aus und fiel in Zeitlupe der Länge nach hin. In gefühlter Zeitlupe, zugegeben. Zum Fluchen schien ihm die Zeit zu schade. Er schälte sich vom Asphalt, strich sich fahrig Hose und Stirn glatt und trat zur Sonnerie, bei der er die Klingel von T. Gruber betätigte. Während er noch überlegte, warum der Name des Toten nicht auf dem Klingelschild stand, schnarrte ein Summton, und gewährte ihm Einlass. Er stieg die Treppen zum vierten Stock hinauf, was seinen schmerzenden Knien gern erspart geblieben wäre.
Als Terry Gruber die Tür öffnete, fiel zweierlei auf: Ihm,

dass sie faszinierende, weit aufgerissene graugrüne Augen hatte, und ihr, dass ihm Hemd und Hose nass am Leib klebten und Blut übers Gesicht rann.
Er sagte «Schmid», und sie sagte «Jesses!».
«Nicht Gruber?», grinste Hermann, in der Annahme, dass ihr Ausruf seinem buchstäblich hinfälligen Aufzug galt.
«Nein! Also, doch, ja. Ich war nur ... woher kommt das Blut?»
Hermann stutzte. Sie wusste also von dem Blut auf Linos Wange? Er entschied sich für die gleich offensive Art wie Terrys und fragte: «Sie haben die Leiche gesehen?»
«Mein Gott, nein! Wessen Leiche?! Sagen Sie mir bitte endlich, was los ist! Und weisen Sie sich aus! Das wird mir langsam alles zu viel.»
Hermann kramte seinen Dienstausweis aus seiner Mappe, während er in die Wohnung trat. Terry nahm ihn ihm zu seiner bodenlosen Verdutztheit aus der Hand, taxierte Hermann und erstattete den Ausweis zurück.
«Ist gut, ok. Und nun klären Sie mich auf der Stelle auf! Wer ist tot?»
«Ein Mann namens Lino De Luca.»
Das Gesicht der Frau sah erst aus, als würde es sich zu einem Lachen aufhellen, doch dann verzerrte es sich in beängstigender Weise. Terry stand innert Sekunden tränenüberströmt da, ohne einen Laut von sich gegeben zu haben. Sie zitterte am ganzen Leib.
«Meine Güte, setzen Sie sich hin!» Hermann führte sie zu dem mit indischem Tuch verhüllten Sofa, das im nächsten Raum stand. Sie liess sich vor dem Sofa auf die Knie niedersinken und warf beide Arme über den Kopf. Einen Augenblick lang schien Hermann diese Geste zu theatralisch. Auf die Sache mit dem Blut musste er noch zurückkommen. Aber erst musste er Geduld haben. Er setzte sich auf etwas gegenüber dem Sofa, von dem er hoffte, dass es als Sitzgele-

genheit gedacht war und versuchte, sich nicht zu betroffen zu fühlen. Terry Grubers zusammengekauerte Gestalt schüttelte es stumm. Hermann wartete und sah sich im Raum um. Unzählige Ketten aus Glasperlen, Tierzähnen und wer weiss was hingen und lagen da. Die Möblierung bestand aus Stücken unterschiedlicher Art. Nicht geschmacklos. Brockenhaus, Südseite, dachte Hermann. Was er erst für etwas obskure Vorhänge gehalten hatte, entlarvte er nun bei genauer Betrachtung als an die Gardinenstangen gehängte schwarze Damenstrümpfe. Das wirkte auf Hermann irgendwie erotisch, aber gleichzeitig wie eine Art weibliche Bedrohung. Auf etlichen Möbeln türmten sich Räucherstäbchenhalter und seltsame Duftlampen, oder was er sich darunter vorstellte. Was mochten da für geheime Essenzen geköchelt werden? Es roch nach Patschuli. Na, so geheim auch wieder nicht. An der Wand im gegenüberliegenden Zimmer sah Hermann durch die offenstehende Tür einen zerbrochenen Spiegel in einem üppigen, goldigen Stukkatur-Rahmen. In den Teilen, die noch im Rahmen steckten, spiegelten sich ein grosses, ungemachtes Bett und darüber zahllose Fotos, kleine Bildchen, Zeitungsausschnitte und angepinnter Krimskrams. Sein Blick wanderte zurück ins Wohnzimmer und blieb in einer Ecke auf einer akustischen Gitarre hängen, auf deren Korpus ein wohl in irgendeiner fremden Stadt abmontiertes Blechschild vor «Danger!» warnte. Das erinnerte Hermann an das Klingelschild. Er sah zur kauernden Frau beim Sofa und erschrak ein wenig, als er diese ruhig und mit dem Blick auf ihn gerichtet antraf.
«Gehts besser?» Das war flapsig! «Ich meine, geht es irgendwie?» Besser war das auch nicht.
Terry ging nicht darauf ein. «Was ist mit ihm passiert?», fragte sie mit einem merkwürdigen Klang in der Stimme.
Diese Frau irritierte Hermann. Er fühlte sich ihr in subtiler Weise ausgeliefert. «Wir wissen noch nicht, was die Todes-

ursache war. Er ist mit einem Riss im Schädel in seinem Proberaum gefunden worden.» Nun bloss nicht sie die Führung übernehmen lassen! «Stimmt es, dass Sie seine Freundin waren?»
«Vielleicht.»
Hermann ignorierte die seltsame Antwort. «Haben Sie zusammen gewohnt?»
«Er war viel bei mir.»
«Hatte er keinen festen Wohnsitz?»
«Lino wohnte bei seiner *Mamma* ...» Der abschätzige Ton in Terrys Stimme passte wunderbar zu dem Stoffband mit der Aufschrift «fuck you!», das ihr linkes Handgelenk zierte. Sie griff nach einer bunten Dose, entnahm ihr einen Zigarillo und steckte ihn sich an. Dabei fiel ihr eine ihrer hennaroten Strähnen vors Gesicht. Ein schönes Gesicht mit hohen Wangenknochen und vielen, feinen Sommersprossen. Hermann betrachtete dieses Gesicht und fragte sich, warum diese Frau ihm Unbehagen bereitete. Ihre Augen zeigten keine Spuren mehr von der Tränenflut, die ihnen eben noch entströmt war. Sie blickte Hermann wieder geradeaus an. Er gab sich einen Ruck: «Sie beide waren also vielleicht ein Paar. Hatten Sie auch vielleicht einen Streit?»
Terry machte eine wegwerfende Handbewegung. «*Einen?!* Ich kenne niemanden, der mit Lino nur einen Streit gehabt hätte!»
«Ich meine, hatten Sie sich vor kurzem von ihm getrennt?»
Terry starrte vor sich hin. Ein unerwartetes Schluchzen, fast wie ein Schluckauf liess die junge Frau aufzucken. «Es ist ... es war kompliziert. Lino kam und ging, wie es ihm passte. Er war so verdammt launisch und egoistisch! Alles drehte sich immer bloss um ihn. Um ihn und seine Rockstarallüren. Ich hatte einfach da zu sein, wenn er mich brauchte, sonst kümmerte er sich einen Scheissdreck um mich. Er scheint geglaubt zu haben, ich sei sein Eigentum,

und warte brav zuhause auf ihn, während er den grossen Rocker gibt und durch England tingelt.»
Terry hatte sich in Rage geredet. Das war das Beste, was Hermann passieren konnte. «Und sie haben dann halt nicht brav gewartet, was?»
Das helle Augenpaar blitzte ihn an. «Er war ein eifersüchtiger Idiot!»
«Sie hatten einen neuen Freund, als er zurückkam?»
«Sie haben ja nicht die geringste Ahnung, was der Typ da drüben getrieben hat! Dagegen bin ich eine *Heilige!*»
«Aber keine einsame Heilige.»
«Hören Sie mal, das ist meine Privatsache!»
Hermann räusperte sich. «Umgebracht zu werden, ist auch Privatsache.»
Treffer! Die Frau setzte sich kerzengerade auf und sah ihn an, als hätte er ihr eine Ohrfeige gegeben.
«Wie … was wollen Sie damit sagen?!» Für mehr reichte ihr die Luft nicht aus.
«Dass die Polizei im Falle eines Totschlags nicht darum herum kommt, ihre Nase in Privatsachen zu stecken, Frau Gruber.»
«Sie … Sie meinen, er ist ermordet worden?!»
Wiederum fiel zweierlei auf. Hermann, dass Terry bei seinem Todesbericht offenbar keinen Moment an Mord gedacht hatte, was allerdings einen allfälligen Tatverdacht entkräftete, und Terry, dass ihr die Schmier einen Irren mit nassen Kleidern und Blut im Gesicht vorbeigeschickt hatte, der dasass und ihr seelenruhig erzählte, dass Lino ermordet worden war.
So schwieg man ein Weilchen und dachte sich das eine oder andere. Schliesslich stand Terry Gruber abrupt auf, drückte ihren Zigarillo in den Aschenbecher und sagte, sie müsse jetzt gehen. Woraufhin sich Hermann ebenfalls erhob und im Gehen verkündete, er müsse vielleicht wiederkommen.
Als Hermann im Flur vor Terrys Wohnungstür stand, fiel

ihm Terrys Erwähnung des Blutes wieder ein. Was hatte sie genau gesagt? Wie zum Teufel konnte sie von dem Blut wissen, wenn sie Linos Leiche nicht gesehen hatte? Irgendwas stimmte da nicht. Sie gab vor, von Linos Ermordung überrascht zu sein, obwohl sie die Leiche gesehen hatte.
Als sich hinter Terrys Tür etwas regte, schlich er behände einen Treppenabsatz höher und wartete, bis sie gegangen war. Immerhin hatte sie in diesem Punkt nicht gelogen, auch wenn er zu gerne gewusst hätte, wohin sie gehen musste. Vielleicht ging sie neben dem Knüpfen okkulter Perlenketten und Irreführen von Polizisten einem hundskommunen Beruf nach? Er wartete, bis er hörte, wie die Haustür unten ins Schloss fiel, kehrte auf Terrys Etage zurück und klingelte dann bei der benachbarten Wohnung, aus der schwache Geräusche drangen. Eine Frau in den Siebzigern in Gesundheits-Hausschuhen öffnete die Tür und sah ihn entgeistert an. «Jesses!»
Hermann war irritiert. Musste er sich nun an diese Anrede gewöhnen? «Entschuldigen Sie bitte, ich bin von der Kripo und ermittle in einem Fall, zu dem ich verschiedene Erkundigungen einziehen muss. Darf ich Ihnen ein paar Fragen zu ihrer Nachbarin stellen?»
«Aha! Jaja, meinetwegen.» Die Frau blieb in der Tür stehen und musterte ihn von oben bis unten. «Hat es eine Schlägerei gegeben?»
«So was ähnliches, ja.» Hermann fand es interessant, dass die Frau im Zusammenhang mit ihrer Nachbarin ohne Weiteres auf eine Schlägerei zu sprechen kam.
«Haben Sie in letzter Zeit, oder insbesondere vor zwei Tagen, von Auseinandersetzungen in der Wohnung von Frau Gruber Notiz genommen?»
Die Frau setzte ein heuchlerisches Mienchen auf. «Na ja, ich will ja nichts gesagt haben, aber die junge Dame hat ja scheint's öfters Auseinandersetzungen – wie Sie das nen-

nen.» Bei den Worten «junge Dame» wies die Frau mit dem Kopf zu Terrys Wohnungstür und wählte dazu die Mimik und den Tonfall, die der liebe Gott eigentlich zum Ausdruck «Schlampe» erschaffen hatte. «Aber wenn Sie sagen vor zwei Tagen … warten Sie, das war der Dienstag, ja genau! Da hat's wieder wüst g'räblet, drüben. Mein Mann hat noch gesagt, ob wir die Polizei rufen sollen, aber man will sich ja nicht einmischen. Und zudem – ich will ja nichts gegen die Polizei gesagt haben – aber man fühlt sich ja sowieso nicht mehr sicher …»

Hermann steckte das Kompliment gewohnheitsmässig weg und fiel ihr in den Redefluss: «Haben Sie vielleicht mitbekommen, worum es ging?»

«Also … nicht, dass wir uns dafür interessieren, aber wissen Sie, bei der Lautstärke … Es geht mich ja nichts an, aber die junge Dame hat offenbar, wie soll ich sagen, ein Kind abgetrieben. Und da ist ihr Freund da, der magere Dunkle, dann eben am Dienstag dahintergekommen. Da war dann natürlich der Teufel los. Scheint's war er ja nicht einmal der Vater von dem Kind. Sie, das hat ein Geschrei gegeben, da drüben, das sag ich Ihnen! Den ganzen Abend haben sie sich Schimpf und Schande an den Kopf geworfen. Da ist die halbe Haushaltung durch die Luft geflogen, glauben Sie mir! Ja und dann haben sie es plötzlich wieder im Guten versucht miteinander … Wir wollen ja nichts gehört haben, aber die jungen Leute können ja nichts im Stillen tun, wenn Sie wissen, was ich meine … Sie wimmert und bäägget ja so, wenn man's nicht wüsste, meinte man, sie brauche die Ambulanz. Aber es ging nicht lange, da gings wieder los.»

Die Frau rückte Hermann einen Schritt näher und senkte die Stimme, als ob sie erst jetzt zum vertraulichen Teil der Geschichte käme. «Sie hat sogar gedroht, sich umzubringen, sag ich Ihnen! ‹Wenn du jetzt wieder abhaust, schlitze ich mir die Pulsadern auf!›, hat sie gekreischt. Dann hat sie irgendwas zerschlagen, eine Scheibe wahrscheinlich, und hat geschrien ‹Ich machs! Ich machs wirklich!› Aber das macht die nicht. Eine, die ihr Kind tötet, ist keine Selbstmörderin. Wir verstehen uns schon, gell?»

Hermann machte einen Schritt zur Seite, beugte sich zur Klingel, las den Namen auf dem Klingelschild und sagte betont sachlich: «Frau Bänninger, ich danke Ihnen für ihre Informationen. Eine Frage noch: Ist daraufhin noch etwas vorgefallen?»

Frau Bänninger sah etwas ernüchtert drein und fügte in einem leicht beleidigten Ton hinzu: «Nein, nur, dass er dann gegangen ist. Die Tür hat er auch noch zugeschlagen. Sie hat dann drinnen geflennt. Ich sagte ja, ich wusste schon, dass sie sich nicht umbringt. Die ist zäh wie Handschuhleder.»

Hermann unterdrückte sein Bedürfnis, der Frau seine herzliche Abneigung auszudrücken und verabschiedete sich stattdessen formell. Er stapfte die Treppe hinunter und ärgerte sich darüber, dass die Polizei auf die Neugier solcherlei Leute angewiesen war.

Draussen vor dem Haus angekommen, blickte er zu einem strahlend blauen Himmel auf. «Jetzt spiel bloss nicht die Unschuld vom Lande!», zischte er in seine Richtung und marschierte in Richtung Büro. Immerhin waren seine Kleider inzwischen fast trocken, und die Café-Terrassen waren wieder voll besetzt.

Als er im «Bau» an der Personalpforte vorbeiging, begrüsste ihn Rosmarie Troxler, die gerade Dienst hatte, mit grossen Augen und: «Jesses, Hermann!»

Jetzt war etwas nicht mehr in Ordnung! Hermann wandte sich zu ihr und flüsterte: «Rosmi, ich kriege noch einen Jesus-Komplex! Warum werde ich dauernd mit ihm verwechselt? Sags mir, bitte!»

Rosmarie kreiste mit gestrecktem Zeigefinger vor seinem Gesicht und meinte: «Weil du als Märtyrer herumläufst, deshalb.» Fragend sah er seine Kollegin an. Diese griff nach ihrer Handtasche hinter ihrem Stuhl, kramte ein Make-up-Döschen hervor, klappte es auf und hielt ihm den kleinen Spiegel vor.
«Ach, du heiliger Dingsbums! Das habe ich gar nicht gespürt!» Er befühlte die Platzwunde über seinem rechten Auge. Jetzt, wo er sie sah, fühlte er ein leichtes Ziehen an dieser Stelle und ein Spannen der Haut an der Wange. Die Wunde war klein, aber in Sachen Bluten hatte sie ganze Arbeit geleistet. Über seiner Braue zog sich eine filmreife Blutspur über die Schläfe, von der sie kunstvoll seiner rechten Kotelette entlang mäandrierte. Das Kunstwerk musste beim Hinfallen vor Terrys Haustür entstanden sein. «Äusserst effektvoll!», nickte Hermann seiner Kollegin anerkennend zu, als hätte sie einen Verdienst an der ganzen Pracht. «Sieht so echt aus, das könnte glatt geschminkt sein.» Rosmarie grinste, wurde aber gleich wieder ernst: «Wars ein Knüppel?»
«Nein, ein Asphalt! Grand cru!»
Als Rosmarie Troxler ihr Puderdöschen wieder in ihre Tasche verstaute, entwand sich Hermanns Kehle plötzlich ein langgedehntes «Aaahh!…». Rosmi blickte ihn fragend an.
«Dieses Blut! ‹Denn siehe, es ist das Blut Christi› …», deklamierte er, und schritt geheimnisvoll gestikulierend dem Lift entgegen, während seine Kollegin in der Pfortenloge grinsend den Kopf schüttelte.

Im Büro des Chefs sass ein ermatteter Edgar an seinem Schreibtisch. Hermann hatte sich seine natürliche Kriegsbemalung bewusst nicht vom Gesicht gewaschen und trat mit der Absicht ein, seinen Vorgesetzten mit einem Scherzchen über seinen Einsatz in den Strassen von San Francisco zu behelligen.

Edgar Glinz begnügte sich damit, zu hören, dass sein treuer Gehülfe zur Tür hereinkam, denn er kannte jeden seiner Mitarbeiter am Geräusch seiner Schritte, und machte keine Anstalten, die tiefe Betrachtung der Wand gegenüber seinem Schreibtisch zu unterbrechen.
«Und?» Hermann guckte verloren drein, was keiner ausser ihm selbst bemerkte. Diese Italienerinnen! Sie schafften es, seinen Chef aus der Bahn zu werfen! Die alte Eiche zu fällen. Den Fels in der Brandung zu versenken. Was waren das nur für Leute?! «Edgar?», kam es unsicher von Hermann.
In diesem Moment drehte Edgar Glinz seinen Kopf zu seinem Assistenten um und rief bei dessen Anblick: «Herrgott!»
«Eine Beförderung!», dachte Hermann belustigt, dem der Aufstieg von «Jesus!» zu «Herrgott!» schmeichelte. Aber seine Vergnügtheit geriet ins Stocken, als sein Chef mit zwei Sätzen auf ihn zusprang und ihn an beiden Schultern fasste. Beinahe hätte er Hermann in seine Arme gedrückt!
«Was ist passiert, um Herrgotts Willen?!»
Aus Hermann war aller Schalk gewichen. Er fühlte sich wie ein kleiner Junge, der einen Schabernack ausgeheckt hatte, der unversehens katastrophale Folgen annahm. Blitzschnell schaltete sich die Kleinjungen-Schläue ein und suggerierte ihm Ahnungslosigkeit vorzutäuschen.
«...Was meinst du? Nichts! Ich war auf Visite und ...»
«Wer hat dich so zugerichtet, Gopfertori nomol?», polterte der Kommissar.
«*Wie* zugerichtet?»
«Da!», damit schritt Edgar Glinz zu seinem Schreibtisch, zog eine Schublade auf und reichte seinem Assistenten daraus einen Handspiegel.
Hermann war baff. Sein Chef hatte in seiner Schreibtischschublade einen Handspiegel! Er griff mechanisch danach und hielt ihn sich vors Gesicht, vergass aber hineinzublicken, weil seine Augen ungläubig auf seinen Vorgesetzten schielten.

Diesem entging nichts. «Ein Kriminalist ohne Spiegel ist, wie Sherlock Holmes ohne Lupe, du Löli.», dozierte Glinz. «Zudem bin ich eitel», schob er trotzig nach.
«Und ich ein Heuchler», gab Hermann nach einer Pause gegenseitiger Peinlichkeit reumütig zu. «Ich bin nur hingefallen und wollte die Gunst der Stunde nutzen, ein paar coole Sprüche zu klopfen, aber dann bist du so besorgt auf mich zugesprungen, dass ich …» Die beiden Männer mussten lachen.

Man muss ja manches. Man muss mal dringend. Man muss niesen, rülpsen, Flatulenzen lassen. Altglas entsorgen und an Geburtstage denken. Nicht zu sprechen von arbeiten, Steuern zahlen oder am Ende sterben. Lachen müssen, ist wohl eines der schönsten Müssen.

Edgar Glinz räusperte sich, um die altvertraute Sachlichkeit zurückzubringen. «Also, die Mutter stammt aus Amaroni und ist damals in die Schweiz gekommen, um Geld zu verdienen. Sie arbeitete als Putzfrau in einem Spielsalon. Der damalige Besitzer dieses Etablissements, Salvatore De Luca, hat sie 1986 geheiratet. Er war Einwanderer aus Cattolica. Kennst du vielleicht. Warst du mal in Rimini in den Ferien?» Hermann schüttelte den Kopf und strahlte seinen Chef an, den er nicht nur, aber auch, für seine akribischen Fakten-Diagramme an der Wandtafel bewunderte.
«Jedenfalls hatten die beiden zwei Söhne. Den einen kennst du ja, der ist am 11. November 1989 geboren, der andere heisst Celio und ist drei Jahre jünger. Von dem hat sie nicht so recht reden wollen. Geh du dem mal noch nach. Ansonsten typische italienische Mutter: Die Söhne sind ihr ganzer Stolz. Der Vater verliess die Familie 1997. Gab an in Italien Geschäften nachzugehen, und ward nie mehr gesehen. Sie hat Verwandte, die runtergingen, gebeten Nachforschungen

anzustellen. Scheint kompliziert zu sein. Es gab Gerüchte von wegen Mafia und Untertauchen. Jedenfalls hat die Frau seither keinen roten Rappen vom Vater gesehen und musste wieder putzen gehen, um sich und die Buben zu erhalten. Glaube kaum, dass sie begeistert war von Linos Laufbahn, aber sie nimmt ihn in Schutz, wo sie kann. Er habe halt kein Glück gehabt. Lamentieren können diese Leute! Über die Freundin, eine Terry, hat sie geschimpft wie ein Rohrspatz. Ein Luder sei sie, und einen schlechten Einfluss habe sie auf ihren Sohn gehabt. Weisst du da was?»

«Ja, bei der war ich gerade.» Hermann schilderte seinem Chef die Ergebnisse der geführten Gespräche und seine Eindrücke, während Edgar sein Diagramm anhand von Hermanns Schilderungen schwungvoll ergänzte. Als Hermann bei Terrys Nachbarin angelangt war, unterbrach ihn Glinz.

«Beziehungsdelikt? Wäre in diesem Fall nicht auszuschliessen, denke ich. Aber der Mann wurde erschlagen. Der neue Lover dieser Terry?»

Das Wort «Lover» klang aus Edgars Mund so, als hätte er «megageil» oder «cool» in seinem Wortschatz aufgenommen, um zeitgemässer zu klingen.

«Ich habe noch nicht rausgekriegt, wer der Lover ist», gestand Hermann. «Aber ich bleibe dran. Heute besuche ich noch die anderen Bandmitglieder. Oh! A propos … den einen muss ich noch daten.» Mit einem gemimten Hutlupfen verabschiedete sich Hermann aus dem Büro seines Chefs.

Nachdem er auf der Toilette sein Gesicht gewaschen und die Wunde gereinigt hatte, pilgerte er in sein Büro und rief Nora Seiler an. Sie erkannte inzwischen seine Nummer und meldete sich mit «Hallo, Herr Schmid.» Nora Seiler schickte Hermann Linos Handynummer und fragte, ob sie noch etwas für ihn tun konnte. Hermann sagte nein, das wäre im Moment alles, bedankte sich, legte auf und wählte die erhaltene Nummer auf dem Festnetztelefon. Es kam

ihm gespenstisch vor einen Toten anzurufen, aber falls sein Anruf entgegengenommen würde, wäre er wohl gewiss nicht mit dem Jenseits verbunden.
Das Freizeichen tutete während einer gefühlten Ewigkeit und bewies darin mehr Geduld als Hermann. Offenbar hatte Lino genauso wenig eine Combox eingerichtet, wie sein Bassist. Als er den Hörer auf den Apparat sinken liess, dudelte aus letzterem sein Direktwahlton. Hermann erschrak so, dass er den Hörer wie eine heisse Kartoffel von Hand zu Hand springen liess, bis er ihm schliesslich entglitt und seitlich am Pult an seinem Spiralkabel baumelte. Die gängige Logik hätte es freilich zugelassen, den Hörer zurückzuangeln, aber in diesem Moment fehlte Hermann dieses Quäntchen üblichen Verhaltens, sodass er sich auf allen Vieren neben seinem Schreibtisch niederliess und sein rechtes Ohr der Hörmuschel näherte, aus der etwas Vertrautes in sein Gehör drang.
«Hermann? Hallo?» Es war Mama.
«Jaja, ich bin hier, Mama.»
In diesem Moment sah er die Schuhe. Und die Hosenbeine. Dann das karierte Hemd. Othmar stand vor ihm und musterte ihn mit schwer zu deutendem Blick. Hermann griff nach dem Hörer, stand auf und sprach so gefasst, wie es ging hinein: «Der Hörer ist mir ausgerutscht. Ich bin grade etwas unter Druck, Mama. Ich rufe später zurück.»
«Ach so. Ja, schon gut, mach das. Ich dachte, du hättest Mittagspause und wollte dich nur dran erinnern, dass wir am Sonntag Geburtstag feiern, und jetzt, wo das Emilie im Spital ist, solltest du auch mal daran denken, ihm einen Besuch abzustatten und bring ihm doch ein paar Blümchen mit, das …»
«Ich rufe zurück, Mama, ich bin hier gerade in einer Sitzung», unterbrach Hermann den Redefluss seiner Mutter und hängte mit drei «Ciaao» ein, bis er das Klicken in der Leitung vernahm. «So. Entschuldige bitte, hier bin ich.»,

wandte er sich an Othmar, der ihn mit einem schiefen Grinsen bedachte.
«Hallo, Hermann! Edgar hat mich beauftragt, ein bisschen in der Familiengeschichte der De Lucas zu recherchieren. Der Vater des Toten betrieb in Luzern zwei Spielsalons und war nicht vorbestraft. Bis auf sein Verschwinden 1997 steht er gut da. Anders sieht es beim Sohnemann aus, und zwar beim jüngeren. Celio De Luca scheint der lokalen Drogenszene anzugehören. Er wurde mehrmals wegen Besitzes von Heroin in Kurzhaft genommen, hat einen Überfall auf einen Kiosk und einen versuchten Einstieg in eine Privatwohnung auf dem Kerbholz. Die Mutter ist unbescholten. Der Tote war ebenfalls nicht vorbestraft.»
«Danke, Othmar, das ging ja wie der geölte Blitz!»
«Jaja, mich stört ja auch meine Mami nicht bei der Arbeit», schob dieser nach und lachte. «Ich schaue, ob ich meine Kenntnisse noch vertiefen kann. Zum Beispiel über den Abgang des De Luca senior.» Damit verliess Othmar das Büro.

Hermann sah auf die Uhr. Kurz nach zwölf. Er setzte sich, wählte die Nummer seiner Eltern und nahm sich vor, das Gespräch mit seiner Mutter kurz zu halten. Um halb eins war er über die gesundheitlichen Zustände sämtlicher Verwandter gebrieft, hatte die übliche Rüge eingesteckt, sich zu wenig blicken zu lassen und ein Dutzend Ermahnungen über sich ergehen lassen, inklusive jener, in Anbetracht der drohenden Grippewelle die Hände stets gut zu waschen. Eigentlich war er erstaunt, dass seine Mama aufgehört hatte, ihn daran zu erinnern die Unterwäsche regelmässig zu wechseln und ihm aufs Blumigste zu schildern, wie genierlich es wäre, wenn man ihn im Falle eines Unfalls entkleiden müsste und keine frische Wäsche auf seinem Leib vorfände.

Hermanns Magen knurrte. Er packte seine Mappe, guckte kurz ins leere Chefbüro, schlenderte beim Gehen mit verschwörerischem Zwinkern an Rosmarie vorbei und verliess den Bau zum Zweck der Nahrungssuche. Draussen herrschte eitel Sonnenschein. Er blieb kurz stehen und überlegte, wonach es ihn gelüstete. Gazpacho!

Auf dem Weg zum Restaurant Galicia kam ihm eine junge Frau entgegen, die ihm schon ein paar Mal aufgefallen war. Sie hatte einen prächtigen Haarschopf von dunklen Naturlocken, die beim Gehen leicht wippten, und sie blickte ihn jedes Mal mit ernster, fast ablehnender Miene kurz an. Heute erlaubte es ihm sein Übermut, sich nach ihr umzudrehen, als sie an ihm vorbeiging. Er sah, dass sie ihn dabei im spiegelnden Schaufenster des Blumenladens ertappte und zufrieden lächelte. «Eitles, stolzes Geschöpf», dachte er halblaut, und freute sich darüber, dass es ihr gefiel, ihm zu gefallen.
Die Gazpacho war, wie sie sein musste: würzig und erfrischend. Er bestellte noch eine kleine Portion Calamares und ein kleines Bier. Beim Espresso schlug er die Zeitung auf und blätterte sie wenig erwartungsvoll durch.
Der Bericht über das Attentat auf einen liberalen Lokalpolitiker liess Hermann amüsiert seine Mundwinkel kräuseln. Zwei Klimaaktivistinnen hatten dem Mann frühmorgens vor dem Gebäude seines Unternehmens aufgelauert, ihn überrumpelt und mit Sekundenkleber an seinen Handflächen auf die Einfahrt der Firmentiefgarage geklebt.
Ansonsten machte die Zeitung auf Hermann eher einen sommerlöchrigen Eindruck.
Doch plötzlich blieb sein Blick auf einem Bild haften. Es stand im Zusammenhang mit einem Artikel über die Umgestaltung des Luzerner Theaters und zeigte die Baustelle. Unter den Passanten, die auf dem Foto zu sehen waren, war

der Bursche, der ihn im Vögeligärtli angerempelt hatte. Hermann sah selbst auf dieser Momentaufnahme, die den Mann in Bewegung festgehalten hatte, dessen von Unruhe getriebenen Gang. Das grobe Zeitungsraster liess die Gesichtszüge des Jungen äusserst unscharf erscheinen, und doch erkannte Hermann ihn. Da fiel es ihm plötzlich ein. Er sah die aufgerissenen Augen der toten Ikone vor sich, und dann das Augenpaar dieses Burschen, das ihm am Morgen für einen winzigen Moment begegnet war. Othmar hatte gesagt, Linos Bruder sei drogenkrank. Fast vergass Hermann, die Rechnung zu begleichen. Er konnte nicht sitzen bleiben. Er musste sich bewegen. Diesen Zustand kannte er. Jetzt hatte ihn die Ahnungsangel am Haken. Er brauchte sich bloss ziehen zu lassen. Ohne zu überlegen, schlug er einen Weg ein und kam vor der Drogenberatungsstelle Drop-in in der Bruchstrasse an, vor der zwei Frauen und ein Typ mit Hund standen und über irgendetwas debattierten. Hermann ging zu ihnen und grüsste. Sie sahen ihn misstrauisch an.
«Kennt jemand von euch Celio De Luca?»
«Was willst du von ihm?», blaffte der Typ mit Hund, «der hat nichts angestellt!»
«Ich habe nicht gefragt, ob er etwas angestellt hat. Ich möchte ihn treffen. Weisst du, wo er ist?», versuchte es Hermann.
«Keine Ahnung.» Der Typ wandte sich demonstrativ ab. Es war wohl zu riechen, dass Hermann von der Polizei war. Eine der Frauen meinte eilig, sie müsse noch zum Könu und setzte ihre knochige Gestalt in Bewegung. Die andere nahm den gekappten Gesprächsfaden von vorher wieder auf und begann, in schleppend monotonem Monolog auf den abgewandten Hundehalter einzureden.
Hermann trat in die Drogenabgabestelle ein und fragte die Frau, die dort im Dienst war nach Celio De Luca. Es war gerade niemand im Raum.

«Celio? Der ist vor etwa zehn Minuten gegangen.»
Hermann zeigte der Frau seinen Ausweis und erklärte, dass er im Todesfall von Celios Bruder ermittle.
Die Frau sah ihn entgeistert an. «Oh, das tut mir aber leid!»
«Hat er Ihnen in den letzten zwei Tagen einen anderen Eindruck gemacht als sonst?»
«Schwer zu sagen. Die Stimmung schwankt bei Drogenkranken stärker als bei anderen Menschen. Bei manchen kommen psychische Vorbelastungen dazu; manische Depression, Schizophrenie ... Celio neigt zu aggressivem Verhalten. Wenn er Schrammen hat, ist das eher normal als ungewöhnlich.» Sie rückte sich die grün gefasste Brille zurecht und blickte auf das Pflaster über Hermanns Braue.
«Ach so. Ja, ich habe auch ab und zu Schrammen, obwohl ich nicht zu aggressivem Verhalten neige. Hatte Celio denn gerade Schrammen, dass Sie das erwähnen?»
Die Frau griff nach einem Desinfektionstuch und rieb sich damit ihre Hände ab. «Blaue Flecken an den Armen hat er zurzeit. Was ist denn mit seinem Bruder passiert?»
«Er ist unter noch ungeklärten Umständen zu Tode gekommen. Wissen Sie, wie das Verhältnis zwischen Celio und seinem Bruder war?»
Sie überlegte. Dann trat ein Mann ein, was sie offenbar etwas verlegen machte. Hermann sah den Kunden aus dem Augenwinkel und erinnerte sich, dass es Drogenabhängige gab, die man nie für solche halten würde.
Dann sagte der Mann: «Hoi Schatz!», und reichte der Frau eine Einkaufstasche. «Sie haben keine Salsa gehabt. Ich habe zwei Büchsen Pelati gekauft, gell.»
Hermann schmunzelte in sich hinein.
«Merci, ja, ist recht, Paul. Entschuldige, ich muss rasch dem Herrn hier eine Auskunft geben», meinte Pauls Schatz leicht errötet. Dann zu Hermann: «Celio hat mir gegenüber nie über seinen Bruder gesprochen. Aber ich bekomme

manchmal ein bisschen was mit, wenn sie untereinander reden. Ich glaube, er hat sich nicht gut verstanden mit ihm. Aber Celio versteht sich mit kaum jemandem gut.»
«Danke, Frau ...?»
«Rutishauser. Edith Rutishauser.»
«Ich lasse Ihnen meine Karte da, und ich wäre Ihnen sehr verbunden, wenn Sie mich orientieren würden, wenn Ihnen etwas auffällt.»
Damit verabschiedete sich Hermann von Frau Rutishauser und nickte Paul beim Gehen freundlich zu.

Als er aus der Tür trat, näherte sich gerade neue «Kundschaft». Hermann tat zwei Schritte, blieb stehen und kramte so umständlich, wie es ging, seine Zigaretten aus der Tasche. Eigentlich wollte er nur ein bisschen lauschen, was die beiden Typen gerade für ein Gesprächsthema hatten, doch der eine, ein langer Lulatsch, trat auf ihn zu und wollte wissen, ob Hermann eine Zigi für ihn hätte. Seine Zahnstellung war so desolat, wie sein Grinsen erwartungsvoll.
«Klar doch, nimm dir eine!» Damit streckte Hermann dem Besitzer des breiten Grinsens sein fast volles Zigarettenetui hin. Der schaffte es, sich eine Zigarette herauszufischen, indem er so ziemlich keine der anderen unbefingert liess. Hermann rollte im Geist die Augen und dachte, er hätte diesem armen Kerl eine aussuchen und überreichen sollen.
«Sag mal ...», Hermann gab dem Langen Feuer, «Celio war doch eben noch hier. Ich habe ihn grad verpasst. Weisst du zufällig, wo er hin ist?»
Der Riese nahm einen tiefen Zug und erwiderte: «Keinen Blassen. Jerry, weisst du, wo Celio hin ist?»
Er hatte sich zu seinem Kumpel umgedreht, der sich inzwischen mit einer Frau mit türkisfarbenen Haaren unterhielt. Diese taxierte Hermann mit einem mittelschweren Blick und entschied dann offenbar, dass er einer Auskunft wür-

dig war: «Na, wo soll der schon hin sein. Zu Frau Holle, Kohlen holen.»
Hermann wandte seinen Blick tief dankbar zum tiefblauen Himmel. Eine wahrhaft märchenhafte Information! Frau Holle … während des Sommers musste sie ja wohl einer anderen Tätigkeit nachgehen. Aber ausgerechnet Kohle? Würde er diese Herrschaften nun auch noch um Aufklärung bitten, bekäme er eine Abfuhr, das war ihm klar. Also vollführte er einen Columbo-Abgang, wandte sich zum Gehen, hob seinen Arm zum Gruss in die Höhe und warf ein «Alles klar. Ciao!» über die Schulter. Nur, dass er sich eben nicht nochmals umdrehte und die letzte Frage stellte, die er noch hatte. Nichts war klar, soviel war klar. Aber er würde das Rätsel schon noch lüften. Lieber ein Rätsel in der Hand als den Riddler auf dem Dach – oder sonst irgendwo. Hermann schlenderte zum «Bau», die Treppe hoch, durch seine Bürotür und setzte gerade dazu an, seine Mappe auf den Schreibtisch zu schwingen, als er merkte, dass genau diese fehlte.

Minuten später hastete er an Rosmi vorbei nach draussen, wo er mit einem Ruck stehen blieb und sich zu erinnern versuchte, wo er seine Mappe zuletzt gehabt hatte. Da fielen ihm Paul, dessen Schatz und deren Einkäufe ein. Seine Mappe musste er auf dem Absatz des Empfangskorpus gelassen haben.

Als Hermann die Tür zum Drop-in öffnete, erhob sich Frau Rutishauser mit erhellter Miene, während ein finster dreinblickender junger Mann bei ihr stand – Celio De Luca!
«Herr Schmid! Gerade wollte ich Sie anrufen. Aber nicht nur wegen ihrer Aktentasche … Sie wollten doch mit Celio sprechen. Das ist er.» Sie wies mit der Hand zu Celio hin, als würde sie einer Zaubernummer assistieren und die Entnahme des weissen Hasen aus dem Zylinder präsentieren.

Hermann bedankte sich erleichtert und nahm seine Mappe entgegen. Dann wandte er sich mit einem einfühlsamen Blick an den abweisend blickenden Burschen, der ihn am Morgen im Vögeligärtli angerempelt hatte. «Hallo, ich bin Hermann Schmid. Hat Ihnen Frau Rutishauser schon gesagt, warum ich mit Ihnen sprechen wollte?»

Sie kam Celio mit der Antwort zuvor: «Nein, ich habe ihm nur gesagt, dass es nicht um ihn, sondern um seinen Bruder gehe.» Dabei machte sie ein Gesicht, das andeutete, dass er wohl kaum geblieben wäre, wenn die Polizei ihn seinetwegen sprechen wollte, und Celios Miene verfinsterte sich nochmals um ein paar Schattierungen.

«Sie können sich da drüben in den Raum zurückziehen, wenn sie möchten.» Damit stupste sie ihre Brille zurecht und wies mit der Zauberkünstler-Assistentinnen-Hand zu einer Tür hin.

«Bitte!» Hermann begleitete Celio in einen Raum mit zitronengelben Wänden, bunten Bildern von Schmetterlingen, einem Schaukelpferd und Kinderspielzeug in einer Kiste am Boden. Kurz blieb Hermann die Spucke im Hals stecken – hier gab es offenbar auch Klientel mit Kindern.

Als die beiden unter vier Augen waren, eröffnete Celio zu Hermanns Verblüffung das Gespräch: «Ich weiss, dass Lino tot ist. Meine Nonna hat es mir gesagt.»

Hermann wunderte sich über Celios klare Sprechweise und Ruhe. Beides stand im Widerspruch zu seiner trotzigen Haltung und dem weichenden Blick. «Es tut mir sehr leid für Sie. Lino war Ihr einziger Bruder, nicht wahr?»

Statt einer Antwort kam von Celio ein verächtliches Schnauben. Aber es sollte noch dicker kommen. Unversehens tat der junge Mann einen Schritt auf Hermann zu, presste sein Gesicht gegen seine Schulter und begann laut zu schluchzen. Hermanns Hemd war dank dem schwülen Sommer an salzige Nässe durchaus gewöhnt, aber gleich würde es ganz neue Dimensionen davon kennenlernen.

Celio presste tränenerstickte Satzfetzen heraus. Es klang wie: *«M'annu lassatu!» – «Primu Pàpu, mò puru fratama!»*
Hermann legte seine Hand um die Schulter des erschütterten jungen Mannes und dachte an Edgars verlorenen Ausdruck nach dem Besuch bei der Mutter und der Grossmutter der beiden Burschen, von denen einer tot war und der andere jetzt an seiner Schulter bebte.
Nach einiger Zeit und viel Tränenflüssigkeit begann bei Celio allmählich die Erschöpfung über die Verzweiflung zu siegen. Er löste sich von Hermann, strich mit der flachen Hand über dessen nasses Hemd und sagte: «Sorry.»
«Macht doch nichts, Menschenskind!» Hermann konnte jetzt nicht mit der Tür in die Ruine fallen. Er versuchte es mal ganz behutsam. «Ihr wart euch wohl sehr nahe, oder?»
Der andere starrte ihn fassungslos an. «Hey, Lino war mein Bruder! Ich hätte ihm manchmal den *Schädel einschlagen* können. Aber *todsicher kein anderer!»*
«Faszinierend!», dachte Hermann. Er fühlte sich wie Spock, der die Eigenart einer fremden galaktischen Spezies konstatierte. Das schenkte ihm die Nüchternheit, die ihm kurz davor noch Lichtjahre entfernt geschienen hatte. Er nestelte das Päckchen Papiertaschentücher aus seiner Mappe, das er auf Mamas Geheiss immer mit sich führte, überreichte Celio ein Stück und fragte so nebenher: «Welcher andere hat denn deinem Bruder den Schädel eingeschlagen?»
Upps! Da war es wieder, Celios Trotzgesicht.
«Mann, was fragst du *mich* das?! Du bist hier d'Schmier!»
Zu spät. Das «du» war wieder da. Aber wer siezte schon einen, der sich eben noch die Seele aus dem Leib geheult hatte – und dazu noch so leibnah.
«Die Schmier weiss derzeit nur, dass deinem Bruder der Schädel eingeschlagen wurde, nicht von wem oder was.» Hermann staunte selbst ob seiner Äusserung.
Celio zögerte. «Wie … also, was meinst du. Ist er jetzt tot-

geschlagen worden oder nicht?»
«Es könnte auch ein Unfall gewesen sein. Aber das ist schwer festzustellen. Wir ermitteln vorerst deshalb auch in Richtung eines möglichen Tötungsdelikts.» Wow! Das hast du amtlich hingekriegt, Hörmey. Stolz sah anders aus. Aber Celio hatte nun offenbar verstanden.
«Also, dann ist Lino vielleicht doch nicht ermordet worden! *Ammazza, sti carbinieri!* …» Celio vollführte eine ganze Drehung und rollte die Augen. Dann führte er alle Fingerspitzen seiner rechten Hand nach oben gerichtet zusammen und liess das Gebilde auf und nieder federn. Eine Geste, die Hermann mit der Frage *«Ma, che cazzo vuoi?»* in Verbindung brachte.
«Aber meine *Nonna* hat gesagt, er wäre hingerichtet worden!» Das machte jetzt aber den Braten entschieden zu feiss! «Deine Nonna hat zu viele Mafia-Filme gesehen! Aber trotzdem: Falls dir irgendjemand einfällt, der ein Motiv für eine heftige Auseinandersetzung mit Lino gehabt haben könnte, ruf mich an, bitte!» Hermann steckte Celio seine Visitenkarte zwischen die gruppierten Fingerkuppen, legte ihm die Hand auf die Schulter und nickte abschliessend, während er das zitronengelbe Kinder-Wartezimmer verliess.
Celio stand noch da und stierte das Kärtchen an, als Hermann sich von Frau Rutishauser verabschiedete. Er neigte sich kurz vor und flüsterte: «Trauen Sie ihm den Totschlag an seinem Bruder zu?»
Sie riss die Augen weit auf und erwiderte ebenso im Flüsterton: «Zank und Drama, ja. Mord, nein. Jedenfalls nicht an seinem Bruder. Er ist *Italiener!*» «Danke! Für alles!» Hermann schenkte Pauls Schatz sein charmantestes Lächeln und machte sich auf den Weg.

Kurz darauf ging Hermann, seine Mappe schwingend, wieder an der Personalpforte der Kantonspolizei vorbei. Rosmis

Ablösung Pina sass in eine Lektüre vertieft hinter dem Desk, blickte kurz auf und sagte: «Sali!» Im Büro machte sich Hermann daran seine Notizen zu vervollständigen und diese parallel am PC zu erfassen. Eigentlich sollte er sein rotes Büchlein wohl durch ein Tablet ersetzen und seine Notizen mit seinem PC synchronisieren. Aber das handschriftliche Aufschreiben prägte sich Hermann einfach besser ein. Zumal er seine Aufzeichnungen mit Zeichnungen ergänzte, die seine Beobachtungen emotional unterstützten.
Sein Hemd war inzwischen wieder trocken. Der Hitze hatte heute kein Gewitter Abbruch getan. Hermann drückte die Taste 3 seines Tisch-Ventilators und hopste gleich danach vom Stuhl, um die Blätter einzufangen, die zum Gleitflug ansetzten.
«Also gut!», murmelte Hermann. Während er seine Notizen am PC eintippte, hob er den Hörer vom Telefon ab, wählte nochmals Linos Mobilnummer und klemmte sich den Hörer zwischen Schulter und Ohr, wo er ihn praktisch vergass, während das regelmässige Freizeichen aus der Hörmuschel tutete. Bis es dies nicht mehr tat, weil zu Hermanns bodenloser Überraschung jemand ranging.
«Hallo?» Die Stimme einer Frau.
«Oh, ja, ähm, hallo!» Hermann hatte sich kerzengerade aufgesetzt und wusste noch nicht recht, wie er mit der Situation umgehen sollte. «Wer ist denn da?»
«Angelika vom Velomech. Du hast wohl dein Handy in deinem Werkzeug-Satteltäschchen vergessen, wie es scheint.»
«Ich? Nein nein, das heisst… Also, es ist ein bisschen kompliziert. Kann ich vorbeikommen? Wo ist denn die Werkstatt?»
«Kommst du das Velo für deinen Freund holen, oder wie?»
«Sozusagen, ja. Wo hat er es denn zur Reparatur gegeben?»
«Wir sind an der Bruchstrasse 38. In Luzern. Aber du musst dich ausweisen oder einen Zettel mitbringen vom Besitzer, irgend so was. Kommst du heute noch?»

«Okay, kein Ding. Bin bald da.» Hermann beeilte sich, seine erfassten Daten abzuspeichern, packte seine Mappe und schritt hastig auf Edgars Büro zu, um seinen Chef vor dem Feierabend auf den aktuellen Stand zu bringen.
Edgars Tür war nur zu, wenn er eine Besprechung hatte. Hermann klopfte, und als er Edgar «Ja, was ist?» sagen hörte, öffnete er die Tür einen Spalt breit und sah seinen Vorgesetzten einem grossen Mann mit Bauch und Schnauz gegenüberstehen. Trotz seiner Körperfülle schien der Mann nicht Edgars dickster Freund zu sein. Die beiden trugen ernste Mienen, passend kombiniert mit entsprechender Körperhaltung.
«Ah, Hermann! Komm rein, ich möchte dich mit meinem Nachfolger bekannt machen.»
Der Ton in Edgars Stimme gefiel Hermann gar nicht. Edgar klang zwar meistens ernst und sachlich, manchmal auch durchaus streng oder gar etwas schroff. All diese Tonfälle waren Hermann vertraut, und er hatte gelernt sie zu deuten. Aber die Stimmlage, die er jetzt hörte, war ihm unbekannt und alarmierte ihn irgendwie.
«Das ist Inspektor Hermann Schmid, mein äusserst tüchtiger Mitarbeiter», stellte Edgar etwas steif vor, mit der Rechten und einer gewissen Eleganz zu Hermann weisend. Hermann fiel Pauls Schatz ein. Die beiden gäben ein prima Duo im Präsentieren von Zaubervorführungen ab. Diese Vorstellung zauberte ein Lächeln auf Hermanns Lippen, während er die hingestreckte Hand ergriff.
«Hürzeler, Norbert», erscholl es mit ländlicher, wenn nicht gar zart militärischer Note von hinter dem Schnurrbart.
Hermann unterdrückte einen Japser, der sich gern aus seiner Kehle befreit hätte, während seine rechte Hand sich aus einer Schraubzwinge zu befreien schien. Hürzeler Norbert musste darauf gedrillt worden sein, dass ein fester Händedruck den starken Charakter widerspiegle.

«Freut mich!», kam es pflichtschuldigst von Hermann. Und an Edgar gerichtet: «Ich habe mit dem Bruder gesprochen und gehe heute noch zu einem der Mitmusiker. Morgen berichte ich dir. Jetzt muss ich schnell zum Velomech, da ist das Handy des Toten gefunden worden.» Beim Wort «Mitmusiker» hob sich eine der buschigen Augenbrauen im Gesicht des angehenden Chefs, das entging Hermann nicht.
«Ich sage es ja, tüchtiger Mann», wandte sich Edgar Glinz an Hürzeler, und an Hermann mit: «Ist gut, Hermann!»
Mit einem Kopfnicken verabschiedete sich Hermann vom Chef und vom Chef in spe und beeilte sich.

Als er in das winzige Ladenlokal des Velomechs eintrat, fand er den Geschäftsführer im Gespräch mit einer Kundin vor. Er schien weder die Türglocke noch den eintretenden Hermann wahrzunehmen. Geduldig stellte sich Hermann auf den freien Quadratmeter im Laden, drehte sich zum offenen Schaufenster und blickte auf die Strasse.

Hürzeler Norberts Erscheinung bevölkerte sofort sein inneres Auge, nicht ohne ein Gefühl, das Hermann als Vorurteil zu entlarven wusste. «Es ist nicht alles kein Gold, was nicht glänzt …», dachte er sich, um gegen seine Erfahrung anzukämpfen, dass Exkrement nur allzu oft war, was wie Exkrement roch, aussah und dampfte.
«Hoi, wie kann ich helfen?»
Hermann drehte sich um und war platt. Der kokette Lockenschopf, nach dem er sich noch am Mittag vor dem «Galicia» umgedreht hatte, stand vor ihm im blauen Mechaniker-Overall und sah ihm direkt in die Augen. Hermann fühlte, wie sich sein Blut im Gesicht versammelte, schöner als die Arbeiterklasse am 1. Mai auf dem Kapellplatz.
«Hallo. Ich bin der, der auf das Handy in der Satteltasche

von Lino De Lucas Velo angerufen hat. Mein Name ist Hermann Schmid, ich bin von der Kripo Luzern.» Hermann kramte seinen Ausweis hervor und streckte ihn der jungen Frau vor die Augen, nur schon, damit sie ihren Blick kurzzeitig auf etwas weniger Verräterisches als sein Augenpaar richten musste.
«Ah, ja. Ist das Velo aktenkundig?» Und schon sah sie ihm wieder geradewegs in die Augen, mit einem leicht spöttischen Grinsen noch dazu.
«Das Velo persönlich nicht, nein. Auch sein Besitzer nicht. Aber … nun ja … er ist tot.»
Das Grinsen erlosch und machte einer ernsten, aufmerksamen Miene Platz. «Ui! Grad so? Und du bist von der Kripo, sagst du?»
Hermann fühlte zu seiner Erleichterung, dass sich die 1. Mai-Kundgebung auf seinem Gesicht wohl allmählich auflöste. «Der Besitzer heisst Lino De Luca und ist unter noch nicht geklärten Umständen zu Tode gekommen. Da er kein Mobiltelefon bei sich hatte, mussten wir herausfinden, wo es ist und warum. Kannst du dich an den Besitzer erinnern, als er das Rad zu euch brachte?»

Der Ladenbesitzer hatte inzwischen seine Kundin verabschiedet, trat in diesem Moment hinzu, sah zuerst Hermann an und dann seine Mitarbeiterin. «Ist es der silbrige Villiger-Renner?» Ihre Locken wippten zu ihrem Kopfnicken. «Das war so ein kleiner Schwarzhaariger, der war auch schon hier. Am Dienstagabend war das, ganz knapp vor halb Sieben. Eigentlich haben wir am Dienstag geschlossen, aber ich war gerade bei der Inventur, und er hatte einen Platten und hat an die Scheibe geklopft. Man kann ja nicht so sein, gell … und jetzt ist er tot, habe ich das richtig mitbekommen?»
Hermann war sich nicht sicher, ob die Besorgnis im Ausdruck des Ladenbesitzers dem Umstand galt, dass ein jun-

ger Mann gestorben war, oder der Möglichkeit, dass nun möglicherweise niemand für das Ersetzen dessen Veloreifens aufkommen würde.
«Leider ja. Und ich muss sein Handy mitnehmen. Es kann uns wichtige Hinweise liefern. Ist Ihnen etwas Besonderes aufgefallen am Dienstagabend, als Herr De Luca sein Velo zu Ihnen gebracht hat?»
Jetzt stand dem Geschäftsführer die Frage auf die Stirn geschrieben, was mit dem Velo und der Rechnung geschehen würde. Stattdessen sagte er: «Er war wohl etwas genervt, aber das schien mir unter den Umständen normal. Die wenigsten freuen sich, wenn sie einen Platten kassieren.»
Die umwerfende Velomechanikerin war nach hinten gegangen und kam nun mit Linos Satteltäschchen zurück, das sie Hermann aushändigte. «Ich habe halt an dem Ding herumgefingert. Musste ja deinen Anruf annehmen.»
Hermann war schon klar, dass sie von Linos Handy redete, aber das nützte momentan wenig. Fast etwas gar zu sachlich entgegnete er: «Ja, natürlich! Hat es sonst nie geklingelt?»
«Nicht, dass ich wüsste. Aber von deiner Nummer schien ein entgangener Anruf drauf zu sein.»
«Merci!», sagte Hermann und kramte eine Karte hervor, die er seinerseits der jungen Frau überreichte. «Wie war dein Name noch gleich?»
«Ich bin die Angelika.»
«Angelika, freut mich, ich bin der Hermann. Ruf mich doch an, falls dir noch irgendetwas einfallen sollte, oder falls sich jemand im Zusammenhang mit Lino De Lucas Velo melden sollte, okay?»
Die Art, wie Angelika ihn ansah, sagte ihm, dass sie genau wusste, wie unbedingt er sich diesen Fall erhoffte, was auf seinem Gesicht augenblicklich wieder 1. Mai-Stimmung aufkommen liess.
«Klar, mach ich.» Sie steckte Hermanns Visitenkarte in die

Brusttasche ihres Overalls und schmunzelte. «Dann behalten wir die Erbmasse des Verstorbenen mal im Lager bis zur Testamentseröffnung, nehme ich an? Ich habe das Velo geputzt, in Sachen Fingerabdrücke ist es wohl uninteressant.»
Der Ladenbesitzer lächelte erlöst ob der offensiven Klärungsinitiative seiner Mitarbeiterin und entfernte sich mit den Worten: «Dann lasse ich euch das miteinander regeln.»
«Wenn ihr das Velo vorläufig lagern könnt, gerne! Es dauert wohl noch eine Weile, bis es abgeholt wird, und ihr erfahrt, an wen ihr die Rechnung stellen könnt.»
Hermann hätte viel darum gegeben schlagfertiger oder origineller zu antworten, aber er fühlte sich momentan wie Obelix, wenn er Falbala gegenüberstand. Eigentlich staunte er, dass er immerhin ganze Sätze bilden konnte. Hermann streckte Angelika seine Hand hin und fühlte sich, als würde er ihr sein Herz hinstrecken. Sie ergriff es beherzt und schüttelte es mit breitem Lächeln und wippenden Locken.

Auf dem Weg zurück zum Büro schien es, als würden seine Sohlen den Boden nicht ganz erreichen. Hermanns Knie waren neuerdings aus Plastilin, und die Gäste auf den Café-Terrassen waren eindeutig alle eingeweiht, was mit ihm los war. Er sah zu, dass er wegkam, bevor sie sich von den Stühlen zu erheben und Reis zu werfen begannen.
Als Hermann gerade zurück vom Kriminaltechnischen Dienst durch den Korridor schwebte, trat Edgar aus seiner Tür, bewegte sich auf ihn zu, blieb plötzlich wie angewurzelt stehen und fragte: «Gehts dir gut?»
«Doch, doch!», nickte Hermann eifrig. «Nur ein bisschen gaga.»
Sein Chef sah ihn an, bis sein Blick ganz tief in Hermann eingedrungen war – und lachte schliesslich herzhaft.
«Wenn ich nicht wüsste, würde ich meinen, mein Lieber.»
Beide betraten Hermanns Büro, und Edgar schloss die Tür

hinter sich, während seine Miene die Heiterkeit an den Garderobenständer hängte. Mit beinahe förmlichem Ton begann er: «Hermann, du hast ja heute meinen Nachfolger kennengelernt. Das heisst, du wirst ihn noch kennenlernen. Er ist aus anderem Holz geschnitzt und wird andere Saiten aufziehen. Er ist mehr der hierarchische Typ. Kann gut sein, dass er dich an der kurzen Leine hält und mehr Bürokram machen lässt.» Edgar tat sich sichtlich schwer. «Ich bin nicht begeistert von der Wahl, die sie getroffen haben, das sage ich dir jetzt unter vier Augen, und ich weiss, dass du damit nicht hausieren gehst. Wir sind ein eingeschworenes Team, Hermann, und ich wollte einfach, dass du weisst, wie schade ich es finde, wie sich die Dinge hier entwickeln. Du bist mein bester Mann, Hermann!»

Das war der Tag der bedeutsamen zwei Male. Zwei Mal war Hermann ins Drop-in gepilgert, zwei Mal war er Angelika begegnet, und zum zweiten Mal stand er heute seinem Vorgesetzten gegenüber und war tief gerührt.
Beinahe hätte diesmal Hermann mit einem Räuspern die altvertraute Sachlichkeit zurückgeholt. Er setzte an: «Edgar, ich ...», als ihm ein Klopfen an der Tür die treffende Wortwahl ersparte, und Ueli Ottiger mit Papieren in der Hand eintrat. «Hoppla! Störe ich?»
«Nein, Ueli, ist gut. Was hast du für uns?» Edgar war wieder back to normal.
«Wir haben die Fingerabdrücke vom Fundort eurer Leiche mit der Datenbank abgeglichen. Keine Treffer.» Ueli drückte Hermann die Papiere in die Hand.
«Und dann hat Romans Analyse des Splitters in der Kopfwunde ergeben, dass es sich um ein Stück Lackfarbe älteren Datums handelt. Diese Art Hammerschlag-Lack wurde bis in die Siebziger zum Lackieren von Metallgegenständen verwendet. Die Farbe ist so ein grünliches Grau, metal-

lisiert. Erinnerst du dich an unsere Turnbarren früher, Edgar? Die hatten am Sockel so einen Lack.» Edgar nickte. Ueli war ein paar Jahre älter als er, aber sie hatten in vielen Belangen ähnliche Kindheitserinnerungen. «Es gab auch Werkzeuge mit diesem Lack, Wagenheber, all diese Sachen eben. Werkzeugkisten übrigens auch.»
«Ja, ich weiss, welchen du meinst, Ueli. Der Lack war damals sehr verbreitet. Weisst du, von was wir reden, Junior?» Edgar wandte sich an Hermann, der scherzhaft einen beleidigten Ausdruck aufsetzte und entgegnete, also wirklich, er sei bekanntermassen Eidgenössisch Diplomierter Nostalgiker, und er wisse sehr wohl, von was die Rede sei.
Ueli Ottiger hatte gewiss kein Diplom auf dem Gebiet des Humors und sah Hermann irritiert an. «Ist jetzt aber nicht wahr, oder?»
Hermann grinste ihn an, und Edgar legte Ueli seine Hand auf die Schulter. «Nur die Hälfte davon. Er weiss, welcher Lack gemeint ist.»
«Jäso. Dann ist ja gut … Also, man sieht sich.» Ueli hob zum Abschied den Arm und trat seinen Rückzug an.
«Danke, Ueli, bist ein Mordskerl!», rief ihm Edgar hinterher. Dann wandte er sich an Hermann: «Wir haben es also mit einer altmodischen Mordwaffe zu tun, falls es Tötung war. Und der Täter ist entweder nicht vorbestraft oder er trug Handschuhe. In diesem Fall müssten wir dann von Vorsatz ausgehen; es ist ja nicht Winter.» In diesem Moment realisierte Hermann, wie düppig es in seinem Büro war.
«Sobald wir Verdächtige haben, bestellen wir sie zum Stempeln ein. Ich muss mich zurzeit mit der Übergabe an Hürzeler befassen und muss dir mehr Arbeit am Fall überlassen, Hermann.»
«Stempeln» war ihr Kosename für die Abnahme von Fingerabdrücken, und auch wenn Terry nicht den idealen Kör-

perbau zum Leute totschlagen hatte, fiel sie Hermann doch als Stempelkandidatin ein.

«Alles klar, Edgar. Kobra übernimmt! Wie gesagt, heute Abend gehe ich noch auf Visite beim Schlagzeuger und besten Freund. Ich berichte dir morgen, was der heutige Tag ergeben hat. Übrigens hab ich jetzt Linos Natel.» Damit zog Hermann das Handy aus seiner Tasche, hielt es hoch und bewegte es hin und her, als wäre es eine Trophäe.

«Gute Arbeit! Und gell, du kannst immer zu mir kommen, Personalkram hin oder her!»

«Danke, Edgar, das mach ich. Bis morgen dann!»

Um kurz nach sechs kam Hermann zuhause an. Bevor er sich zu Vico Schwarz aufmachte, musste er sich noch verpflegen und etwas frisch machen.

Zuvor im Büro, nachdem Edgar gegangen war, hatte Hermann seine Notizen ergänzt und nochmals versucht Mandy Müller anzurufen – wieder vergeblich.

Als Hermann die Küche betrat, machte er Augen. Die Geschirrstapel waren verschwunden. Alles war ordentlich und sauber. Ordentlich und sauber!

«Mani!»

Der Gerufene schlurfte alsbald durch die Tür. «Hm?»

«Das war deine Freundin, oder?»

«Na ja, mal schauen …»

«Nein, ich meine, *das* war *sie*, oder?» Hermann vollführte einen Port de bras, wie ihn Pauls Schatz und Edgar nicht gekonnter hingekriegt hätten, um die Küchen-Zaubernummer «Gott sei Dank blitzblank» zu präsentieren.

«Achsoo, jaja. Die hat ’nen Putzfimmel, irgendwie. Gibt man ihr gar nicht.»

Mani war schon dabei wieder aus der Küchentür zu schlarpen, als eine Hand klatschend auf seiner Schulter landete. Hermann drehte seinen Bruder zu sich um und pflanzte

sich so nah vor ihm auf, wie sich im wahren Leben nur Leute auf dem Filmset kamen. So, wie sich die beiden Gesichter jetzt gegenüberstanden, Schweissperlen auf der Haut, dank der Hitze und ganz ohne in der Maske gewesen zu sein, hätte die Szene ein klasse Close-up für einen Western hergegeben.
«Du – nutzt – dieses – Mädchen – nicht – aus, Manuel!»
Hermann war selbst verblüfft, wie gefährlich er klang. Was den schief feixenden Mani offenbar nicht die Bohne beeindruckte.
«Easy, hey! Wenn sie unbedingt putzen wollte, sollte ich ihr die Freude nicht lassen?»
Hermann senkte seine Unterlippe und reckte sein Kinn vor, fasste seinen Bruder am Sweatshirt-Kragen und sah ihm mit der dunkelsten Schattierung seiner braunen Augen in dessen spöttisches Gesicht. *«Sonst – sage – ich – es – MAMA!»*
Das wars. Manis Laune ging zu Boden. Wie in Zeitlupe kollabierte seine Entspanntheit und landete vor Hermanns Füssen im Staub. Freilich im übertragenen Sinne, denn der Küchenboden war zum ersten Mal seit Wochen sauber.
Hermann schenkte seinem Bruder einen letzten vernichtenden Blick, bevor er den Kühlschrank öffnete und Mani seinem Schicksal überliess, das dieser vor dem Fernseher erdulden ging.

Hermann briet sich zwei Eier in der Pfanne, belegte damit eine geschichtete Konstruktion aus Brot, Schinken und Käse und öffnete sich dazu eine Dose Bier.
Für gewöhnlich spielte er auf dem WG-Plattenspieler in der Küche keine seiner Platten, weil Manis Platten die Nadel immer mit einem Klumpfuss aus einer faszinierenden Vielzahl an Materialien versahen. Beuys hätte die Klümpchen wohl eingesammelt, in eine Ecke gepappt und zur Kunst erklärt. So wie Stefix von den «Davie's Bare Society» ein-

mal aus dem Dreck von Computermäusen ein Werk erschaffen hatte.
Hermanns neuer Fall war offenbar gerade dabei seine eigene Musiker-Vergangenheit aus dem Dornröschenschlaf zu küssen, und er grinste glückselig bei den aufkommenden Gedanken an seine Zeit im Sedel und an die Persönlichkeiten, die diesen damals bevölkerten.
Augenblicklich war Hermann danach, sein Abendmahl musikalisch zu untermalen. Er holte seine Miniaturbürste und ein Album aus seinem Zimmer, befreite die Nadel vom Dreck und legte die Platte auf. «The Sadies» hatte er vor Jahren im Sedel Club gesehen, und er war begeistert gewesen. Nach dem Konzert am Merch-Stand war er sich vorgekommen, wie ein Kind am Kiosk. Er hatte sein Portemonnaie auf den Verkaufstisch ausgeleert und mit dem gesamten Inhalt bis auf ein Fünfrappenstück drei Schallplatten erstanden, die er seither in unregelmässigen Abständen hörte. Hermann hatte schon oft nach Live-Konzerten Platten gekauft – oder CDs, wenn es kein Vinyl gab. Aber oft waren diese Käufe das Resultat einer momentanen Euphorie, die ab dem nächsten Morgen jeweils genauso spurlos verschwunden blieb, wie die Lust, die auf Tonträger verbannte Musik daheim in seinem Zimmer zu hören, die live von der Bühne her so viel kraftvoller und lebendiger in Leib und Gehörgang gedrungen war.

Nach einer Weile sass Hermann versonnen vor seinem leeren Teller am Küchentisch, schwelgte im Rückblick auf vergangene Zeiten und paffte Rauchringe in die Luft. Es war, als zöge ein Zauberer eine nicht endende bunte Taschentücherkette aus seinem Kopf. Eine Erinnerung produzierte die nächste hervor. Hermann reiste immer tiefer in der Zeit zurück und gluckste vor Vergnügen über Dinge, die ihm einfielen, als plötzlich die Nadel zu hüpfen begann.

«Oh, Shit!» Hermann war in einem Satz beim Plattenspieler. Er hob den Tonarm vorsichtig von der LP, nahm diese vom Plattenteller, pustete darüber und versorgte sie sorgfältig in die Innenhülle und ins Cover. «Mann, ich muss ja los!», murmelte er verschreckt zu sich selbst und setzte sich unverzüglich in Bewegung. Er brachte Abwasch, Katzenwäsche und Hemdwechsel im Rekordtempo hinter sich, schnappte sich seine Mappe und stürmte mit einem unerwiderten «Ciao, bis später!» aus der Wohnung.

Hermanns Vespa sprang sehr oft in genau denjenigen Momenten ungern an, wenn Eile geboten war. So holte sich der Kickstarter wohl seine Kicks. Als die Vespa ansprang, war Hermanns frisches Hemd verschwitzter, als dasjenige, das er eben noch in den Wäschekorb befördert hatte. Aber der Fahrtwind würde die Sache wieder ausbügeln.
Nach etwa zehn Minuten kam Hermann an der Bireggghalde 5 in Horw an. Er kannte diese Häuser. Sein erster Schulschwarm hatte hier gewohnt. Bei Anbruch der Dunkelheit war er ein paar Mal mit dem Velo hierhergefahren und hatte heimlich zum zweiten Stock hinaufgespäht. Was er sich davon erhofft hatte, wusste er selbst nicht so recht. Hauptsache, seine Angebetete war ahnungslos geblieben.

Vicos Klingel war mit «Schwartz» beschriftet, in fetten gelben Versalien auf schwarzem Grund. Die Wörter über und unter dem Namen waren in derselben Schrift gehalten, aber so klein, dass nur ein Insider sie entziffern konnte. Hermann klingelte amüsiert bei «May the Schwartz be with you».
Der hagere junge Mann, der wenig darauf die Haustüre öffnete, besass die wohl markanteste Nase, die Hermann je zu Gesicht bekommen hatte.
«Hi! Türöffner ist kaputt und der Hauswart in der Kari-

bik.» Mit diesen Worten und einer laschen Geste wurde Hermann aufgefordert, in die Erdgeschosswohnung einzutreten.
Hermann hätte gern mit einem Wortspiel auf die Klingelbeschriftung reagiert, sagte aber stattdessen: «Wer geht denn jetzt bei der Hitze hier in die Karibik!»
«Das ist gar nicht mal so doof, weil da jetzt Regenzeit ist. Und billiger ist es auch.»
Hermann folgte Linos Freund durch einen unaufgeräumten Korridor in einen grossen, hundertprozentig unwohnlichen Wohnraum. Über den Boden verteilt lagen Puzzleteile mit Fragmenten von Minions drauf und in einer Ecke standen zwei Spielkonsolen. Vico wies mit der Hand auf ein ehemals weisses Stoffsofa und fragte: «Wollen Sie was zu trinken? Ich muss was haben. Whisky?»
Nach kurzem Zögern erwiderte Hermann: «Okay, gern, danke!»
Kurz darauf kehrte Vico Schwarz mit zwei Gläsern zurück, von denen er eins vor Hermann hinstellte und das andere ansetzte und einen grossen Schluck daraus trank. Er liess sich neben Hermann aufs Sofa sacken, steckte sich eine Zigarette an, nahm einen tiefen Zug, stiess ermattet den Rauch aus und starrte sein Glas an. «Heilige Scheisse!»
Hermann rang mit sich. Schliesslich entschied er sich mutig dazu, doch noch einen Bezug zum Klingelschild zu schaffen, in der Hoffnung den niedergeschlagenen Mann neben sich aufzumuntern. «May the Schwartz be with him!»
Vico Schwarz sah überrascht auf und blickte Hermann an, offenbar unschlüssig, ob er diese Äusserung lächerlich oder tröstend finden sollte. Langsam lichtete sich seine Miene zu einem leicht schrägen Lächeln. Dann wich das Schräge. Der Mund entfaltete seine ganze Breite und entblösste eine Reihe von Zähnen, die es in Sachen Superlative ohne Wei-

teres mit der Nase aufnehmen konnte. Vico ergriff sein Glas und hob es Hermann entgegen. «May the Schwartz be with him, indeed!»
So stiessen die Beiden in kurioser Einigkeit aufs Wohl der toten Ikone an. Irgendwie musste Hermann jetzt die Kurve kriegen seine Polizeiarbeit zu tun, ohne ins Fettnäpfchen zu treten oder den Faden zu verlieren. Die spontan entstandene Vertrautheit war dabei nicht hilfreich. «Ich muss halt ein paar Fragen stellen, das gehört zum Lieferumfang mit dazu.»
Doch Vicos Heiterkeit war auf einen Schlag erloschen. Er hatte sich gerade aufgesetzt und sah Hermann forschend an. «Was ist Lino nun eigentlich passiert?»
«Er wurde in eurem Proberaum tot aufgefunden. Deshalb liegt es natürlich nahe, Linos Bandmitglieder zu befragen. Das ist die normale Routine, damit wir uns ein genaueres Bild machen können. Kannst du mir sagen, wann du Lino das letzte Mal gesehen hast?» Hermann war bewusst, dass er diesmal selbst zu duzen begann, aber die Situation hätte die Höflichkeitsform mit Clownnase dastehen lassen.
Hermanns Gegenüber kniff die Augen zusammen. «Heisst das, Lino wurde … woran starb er?»
«Das konnte noch nicht abschliessend festgestellt werden. Ein Fremdverschulden ist nicht ausgeschlossen. Bevor du mir meine Fragen beantwortest, kann ich deine auch nicht beantworten, sorry. Also, wann hast du Lino zum letzten Mal getroffen?»
Vico sass da wie versteinert. Dann schien er nachzudenken. Er zog den Aschenbecher zu sich und zerstörte seine Zigarettenkippe darin, als wäre allein sie an allem schuld.
«Am Montagabend. Wir hatten Probe.»
«Okay … Zu dritt, nehme ich an? Ich weiss vom Bandstreit.» Nahm Hermann in Vicos Blick Angst wahr? Oder war es Empörung?

«Mann, ja, wir hatten Krach! Mandy und ich waren scheisse sauer auf Lino. Wir waren im Juni mit ‹The Men› auf Tour gewesen. Kleine Clubs, Pubs und so. Deutschland und England. An einem Abend in Shrewsbury kam ein Typ auf uns zu und quasselte uns voll. Erst dachten wir, der wäre irgend so ein Schnorrer. Aber der war echt! War wohl in den Ferien in dem Nest. Der hat uns entdeckt! Klassisch. Wie es sonst nur in Filmen vorkommt. Als er uns seine Karte von EMI gab und uns eine Woche später zu sich ins Büro bestellte, standen wir nur da und glotzten. Plötzlich fing Lino an frenetisch in diesem Pub rumzurasen und zu jauchzen, wie ein Irrer. Schliesslich schmiss er eine Lokalrunde – natürlich mit unserem Geld; er hatte nie welches. Aber das war in dem Moment scheissegal. Den Abend werd ich nie vergessen!» Vicos Erinnerungen an den schönen Teil der Geschichte hatten Farbe in seine Wangen gebracht. «Als wir dann eine Woche drauf bei Bob bei EMI in London antrabten, hatten wir inzwischen an fünf Abenden in verschiedenen Käffern wie die Götter gespielt. Es war total intensiv! Wir waren alle voll drauf. Ich meine, nicht im wörtlichen Sinn. Wir kiffen höchstens mal eins. Aber das war besser als jede Droge! Es fühlte sich an …» Vico suchte in seinem Glas nach Worten und stürzte sich einen Schluck daraus in die Kehle. «… als wären wir zu einem gigantischen, legendären Ganzen zusammengewachsen. Nichts konnte uns aufhalten! …»
Doch erstens kam es anders, und zweitens als Hermann gedacht hatte, denn die Farbe auf Vicos Gesicht wich nicht, sondern steigerte sich ins Purpurne. *PAM!* Vicos Faust schlug auf die Salontischplatte und Hermann zuckte zusammen. *«Der Arsch!»* Die Faust öffnete sich, um nach der Whiskyflasche zu greifen und nachzugiessen. «Auch noch ’nen Schluck?» Vico sah Hermann an, und dieser zögerte.
«Ich sollte nicht …»

«Scheissegal!» Damit war Hermanns Glas wieder voll. «Dieser Arsch hat alles vernichtet! Für seine Eitelkeit! Ein Wunder hat er zum Klo runtergespült, *damminomol! Unser Wunder!»* Vico Schwarz war schwarz vor Wut. Er schien weder beschämt darüber, auf seinen toten Freund zu schimpfen, noch besorgt, sich damit verdächtig zu machen. Was ihn in Hermanns Augen irgendwie glaubhaft machte. Oder hatte Hermann heute zum zweiten Mal Sympathie zu einem möglichen Mörder gefasst?

Das Klicken des Feuerzeugs lenkte Hermanns Blick auf den unverdächtigen Verdächtigen neben sich. Dieser steckte eine weitere Zigarette in Brand und sah versonnen vor sich hin.

«Lino hat sich nochmals mit Bob getroffen, nachdem wir alle bei ihm im Büro gewesen waren. Lino hat wohl voll die Schau abgezogen, bis Bob einwilligte, die Band ohne Bootie unter Vertrag zu nehmen. Das ist vollkommen bescheuert! Wir haben einen Vertrag mit EMI! *Mit EMI!* Aber der Vertrag war für ‹The Men›! Nicht für Lino and the leftovers … und jetzt sind auch noch only the leftovers left.»

Vico vergrub sein Gesicht in den Händen, dann sah er auf und drehte sich zu Hermann.

«Mandy – der Bassist – hat sogar seinen Job gekündigt, als es klar war, dass wir den Vertrag kriegen.»

Hermann nickte. «Hab ich vernommen. Übrigens konnte ich ihn bisher nicht erreichen.»

«Na ja, er arbeitet ja jetzt noch. Hat ein paar Monate Kündigungsfrist. Bei der Arbeit muss er sein Handy ausmachen.»

Mit einem Ruck drehte sich Vico zu Hermann um. «Aber wer … ich meine … wir haben Lino nichts angetan. Wir hätten ihn zum Mond schiessen können! Aber er ist … *tot?!»*

«Ihr habt euch am Montagabend im Proberaum gestritten, sagtest du?»

«Ja, klar, wir haben uns angeschrien, geflucht, diskutiert.

Aber Lino war quicklebendig als wir heimgingen. Er spielte wieder mal die beleidigte Leberwurst. Ach, *Scheisse!*»

«Und danach hat sich keiner von euch mehr mit ihm getroffen?»

Vico runzelte die Stirn, sog den letzten Zug aus seiner Zigarette und begrub sie neben der ersten Kippe mit gleicher Gründlichkeit im Aschenbecher.

«Nein. Jedenfalls ich nicht. Wir hätten heute wieder Probe gehabt. Jetzt.»

«Hattest du seither Kontakt mit Mandy oder Bootie?» Hermann nahm den letzten Schluck aus seinem Whiskyglas und fühlte sich, als würde er wie beim Zahnarzt die unangenehmen sachlichen Fragen aus seinem Mund spülen.

«Nein. Ich hatte zwei Nachtschichten. Da ist mit mir sonst nicht viel los.»

«Du arbeitest Schicht?»

«Ja, bei der SBB. Techniker Instandhaltung Elektroanlagen, lautet der Ehrentitel.»

In diesem Moment ertönte aus einem entlegenen Raum in der Wohnung ein lautes Geräusch, gefolgt von einem anschwellenden «Papaaaa!»

Vico Schwarz sprang auf und verliess das Wohnzimmer, um kurz darauf mit einem weinenden kleinen Jungen an der Hand zurückzukehren.

«Nicht schlimm, Leo, ich baue ihn dir übermorgen wieder zusammen.»

Jetzt fügten sich die Puzzleteile vom Boden in Hermanns Gesamtbild. Vico Schwarz war Papa. Schichtarbeiter, Schlagzeuger und Vater.

«Hey, hallo! Was ist denn passiert?» Hermann streckte dem Dreikäsehoch seine Hand hin, der diese ansah, als würde man ihm etwas zu essen anbieten, was er nicht mochte.

«Der Todesstern ist abegheit!», protestierte der Kleine, offensichtlich todsicher, dass die universellen Zusammenhänge dieser Katastrophe nichts mit ihm zu tun hatten.

Hermann verzichtete darauf dem Jungen zu erklären, dass es eigentlich ganz prima wäre, wenn der Todesstern zertrümmert war. Das war so etwas, von dem man als Kind stets zu hören bekam, man würde es verstehen, wenn man einmal gross wäre.
Vico hob den noch immer schluchzenden Kleinen auf seinen Arm, drückte ihn an sich und begann zu Hermanns Überraschung mit warmer, voller Stimme zu singen.

«Hey Jude, don't make it bad.
Take a sad song and make it better...»

Hermann lauschte beeindruckt der ruhigen, schönen Stimme und nahm an diesem Moment teil, als gehörte er zur Familie.

«... And anytime you feel the pain, hey Jude, refrain, Don't carry the world upon your shoulders ...»

Der kleine Todessternbesitzer beruhigte sich allmählich, und damit war er nicht allein. Gleichsam spendete der Song den beiden erwachsenen Männern im Raum Trost.

«... Remember to let her under your skin, Then you'll begin to make it better.»

Vico setzte klein Leo aufs Sofa und sich daneben.
«Morgen bist du wieder bei Granny, aber übermorgen bringen wir das in Ordnung, Leoli!»

Hermann hätte gern gefragt, was mit Leos Mutter war, aber er fühlte, dass sein Auftritt hier langsam einen Vorhang verdient hatte. Er stand auf, das leere Glas in der Hand, und erkundigte sich, wo es zur Küche gehe.

«Lass nur. Leo und ich regeln den Abwasch. Oder, Mann?»
«Mhm», liess der Junge unbestimmt verlauten. Etwas musste man erwidern, wenn die Grossen irgendwas zu einem sagten.

«Also, dann. Danke für den Drink! Und für den Song. Und … tut mir leid. Tschüss, Leo, mach's besser!»
Vico begleitete Hermann aus der Wohnung, als Hermann sich vor der Türe nochmals umdrehte und sagte: «Ach, da wäre noch was.»
Da erschienen sie wieder, die beiden grandiosen Zahnreihen, in Vicos Gesicht. «Ernsthaft? Brauchst du noch mein Autogramm für Mrs. Columbo?»
Hermann gluckste grad noch einen Lachanfall weg.
«Ja. Bitte! Als Gegenleistung lasse ich dir diesen ungedeckten Check da. Man weiss nie.»
Vico nahm Hermanns Visitenkarte grinsend entgegen und klapste mit seiner Hand auf Hermanns Schulter. «Bist ein komischer Knabe. Bist du sicher, dass du echt bist?»

Als Hermann zuhause ankam, war es kurz vor neun. Doch es kam ihm vor, als hätte er heute zwei Tage zum Preis von einem gekriegt – zu einem Wucherpreis. Wochenende war erst übermorgen, und nicht einmal dann würden seinem Kopf zwei Tage Freiheit gegönnt. Am Sonntag würde er mit Mani zu den Eltern pilgern, um im Familienkreis den sechzigsten Geburtstag seines Vaters zu feiern. Schön und gut, er hatte seine Familie gern. Wirklich. Aber dann hatte Mama ihn noch gebeten, seine Tante Emilie im Spital zu besuchen. Da musste er wohl durch.
Auf der Heimfahrt durch die warme Nacht hatte er all die Menschen gesehen, die auf den Strassen flanierten, vor den Restaurants und Bars draussen sassen, plauderten, lachten und ihre Freizeit genossen. Und er hatte seine Vespa auf di-

rektem Weg nachhause gelenkt und seine Physis schwerfällig treppauf befördert, um sie erschöpft am Küchentisch zu parkieren und mit zwei Reiheli Schokolade zu versorgen.
Eigentlich sollte er noch seine Notizen zum Besuch bei Vico Schwarz festhalten, aber das musste bis morgen warten. Hermann schleppte sich ins Bad und blickte in den Spiegel, oder vielmehr darauf. Dort stand mit inzwischen angetrocknetem Rasierschaum ein Wort aufgesprüht: «BAD!» Das war nicht etwa Manis Art, Räume nach ihrer Nutzung zu beschriften, sondern Hermann mitzuteilen, wie er auf seinen Bruder zu sprechen war. Wenn Mani muff war, bediente er sich der paar englischen Wörter in seinem Wortschatz.
Auch schon hatte am Spiegel im WC «SHIT!» gestanden.
In Sachen örtlicher Trefflichkeit ebenso unübertrefflich. Amüsiert putzte sich Hermann die Zähne und verwandelte mit Zahnpasta aus einer Sommerlaune heraus das Ausrufezeichen in ein «I». Dann zeichnete er darüber eine Strahlensonne und darunter zwei Wellenlinien, was die Tube knapp hergab. Genau! In die Badi gehen. Sich irgendwo am See unter einem Baum auf einem Badetuch ausstrecken, und wenn die Hitze fast unerträglich würde, sich im kühlen Nass abkühlen. Das wollte Hermann am Wochenende machen!

Edgar versuchte Hermann gerade den Nachnamen seines Nachfolgers zu nennen und schaffte es sonderbarerweise nicht, über das «z» hinwegzukommen. Er verformte dabei seinen Mund zu einem Schmetterling, und hob immer wieder von neuem an: «Hürzzzz… Hürzzzzzz… zzzzzz…» Sie standen in einer Art Warenhaus, das Hermanns Zuhause war. Es herrschte ein Kommen und Gehen. Ständig erschienen wieder Leute von der Rolltreppe her.
Dann waren sie auf einmal backstage irgendwo, wohl bei einem ländlichen Open-Air. Wer sie genau waren, war unklar. Ein dreckiger roter Teppich lag am Boden. Eine junge

Frau mit lila Stirnband und indischen Röcken braute etwas auf einem Puppenherd. Hermann war dabei die Tastatur seines Keyboards zu putzen. Es war ein hässliches Plastikding mit Minion-Stickern drauf. Dann lösten sich die Tasten auf und begannen Fäden zu ziehen wie Fondue-Käse. Paul McCartney sass neben Hermann und zeigte mit dem Zeigefinger auf eine Schatulle vor ihnen auf dem Boden. Er lachte und sagte mit Liverpooler Akzent: «Look at that bloody fuzzzzzzzzzz!»

Das wars! Hermann sass kerzengerade in seinem Bett und wusste jetzt, woher dieses «zzzzzzz» immer wieder in seinen Traum gedrungen war. Verdrossen zündete er die Nachttischlampe an und sass mit verschränkten Armen in seinem Bett, während er mit den Augen den Raum absuchte. Das Duell hatte begonnen. Mücken konnten tückisch sein. Hermann bewaffnete sich mit seinem rechten Pantoffel und wappnete sich mit Geduld. Die Zeit begann sich zu dehnen, wie die Fondue-Tasten aus Hermanns Traum. Sie wurde gaaaanz lange … Doch da! Hermann machte ein verräterisches Pünktchen an der Wand neben dem Plattenregal aus. Aalglatt glitt er vom Bett und näherte sich panthergleich mit erhobenem Pantoffel dem Kontrahenten. Hermann spannte sich an, kniff die Augen zusammen und – «fopp!» Der Coup war gelungen. Der Moskito glich nunmehr einem Abklatsch seiner selbst.

Freitag, 28. Juli

Morgen. 7.38 Uhr … Verschlafen! Wecker? Batterie. Mist! Hermann juckte aus dem Bett, als hätte ihn eine Sprungfeder hochkatapultiert.
Durch die Lamellen der Holzfensterläden drang helles Tageslicht. Im Bad herrschte geradezu gleissendes Hell. Blinzelnd besorgte Hermann eine gehetzte Morgentoilette. Sein Wundmal vom Sturz war schon auf gutem Weg zur Heilung. Den Heiland konnte er damit nicht mehr geben. Allerdings konnte sich Hermann im Spiegel nicht besonders gut erkennen, denn das brüderliche Œuvre harrte dort nach wie vor seiner Entdeckung durch den Kunstmarkt.
Wenig später sass Hermann am Küchentisch vor seinem roten Büchlein, leicht verdrossen an einer Scheibe Toast kauend. Mani hatte natürlich keinen Ersatz für die zerstörte Kaffeekanne besorgt, und für das gewohnte Frühstücksritual auf der Café-Terrasse reichte die Zeit nicht. Hermann fand im Küchenbuffet einen Beutel Earl Grey, zuckte die Schultern und setzte Wasser auf. Bevor er ins Büro ging, wollte er versuchen, sich einen gedanklichen Überblick über den laufenden Fall zu verschaffen.

Er hatte vom Umfeld des Toten bisher den Sedelhauswart, den Proberaumuntervermieter, die Mutter und Grossmutter, die Freundin, den Bruder und zwei von drei Mitmusikern getroffen. Den dritten, Mandy, musste er heute endlich erreichen.
Der nun tote Lino hatte am Abend vor seinem Hinscheiden sein Velo mit einem Platten zum Velomech gebracht. Darauf war er wohl zu seiner Freundin Terry gegangen. Die beiden hatten im Verlauf des Abends einen lautstarken Streit, bei dem es, laut Terry, um Linos vielleicht berechtigte Eifersucht, laut der Nachbarin aber um Terrys Schwan-

gerschaftsabbruch gegangen war. Terry soll Lino gedroht haben, sich die Pulsadern aufzuschneiden. Da fiel Hermann der zerbrochene Spiegel in Terrys Schlafzimmer ein, und das Stoffband am linken Handgelenk der jungen Frau. Hatte die Nachbarin nicht gesagt, sie hätte das Zerbrechen einer Scheibe gehört? Das passte zusammen. Terry hatte sich also möglicherweise tatsächlich weh getan. Dem musste Hermann nachgehen. Und er musste herausfinden, was es mit dieser Abtreibung auf sich hatte. Er notierte: Terry / Suizidversuch / Abort / Lover? = Vater? Lino war jedenfalls am Abend vor seinem Tod von Terry weg und – zu Fuss? – zum Sedel in seinen Proberaum gegangen. Ob er direkt dorthin gegangen war, und ob er noch jemanden getroffen hatte, war nicht bekannt. Fakt war, dass Lino zwischen Mitternacht und 2 Uhr morgens in seinem Proberaum einen Schlag auf den Kopf mit einem Gegenstand erhalten hatte, der mit altmodischem metallischem Lack versehen war. Der Schlag hatte eine Schädelfraktur verursacht, und Lino war an einer Hirnblutung gestorben. Der Sedelhauswart hatte den Toten am Mittag des folgenden Tages entdeckt, als er Equipment für Aufnahmen «ausleihen» wollte. Gefunden hatten sie Lino auf dem Rücken liegend, mit leicht angewinkeltem linkem Bein, den Kopf auf dem Korpus einer E-Gitarre. Sein Anblick wirkte wie ein inszeniertes Rock'n'Roll-Stillleben. Das Tüpfchen auf dem i bildete ein getrockneter Blutstropfen auf seiner Wange, der von einer Frau stammte, deren genetisches Profil gut zu Terry passen konnte. Lino hatte eine 20-Franken-Note, ein Tütchen mit Plektren und drei Schlüssel an einem Stück Wäscheleine auf sich. Sein Handy hatte er in der Satteltasche seines Velos vergessen. Die Fingerabdrücke im Raum passten zu keinen Vorbestraften. Spuren eines Kampfes gab es keine. Der Raum war unverschlossen gewesen. Im vorigen Monat konnte Linos Band während sie auf Tour durch England waren mit EMI einen Plattenvertrag abschliessen, und Lino hatte seine Mitmusiker in Rage versetzt, indem er mit EMI den Ausschluss seines Bandkollegen Bootie aushandelte. Letzteren, wie auch den Schlagzeuger und Freund Linos, hatte Hermann bereits kennengelernt. Beide waren noch immer sauer wegen der Sache mit dem Vertrag, aber ebenso war jeder von ihnen bestürzt über Linos Tod.

Hermann goss sich stirnrunzelnd eine Tasse Tee auf. Er überlegte, ob er die beiden Musiker aus Sympathie vom Verdacht eines möglichen Totschlags ausschloss, oder ob er seinem Instinkt trauen konnte.
Er untersuchte den Kühlschrank vergeblich auf Milch und fand schliesslich unter den Senf- und Tomatenpüree-Tuben eine fast leere Tube Kondensmilch, der er nun den Rest gab, indem er den flachen Blechschlauch über die Tischkante zog. «Tuben ausquetschen», sprach er befriedigt vor sich hin, und sah sich im Geist, nach seinen kleinen Leidenschaften befragt, für einen Moment lang im Vorspann des Films «Le fabuleux destin d'Amélie Poulin».
«Ausquetschen» lieferte ihm das Stichwort.
Er notierte: Mandy daten! / Typ? / Wut wegen Job? / Wann L. zuletzt gesehen?

Dann fügte er hinzu: Verdächtige?
- Terry: Beziehungsdelikt? Aufbrausend, emotional. Aber Totschlag?
- Terrys Lover: Falls existent, möglich. Motiv? Eifersucht?
- Zingg: Totschlag wegen Schulden? Kaum.
- Binggeli: Nervös. Aber betroffen. Motiv?
- Celio: Ev. Unberechenbar. Aber ital. Bruderliebe! Motiv? Geld?
- Bootie: Knast, statt Hobbymusiker in Freiheit? Kaum.

– Vico: Sauer, aber betroffen und Linos Freund. Kaum.
– Mandy: n. z. v.
– XY unbekannt: Mögliche Motive? Geld? Mafia? (Bemerkung Grossmutter) Drogen?

Der Tee war ekelhaft süss. «Süss ist die Rache!», murmelte Hermann, und fügte hinter der letzten Zeile «Rache?» hinzu. Dann packte er seine Sachen in seine Mappe, goss das untaugliche Getränk in den Spültrog und schlüpfte in seine Schuhe, als ihm noch etwas einfiel. Er fischte nochmals sein rotes Büchlein hervor, setzte unter seine Liste das Wort «Deckenplatte», klappte es zu und liess es in die Mappe zurücktauchen.

Die Küchenuhr zeigte 8.25 Uhr, als Hermann die Wohnung hinter sich liess. Draussen war der Tag scheinbar bereits zur Vollform aufgelaufen. Hermann hätte sich nicht gewundert, auf seinem Weg zum Büro, Mittagsküchengerüche zu schnuppern. Dafür wunderte er sich, dass seine Vespa auf Anhieb angesprungen war, obwohl er spät dran war.
Als Hermann an der Pforte vorbeieilte, stand gerade sein künftiger Vorgesetzter davor und sprach mit Rosmarie, die etwas gezwungen lachte.
«Tag, Herr Hürzeler!», sagte Hermann im Vorbeigehen und erschrak über seinen Reflex, um ein Haar salutiert zu haben.

Auf seinem Schreibtisch lag ein Flyer, der in Sachen Gestaltung und Geschmack an eine gewisse Partei erinnerte. Hermann schnaubte, ergriff das Flugblatt und zerknüllte es, während er sich fragte, wer seiner Kollegen neustens innerbetrieblich politische Werbung streute, als Edgar eintrat und bei Hermanns Anblick gleich die Hände verwarf.
«Heimatland, Hermann!»

Hermann erstarrte. Das war doch nicht möglich! Edgar war der Heimatlandhausierer, der ihm das Blättlein hingelegt hatte?! Oder lag die Sache anders? Langsam senkte er den Blick auf die Papierkugel in seiner Hand und begann sie flach zu streichen. Er hatte den Text darauf nicht beachtet, weil er fand, dass man sowohl sich selbst als auch dem sprachlichen Vermögen dieser politischen Gruppierung einen Gefallen erwies, indem man ihre Texte nicht beachtete.

In der Mitte des Blattes stand fett, rot und in einer Schriftart, die allen Gesetzen der Typographie ins Gesicht spuckte: «Bullezmorge!!!» Drei Ausrufezeichen hatten nun leider eine ganz andere Konnotation als Die drei ???. Darüber stand in anderer, nicht minder stilfreier Schriftart: «De neu Kripo-Chef ladt alli i zom deftige», und weiter unten in Aufzählungsformatierung:
Wenn: 1. August, 1000 Uhr
Wo: Korporations-Waldhötte Neudorf
Worom: Istand ond Zämehalt
Was: Brönch met Fleisch am Chnoche

Die lachende Sonne am oberen Rand schien sich köstlich über Hermanns Miene zu amüsieren. Hermann sah auf und bemerkte Edgars Bemerken ebendieser Miene. «Herr, lass diesen Kelch an mir vorübergehen!», zitierte Hermann denjenigen, für den er am Vortag zeitweilig gehalten worden war. Edgar war aber nicht zu Scherzen aufgelegt.
«Nein, Hermann, da kannst du nicht kneifen! Da geht Anstand vor Freude. Und die Einstandsfeier deines neuen Chefs zu schwänzen, würde dir schaden, glaub's mir!»
«Ja, ist mir schon klar, Edgar», gab Hermann kleinlaut von sich, und setzte nach: «Du kommst doch auch, oder?»
«Ja, in Gottes Namen.» Edgar seufzte. Er sah müde aus. Die Einführung seines Nachfolgers setzte ihm offensichtlich zu.

«Kommst du nachher rüber zum Täfele, so gegen zehn?» «Täfele» hiess in ihrer Sprache der Austausch ihrer Ermittlungsergebnisse und das Skizzieren der Eckdaten auf Edgars Tafel.

Als Edgar hinausging, setzte sich Hermann an den Computer, holte seine Notizen hervor und begann die digitale Akte zu ergänzen. Mehrmals fiel sein Blick auf den schrillen Flyer auf seinem Schreibtisch. Ihm war nicht wohl bei der Vorstellung an einer Veranstaltung dieser Art teilnehmen zu müssen. Eigentlich hatte er gedacht, dass diese Vaterlandstafelrunden aus der Mode gekommen waren. Jedenfalls hatten solche in der Presse schon länger keine Erwähnung mehr gefunden. Nun ja, der Journalismus war seinen eigenen Modetrends unterworfen. Wenn in den 2010er Jahren auf einmal kaum mehr über den Borkenkäfer berichtet wurde, bedeutete das nicht, dass das gute Tier sich in den Schweizer Fichtenwäldern nicht weiter munter den Bauch vollschlug.

Einer plötzlichen Anwandlung von Neugier folgend, wechselte Hermann zum Browser und gab «Burezmorge» in die Suchmaschine ein. Kaum hatte sich das Wort seiner Finger entledigt, bemächtige sich auch schon die Schamröte seiner Wangen. Gewiss wurde sein zweifelhaftes Interesse jetzt bereits irgendwo ausgewertet und seinem Profil untergejubelt … Bei seiner nächsten Suche nach schwarzen Socken oder raren Schallplatten würden rechts im Werbebereich des Browsers Annoncen für einschlägige Kundgebungen erscheinen! Eiligst überschrieb Hermann seinen Suchbegriff mit: «Das habe ich soeben nicht gegoogelt!», und dann erneut mit «Hahaha». Gleich darauf gab er sich der Frage hin, wie blöd man eigentlich sein konnte, doch noch bevor er sie sich beantworten konnte, erklang das «Didelim» einer eintreffenden Mail-Nachricht. Sie war von «angeschwaerzt@gmx.ch» und trug den Betreff: «Mandys Mail». Hermann war baff. Vico Schwarz hatte ihm die Mailadresse von Mandy Müller geschickt. Kaum hatte Hermann eine Mailnachricht einzutippen begonnen,läutete sein Telefon.

«Kantonspolizei, Schmid.»
«… Ja, Tag. Sie haben irgendwie versucht mich aufs Handy anzurufen?» Der Anrufer mit dem verdutzten Ausdruck in der Stimme war doch tatsächlich Mandy.
«Richtig. Grüezi, und danke für den Rückruf. Sie sind Herr Müller, Bassist bei ‹The Men›, stimmt das?»
«Ja …» So klangen Fragezeichen.
«Wir ermitteln in einem Todesfall im Umfeld Ihrer Band, Herr Müller. Ich wäre Ihnen dankbar, wenn wir uns zeitnah miteinander unterhalten könnten. Wann passt es Ihnen? Ginge es heute?»
«Todesfall?… Wie meinen Sie das mit dem Umfeld der Band? Was ist passiert?»
Mandys Besorgnis war unüberhörbar.
«Lino De Luca wurde am Mittwochmittag tot in Ihrem gemeinsamen Proberaum aufgefunden.»
Schweigen. Dann ein vernehmliches Luftholen.
«Was? Lino ist tot?»
«Ja. Tut mir leid, Ihnen das mitteilen zu müssen.»
«Ist ja der *Horror!* Wie ist denn das geschehen?»
«Um genau das herauszufinden, ermitteln wir, Herr Müller. Wir befragen dazu die Familie und Bekannte von Herrn De Luca. Können wir uns heute einmal treffen?»
«Ermitteln? Also Sie meinen … Gehen Sie irgendwie von *Mord* aus? Wurde er *erschossen*?»
Jetzt stutzte Hermann.
«Nein … Wie kommen Sie darauf, dass er erschossen worden sein könnte?»

Nun wieder zögerte Mandy.
«Hm, vielleicht zu viele Krimis gesehen, irgendwie. Aber wie ist er denn … umgekommen?»
«Durch einen Schlag auf den Kopf, wie es bis jetzt aussieht.»
Stille. «Sorry, bin grad irgendwie total überfordert …»
«Völlig verständlich. Das bringen plötzliche Todesfälle mit sich, Herr Müller. Wann können wir uns sehen?»
«Also … ich könnte vielleicht so gegen fünf …»
«Gut, 17 Uhr bei Ihnen?» Hermann blätterte hastig in seinem roten Büchlein und stach mit seinem Bleistift an der Stelle zwischen die Seiten, wo er Mandys Kontaktangaben notiert hatte.
«Bei mir? Warum? Also, ich meine, muss ich nicht irgendwie zu Ihnen kommen?»
«Nicht nötig, Herr Müller, ich komme zu Ihnen. Sind Sie an der Kaspar-Kopp-Strasse 108 in Ebikon zuhause?»
«Ja. Okay … Ähm, also …»
Hermann notierte die Zeit neben die Adresse und verabschiedete sich mit: «Vielen Dank. Dann bis später.» Hermann beendete das Gespräch, verwarf seinen Mailentwurf, stand mit zufriedenem Grinsen auf und trat ans Fenster.
Am Himmel waren ein paar hübsche kleine, weisse Wölkchen aufgetaucht, die jedem Sonntagsmaler Anlass gegeben hätten, seine Staffelei einzupacken und sich an diesem Freitag ein schattiges Plätzchen mit Aussicht zu suchen. Als nächstes musste Hermann versuchen, sich mit «Madame» zu verabreden. Irgendwie hätte es zu dieser theatralischen jungen Terry gepasst, Wahrsagerin zu sein. Er musste sie irgendwie dazu bringen, mit der Wahrheit rauszurücken. «Irgendwie – pfh!» Das hatte Mandy ständig gesagt. Manche Leute benutzten dieses Wort inflationär. Hermann setzte sich wieder, griff nach dem Telefonhörer und wählte Terrys Nummer, bekam aber nur ihren launischen Beantworter zu hören und hängte wieder ein. Dann kritzelte er

ein paar italienische Wörter auf seinen Notizblock, raffte sich auf und rief bei Linos Mutter an.
«Pronto!»
«Buongiorno Signora De Luca. Schmid della Kripo. Posso passare da lei, oggi? Dovrei...» – was hiess bloss «sich umsehen»? – *«ricercare qualcosa nella stanza di Lino.»*
«No no, è il ragazzo della polizia», rief Frau De Luca wohl ihrer Mutter zu, ohne die Sprechmuschel zu bedecken.
«E a chè ora vuole venire? Devo uscire per far le spese nel pomeriggio.»
«Certo, Signora. Potrei venire prima di mezzogiorno?»
«È, va bene, venite d'avanti le dodici, però!»
«Sì, d'accordo, Signora. Grazie e a presto.» Hermann legte ein und atmete auf. Soweit war das mal gut gegangen. Eigentlich war sein Italienisch doch gar nicht so übel. Wenn er daran dachte, wie er seinerzeit als Jugendlicher in den Dolomiten dieses Studienhalbjahr verbracht hatte ... Die Erinnerungen an die Zeit in Agordo schienen so fern und anders, als gehöre dieser Lebensabschnitt zu einem anderen Leben. Ein Bild hatte sich ihm besonders eingeprägt: Die Aussicht aus dem Fenster seines kleinen Dachzimmers, in dem es immer nach Holzfeuerung roch. Er sah sie noch vor sich, die Dächer der benachbarten Häuser mit ihren charakteristischen Schornsteinen, und dahinter in der Ferne die trutzigen Felsen, die das Tal säumten. Manchmal fielen Schneeflocken, so gross wie Hühnerfedern. Als hätte jemand über ihm auf der Lukarne gesessen und eine offene Daunendecke ausge... «Frau Holle!» Hermann sah augenblicklich anstelle des verschneiten Fensters in Agordo die Frau mit den türkisfarbenen Haaren vor dem Drop-in vor seinem inneren Auge. Celio wäre natürlich zu Frau Holle gegangen, hatte sie gesagt. Kohle holen ... Gut hatten sich seine Gedanken kurz nach Norditalien verirrt, sonst hätte er diese Sache womöglich vergessen. Hermann machte sich

eine Notiz mit Ausrufezeichen in sein Büchlein und setzte bis kurz vor zehn die Ergänzung seiner digitalen Fall-Akte fort. Dann schlenderte er den Gang entlang, holte vom Automaten zwei «Express», wie sein Chef diese kleinen braunen Gewässer zu nennen pflegte, und manövrierte sich und die Becher durch Edgars angelehnte Tür. Dieser stand bereits an der Tafel und hatte ein paar Ergänzungen vorgenommen.
Während sich die beiden gegenseitig auf den neuesten Stand brachten, Edgars Diagramm ausdehnten und den Fall besprachen, nippte Hermann angewidert an seinem Getränk. Die Kaffeenotlage in seinem Leben musste ein Ende haben! Er griff nach einem Kugelschreiber und kritzelte sich «Bialetti» auf seinen Handrücken.
Edgar, der Hermanns Aktion mitverfolgte, meinte: «A propos Italien, Hermann, diese Gerüchte über den Vater wegen Mafia, und die Grossmutter, die sagte … was hat sie genau gesagt? Was meinst du dazu?»
«Hingerichtet worden wäre er, hätte sie Celio gesagt. Aber ich halte das eher für Räuberpistolen. Denkst du denn, es könnte was dran sein?»
«Nun ja, ganz ausser Acht lassen, sollten wir diese Möglichkeit nicht.»
«Ich schaue mich heute Vormittag jedenfalls noch in Linos Zimmer um. Vielleicht finden sich irgendwelche Hinweise.»
Als die beiden mit ihrem Austausch fertig waren, musste sich Hermann beeilen, sich auf seiner Vespa nach Emmenbrücke zu befördern.
Linos Mutter öffnete ihm die Tür, während seine Grossmutter den Geräuschen nach zu urteilen wohl in der Küche beschäftigt war. Frau De Luca war ihr Verlust anzusehen. Sie leitete Hermann durch die Wohnung zu Linos Zimmer und liess ihn eintreten. Ein kleiner Raum, auffallend ordentlich – kein Vergleich zu Linos Proberaum. Aber das

konnte an der Hotelführung im Hotel Mama liegen. An der Wand stand ein Bett. Daneben, unter dem Fenster, ein Nachttisch, und an der gegenüberliegenden Wand ein Schrank. Alles in Schwarz, sogar die Bettwäsche war aus schwarzem Satin. Beim Bettende neben der Tür standen ein Stuhl, ein Notenständer voller Papiere mit Notizen und Chords, auf dem Boden ein Gitarrenständer und ein kleiner Combi-Amp mit Kabel und Kopfhörer. Die Wände waren mit Postern diverser Bands und Flyern und Fotos von «The Men»-Gigs vollgepinnt. Die Italianità hatte es offenbar nicht über die Schwelle zu Linos Zimmer geschafft. Hier gab es keine Spur von bunten Porzellanfiguren, Bonbonnieren oder idealisierenden Landschaftsmalereien der Heimat. Dieses Zimmer repräsentierte eine andere Welt. An manchen der Stecknadeln, mit denen die Plakate und Bilder an der Wand befestigt waren, hingen Kettchen mit Glasperlen, Federn und okkult wirkenden Holzfigürchen. «Madame Terry», murmelte Hermann vor sich hin, während er sich die Prints und Fotos genauer ansah. Zwei Bilder zeigten Lino mit der bewussten «jungen Dame». Auf einem sah man die beiden auf dem Boden irgendeines Clubs sitzend, mit verdächtig kleinen Augen. Das andere war ein klassisches Automaten-Paarfoto. Alle anderen Aufnahmen zeigten «The Men» live on stage; die meisten davon Lino in voller Pose, mit geschürzten Lippen und tiefhängender Gitarre. Von der Zimmerdecke hing eine exzentrische Eigenkreation von Lampe, eine Konstruktion aus schwarzem Draht, aus der in alle Richtungen Puppenbeine ragten. Statt eines Lampenschirms hing ein roter Chiffonstoff über dem Ganzen. Auf dem Nachttisch standen ein poppiger Wecker und eine flache Schale, in der zwei Päckchen Taschentücher, einige Gitarrenplättchen, ein paar Stifte und ein Haargummi lagen.

Hermann durchsuchte ungern die privaten Dinge anderer,

aber das gehörte nun mal zu seinem Job. In den Schubladen fanden sich Socken, Slips und Gürtel in so manierlicher Ordnung, dass Hermann gar nicht zu fragen brauchte, ob dies Frau De Lucas Werk sei. Weder hinter noch unter dem Bett oder dem Nachttisch verbarg sich etwas. Als Hermann den grossen Schrank öffnete, erblickte er als erstes sich, und dies gleich aus drei Blickwinkeln. Die Türen und die Innenwand des Schrankes waren mit grossen Spiegeln versehen. Hier wehte ein anderer Wind, was die Übersichtlichkeit betraf. Im linken Teil des Schrankinnern hingen dicht gedrängt Jacken und Hemden an einer Stange, darunter stapelten sich extravagante Schuhpaare, und die Regale quollen über mit Shirts und Hosen. Auf der rechten Seite waren die diversen Abteile mit Schachteln voller Papiere, Effektgeräte, Schnurknäuel, Werkzeuge und allerlei anderer Dinge.
Seufzend zog Herman die zwei Kartons mit den Papieren hervor und begann die erste zu durchstöbern. Rechnungen, Mahnungen, Verträge, Versicherungspolicen, Kontoauszüge, Unterlagen aller Art, alles kunterbunt durcheinander. Eine bunte Kinderzeichnung mit der krakeligen Beschriftung *«PeR Zio NatALiNo»*. Es waren auch Dokumente in italienischer Sprache dabei, aber nichts, was auf unlautere Machenschaften schliessen liess. Eines schien die Heimaturkunde aus Cattolica zu sein, ein anderes, etwas Kirchliches, wohl der Taufschein. Weiter unten kamen diverse Fotoabzüge zum Vorschein: Verwandte aus Italien, Lino und Celio als Knirpse, Strandszenen aus Linos Kindheit, dann wieder Aufnahmen von einer Gruppe Jugendlicher auf einer Treppe, die sich vermutlich eher in Emmenbrücke befand, als in Rimini.

Hermann faszinierten Fotos. Jedes einzelne hielt den Moment einer Gegenwart fest, die für immer vergangen war und immer weiter in die Vergangenheit rückte. Fotos erzählten Geschichte und Geschichten. Sie hatten etwas Intimes und enthüllten oft mehr über den Menschen, als auf den Bildern zu sehen war. Wenn Hermann solche Fotografien eines Opfers oder einer verdächtigen Person sah, kam er diesen Menschen sehr nahe. Eine einseitige Nähe, die ihn ebenso fesselte wie bedrückte.

Die zweite Schachtel beherbergte fast ausschliesslich Band-Material. Und siehe da: Unter ein paar Blättern mit Songideen tauchte Korrespondenz von EMI auf. Hermann steckte das Bündel Papier in seine Mappe. Er würde sich die Lektüre im Büro vornehmen. Juristische Sprache, und dazu noch auf Englisch! Anhand der gefundenen Songtexte fragte er sich, ob Linos Englisch ausgereicht hatte, um solche vollumfänglich zu verstehen.
Ansonsten fanden sich Skizzen von Bühnenaufstellungen sowie eher kryptische Diagramme und Kritzeleien. Da fiel Hermanns Blick auf eine kleine Schatulle in der Tiefe des Schrankabteils. Sie war voller Krimskrams: Miniaturtotenschädelchen, eine dunkle Haarlocke, ein Milchzahn, ein Sackmesser und ein zerknitterter Zettel, der eine Art Karte zeigte. Auf dem Boden der Dose lag die Fotografie eines gutaussehenden, braungebrannten Mannes mit einer Kippe im Mundwinkel und einer Schiebermütze auf dem Kopf. Der Abgebildete stützte sich neben einem Erdhaufen stolz grinsend auf eine Schaufel. «Eieiei, Papa! Was hast du denn da vergraben?», flüsterte Hermann und stiess einen leisen Pfiff aus. Er klappte die Schatulle zu und liess sie zu den EMI-Papieren in seine Mappe gleiten. Die weitere Untersuchung des Schrankes ergab nichts, was Hermann ungewöhnlich dünkte. Er stellte sich ans Fenster, schob die Gardine leicht beiseite und besah sich die Aussicht. Man sah die gegenüberliegende Fassade mit Balkonen, die mehr zur Lagerung von Gerümpel und vollen Abfallsäcken benutzt

wurden als zum Verweilen, bis auf einen, der übervoll mit Lichterketten behängt war. Unten, links der Häuser führten die Eisenbahngeleise entlang. Ansonsten die mässig malerische Kulisse von Emmen Nord. Eigentlich ein trostloser Ausblick, aber das freundliche Sommerwetter verlieh selbst dieser Szenerie eine gewisse Note von Idylle.
Gerade, als Hermann sich vom Fenster abwenden wollte, trat bei den Lichterketten drüben ein untersetzter, behaarter Mann in Badeshorts mit einem Bohrer in der einen und einem Hocker in der anderen Hand auf den Balkon und installierte sich damit an der Seitenwand, nachdem er sich am Balkontisch vorbeigezwängt hatte. Ein Macher! Vermutlich wollte er Löcher in den Sichtbeton bohren, um eine weitere leuchtende Bescherung aufzuhängen.

Das erinnerte Hermann daran, als er vor Jahren mit zwei Berufskollegen für eine Weiterbildung büffelte. Sie hatten sich abwechslungsweise bei jedem zuhause getroffen, um gemeinsam zu lernen. Giusy hatte der eine geheissen, der in der Fluhmühle zuhause war, und sie waren anfangs Dezember gegen sechs Uhr abends bei ihm im Wohnzimmer dabei gewesen einander abzufragen, als auf einmal eine Art stummes Disco-Inferno losbrach. Beim benachbarten Hochhaus waren gleich bei fünf Balkonen hektisch blinkende, schrillbunte, in verschiedenen Takten farbwechselnde Lichterketten gestartet worden. Offenbar hatten sich alle Betreiber dieser Tutti-Frutti-Weihnachtsaktion beim Einstellen ihrer Zeitschaltung für 18 Uhr entschieden.

Da klopfte es an die Tür, hier und jetzt. Frau De Luca schaute herein. Bevor sie etwas sagen konnte, packte Hermann seine Mappe und ging ihr entgegen. *«Ho già finito, Signora. Porteró con me alcuni documenti per esaminarli. Li riavrete indietro, naturalmente.»*

Frau De Luca runzelte die Stirn. *«Documenti? Ma che documenti?»*
Hermann überlegte angestrengt, wie das auf Italienisch hiess, bis sich ein breites Grinsen über sein Gesicht breitete, genau wie jenes von John Belushi in der Szene der Erleuchtung in «Blues Brothers». Hermann hatte den Film einmal auf RAI gesehen und sah «Jake» vor sich, wie ihm buchstäblich das Licht aufging, als er sprach: *«La banda!»*
Hermann strahlte Linos Mutter an und sagte: *«La banda. I contratti per la banda.»*
Rosa De Luca fand dies offenbar nicht einleuchtend. *«Cosa?»*
«I contratti dell'E – Emme – I. Per fare un disco.»
Die kleine Frau musterte ihn, als wäre er von einem anderen Stern. Da wurde ihm plötzlich klar, dass Lino seine Mutter möglicherweise gar nie eingeweiht hatte. Das war jetzt heikel … *«La banda rock di Lino, Signora. Aveva una offerta per fare un disco. Un … record.»*
«Ah! Quella roba!» Frau De Lucas Tonfall und Geste sprachen eine deutliche Sprache. Ob sie nun davon gewusst hatte oder nicht, sie hielt offenbar nicht viel von alledem.
Umso erleichterter war Hermann, weil sie sich nicht weiter für die Dokumente interessierte, die er mitnahm. Die Schatulle hatte er ihr gegenüber nicht erwähnt. Das wäre zwar richtig gewesen, aber nach dem Hin und Her wegen der Verträge wog die Bequemlichkeit die Korrektheit auf. Und schliesslich konnte man sich auf kein Recht berufen, gemäss welchem Luzerner Polizisten jeden Sachverhalt auf Italienisch erklären können mussten.
Frau De Luca geleitete Hermann zur Wohnungstüre. Im Wohnzimmer sass Linos Grossmutter inzwischen stumm vor dem Fernseher und sah sich gebannt eine italienische Show an. Eigentlich hätte Hermann sie fragen sollen, ob sie etwas präziser werden konnte bezüglich ihrer These, dass

Linos Tod eine Hinrichtung gewesen sei. Stattdessen war er froh, dass die alte Frau ihn keines Blickes würdigte. Sein erstes Zusammentreffen mit den beiden Italienerinnen sass ihm noch in den Knochen. Zudem kam ihm auch in dieser Frage seine fremdsprachliche Unzulänglichkeit als Ausrede zupass, und er glaubte sowieso nicht an einen mafiösen Zusammenhang. Er bedankte und verabschiedete sich von Linos Mutter und machte sich auf den Rückweg.
Draussen waren die Wölkchen verschwunden und hatten einen tiefblauen Himmel hinterlassen. Der Mittagsverkehr machte die herrschende Hitze nicht erträglicher.
In Reussbühl beschloss Hermann spontan sich etwas Gutes zu tun. Er bog zur Reuss hin ein, stellte die Vespa auf dem Kiesplatz beim Nordpol ab und stellte sich in die Warteschlange vor dem zur Bar umgebauten Bauwagen. Die Idee, sich hier zu verpflegen, teilte er offenbar mit einer ganzen Reihe von Mittagspäuslern, die in kleinen Grüppchen laut lachend Büroanekdoten austauschten und alle Tische besetzt hatten. Vor ihm stand eine Mutter im Bikini, die ihrer kleinen Tochter Mia vergeblich zu verbieten versuchte, etwas Undefinierbares vom Boden in den Mund zu stecken. Vorne an der Theke konnten sich zwei junge Frauen nicht recht entscheiden, was für ein Getränk sie wählen sollten, und die Bedienung schien sich die Gelegenheit gefallen zu lassen, während des langwierigen Prozesses auf die Bar gestützt, gelangweilt ins Nichts zu blicken.
Das bunte Treiben auf der Wiese und am Strand entsprach nicht direkt Hermanns Vorstellung von entspanntem Badevergnügen. Dieser heisse Sommer lockte alle ins kühle Nass. Freibäder, See- und Flussufer, Brunnen – jegliche Zugänge zu Wasser waren dieser Tage von Abkühlungsgierigen bevölkert. Auf der Reuss zog ein nicht endender träger Tross Badender mit allerhand aufblasbaren Matten, Booten und Flamingos dahin.

Als Hermann schliesslich seine Bestellung aufgeben konnte, erhielt er einen Nummernzettel, mit dem er seinen Imbiss nach weiterer Wartezeit auslösen konnte. Er stellte sich mit seinem Citron Pressé inmitten des Geschnatters der Terrassengäste in den Schatten eines Baumes und spürte auf einmal ein immenses Verlangen nach Ruhe.
Am Vorabend hatte er Manis Schmiererei auf dem Badezimmerspiegel sehnsuchtsvoll in «Badi» verwandelt. Was für eine obsolete Vorstellung er von diesem Begriff doch hatte!

Um die Erfahrung reicher, dass veganes Taboulé selbst im Stehen gar nicht mal so schlecht schmeckte, schwang sich Hermann etwas später auf sein Gefährt. Beim Schalten fiel sein Blick auf seinen linken Handrücken. «Bialetti!»
Diese Mission musste er vor der Arbeit noch erfüllen! Ein Wochenende mit Familientürk und Krankenbesuch ohne anständigen Kaffee zum Frühstück, das wäre des Guten zu viel.

Warenhäuser sind für Menschen, die kein Faible für Shopping haben, an heissen Tagen eigenartig willkommene Rückzugsorte. Kaum durch die Türe, fühlte sich Hermann von der klimatechnisch gekühlten Luft so wohltuend umgeben, dass er sogar das Potpourri allzu diverser Düfte aus der Parfümerie als halbwegs angenehm empfand.
Die Haushaltsabteilung schien wie ausgestorben. Hermann wählte aus der Reihe Kaffeekrüge die richtige Grösse aus und wollte sich gerade in Richtung Kasse bewegen. Da ertönte eine Männerstimme: «Tägli, Schmid! So, auch Einkäufe machen, hä?» Ums Regal bog sein künftiger Chef, in der Hand einige Säckchen Schweizerfähnchen an Holzstochern. Unter dem Schnurrbart schien sich ein zufriedener Ausdruck zu befinden.
Hermann versuchte, seine Überraschung als eine erfreute zu tarnen. «Grüezi Herr Hürzeler. Jaja, was sein muss,

muss sein.» Dazu hielt er seine Bialetti hoch, als würde er für einen Werbespot vorsprechen.
«Sind meini auch nicht im Hafen der Ehe gelandet, hä, Schmid?»
Verdutzt suchte Hermann noch nach dem Zusammenhang, während Norbert Hürzeler die Fähnchen-Säckchen vor seinem Gesicht zu schütteln begann und seinem Untergebenen Geleit zur Kasse bot.
«Für den Einstand! Flyer gesehen?»
Wenn Erwartung ein Gesicht hatte, so war es dieses. Sein zukünftiger Vorgesetzter war von Stolz und Begeisterung über sein eigenes Werk voll, wie ein zu dick aufgeblasener Ballon, kurz vor dem Bersten. Schnell! Etwas musste unternommen werden, bevor er platzte. «Ah, ja, natürlich!» Hermann hörte sein eigenes, unechtes Lachen und wusste in diesem Augenblick, worüber Hürzeler morgens mit Rosmi gesprochen hatte. «Witzig, wirklich!», schob er nach, und rechtfertigte sich vor sich selbst damit, dass ja auch unbeabsichtigte Realsatire witzig war. Allerdings fürchtete er, sich zur fraglichen Einladung, oder gar zu seiner Vorfreude auf den Anlass noch weitergehend äussern zu müssen, wenn sie gemeinsam an der Kasse stünden. Geistesgegenwärtig setzte er eine Miene auf, die zu «Ou!» und einer Hand an der Stirn passte, und entschuldigte sich bei seinem Chef in spe, er habe noch was vergessen, hob erneut seinen Kaffeekrug in die Höhe und präzisierte mit «Ersatzdichtungsringe» seine Notlüge. Der gute Kriminalist wusste, dass Unwahrheiten durch die Angabe von Details glaubhafter wirkten.
Wieder vor dem Regal mit den Kaffeekrügen vertiefte er sich ins Universum der einschlägigen Ersatzteile, bis er Norbert Hürzeler aus dem Augenwinkel auf der Rolltreppe ins Erdgeschoss entschwinden sah – und kaufte dann einen Satz Dichtungsringe. Mit der unterschlagenen Dose aus Linos Schrank und der vermiedenen Frage nach Grossmut-

ters Mafiageschichte hatte er heute schon genügend Umwege um die Wahrheit genommen.

Da Umwege gerade Thema waren, fuhr Hermann auf dem Weg zur Kantonspolizei über die Geissmattbrücke, um die Bruchstrasse entlangzutuckern. Kurz nach der Migros kriegte er einen steifen Hals, der es ihm verunmöglichte, einen Blick zum Velomech-Geschäft zu werfen. Ein paar Häuser weiter war ihm wärmer, als es die Sommerhitze zu verantworten hatte, aber seinen Kopf konnte er wieder bewegen.

Es war kurz vor 14 Uhr, als er am Haus vorbeikam, in dem Terry wohnte. Ein Blitzentscheid liess ihn wenden, die Vespa abstellen und bei «T. Gruber» klingeln, und zwar zweimal. «The postman always rings twice», dachte er listig. Nach ein paar Minuten näherten sich eilige Schritte auf der Treppe. Hermann stellte sich seitlich an die Tür, damit er durch die Scheibe nicht auf Anhieb erkennbar war.
Die Tür wurde schwungvoll geöffnet, und die junge Frau rief: «Hallo?»
Hermann trat in ihr Sichtfeld und entgegnete den Gruss.
«Sie?! Ich dachte, es ist der Pöstler!» Terry war ausser Atem und wirkte nicht begeistert über sein Erscheinen.
«Heute mal ohne Blut. Immerhin», meinte sie, während sie Hermann taxierte, und keinerlei Anstalten machte ihn hereinzubitten. Ihr schwarzes Sommerkleid gab den Blick auf mehr als bloss ihre Arme frei, aber genau diese nahm Hermann verstohlen in Augenschein. Es waren keine Spuren von Nadeleinstichen zu sehen, und die Binde ums linke Handgelenk war durch eine aus Batik-Stoff ersetzt worden, ohne Slogan drauf. Die schwarzen Doc Martens passten zum Kleid, wie eine Faust aufs Auge und wirkten, als wollte Terry gleich zu einem Ausflug mit einer Punk-Wandergruppe aufbrechen.

«Frau Gruber, es tut mir leid, dass ich Sie gestern erschreckt habe. Ich war auf dem Weg zu Ihnen hingefallen und hatte gar nicht gemerkt, dass ich blutete. Das hat wohl zu Missverständnissen geführt.»
«Sind Sie jetzt deswegen hergekommen?»
Terry sah ihn misstrauisch an. Ein Blick, der für ihre Augen wie geschaffen war und beinahe sexy wirkte.
«Nein, ich habe noch einige Fragen an Sie. Haben Sie jetzt gerade Zeit?»
«Jetzt?! Kaum!» Mit einer zusätzlichen Prise Missbilligung gewann ihr Ausdruck noch an Reiz, zusammen mit dem zurückgeworfenen Kopf und der roten Strähne, die sie sich dabei aus dem Gesicht blies.
«Okay. Dann kommen Sie zu uns. Ist ja ganz in der Nähe. Geht es heute am späteren Nachmittag?» Hermann streckte ihr seine Karte hin.
«Wie jetzt? Muss ich das?» Sogar Empörung stand dieser Frau gut zu Gesicht.
«Ja, Frau Gruber. Da Lino De Lucas Todesursache bislang ungeklärt ist, müssen wir alle seiner Nahestehenden befragen, und es ist ihre Pflicht, Auskunft zu geben.»
Terry Gruber zog einen Flunsch, schwang die Tür weiter auf und zeigte Hermann mit einer launisch zur Seite kippenden Kopfbewegung an, er solle ihr treppauf folgen.

Vier Stockwerke setzten bei der herrschenden Hitze jedem zu. Hermann trat erschöpft ein und folgte der Femme fatale in die ihm bereits vertraute Wohnung. Sie wies ihn auf die Kiste, die er schon am Vortag als Sitzgelegenheit benutzt hatte, und bot ihm einen Zigarillo an. Er lehnte dankend ab, während sie sich einen anzündete, sich aufs indische Sofa fallen liess und Hermann ins Visier nahm. «Also?»
Hermann hatte bemerkt, dass der zerbrochene Spiegel drüben im Schlafzimmer mit einem Tuch behangen war. Er

setzte sich so gerade auf, wie es auf dieser Unterlage möglich war, und sah Terry geradewegs in die Augen. «Frau Gruber, Ihr Spiegel ist zerbrochen, und Sie haben Ihr linkes Handgelenk eingebunden. Haben Sie sich verletzt?»
Terry begehrte auf: «Na, und wenn?»
«Haben Sie sich absichtlich verletzt, meinte ich. Würden Sie mal das Stoffband abnehmen und mir Ihr Handgelenk zeigen, bitte?» Das schlug wohl dem Fass den Boden aus.
«Geht's noch? Und was kommt als Nächstes? Muss ich vor Ihnen strippen, ja?»
Hermann erklärte ihr geduldig, dass sie gern zeitnah im Kommissariat zur Befragung erscheinen könne und dort ihr Handgelenk zur Schau stellen dürfe. Alternativ könnte sie ihm nun einfach berichten, was sich in der Nacht, als Lino starb, genau zugetragen hatte.
Madame sass eine Weile schweigend da und beobachtete die Rauchfiguren, die von ihrem Zigarillo aufstiegen. Schliesslich blies sie einen langen Zug aus und begann. «Lino kam zu mir, so gegen sieben, vielleicht. Er hatte die fixe Idee, dass ich eine Affäre gehabt hatte, während er auf Tour war, und er liess nicht locker. Er wollte es aus mir rausquetschen, obwohl er selbst auf der Tournee todsicher rumgevögelt hat. Wenn ein Mann das tut, ist es ja was gaanz anderes, als wenn seine Freundin mal was mit einem anderen hat …»
«Und hatten Sie eine Affäre?», unterbrach Hermann so sachlich, wie es diese Art von Frage geradeso zuliess.
«Wenn Sie jetzt glauben, dass ich eine *Schlampe* bin, dann können Sie sich …» Sie hatte die Faust geballt und den Mittelfinger daraus hervor gelöst.
«Nein, verdammt!», entfuhr es Hermann. Er staunte selbst. Sie aber auch. Sie konnte auch eingeschüchtert dreinschauen.
«Dann frage ich eben mal anders: Haben Sie Lino geliebt?»

Das war die richtige Frage. «Drück auf's Knöpfchen, Max!», so nannten Edgar und er diese Art Fragen.
Terry begann plötzlich zu schluchzen, den verglimmten Zigarillostummel mit gefährlich langer Asche zwischen den Fingern. Hermann musste sich zusammenreissen, ihr die Kippe nicht aus der Hand zu nehmen.
«Es ist so verkackt kompliziert!», brachte sie mit tränenerstickter Stimme hervor. «Klar habe ich ihn geliebt, diesen Idioten! Aber er war so ein Egomane! Er hatte gar kein Recht, so sauer auf mich zu sein. Nur weil ich zwei, drei Mal mit Vale gepennt hatte. Das ist ja eh nur aus lauter Verzweiflung passiert. Weil Lino mich hat hängen lassen.»
Terry drückte ihr Rauchwarengespenst endlich in den Aschenbecher, beugte sich zu einer Box mit Kosmetiktüchern neben dem Sofa, krallte sich ein paar Tüchlein und schnäuzte sich ladyunlike. «Er hatte Big Time, drüben, und ich wusste nie, woran ich war. Als sie zurückkamen, hörte ich zuerst eine Weile nichts von ihm! *Nichts!* Und da kam er dann daher, als es ihm gerade mal passte, frass meinen Kühlschrank leer und fing Krawall an, weil ich mit einem Typen in der Pfanne gewesen war. Das ist doch krank!»
Ein weiteres, lautes Schnäuzen bot Hermann die Chance sich einzuklinken. «Ich verstehe, dass Sie aufgebracht sind. Aber bitte versuchen Sie ganz genau zu schildern, wie ihr Abend am Dienstag abgelaufen ist. Eins nach dem andern.»
Ein letzter Schluchzer liess Terry erbeben, dann trocknete sie sich Augen und Wangen. Mit der zerlaufenen schwarzen Augenschminke hatte sie ein gewisses Vampirella-Appeal. «Kann's ja versuchen ... Also ... Kaum war er hereingekommen, machte er sich hinter den Kühlschrank, tigerte in der Wohnung rum und begann mich auszufragen, mit wem ich was gehabt hätte, während er fort war. Und ich fand halt voll daneben, wie er sich aufführte und wurde auch hässig. Wir fetzten uns eine ganze Weile, bis ... na ja, wir hatten uns so

leidenschaftlich gestritten, dass eines zum anderen führte.»
Terry schien in Verlegenheit. Dabei hatte sie bisher keine Probleme mit expliziter Wortwahl gezeigt. «Also, ich meine, wir hatten Sex.»
Hermann nickte.
«Und dann kriegten wir Hunger. Ich sagte zu ihm: ‹Komm, lass uns zusammen was essen. Ich bestelle Pizza.› Ich hatte schon die Nummer gewählt, da stand er auf, zog sich an, sagte eiskalt, er müsse jetzt seine Ruhe haben, und machte sich einfach vom Acker. So was machte er dauernd. Man gewöhnt sich nie an solche Grausamkeiten. Das ist einfach nicht zum Aushalten! Aber ich habe ihn geliebt, verstehen Sie!»
Nein, das verstand Hermann nicht. Seine längste Beziehung mit Bibi hatte fünf Jahre gedauert und war eine freundschaftliche, vernünftige Partnerschaft gewesen, die schliesslich am Mangel an gemeinsamen Interessen und seiner häufigen, berufsbedingten Abwesenheit gescheitert war. L'Amour Fou hatte er nicht kennengelernt, und er war froh darüber. Hermann zeigte auf den verhangenen Spiegel, drüben im Schlafzimmer, und fragte: «Und was ist Ihrem Spiegel und Ihrem Handgelenk passiert?»
Terrys Miene verriegelte sich.
«Lino wurde mit Ihrem Blut auf seiner Wange gefunden, Frau Gruber. Wie kam es dazu?» Hermann hatte keinen Beweis für die Übereinstimmung des Blutes, nur die Aussage der neugierigen Nachbarin. Aber eins passte zum anderen, und der Versuch war's eindeutig wert, wie Terrys abrupt entriegelter Gesichtsausdruck bewies.
«Was?», kam es schwach von ihr. Doch der Schreck weckte wohl ihren Verstand auf.
«Wie wollen Sie denn das wissen? Sie haben keine Blutprobe von mir!»
«Wie gesagt, Frau Gruber, Sie können heute bei uns vorbeikommen, und wir führen einen DNS-Test durch. Das ist

keine Sache. Um halb vier?» Hermann hatte sich erhoben und schritt auf die Tür zu, ohne Terry eines weiteren Blickes zu würdigen. Er hörte, wie Terry hinter ihm aufsprang. «*Das glaub ich ja nicht!* Sie ... Sie behandeln mich wie eine Verbrecherin! Glauben Sie etwa, ich habe Lino *umgebracht*?»
Hermann wandte sich wieder um und blickte gelassen in ihr fassungsloses Gesicht. «Wir überlassen den Glauben der Kirche, Frau Gruber. Die Polizei stützt sich auf Beweise, und da Linos Tod unter Fremdeinwirkung erfolgt ist, können wir vorerst ein Gewaltdelikt nicht ausschliessen. Das fremde Blut auf Linos Wange stammt von einer Frau Ihres Typs. Wenn es nicht Ihr Blut ist, betrachten Sie den DNS-Test als Entlastung, denn dann können wir Sie als Verdächtige ausschliessen.»
Terry kochte, weit über dem Siedepunkt. Hermann erwartete jederzeit das schrille Pfeifen des Dampfkochtopfventils. Sie trat mit ihrem rechten Stiefel dem schuldlosen Sofa mitten in die Weichteile und kreischte: *«Ich habe ihn geliebt, nicht getötet, Sie Vollpfosten!»*
Hermann genoss diesen Moment beinahe. Bei Trauer wurde er weich, aber mit Wut konnte er umgehen. «Gut, Frau Gruber, machen wir einen Deal: Ich belange Sie nicht wegen Beamtenbeleidigung, und Sie erzählen mir dafür jetzt haarklein die ganze Geschichte ohne Auslassungen!»
Einer Eingebung folgend griff Hermann in seine Mappe, holte die Bialetti raus und streckte sie in Terrys Richtung. «Wenn Sie Kaffee und Wasser beisteuern, können wir uns dazu sogar einen Espresso genehmigen.»
Diese Aktion hatte einen unerwarteten Effekt auf sein Gegenüber. Terry starrte auf die Kanne – und lachte spitz auf. «Sie sind nicht normal, oder?» Damit griff sie nach dem Krug und verschwand in der Küche.
Kaum war sie ausser Sichtweite, schlich Hermann auf so

leisen Sohlen zu Terrys Schlafzimmer hinüber, wie es die alten Holzdielen zuliessen. In gebotener Eile versuchte er sich die Gesichter auf den Fotos einzuprägen, die rund um den verhangenen Spiegel an die Wand gepinnt hingen. Da fiel sein Blick auf Briefschaften, die auf dem Nachttisch in einer Schale lagen. Er faltete den oben liegenden Brief auf. Es war eine Rechnung von einer Abtreibungsklinik. Eine Gebühr für einen nicht wahrgenommenen Operationstermin, datiert von vorgestern. Darunter lagen ein paar Lieferscheine von Online-Käufen und eine Lohnabrechnung – von einem Tee-Laden. Das war also Terrys Arbeit. Eine Teilzeitstelle im Tee-Laden. Unter der Lohnabrechnung zog Hermann noch einen Umschlag der Abtreibungsklinik hervor. Darin fand er das Aufgebot zum Schwangerschaftsabbruch. Der Termin war auf Dienstag vergangener Woche angesetzt. Höchst interessant! Hermann legte die Papiere wieder hin, wie sie dagelegen hatten, und kehrte vorsichtig zu seinem Hocker zurück.

Nach einigem Gerumpel in der Küche kam Terry zurück und setzte sich auf das Sofa. Sie strich sich die Haare aus der Stirn und klaubte einen Zigarillo aus der Dose.

«Darf ich auch?» Hermann holte sein Päckchen Zigaretten aus seiner Mappe und sah sie mit seinem verschwörerischsten Grinsen an.

Sie gab ihm und sich Feuer und seufzte. «Also gut … Ich hielt das nicht mehr aus. Als Lino sich aus dem Staub machen wollte, gingen mir die Sicherungen durch. Ich drohte ihm, mich umzubringen, wenn er jetzt einfach davonlaufen würde. Das beeindruckte ihn überhaupt nicht. Da fasste ich den Kerzenständer da und schlug den Spiegel kaputt.» Sie wies mit dem Kopf in Richtung Schlafzimmer. «Ich nahm eine Scherbe und schlitzte mir vor seinem Gesicht das Handgelenk auf. Aber Lino war das scheissegal. Er ist einfach abgehauen. Arschkalt!» Sie klemmte sich den Zigarillo in den Mundwinkel, nestelte das Batiktuch an ihrem Gelenk auf und hielt es Hermann vor die Augen. Die Wunde lag quer zur Ader und war schon am Verheilen.

Hermann kniff die Augen zusammen und sah Terry über ihren ausgestreckten Arm hinweg prüfend an. «Ohne Auslassungen, war der Deal.»

Da ertönte ein blubberndes Geräusch aus der Küche. Terry warf Hermann einen vernichtenden Blick zu, stand auf, ging weg und kam mit zwei Tassen dampfenden Kaffees zurück, die sie auf das winzige Tischchen zwischen ihnen stellte.

«Ich habe Ihnen alles gesagt.» Terry blies Rauch aus, drückte ihren halben Glimmstängel aus und verschränkte die Arme.

«Überlegen Sie sich das Rauchen aufzugeben?»

«Wieso sollte ich?»

«Wegen des Kindes.»

Ein so weit aufgerissenes grünes Augenpaar hatte Hermann noch nie gesehen. Die junge Frau sass da wie versteinert.

«Das Blut auf Linos Wange ist von Ihnen. Und es ist von einer schwangeren Frau.»

Terry vergrub ihr Gesicht in den Händen und brach erneut in Tränen aus. Hermann war wieder entwaffnet.

Nach einigem Zögern stand er auf, setzte sich neben sie und legte ihr seine Hand auf die Schulter.

«Ich weiss nicht weiter … Ich wollte nie Mutter werden. Oder wenigstens noch nicht. Keine Ahnung … Aber jetzt erwarte ich ein Kind. Und sein Vater ist tot!»

Terry schüttelte es, und Hermann wurde so unwohl, als wäre er schuld an allem.

«Ich war verzweifelt … Ich hatte mich zum Abtreiben angemeldet, aber das brachte ich nicht übers Herz. Nachdem wir uns an dem Abend geliebt hatten, stöberte Lino in meinen Sachen herum, während ich Pizza bestellen ging, und fand das Aufgebot für die Abtreibung. Er glaubte, das Kind wäre von einem anderen, und ich hätte es abgetrieben. Er drehte völlig durch. Er schrie, er würde mich verlassen! Darum drohte ich, mich umzubringen. Ich wollte, dass er dablieb und mir zuhörte. Aber er tobte wie eine Furie, und dann rauschte er ab. Verstehen Sie? Lino ist gestorben, ohne zu wissen, dass ich sein Kind erwarte!» Terry sah Hermann so eindringlich an, als könnte er sie von ihrem Elend erlösen.

Er sagte leise: «Es tut mir sehr, sehr leid für Sie, Frau Gruber. Wirklich. Sind Sie sich denn sicher, dass Lino der Vater ist?»

Da flog sein Arm durch die Luft. Terry hatte ihn mit einer jähen Bewegung von ihrer Schulter weggeschleudert, war aufgesprungen und schrie vollkommen ausser sich. *«HAU AB!»*

Hermann wusste genau, was sie meinte. Er ergriff seine Mappe, flüsterte eine Entschuldigung und trat die Flucht an. Unten vor dem Haus angekommen, fühlte sich Hermann, als wäre er aus einer Sauna direkt in die nächste getreten. Sein Hemd klebte auf seiner Haut, und er fragte sich, ob er nicht doch einmal mit seinem Stil brechen und sich kurze Hosen anschaffen sollte. Am Himmel hatten sich imposante Wolkentürme gebildet.

Als er sich auf seine Vespa setzte, hielt er inne – und schlug sich mit der Hand auf die Stirn. Die eben noch überflüssig gewordene Beschriftung seines linken Handrückens hatte gerade ihre Aktualität zurückerlangt. Hermann fuhr zurück zum Mühleplatz, erstand im Warenhaus erneut eine Bialetti und machte sich eilig auf den Weg zum Büro.

Draussen bereitete sich gerade der Weltuntergang auf seinen grossen Auftritt vor. Hermann gab Gas, um vor der Apokalypse im Bau anzukommen. Kaum hatte er das Gebäude betreten, wurde es jäh taghell. Dann knallte es ohrenbetäubend, gefolgt von einem langanhaltenden Donnergrollen. Ottiger, der Hermann gerade entgegenkam, erstarrte und rief: «Gopfertelisiech!»

Hermann stand ebenfalls wie angewurzelt und meinte: «Ich könnte es nicht treffender sagen.»
Ottiger begleitete Hermann ins Büro und erklärte ihm, dass auf Linos Handy, ausser dessen eigenen, noch die Fingerabdrücke einer anderen, unbekannten Person gefunden worden waren. Diese enthielten satte Spuren von Mineralöl, Rohbenzin und ein paar weiteren Stoffen, die Hermann mühelos auf einen einfachen Nenner bringen konnte: Veloschmiere.
«Die können wir dann wohl ausser Acht lassen, das sind die Fingerabdrücke der Velomechanikerin.»
Ueli Ottiger machte ein Gesicht. «Geht das jetzt schon so weit!», seufzte er.
«Was? Wie weit?» Hermann war ahnungslos.
«Also, ich bin wirklich kein Macho oder so, aber diese Marotte, immer die weibliche Form zu verwenden, geht mir einfach auf den Sack!»
Hermann brauchte einen Moment, bis er seinem Kollegen folgen konnte. Dann brach er in ungläubiges Gelächter aus. «Ueli, sie ist eine Frau. Es ist eine Frau, die von Beruf Velomech ist.»
Ottiger sah etwas verlegen drein, murmelte so was wie: «Aha, ja dann ...», und zog es vor sich zurückzuziehen.

Wenig später schritt Edgar durch die Tür und stellte sich so neben Hermanns Schreibtisch, dass ihn der Tischventilator beim Schwenken regelmässig mit Kühlung versorgte. Er sah aus, als käme er, um gerettet zu werden. «Sag mir, dass du was hast. Dieser Knorrli macht mich mürb!»
Hermann fiel die rote Stoffpuppe mit der Zipfelmütze und dem runden Gesicht ein, die er einmal auf einem Flohmarkt erstanden hatte, und die seither in seiner Küche hing.
«Er kocht wohl sein eigenes Süppchen, was?» Edgar stöhnte. «Bisschen was hab ich. Linos Freundin hat zugegeben, dass sie schwanger ist und sich beim Streit mit Lino die Pulsader

angeritzt hat. Der Blutspritzer auf seiner Wange dürfte also ihrer sein. Sie wollte nicht rausrücken, wer ihr Lover war, und sie behauptet, Lino sei der Vater des Kindes. Aber sie erwähnte einen Namen: ‹Vale›. Sie hatte sich für eine Abtreibung angemeldet, es sich dann aber anders überlegt. Lino verliess sie in der Nacht seines Todes allerdings im Glauben, sie hätte abgetrieben, und das Kind wäre von ihrem Liebhaber gewesen.» Hermann erzählte auch von seiner Durchsuchung von Linos Zimmer und seiner Beute.

«Na, immerhin. Meinst du, dieser Freundin ist ein Totschlag zuzutrauen?»

«Eher Voodoo. Aber nein, ich glaube, sie kocht auch nur mit Wasser. Ausserdem zahlt ein toter Vater keine Alimente. Sie ist zwar aufbrausend, aber eher theatralisch als psychopathisch.»

Draussen näherte sich eine Feuerwehrsirene, dann kamen weitere hinzu. Beide Männer sahen auf und stellten sich ans Fenster. Weiter vorne, vermutlich aus der Zähringerstrasse, sah man durch den prasselnden Regen eine Rauchsäule aufsteigen.

Edgar verschränkte die Arme und mutmasste: «Das ist doch da vorne beim Economy-Hotel. Gibt's doch nicht, die haben doch einen Blitzableiter.»

«Vielleicht ein Economy-Modell?»

Das war nicht lustig. Hermann erntete einen Blick. Dann mussten sie lachen. Weniger, weil es lustig war, sondern einfach, weil sich der Druck einen Weg an die Luft suchte. Edgar verliess seinen Assistenten, um seiner aktuellen Pflicht Genüge zu tun, und Hermann tippte zum Soundtrack von noch mehr Sirenengeheul und Donnergrollen in der Ferne seine neuesten Untersuchungserkenntnisse in den Computer und genoss die frische Brise, die ihm sein Ventilator ins Gesicht fächelte.

Gegen 17 Uhr war das Gewitter weitergezogen. Hermann war froh, dass er den Weg nach Ebikon nicht durch den Regen pflügen musste. Obwohl die Luftfeuchtigkeit noch immer so dicht war, dass Regen eigentlich erfrischend gewesen wäre. Auf der Kaspar-Koppstrasse musste Hermann mehrmals heruntergestürzten Ästen ausweichen. Offenbar hatte es hier stärker gestürmt.
Das Haus Nummer 108 wirkte auf eine postmoderne, ordentliche Art bieder. Hermann hätte sich an dieser Adresse Verwaltungsangestellte vorgestellt, vielleicht Finanzbeamte – da fiel ihm ein, dass Mandy Müller ja bei der Bank arbeitete. Hermann klingelte und wurde bald von einem funktionierenden Türsummer eingelassen. Er nahm die Treppe in den ersten Stock und fand denjenigen Mann in der geöffneten Türe stehen, den er auf den Bandfotos in Linos Zimmer in lässiger Haltung hinter dem elektrischen Bass gesehen hatte. Bei seinem Anblick fiel Hermann Chuck Berrys Song «Brown Eyed Handsome Man» ein.
«Hallo, ich bin Hermann Schmid von der Kantonspolizei Luzern. Wir hatten telefoniert.»
Der gutaussehende Braunäugige nickte und geleitete Hermann in eine geschmackvoll eingerichtete Wohnung – wenngleich nicht nach Hermanns Geschmack. Alles war an seinem Platz, nichts wirkte zufällig. Fast ein wenig unecht. Als hätte vor Hermanns Erscheinen das Einrichtungs-Team einer Fernsehshow die Wohnung mit topaktuellem Trendwissen und unfehlbaren Handgriffen aufgemotzt.
Mandy wies mit der Hand auf eine ausgedehnte, schickgraue Sitzlandschaft und fragte: «Kann ich Ihnen irgendwie was anbieten? Ich hätte Cider. Sehr erfrischend.»
Hermann nahm dankend an, integrierte sich in die Polsterarchitektur und sah sich um. An den Wänden hingen grossformatige abstrakte Bilder, auf Leinwand und Keilrahmen, ohne Schmuckrahmen. «Modekunst», dachte sich Hermann.

Er bekam ein Glas Cider mit Eiswürfeln und einem Zweiglein Minze gereicht. Wie aus einem Lifestyle-Magazin. Mandy hatte dasselbe Getränk für sich bereitet und setzte sich schräg gegenüber von Hermann. Sein Gesichtsausdruck war ernst. Zwischen seinen Brauen verliefen zwei Furchen zur Stirn, die seinem guten Aussehen freilich rein gar nichts anhaben konnten. «Ich bin irgendwie total vor den Kopf geschlagen. Lino tot. Ich glaub's einfach nicht!»
Hermann unterdrückte eine Bemerkung zum Vergleich zwischen vor und auf den Kopf geschlagen werden und nickte stattdessen verständnisvoll.
«Sie waren demnach noch nicht informiert worden?» Hermann war gerade eingefallen, dass scheinbar weder Bootie noch Vico ihre Bandkumpels angerufen hatten, um von Linos Tod zu berichten. Immerhin hatte Bootie schon am Mittwochabend davon erfahren, als er im Sedel sein Equipment holen wollte.
Mandy hob die Brauen. «Nein. Wieso … also, ich meine, wie denn?»
«Von Ihren Mitmusikern zum Beispiel?»
Und schon waren sie zurück, die Falten zwischen den Brauen. Das gab Mandy Müller offensichtlich zu denken.
«Wie lange wissen es denn die andern schon? Wann ist Lino gestorben, sagten Sie?»
«In der Nacht auf Mittwoch. Er wurde am Mittwochmittag vom Sedelhauswart im Proberaum gefunden.»
Hermann ging bewusst nicht auf die erste Frage ein, und sein Gegenüber schien sich auch nicht weiter damit aufzuhalten, sondern starrte vor sich ins Leere und sagte: «Das ist so unfassbar. Total absurd, irgendwie. Wir haben am Montag noch zusammen geprobt. Dann war er noch lebendig. Ganz normal, wie immer. Lino eben.» Mandy schüttelte den Kopf und legte sein Gesicht in seine Hände.
Gerade wollte Hermann ihn fragen, ob das das letzte Mal

gewesen war, dass er Lino gesehen hätte, als er realisierte, dass durch die Finger vor Mandys Gesicht Tränen liefen.
In diesem Moment ertönten vom Wohnungseingang her Geräusche. Eine Frauenstimme rief etwas kindlich: «Halloooo!» Man hörte das Knistern von Papier, gefolgt von Schritten von Absatzschuhen, dann erschien eine businessmässig gekleidete blonde Frau mit einer weissen Lilie in der Hand im Wohnraum und blieb beim sich ihr bietenden Anblick wie angewurzelt stehen. «Was geht denn hier vor?»
Hermann erkannte in ihr sogleich die Verantwortliche für die makellose Wohnungseinrichtung und erhob sich, um sich ihr vorzustellen. Er erklärte ihr, dass er hier war, weil Lino De Luca verstorben war, was die junge Frau recht anteilnahmslos mit *«Der!»* kommentierte. Sie stellte sich als Patricia Fleischlin vor und eilte zu Mandy, den sie tröstend in die Arme schloss.
Eigentlich war das nicht ideal, dass jetzt Mandys Freundin dabei war, aber Hermann hatte keine Lust ihr beizubringen, dass er sich allein mit ihrem Liebsten unterhalten wollte.
Mandy hatte sich wieder gefangen, befreite sich vorsichtig aus der Umarmung, gab seiner Trösterin einen kleinen Begrüssungskuss und sagte zu ihr: «Sie haben ihn umgebracht, Trish!»
Trish drehte den Kopf zu Hermann und fragte mit dem Ausdruck und Ton einer Lehrerin, die von ihrer Klasse Auskunft über den Urheber einer Übeltat fordert: «Wer?»
Mandy übernahm. «Trish, das wissen sie eben noch nicht, sonst wäre er doch nicht hier. Sie fragen jetzt irgendwie alle, die Lino nahestanden, ob sie was wissen oder so.»
Trish schenkte Hermann einen Blick, als hätte er noch mal Glück gehabt, mit so einer faulen Entschuldigung davonzukommen, stand auf, strich sich den Jupe glatt und zog sich zurück, um sich umzuziehen, wie sie bekanntgab.

Hermann fühlte sich augenblicklich erleichtert, als er wieder mit Mandy unter vier Augen war. Sie unterhielten sich in Ruhe, und Mandys Schilderung der Umstände der vergangenen Tage und Wochen entsprach inhaltlich derjenigen, die Hermann bereits von Vico kannte. Irgendwie.
Als eine Pause entstand, erschien Trish in einem seidenen Hausanzug, stellte eine elegante Vase mit der weissen Lilie auf den Salontisch und entfernte sich, um kurz darauf mit einer Holzplatte mit Käse, Oliven und groben Grissini sowie einem Drink zurückzukehren und sich neben Mandy in die Sitzlandschaft fliessen zu lassen.
«Armand hat eine Zukunft als Musiker. Er ist zum Glück nicht mehr auf diese Freaks angewiesen. Ich habe sein Management übernommen und ihm das Engagement als Bassist bei ‹ViktoriKnoxx› verschafft. Die sind Ihnen ja sicher ein Begriff, oder?»
«ViktoriKnoxx» kannte Hermann schon, doch. Auch wenn er persönlich gut auf diese sogenannte Hardrockband hätte verzichten können, die seit einigen Jahren mit ihren Heulbojen-Balladen das Schweizer Radio und Fernsehen mit einer beklagenswerten Fehlauffassung von Rockmusik versorgte. Er nickte und beobachtete Mandy Müllers Miene, derweil Managerin Fleischlin ihrem Protegé einen demonstrativ zärtlichen Blick gönnte. Mitgefühl war eigentlich fehl am Platz, wo Menschen sich selbst in Situationen begeben hatten, die ihnen nicht gut bekamen. Aber Hermann konnte nicht umhin, diesen Armand Müller zu bedauern, irgendwie.
Trish stand auf und rauschte aus dem Raum. Hermann nutzte die Gelegenheit und fragte Mandy nach seinem Bass, einfach um dem Gespräch eine leicht persönliche Note zu verleihen. Man war nicht vom «Sie» ins «du» verrutscht. Alles Feinstoffliche schien sich hier der herrschenden Etepetete-Atmosphäre unterzuordnen.

Mandys Ausdruck gewann an Leben. Er erhob sich und führte Hermann aus der Wohnlounge durch den Korridor und öffnete eine Tür, die den Einblick in so was wie eine Abstellkammer preisgab. Hier stand der schwarze Preci auf einem Gitarrenständer, blitzblank, glänzend und auf verlorenem Posten zwischen peinlich ordentlichen Schuhablagen, einer Bügelstation und Mottenschränken mit aufgedrucktem Flamingomotiv.

«Hübsch!», meinte Hermann und schritt auf den elektrischen Bass zu. Von einem Verstärker fehlte jede Spur.

«Übst du nicht zuhause?»

Verflixt! Kaum ging es um Musik, war Hermann unversehens in die «Du»-Falle getappt, aber Mandy schien das nicht zu merken.

«Doch, aber über einen Kopfhörer mit eingebautem Verstärker. Die Nachbarn ...»

Der gezähmte Rocker wies mit dem Kopf zur Decke.

«Zurzeit muss ich mir irgendwie das ganze Repertoire der ‹ViktoriKnoxx› draufschaffen.»

«Klar!», schützte Hermann vollstes Verständnis vor. «Seit wann bist du denn mit von der Partie?»

Mandy warf einen Blick durch den Korridor, trat dann etwas näher zu Hermann und senkte die Stimme. «Trish hatte mich schon vor unserer Tour – also von ‹The Men›, meine ich – dem Manager und der Band vorgestellt. Ich ging dann irgendwie vorspielen, und die waren ganz nett und so. Na ja, so ganz meine Musik ist es irgendwie nicht, was sie machen. Aber Trish meint, lieber eine fette Gans im Stall als einen Papagei auf dem Dach.»

Hermann musste grinsen. Er mochte Papageien auf dem Dach lieber als auszuschlachtendes Federvieh im Stall, auch und besonders in der Musik. Aber der Ausdruck war trefflich. «Arbeitet sie hauptberuflich als Managerin?»

«Nein, sie ist Chefdekorateurin beim Globus. Also, es

heisst zwar irgendwie anders … Aber sie ist ehrgeizig und super vernetzt, und sie will halt, dass aus mir was wird.» Mandy sah zu Boden, als stünde dort auf den vorbildlich weissen Fliesen geschrieben, dass aus ihm erst was gemacht werden müsse. «Am Morgen, nachdem wir alle bei EMI im Büro gewesen waren, erhielt ich den Anruf, dass sie mich bei ‹ViktoriKnoxx› wollten. Ich wusste gar nicht, was ich machen sollte. Wir waren alle irgendwie so voll im Film, drüben. Gigantisch. Wir hatten das Gefühl, wir erobern mit ‹The Men› die Welt!» Mandys Gesicht hatte einen wehmütigen Ausdruck, als er Hermann aus der Abstellkammer begleitete und seinen Fender Precision hinter sich in die Kammer schloss. «Als Lino dann bei EMI die Sache mit Booties Ausschluss aus der Band einfädelte, war es für mich klar. Die Umstände hatten mir irgendwie die Entscheidung abgenommen. Ich rief dann an, sagte ‹ViktoriKnoxx› zu und schickte meine Kündigung bei der Arbeit ab. Schräg, irgendwie.» Der künftige Hardrock-Bassist schüttelte seine braunen Fransen und fügte hinzu: «Und das Allerschrägste ist ja jetzt noch obendrauf gekommen.» Hermann brauchte nicht zu fragen. Linos plötzlicher Tod hatte auch Mandy Müller aus der Bahn geworfen. Und nachdem sich die Aufgabe seiner Arbeitsstelle und seine gesicherte Zukunft als Musiker nun geklärt hatten, dürfte er am wenigsten Grund gehabt haben, sich an Lino zu rächen.
Die beiden Männer standen etwas unschlüssig im Wohnraum. Hermann hatte keine Fragen mehr. Er holte sein Glas mit einem Rest Eiswasser und der Minze drin und schickte sich an, es in die Küche zu bringen, die er lachsfarben und hell erleuchtet am Ende des Korridors verortet hatte.

In diesem Moment kam Trish Fleischlin schwungvoll um die Ecke und flötete ihm entgegen: «Möchten Sie noch ein Glas Cider, Herr Kommissar?»

Hermann drehte sich blitzschnell ab und täuschte vor in seine Armkehle zu husten, um seinen Lachreiz zu tarnen. Dann hatte er sich wieder unter Kontrolle und wandte sich höflich lächelnd der so überraschend verwandelten Gastgeberin zu. «Zu freundlich, danke. Aber ich bin dabei aufzubrechen. Ich wollte Ihnen nur das Glas zurückbringen.»
«Aber Sie haben ja keinen Bissen vom Apéro riche genommen!» Die blauen Augen blickten Hermann vorwurfsvoll an. Hermann wurde heiss.
«Ich habe zurzeit einen heiklen Magen, wissen Sie. Der Stress. Aber herzlichen Dank für Ihre zauberhafte Gastfreundschaft!»
Die blauen Augen wechselten von scharfblau zu weichblau, und Hermann erschrak über sein eigenes Gesülze.
«Ach, wenn Sie wüssten, wie gut ich das verstehen kann! Stress ist unser grösster Feind, gell. Ich kann Ihnen da nur Yoga empfehlen, Herr …?»
«Schmid»
«Genau, Herr Kommissar Schmid! Also, ich habe Ihnen da *die* Top-Adresse. Mein Yoga-Coach ist *the best*! Warten Sie, ich hole schnell seine Karte.»
Schicksalsergeben wartete Hermann auf die heisse Empfehlung der selbsternannten Managerin des Bassisten, der ihm leicht verlegen gegenüberstand. Als Trish Hermann kurz darauf strahlend die Visitenkarte ihres Yoga-Lehrers überreichte, fiel ihm ein, seinerseits Mandy seine Karte abzugeben.
Wenig später verabschiedete man sich höflich, verbindlichst dankend und noch einen schönen Abend wünschend.
Als Hermann aus dem Haus trat, wurde ihm erst bewusst, dass Mandys Wohnung auf eine angenehm dezente Art klimatisiert gewesen sein musste. Es war halb sieben, schwül und schwarz am Himmel. Hermann fiel die Szene aus «Independence Day» ein, in der sich ein riesenhaftes Raumschiff über die Stadt schob und sie verdunkelte.

Das vorherige Gewitter war offenbar nur die Vorhut gewesen. Hermann wollte für den Rückweg die Maihofstrasse meiden und fuhr durch die Mozartstrasse und den Libellenrain. Bei der Abzweigung in die Sedelstrasse entschied er sich spontan für einen Abstecher zum Sedel. Auf dem Parkplatz vor dem Sedel waren gerade drei Männer und eine Frau dabei, Equipment in einen Kleinbus einzuladen. Auf dessen Heck warb ein Logo für die Band, deren Name zwar nicht zu entziffern war, dafür umso unverkennbarer deren Musikstil: Metal. Es hätte kaum passender sein können als in diesem Moment ein monumentaler Blitz die Atmosphäre durchzuckte, fast augenblicklich von einem ohrenbetäubenden Donnerschlag gefolgt. Schwere Regentropfen begannen auf den Asphalt zu prasseln. Hermann beeilte sich, seine Vespa unter dem Zweiradunterstand abzustellen und rannte zum Eingang. Fast hätte er einen der Musiker umgerannt, der einen schweren Amp schleppte.

«Oh, sorry! Kann ich helfen?»

Der Metal-Mann sah Hermann an, als hätte er ihn um Geld oder Leben gebeten. Dann schien er zu überlegen. Hermann nahm sich Zeit und dachte gerade, es fehlte nur noch, dass sich sein Gegenüber am Kopf kratzte. Daraufhin stellte der Musiker den Amp ab und kratzte sich am Kopf.

«Bist du Serbin?»

Hermann stutzte. Trug er die Haare denn so lang?

«Nein, Schweizer.»

Jetzt stutzte der Andere, bevor er in heiseres Gelächter ausbrach. Ein weiterer Donnerschlag rundete dieses ab.

«Verstehe. Dann bist du nicht Serbin.»

Im Folgern schien dieser Metaller offenbar stark zu sein. Aber die Sache klärte sich.

«Wir warten eigentlich auf Serbin, aber wenn er nicht kommt und du helfen magst, gern. Kannst den Amp in den Wagen laden.» Damit wies er mit seinem Spitzbart auf den Kleinbus

und rief: «Hey, Leilah, der Kollege da hilft einladen!»
Die magere schwarzhaarige Frau hinten in der Ladefläche streckte ihren Kopf und ihre Rechte mit erhobenem Daumen heraus.
Hermann hob den Amp an und reichte ihn Leilah, die ihn verstaute. Der Mann, der vergeblich auf jemanden namens Serbin gewartet hatte, kam nacheinander mit einem weiteren grossen Verstärker, dem Bassdrum, gefühlten 10 Toms und 100 schweren Ständern sowie zwei Effektboardtaschen treppab, die Hermann alle zum Kleinbus trug, während er zunehmend durchnässt wurde. Die Blitze erhellten mit einer so hohen Frequenz den dunklen Horizont, dass es wirkte, als hätte Petrus seine helle Freude an seiner neuen Stroboskopanlage. Die Donner konzertierten sich inzwischen zu einem drohenden Dauergrollen. Triefend tappte Hermann zum x-ten Mal zum Eingang, als der bocksbärtige Metaller mit leeren Händen die Treppe runterkam und Hermann zu dessen Überraschung in seine Arme schloss.
«Hey, bist ein Kerl! Danke! Komm rein, hast dir ein Bier verdient. Leilah, komm!»
Die drei stiegen in den dritten Stock und gingen den Korridor entlang bis zur letzten Zelle. Hermann tropfte, dass es eine Freude war.
Als er in den Proberaum trat, kam ein langer, voll Tätowierter mit einem Handtuch auf ihn zu, und ein kleiner Typ mit blonder Lockenmähne bis zu den Hüften schrie: «Whoa! Geiler Einsatz, Mann!».
Hermann ergriff dankbar das Frotteetuch und witzelte: «Danke, man weiss ja nie, wann man einem Vogonen über den Weg läuft.»
Offenbar kannten die Bandmitglieder den «Hitchhiker's Guide to the Galaxy», oder sie waren einfach begeistert von Hermanns Haltung, jedenfalls brach allgemeine Heiterkeit aus.

Der Proberaum war schwarz gestrichen. Vor den Fenstern hingen violette Samtvorhänge. Das unleserliche Logo thronte in voller Herrlichkeit an der hinteren Wand der fast leergeräumten Zelle. Der Raum wirkte wie eine Edel-Gruft und war blitzsauber, bis auf ein paar Setlisten, Taschen und Holzsplitter von Drumsticks am Boden.
Der Bärtige schritt zu einem stattlichen Kühlschrank in der Ecke, entnahm diesem mehrere Bierbüchsen und verteilte sie an alle. «Was für ein seltener Spinner bist du, mein Freund? Ich bin übrigens Bull, das sind Gaio und Jeremias, und Leilah kennst du ja schon.»
Leilah entblösste neben Hermann ihr mit Piercings armiertes Gebiss zu einem herzlichen Lächeln, Gaio warf seine Lockenpracht über die Schulter und Jeremias stützte seine mit Monstern bebilderten Arme in die Hüfte, während Bull Hermann auf die Schulter klopfte.
«Ich bin Hörmey. Einen klasse Raum habt ihr da!»
Die Band nahm das Kompliment strahlend entgegen und Hermann setzte seine Dose zu einem langen Schluck an, der unheimlich guttat.
Dann ging das Licht aus. Dunkelheit kannte also selbst an diesem Tag in diesem Raum noch eine Steigerung. Jemand fragte: «Seht ihr auch nichts, oder bin ich plötzlich erblindet?» Gegröle. Allmählich zeichneten sich Schattenumrisse ab, wie sich die Augen an die Finsternis gewöhnten. Leilah bewegte sich durch den Raum, kauerte nieder und kramte etwas herum, bis die Taschenlampe eines Handys aufleuchtete, erst Hermann blendete und dann Bull ins Gesicht strahlte. So von unten beleuchtet, hätten seine Züge mit dem Bocksbart etwas Diabolisches haben können, wäre da nicht sein verunsicherter Ausdruck gewesen.
Leilah fragte: «Alles okay, Bullboy?», und darauf erklärend, offenbar an Hermann adressiert: «Bull hat Lygophobie.»
Hermann staunte nicht schlecht. Er hatte längst gewusst,

dass Menschen, die Metal spielen, zu den liebenswürdigsten und korrektesten gehören, die man auf Erden treffen kann. Aber dass ein Metaller Angst in der Dunkelheit hatte, war ein für ihn ganz neuer Widerspruch dieser Spezies, die ihm ans Herz griff. Hermann tastete Zigaretten und Feuerzeug aus seiner nassklammen Mappe und trug zur allgemeinen Erleuchtung bei, indem er das Feuerzeug nach dem Anzünden seiner Zigarette am Brennen hielt. Sofort machten es ihm Jeremias und Gaio nach. So standen sie für einen Moment zusammen in diesem Raum der Finsternis mit entfachten Feuerzeugen und fühlten sich in der Not vereint. Dann näherten sich draussen im Korridor Schritte. Ein Klopfen an der Tür löste die feierliche Vertrautheit. Die Tür öffnete sich einen Spalt breit, und eine üppige Gestalt erschien darin. «Hallo! Es hat anscheinend einen Stromausfall gegeben. Ich gehe runter in den Club. Kommt Ihr auch? Igor hat sicher Kerzen da. Und Chips.» Die junge Frau hielt eine Taschenlampe, deren Lichtkegel einen Teil ihres getupften Kleids beleuchtete, und kicherte, als würde es sich um ein Kinderspiel handeln.
«Ah, ciao! Seid Ihr drüben am Proben?» Jetzt löste sich Jeremias aus dem Schatten und schritt auf die Vergnügte zu. «Wie heisst du eigentlich?»
«Leonie. Nein, ich war noch allein. Die andern sind wegen des Gewitters nicht raufgekommen. Und wie ist dein Name?» Die beiden setzten sich in Bewegung, der sich alle anschlossen. Beim Treppenhaus drang etwas Licht von draussen durch die Fenster. In der Ferne blitzte noch immer das eine oder andere Wetterleuchten auf. Die kleine Prozession stieg die Treppe hinunter und begab sich zum Club. Dort sassen vier Figuren um ein paar Kerzenleuchter besammelt, alle mit Bierflaschen vor sich. Es hätte eine Verschwörung sein können, ein Geheimtreffen von Eingeweihten in heiliger Mission.

Ein dünner Mann stand auf und sagte: «Hey, Leute, kommt rein, setzt Euch. Wollt Ihr ein Bier? Ah, Ihr habt welche dabei.»
«Nein, ich nicht! Ich nehme gern eins.» Leonie wackelte ungeduldig vorfreudig hin und her und schwang dabei ihren Pettycoat, der ihren Bewegungen folgte. Sie war in Teddy-Mode gekleidet, hatte aber einen kurzen, schiefen, schwarz-weissen Bop und trug Kampfstiefel, die Hermann sogleich an Terrys Schuhwerk erinnerte.
Igor schlenderte von hinter der Bar hervor, überreichte Leonie eine Flasche und meinte: «Eigentlich sollte der Strom ja bald wieder kommen. Bis dahin machen wir's uns hier einfach gemütlich. Knabberzeug hat's hier.»
Die sechs Neuankömmlinge holten sich Barhocker und gesellten sich zur Tafelrunde. Bull schien sich wieder wohler zu fühlen angesichts des Kerzenschimmers. Im flackernden Licht hatten die Anwesenden ein bisschen was von einer Kindergeburtstagsparty. Alle sahen irgendwie selig und geborgen aus. Gerettet.
Jeremias fragte Leonie, was sie mit ihrer Band für Musik machte, was sie mit «Post-New-Wave» beantwortete. Einer von denen, die schon dagesessen hatten, ein Bursche mit lustigem Gesicht und strubbeligen Haaren, schnitt das Thema Geistergeschichten an, das zum Soundtrack von Chipsgeknabber seinen Lauf nahm und sich über die Schilderungen von persönlichen Erfahrungen von Bekannten über Verschwörungstheorien bis zur Hypothese entwickelte, dass Ausserirdische der Menschheit den Strom gekappt hatten. Leonie illustrierte gerade gestisch eine Ausserirdische – ausserhalb der Erde herrschte nämlich das Matriarchat, was Leonie sofort zu einem feministisch-linguistischen Exkurs über das Wort «herrschen» inspirierte – da flackerte es kurz, und das Licht ging wieder an. Der Club war plötzlich ganz gewöhnlich beleuchtet. Die eben noch durch die besonderen Umstände zusammenge-

schweisste Gruppe wurde zu zehn verschiedenen Menschen, die zusammen an einem Stehtisch sassen und leicht entgeistert aus der Wäsche guckten.
«Ach, schade!», seufzte Leonie. Alle lachten. Sie hatte ausgesprochen, was alle fühlten.
Mit der Ernüchterung durch die zurückgekehrte Normalität stellte sich Betriebsamkeit ein. Leilah sah auf die Zeitanzeige ihres Handys und mahnte zum Aufbruch.
«Wie heisst Eure Band eigentlich? Und wo spielt Ihr heute?», wollte Hermann wissen.
Bull erklärte: «Wir sind ‹Lord of the Lies›. Es ist ein Metal Open Air in Pratteln. Sorry, wir sind schon spät dran für Aufbau und Soundcheck. Komm uns mal reinziehen, Mann! Bist der Beste, Hörmey!»
Hermann wurde nochmals an Bulls Brust gedrückt. Dann zogen die Herren und Herrin der Lügen von dannen, und Hermann überlegte sich, was wohl Leonie über das Wort «Herrin» zu berichten hätte.
Die restliche Runde löste sich allmählich auf. Igor begann die Flaschen und Büchsen wegzuräumen. Die drei Musiker, die anfangs mit ihm dagesessen hatten, verabschiedeten sich und gingen ihrer Wege. Leonie erhielt einen Anruf von einem ihrer Bandmitglieder und entfernte sich fröhlich winkend.
Hermann stand etwas verloren da, was die feuchten Kleider an seinem Leib gekonnt unterstützten. Eben noch hatte er sich wie in Abrahams Schoss gefühlt. In der Gesellschaft von Menschen seiner Art, in diesem Haus, in dem er jahrelang ein und aus gegangen war. Wöchentlich war er zum Sedel raufgetuckert, damals noch auf seiner alten Solex, in den zweiten Stock gestiegen und hatte mit «The Hermits» seine Yé-Yé-Beat-Kompositionen erarbeitet und geprobt. Sie waren ein eingeschworenes Grüppchen Aficionados gewesen. Laubi, der quirlige Drummer, und Terry machten ständig das Kalb, während Hermann und Dudu sich Duelle

in Comics-Insiderwissen und Musikfachsimpelei lieferten. Wenn sie ab und an mal Auftritte hatten, trieb Terry jeweils von einem Kumpel einen klapprigen Firmenwagen auf, den sie in Würdigung seiner Federung Jolly Jumper nannten. Sie waren ein kindischer Haufen, grün hinter den Ohren, unbeschwert und glückselig. Bis Dudu selig sie mit dem Ernst des Lebens bekannt machte und starb. Er hatte sich zunehmend über merkwürdige Beschwerden beklagt, was sie am Anfang nicht recht ernst nahmen. Doch dann konnte er auf einmal nicht mehr Gitarre spielen. Die Finger wollten einfach nicht. Auch das Sprechen und Gehen hatte er nicht mehr unter Kontrolle. Als sein Arzt die Diagnose Amyotrophe Lateralsklerose stellte, war seine Krankheit bereits weit fortgeschritten. Er hatte Pech. Andere jung Erkrankte konnten unter Umständen noch Jahre oder Jahrzehnte mit der Krankheit leben. Dudu wurde mit 27 abberufen. Hermann erinnerte sich, wie er, Terry und Laubi sich bei Dudus Beerdigung zur unbeholfenen Aufheiterung vorstellten, dass Dudu mit dem Club 27 nun in einer Band spielte. Herrgott, waren sie traurig gewesen! Nach Dudus Tod hatten sie zu dritt versucht weiter zusammen Musik zu machen. Aber sie waren wie vernagelt. Hermann kamen keine Songideen mehr, und ihre altvertraute Stimmung war wie hinter eine diffuse, dicke Wand gerückt. Das Bewusstwerden der Endlichkeit der Dinge hatte sie alle paralysiert. Dudus Tragödie riss Hermann seinerzeit regelrecht den Boden unter den Füssen weg. Er war sich gar nicht so sicher, ob er seinerseits abwarten wollte, bis das Schicksal für ihn entschied, wann und wie er zu sterben hatte. Damals fing er seine Therapie bei Dr. Forny an. Aber das Thema Krankheit konnte Hermann nie so recht abschliessen.
Nach ein paar Monaten gaben sie damals «The Hermits» schliesslich auf und überliessen ihren Proberaum einem ulkigen Duo, das von der Warteliste für Proberäume nachrückte.

Ein Drumroll und ein Rimshot holten Hermann aus seinen Gedanken. Aus den Boxen ertönte alter Reggae. Tiefenentspannter, gemütvoller, warmer Sound. Hermann schauderte. Was für ein Wechsel der Gefühlsbäder.
Igor, der die wohltuenden Klänge auf die Musikanlage gesteuert hatte, steckte Hermann im Vorübergehen wortlos ein neues Bier in die Hand, während er quer durch den Club ging, um kurz darauf mit einer Harasse Getränke hinter seine Bar zurückzukehren.
Hermann labte sich an Igors gelassener Art, seine Arbeit zu verrichten. Er sog diese Atmosphäre in sich auf und liess sich in eines der Sofas fallen, die weniger abgekämpft aussahen, als er sich fühlte.
Vom Korridor her drangen Schritte und Stimmen. Durch die Club-Türe kam ein lustiger Haufen daher. Voraus drei kauzige junge Männer in Sandalen. Einer trug einen Rock, ein anderer einen Strohhut, dessen Krempe so weit und schlapp war, dass er seinen Kopf völlig verdeckte. Der Dritte war ein Kleinwüchsiger, der ein gutes Little Steven Double abgegeben hätte, wäre er ein wenig grösser gewesen. Hinter ihnen folgten ein schlaksiger Typ und ein kleiner Blonder mit Hornbrille, die mit den Sandalenmännern herumalberten und ihnen den Weg zum Backstage-Raum wiesen. Als Nachhut erschienen zwei langbeinige, bildschöne Mädchen, die Equipment schleppten. Hermann stand auf und schlenderte hinaus, um einen Blick auf das Monatsplakat zu werfen. Heute standen die «Nano Dwarfs» aus Belgien auf dem Programm, die ihre Stilrichtung als «Lo Fi Fo» angaben. Eine Produktion von «Trash Bonzo», der regelmässig irrwitzige, wenn auch oft reichlich schräge Bands auf die Sedel-Bühne brachte. Das versprach ein bunter Abend zu werden.
Hermann kehrte versonnen grinsend zu seinem Sofaplatz zurück. «Bunter Abend» war zu Zeiten seiner Grosseltern

ein geflügeltes Wort gewesen. Eine Bühnenschau, bei der verschiedene Nummern auftraten, von Musikformationen aller Art über Bauchredner oder Jongleure bis hin zu originellen Juxnasen, die alle ihr Können zum Besten gaben. Hermanns Grossvater hatte ihm Fotos gezeigt aus dem Floragarten, der dazumal für solche Vorstellungen berühmt war, und die Grossmutter hatte geschwärmt und erzählt. Sie waren selbst auch dort aufgetreten, an sogenannten «JeKaMi-Abenden». Nicht zusammen, allerdings. Lina, Hermanns Grosi, hatte eine glockenklare Stimme gehabt, die er als Kind oft gehört hatte, wenn sie in der Waschküche seiner Mutter zur Hand ging. Und Edi, sein Grosspapa, hatte eine Mundharmonikaband gehabt, mit der er witzige Bühnenshows ausheckte und darbot. Hermann war bodenlos beeindruckt gewesen, als die noch lebenden Bandmitglieder an Edis 75. Geburtstagsfest nach vielen Jahrzehnten zum ersten Mal wieder zusammenkamen und alte Nummern zum Besten gaben, als wäre keine Zeit vergangen.
Hermann nahm einen Schluck Bier und dachte an Lino, der genauso wie Dudu nun keine Chance mehr erhielt dereinst mit seiner alten Band zu seinem 75. Geburtstag ein Nostalgie-Ständchen zu spielen. Aber halt! Hermann wollte nicht wieder melancholisch werden. Stattdessen beschloss er spontan zum Konzert zu bleiben. Seine Kleider waren inzwischen beinahe trocken, und da er schon einmal im Sedel gestrandet war, betrachtete er es als Fügung. Spontaneität gehörte sonst nicht zu seinen primären Eigenschaften. Aber heute war alles etwas anders, und das gefiel ihm. Als er unterwegs die Menschen gesehen hatte, die auf den Strassenterrassen sassen, war es ihm vorgekommen, als würde das Leben an ihm vorbeiziehen. Es war Sommer, und er war ein siebenunddreissigjähriger Mann, der die meiste Zeit seiner Tage damit verbrachte zu arbeiten, während andere in seinem Alter ein Privatleben pflegten, das über das

Hinterlassen von Rasierschaumbotschaften auf Badzimmerspiegeln an ihre Brüder hinausreichte.
Aus den Boxen schallte jetzt wilder Garagenrock aus den Sechzigern. Hermann schloss die Augen und rief sich den Proberaum ins Gedächtnis, in dem er und Edgar vor zwei Tagen den toten Lino angetroffen hatten, der ihn auf so andere Art berührt hatte als die Mordopfer vergangener Fälle. Lag es daran, dass ihm der Sedel zu vertraut war, um den Gedanken zuzulassen, dass hier ein Verbrechen stattgefunden haben konnte? Niemand von den potenziellen Verdächtigen schien Hermann eines Totschlags fähig. War seine Urteilsfähigkeit in diesem Fall befangen?
Eigentlich hätte er vorhin die kleine Tafelrunde während des Stromausfalls zu Linos Tod befragen sollen. Aber das schien ihm verkehrt. Wollte er sich bloss nicht als Polizist outen?
Hermann wurde bewusst, dass er in Linos Fall noch nirgends stand – und dass ihm dabei nicht so wohl sein sollte.
Als Hermann die Augen wieder aufschlug, waren auf der Bühne die zwei Schönheiten und die drei Sonderlinge dabei die Backline aufzustellen. Der dünne Typ, der wohl der Veranstalter war, stieg auf eine Klappleiter und hängte hinter dem Schlagzeug Lametta auf. Dann eine Schnur mit Vinyl-Singles, von denen jede mit einem Buchstaben versehen war. «N A N O D W A R F S», stand da zu lesen.
«Immer noch da?»
Hermann nahm neben sich grosse Tupfen wahr und blickte auf in Leonies Gesicht.
«Ach, ja, ich dachte, ich bleibe zum Konzert. Schon fertig mit der Probe?»
Zur Antwort zog Leonie einen Flunsch. «Tobi, also der Schlagzeuger, steht immer noch im Stau irgendwo beim Seetalplatz. Da hat es einen Unfall gegeben. Ausserdem ist's eh schon spät, jetzt. Nö, heute lassen wir's bleiben.» Neben Leonie erschien eine andere junge Frau, die Hermann neugierig

musterte. Er nickte ihr zu. «Hörmey, hallo!»
«Hiii! Ich bin Vera. Du bist der tropfende Superheld, oder?»
Die beiden Frauen lachten, und Leonie erklärte, sie habe bei ihrer Band schon Werbung für ihn gemacht und fragte, was er denn so täte, wenn er nicht gerade bei strömendem Regen fremden Bands das Equipment trug.
«Ach, ich spiele zuweilen etwas Keyboard.» Hermann hatte keine Lust seinen Beruf zu verraten.
«A-haaa, Kollegen!», rief Vera strahlend. «Bist du auch von der Casio-Liga?»
«Oha! Casio! Nein, ich hab eine fiese Farfisa. Hast du eine aus den Achtzigern?»
Da hatten sie wohl die Büchse der Pandora geöffnet. Leonie verdrehte die Augen, während Vera Hermann stolzerfüllt von ihrer «uralten» Casio zu erzählen begann, die ihr Onkel ihr vermacht hatte. Hermann zeigte begeisterte Anteilnahme und versuchte sich nicht uralt zu fühlen, obwohl er fast denselben Jahrgang hatte wie Veras Instrument.
«He, Ihr Tastenkasper, ich gehe jetzt was essen, draussen. Kommt Ihr mit?» Mit diesem schlagenden Argument zerschlug Leonie treffsicher die Orgelschwärmerei.
«Jaaa! Ich will auch! Ist der Wagen wieder auf? Gina macht diese suuuper Vegiburger.»
Vera rieb sich demonstrativ den Bauch.
Hermann erhob sich, packte seine Mappe, und folgte den beiden Frauen aus dem Club, während die Band auf der Bühne mit dem Sound Check begann. Hinter dem Mischpult hatte sich eine zarte, dunkel gekleidete Figur mit langen schwarzen Dreads installiert, die Leonie im Vorbeigehen grüsste. «Ciao, Paloma!»

«Totaaal schöne Tasche! Sicher vom Flohmi, gell? Ist da ein Mini-Keyboard drin?», fragte Vera Hermann, indem sie auf seine Mappe zeigte.

«Nein, mein Hamster. Ich nehme ihn überall hin mit.»
«A-haaa! Dein Orakel, hm?»
Abstruse Witzeleien austauschend begaben sich die drei zum Essenswagen draussen auf dem Parkplatz. Es roch köstlich. Erst jetzt merkte Hermann, wie hungrig er war. Gerade, als er den ersten Bissen von seinem viel gepriesenen Vegiburger nahm, gesellte sich jemand zu ihnen. Ein Bursche mit einem Haarschnitt, den ältere Leute in Hermanns Kindheit «Popperfrise» genannt hatten.
«Hey, habt ihr gehört, dass hier einer gestorben ist? Der Kleine von der Rockband im Raum 10, der Frontmann. Charlie hat's mir erzählt. Voll krass, was?»
Hermann wurde augenblicklich von seinem Beruf eingeholt. Er spitzte die Ohren wie ein Luchs und sah den Neuankömmling offenbar so prüfend an, dass diesem unwohl wurde.
«Ou, sorry, hab ich … ich meine, ich wollte nicht … ich wollte euch nicht den Appetit verderben, oder so.»
Hermann grinste und winkte ab: «Kein Problem! Aber tut mir leid wegen … wer ist es, der gestorben ist?»
Leonie und Vera standen mit aufgerissenen Augen da. Dann sagte Leonie: «Lino! Das ist Lino, der Sänger von denen. Ich weiss grad den Namen der Band nicht. Irgendwas Kurzes.» Sie blickte ihre Falafelrolle an und liess sie sinken. «Lino ist tot? Bist du sicher, Alain?» Auch Vera schien das Interesse an ihrem Burger verlassen zu haben.
«Ich glaube, ich hab ihn nicht gekannt… Woran ist er denn gestorben? Stromschlag?»
Der Junge mit der Popperfrisur schüttelte seine Stirnmähne. «Nein, er soll was auf den Kopf gekriegt haben.»
«Wie meinst du das?», fragte Vera Alain mit gerunzelter Stirn, und Hermann sah ihn nicht minder gespannt an.
«Keine Ahnung. Charlie hat das so gesagt. Ist ihm wohl was auf den Kopf gefallen.»
Aber Vera liess nicht locker. «Wo fällt einem denn hier ein-

fach was auf den Kopf? War er dabei etwas einzurichten? Einen Scheinwerfer oder so was?»
Auch Leonie liess es nicht auf sich beruhen. «Oder eine Box vielleicht? Wer war denn dabei?»

Alain fühlte sich allmählich überfordert. «Echt, ich weiss es doch nicht! Fragt halt Charlie, wenn Ihr's so genau wissen wollt.»
«Sooo ein armer Kerl!», sagte Vera, und Leonie schüttelte tief seufzend den Kopf, während Alain zum Essensstand rüberging.
Hermann kaute gedankenverloren. Er fand die Überlegung höchst interessant, dass Lino vielleicht keinen Schlag auf den Kopf erhalten hatte, sondern einen Gegenstand. Er vergegenwärtigte sich den Tatort, wie Edgar und er ihn vorgefunden hatten. Wie sonderbar, dass dieser in diesem Moment nur wenige Schritte von ihm hinter der versiegelten schwarzen Proberaumtür lag, während Hermann hier auf dem Parkplatz stand und mit zwei jungen Musikerinnen einen Imbiss zu sich nahm und eben noch Spässe ausgetauscht hatte.
Vom Club her vernahm man jetzt eine stark verzerrte elektrische Gitarre.
«Gut, gell?», meinte Vera zu Hermann, die ihren Appetit wiedergefunden hatte und beherzt in ihren Burger biss. Hermann nickte und staunte an diesem Tag schon zum zweiten Mal, dass vegetarische Kost nichts für Kostverächter war.
Vereinzelt trafen Leute ein. Ein Taxi entliess gerade eine Gruppe Männer, von denen zwei Gitarrentaschen aus dem Kofferraum luden. Ein grauhaariger Typ kämpfte sich auf dem Velo die Auffahrt hoch. Die Luft hatte den typischen Geruch, der nach einem Sommerregen entstand. Die Temperatur hatte sich etwas entspannt. Es war angenehm mild.
Hermann überlegte, ob er versuchen sollte, den Sedelhaus-

wart zu finden und ihm noch ein paar Fragen zu stellen. Es liess ihm keine Ruhe, was der Junge mit der Popperfrise gesagt hatte.

Aber nein! Heute und jetzt wollte Hermann abschalten, den Moment geniessen, sich in sein spontanes Abendabenteuer stürzen und seinen Kopf leeren. Musik konnte den Kopf so gründlich reinigen, dass dieser nach der Läuterung wieder viel klarer funktionierte. Hermann nahm den letzten Schluck seines inzwischen lauen Biers und sah zu, wie sich ein abgetakelter Fiat auf einen der Parkplätze manövrierte.

«Hey, Tobi hat's doch noch rauf geschafft!», rief Leonie. Dem winzigen Wagen entstieg ein Lulatsch mit Strubbelhaaren und Bart, der ihnen grinsend und winkend entgegenkam. Kaum war er in Hörweite, liess er Dampf ab:

«Mann, is det ne *Schaisse* jewesn!»

Leonie und Vera begrüssten ihren Schlagzeuger, und gerieten sofort in angeregten Austausch der individuellen Lageberichte.

«Bis nachher!» Hermann hob die Hand und entfernte sich in Richtung Eingang. Er hatte Durst und stellte sich im Club an die Bar. Auf einem der Hocker sass der Veranstalter und flachste laut mit einem baumlangen, südländisch wirkenden Kerl, der alle paar Worte lang ein haarsträubend komisches, hohes Kichern von sich gab.

Das kalte Bier war eine Wonne. Hermann nahm auf einem Barhocker Platz und liess die Szenerie auf sich wirken. Die Band war inzwischen fertig mit dem Sound Check. Aus den Boxen schallte wieder alter, ziemlich abgedrehter Garagenrock. Die Mischerin sass über ihr Handy geneigt in ihrer Nische und ass eine Banane. Die Frau und der Mann hinter der Bar standen in genau gleicher Haltung nebeneinander an die Theke gelehnt und schienen sich trotz der Lautstärke in gedämpftem Tonfall miteinander zu unterhalten. Der Publikumsraum war leer, bis auf einen Typen mit Hosenträgern,

der an der linken Wand den Merch-Stand bestückte.
Vom Eingang her erschienen jetzt Neuankömmlinge. Ein Paar, das Hermann aus seinen Sedel-Zeiten vertraut war. Renato und Henriette waren legendär. Renato hatte den Sedel seit den Anfangszeiten fotografisch dokumentiert und machte grossartige Live-Aufnahmen, die seit einem der Sedel-Jubiläen an den Wänden der Gänge und auf den Kacheln der Toiletten aufgeklebt ausgestellt waren.
Man nickte sich zu. Offenbar erinnerten sie sich an Hermann, was ihm schmeichelte.
Gerade als ein schmächtiger Typ mit Nasenring und Kappe hereinkam, stürzte hinter ihm ein anderer herein, der ihm auf die Schulter klapste und ihn wieder hinauszog. Dann erschienen zwei Frauen, die eher unentschlossen wirkten und sich nach einiger Beratschlagung an einem der Stehtische installierten.
Langsam füllte sich der Club lose mit Menschen. Einige davon kannte Hermann vom Sehen, aus der Zeit, als er hier ein- und ausgegangen war. Auch Leonie und ihre Freunde trudelten ein, und einer der zwei Musiker, die mit Igor beim Stromausfall im Club gesessen hatten, kam herein, sah sich um, näherte sich Hermann und fragte ihn, ob er Papierchen hätte. Nachdem Hermann nicht dienen konnte, wurden weitere Gäste nach dem benötigten Material abgeklappert.
Eine auffallend hochgewachsene Frau mit aufgetürmtem Haar betrat den Club am Arm eines kleinen, kahlen Mannes mit Schnurrbart und Augenklappe. Das war doch – Monsignore Matto! Der Exzentriker aus Bern, der ein abgefahrenes Label betrieb und für seine schrill-schrägen One-Man-Shows bekannt war. Hermann war noch Teenager gewesen, als er ihn mit seinen «Creatures» einmal live in der Boa gesehen hatte.
Hermann fühlte sich wie auf Zeitreise durch seine eigene Vergangenheit. Da sass er nun an der Bar im Club des Mu-

sikzentrums Sedel in Luzern genau im Mittelpunkt der Welt. Seiner Welt. Eine schwer zu beschreibende Empfindung durchdrang ihn. Eine Textzeile aus einem Song einer Sedelband seiner Zeit fiel ihm ein: «Wir trinken das Leben aus blinden Gläsern.» Er fragte sich, was er eigentlich mit seinem Leben Tag für Tag anstellte. Und warum. Die meiste Zeit verbrachte er damit sich den Kopf zu zerbrechen, um sich in Andere hineinzuversetzen, nach Anderen Datenbanken zu durchforschen, Andere nach Anderen zu befragen, Akten über Andere anzulegen, Andere zu suchen und zu finden. Andere standen im Mittelpunkt seines Daseins. Er hatte sich vollkommen dezentriert!

Musik, Comics und Filmen galt seine Leidenschaft. Er sollte das Glas spülen, aus dem er sein Leben trank! Sicher, man konnte in der Schweiz nicht von der Musik leben – ausser als Musiklehrer, oder wenn man seine Haut an eine der wenigen arrivierten Bands verkaufen mochte. Aber wie zum Teufel war er auf diese schiefe Bahn geraten, als Lebensinhalt Taten von Menschen aufzudecken, die auf die schiefe Bahn geraten waren?

Ein Tippen auf seine Schulter riss Hermann aus seinen Gedanken. Als er sich umwandte, blickte er in ein von Natur aus vertrautes Gesicht, dem er am Vortag zum ersten Mal begegnet war. Die Musik aus den Boxen verstummte.

Bootie grinste ihn an und fragte: «Feldstudien?»

Hermann war zu überrascht, um etwas zu entgegnen. Stattdessen lachte er, bestellte noch zwei Bier, drückte eines davon Bootie in die Hand und prostete mit ihm an.

In diesem Moment ging das Licht aus – diesmal aus dramaturgischen Gründen – und auf der Bühne ertönte ein Trommelwirbel. Spot on. Das Gesicht des kleinen Little Steven kündigte mit grosser Schminke und gigantischer Mimik in Superlativen die «Nano Dwarfs» an. Dann brach die Show

los. Das Trio bretterte wie die Spinner. Während der Bassist ständig herumrannte und auf alles Erhöhte kletterte um davon runterzuspringen, riss der Front-Dwarf zu seinem heiseren Gesang wilde Fratzen und raffelte in irrer Geschwindigkeit auf seiner Gitarre herum. Unter der unendlichen Hutkrempe am Schlagzeug wirbelten zwei Arme Sticks über Felle und Becken. Vielleicht waren es auch vier oder sechs Arme. Mit einem kreischenden Feedback endete die fulminante Ouvertüre. Das Publikum johlte.
Hermann fühlte, wie seine Wangen glühten. Das hier war vielleicht nicht, was er als gute Musik taxiert hätte, aber es war sensationell. Ein Erlebnis! Er steckte sich eine Zigarette an, nickte und lachte zu einem Kommentar von Bootie, den er im Lärm nicht wirklich verstanden hatte, und war glücklich, dass er da war.
Dann ging es weiter mit einem eingängigen Riff auf der Fuzz-Gitarre, einem weniger sportlichen Tempo, dafür mit einem tanzbaren Rhythmus, und ohne Gesang. Nach den ersten paar Takten traten von links und rechts zwei schmale Gestalten auf die Bühne und begannen sich zu verrenken, zu winden, zu drehen und zu schütteln. Die beiden bildschönen Frauen im Tross der Band konnten also nicht nur Equipment schleppen.
Das war wirklich eine Show! Die Köpfe im Publikum begannen sich zu wiegen, und die Füsse zu stampfen. Nach und nach trafen weitere Leute ein. Eine bunt gemischte Klientel. Bei manchen hatte Hermann das Gefühl, sie schon früher im Sedel gesehen zu haben.
Voll wurde der Club nicht, aber immerhin locker gefüllt. Die Band gab alles. Vermutlich hätte sie auch bloss für die Mischerin und das Bar-Team gespielt, als ginge es um Leben und Tod. Vor der Bühne, wo zuerst niemand zu stehen getraut hatte, fingen nun zwei junge Frauen an zu tanzen, und ein dürrer Typ mit AC/DC-Shirt schüttelte hopsend

seinen Kopf. Es war laut, die Musik wild und schräg, der Beifall zwischen den Stücken begeistert, und ab und zu erhellte Renatos Blitzlicht die Gestalten auf der Bühne.
Als der Sänger knurrend einen «short break for heaven's sake» ankündigte, drängten sich kurz darauf Durstige an die Bar. Hermann stand von seinem Hocker auf und deutete Bootie an, dass er mal ein wenig an die frische Luft gehe. Bootie folgte ihm nach draussen. Der Himmel bot ein grossartiges Drama. Die späte Dämmerung tauchte alles in ein samtenes Dunkelblau, und der Sichelmond erhellte die Ränder der ihn umgebenden, scharf umrissenen Wolken. Der grösste Teil des Firmaments aber war jetzt klar und gab den Blick auf unzählige Sterne frei. Hermann und Bootie nahmen etwas abseits der Tür Stellung und boten sich gegenseitig Zigaretten an. Einige Zeit fachsimpelten sie über Rauchwaren, Teer- und Nikotin-Verhältnisse, Markenvergleiche und Vor- und Nachteile des Selberdrehens. Sie schmunzelten über die eine Weile lang trendig gewesenen E-Zigaretten und stellten fest, dass der schweizerdeutsche Ausdruck «die chasch rauche» sowohl zutraf, als auch eben nicht, und gingen schliesslich nahtlos zu ihrer Expertise zu den «Nano Dwarfs» über, die – da waren sie sich einig – deutlich mehr Schall als Rauch waren. Überhaupt waren sich die beiden in vielem einig. Hermann sollte auch dabei wiederum nicht so wohl sein, aber das kümmerte ihn heute nicht.
Als zu vernehmen war, dass drinnen die Live-Show wieder begonnen hatte, gingen sie hinein. Beim Vorübergehen am Proberaum Nummer 10 blickten beide ernst zu dessen Tür. Hermanns Blick fiel einem Automatismus folgend auf das Siegel, welches unversehrt über Türkante und -rahmen klebte, und dann auf Booties Gesicht, auf dem er einen schmerzvollen Ausdruck entdeckte.
«Ich hab ihn gern gehabt. Er war ein Spinner und manchmal kaum zum Aushalten. Und er hat mich wohl als Kon-

kurrenz gesehen. Aber eigentlich mochten wir uns.» Bootie war stehengeblieben.
Im Club hätten sie keine Chance gehabt einander zu hören. Hermann verstand. «Ich weiss, was du meinst. Band ist Familie. Man kann sich streiten, anfeinden, schier verzweifeln, aber man gehört zusammen. Musik ist dicker als Wasser.»
«Das war für mich das Befremdende am Rauswurf. Lino ist – war – Italiener. Die haben den Familiensinn erfunden. Dass er mich aus der Band schmiss, war Hochverrat. Noch dazu an diesem Punkt. Und er hatte nicht den Schneid es mir ins Gesicht zu sagen. Er ging hinter meinem Rücken zu EMI und handelte mich raus.» Booties Miene hatte sich verfinstert. Er war verärgert, schien sich aber keine Gedanken darüber zu machen, dass er mit dem Polizisten sprach, der in Linos verdächtigem Todesfall ermittelte.
Da fiel Hermann etwas ein. «Du wusstest vor deinen Bandkollegen von Linos Tod. Warum hast du sie eigentlich nicht angerufen?» Bootie sah Hermann ratlos an. «Ich glaube, ich war einfach überfordert. Ich fuhr heim und versuchte mich an den Gedanken zu gewöhnen. Es war zu viel. Erst das, was mit der Band geschehen war, und dann das. Ich glaube, ich habe eine ganze Flasche Wein vertilgt, bis ich irgendwann einschlief. Am Morgen hat mich dann dein Anruf aus den Federn geholt.»
Die Musik war jetzt so laut, dass Hermann Pascal Bösiger kaum mehr verstehen konnte. Er gab ihm gestisch zu verstehen, dass sie geradesogut für den Rest des Konzerts in den Lärm eintauchen konnten, und so gingen sie in den Club, bestellten sich noch zwei Bier und mischten sich unter die Leute, beide froh, ihre schweren Gedanken in den tosenden Schallwellen zu ertränken.
Nach vier Zugaben und einer pompösen Abschiedsansage des Frontmannes gingen auf der Bühne die Spots aus, und aus den Boxen ertönten verwegene Punk-Versionen von allerlei be-

kannten Stücken. Das Publikum zerstreute sich allmählich. Einzelne blieben und holten sich Getränke an der Bar.
Hermann musste mal austreten, was eine Weile dauerte, weil er sich in die Betrachtung der Fotos an den Kacheln vertiefte. Erinnerungen wurden wach. Da und dort entdeckte er bekannte Gesichter. Als er sich die Hände waschen wollte, blieb er auf einmal wie versteinert stehen. Da, oben rechts. Ein Bild von ihnen! «The Hermits», als sie einmal im Club gespielt hatten. Dudu! In voller Aktion. Im Hintergrund waren Laubi und er selbst zu sehen. Von Terrys Bass ragte nur die Kopfplatte ins Bild. Hermann sah lange auf Dudus hingebungsvolles Gesicht. Da war er noch voller Leben, fiedelte sein Solo auf seiner abgeliebten Rickenbacker. Was für ein Tag der Zeitreisen!
Als Hermann in den Club zurückkehrte, um sich von Bootie zu verabschieden, stand eine lange Gestalt neben ihm. Terry Knutson. Hermann schüttelte lachend den Kopf. «Unglaublich!»
«They call me Mister Incredible», raunte Terry und posierte in Kraftprotzstellung.
«Ich wollte eigentlich zum Konzert da sein, aber das Incredibile hatte eine Panne. Zum Glück kam gerade Fred mit dem Flintmobile vorbei und konnte mich abschleppen.»
Hermann kannte Terry als eingefleischten Radfahrer.
«Hattest du echt einen Platten? Ich kann dir eine Velomechanikerin empfehlen.»
Terry grinste verschwörerisch: «Meinst du etwa die himmlische Angelika, mein lieber Freund?»
Bootie und Terry kicherten wie Schulmädchen. Hermann konstatierte: «Ich sehe schon, man verfügt über einen gewissen Wissensvorsprung …»
Bootie wies mit dem Daumen auf seinen Mitbewohner und zog Hermann ins Vertrauen: «Der komische Nordmann da ist ihr Freund.»

«Ach!» Das war alles, was Hermann gerade hervorbrachte. Zufälle gab's!
Terry lud zu einem Heuschnaps an der Bar ein. Bootie und Hermann schilderten ihm die irrwitzige Show, die er verpasst hatte, und er neckte sie mit den Vorzügen einer fabelhaften Freundin, die obendrein professionell Reifen wechseln konnte. Sie plauschten noch eine Weile, bis Bootie ankündigte gehen zu müssen, weil er nächstentags zur Arbeit müsse. Hermann erkundigte sich nach Booties Job und erfuhr, dass dieser als Arbeitsagoge im Blindenheim tätig war, an diesem Wochenende aber wegen Krankheitsausfällen bei der Aktivierung aushalf. Hermann vermochte an diesem Bootie kein guter Zug mehr überraschen. Auch Terry bekundete Pläne für den nächsten Tag. Angelika und er würden zu einer Fahrradmesse im Welschen fahren und wollten früh raus.
Also brach die Runde auf. Hermann holte seine Mappe, die er hinter einem Sofa deponiert hatte und folgte den beiden anderen hinaus in die milde Sommernacht. Terry und Bootie schlossen ihre Velos auf, während Hermann etwas umständlich seine Vespa unter dem Zweiradunterstand hervor schob. In seinem Helm hatte jemand ein in eine Papierverpackung geknülltes halbverspeistes Sandwich entsorgt. Wie nett! Hermann trug das zweifelhafte Vermächtnis zum Abfalleimer, während Bootie und Terry winkend davonfuhren.
Gerade als Hermann sich auf seine Vespa schwang, sah er bei der Hauswartwohnung das Licht angehen. Charlie Binggeli musste er nächstens nochmals besuchen. Irgendetwas war da noch im Busch.
Daheim angekommen, konnte Hermann nicht gleich schlafen gehen. Er war aufgewühlt, voller Eindrücke, Gedanken und Töne. Das Rauschen in seinen Ohren würde am nächsten Tag vorüber sein, aber dass er viel geraucht und getrunken hatte, dürfte sich wohl noch als schalen Geschmack in den Samstag hineinziehen.

Ein Melodiefetzen hatte sich in seinem Kopf festgesetzt und liess sich nicht abschütteln. Woher kam er? Hatte die Live-Band so was ähnliches gespielt? Jedenfalls gefiel Hermann die Tonfolge. Und was ihm auch gefiel, war sein neuer Kaffeekrug, in dem er sich einen mitternächtlichen Espresso aufbrühte. Während er genüsslich schlürfte, summte er den anhänglichen Songteil vor sich hin, bis er schliesslich von der Küche in sein Zimmer dislozierte, sich an seine Farfisa setzte, sein Laptop übers Interface daran anschloss, den Kopfhörer aufsetzte und den wilden Song einfing. Als er die Melodie im Kasten hatte, fiel ihm ein, wie sie sich weiter entwickeln musste. Es war ein Übergangsteil mit Moll-Dur-Wechsel, der geradezu nach einem darauf folgenden Refrain schrie. Hermann zog am Faden, und es lief wie am Schnürchen. Er geriet in den Sog. Wie lange hatte er das nicht mehr gemacht! Als er Strophe, Pre-Chorus und Refrain hatte, wollte einfach keine passende Bridge auftauchen. Stattdessen schwappte die ganze Müdigkeit des langen Tages über ihn. Er speicherte den Songentwurf spontan unter dem Titel «So Long», ging sich waschen, verwundert über den blanken Badzimmerspiegel, der sein müdes Gesicht zeigte, und legte sich schlafen.

Samstag, 29. Juli

Eine ins Schloss fallende Tür und Gelächter weckten Hermann. Er fühlte sich etwas benommen, als wäre sein Schlaf anstrengend gewesen. Wohl viel geträumt. Der Wecker zeigte 9.12 Uhr. Bedächtig stieg Hermann in die Pantoffeln. Der Blick durchs Fenster traf einen unerwarteten Anblick. Es regnete. Natürlich! Wenn er sich nach einer sonnigen, heissen Arbeitswoche vornahm an seinem freien Tag baden zu gehen, gingen an seiner Stelle seine Pläne baden. Gähnend tappte er ins Bad. Dieses hatte zusätzlich zum gereinigten Spiegel noch eine Steigerung erfahren. Neben den beiden brüderlichen Zahngläsern stand ein neues mit einer brandneuen Zahnbürste und einer Kunststoffblume drin. Hermann beargwöhnte die WG-fremden Objekte wie Eindringlinge. Seit er nach der Trennung von Bibi vor etwa fünf Jahren mit Mani in diese Wohnung zusammengezogen war, hatten ihre beiden Zahngläser noch nie Gesellschaft gekriegt. Von der Küche her ertönte wieder Gelächter. Manis Lachen kannte Hermann, das andere war dasjenige einer Frau. «Sorry, heute kommst du nicht zum Zug, mein Lieber.» Hermann adressierte damit seinen Morgenrock, den er zu seinem eigenen Trost tätschelte, und zog sich an.
Wie er beinahe geahnt hatte, sassen in der Küche Mani und Melanie beim Frühstück. Etwas verwundert war Hermann allerdings doch. Mani blieb sonst an Wochenenden lange im Bett und verhängte die Tage an seiner Spielkonsole. Vor den beiden lag eine Landkarte.
«Hi!» Melanie warf ihr langes Haar über die Schulter und lächelte entwaffnend.
«Moin, die Herr- und Damenschaften! Geografie Stunde?», entgegnete Hermann.
«Ja, wir wollen eine Wanderung machen. Kennst du dich in der Schrattenfluh aus?»

Eine Wanderung! Mit seinem Bruder! Das war ja allerhand!
«Nein, bedaure. I am not the wanderer.»
Melanie lachte, stand auf und holte Hermann eine Tasse Kaffee, die dieser dankbar in Empfang nahm.
Die Züpfe, die frische Butter und das Glas Zwetschgenkonfi auf dem Tisch sprachen Bände. Hier war etwas im Gange. Hermann beobachtete fasziniert, wie das Paar mit Fingern auf der Wanderkarte und auf den Handys die Planung seines Ausflugs besprach, während er sich ein Konfibrot strich. Mani war vergnügt und kalauerte. Vermutlich wusste er gar nicht, was mit ihm geschah. Und garantiert wusste er nicht mal im Ansatz zu schätzen, was für einen Dusel er hatte. Aber die Dinge würden ihren Lauf nehmen, und Hermann begnügte sich für den Moment damit, sich still für seinen Bruder zu freuen.
«Sagt mal … Meint ihr nicht, dass eine Wanderung bei Regen zur Rutschpartie wird?» Hermanns zärtliche Anwandlung gegenüber seinem kleinen Bruder hatte prompt Blüten getrieben. Das junge Glück musste beschützt und behütet werden.
Melanie zuckte die Schultern und meinte: «Ach, wir fahren mal hin und schauen dann. Gegen Mittag sollte es aufhellen.»
«Sonst bleiben wir in Sörenberg einfach in der Kneipe und geben uns die Kante, passt schon.» Manis flapsiger Kommentar versetzte Hermann augenblicklich in Alarmzustand. Seine Fürsorglichkeit war wie auf Knopfdruck der altvertrauten Wut gewichen, die sein Bruder zu triggern wusste, wie kein anderer, einfach durch die Art, die ihm eigen war.
Hermanns Ausdruck war Melanie nicht entgangen.
Sie regelte das. «Keine Sorge, wir fahren mit dem Zug.»
Zug fahren mit seinem Bruder! Mani ohne sein Auto! Das war ja unerhört! Hermann strahlte wie ein Honigkuchen-

pferd. «Wie hast du ihn denn dazu überredet?»
Die Antwort begleitete ein vielsagendes Aufblitzen im Augenpaar unter dem braunen Pony. «Ach, ich habe so meine Methoden …»
Als Melanie sich nach dem Frühstück ans Abräumen machte und Mani das Geschirrtuch in die Hände drückte, band sich Hermann die Schürze um und wusch ab. Zu seiner Verblüffung trocknete Mani widerstandslos alles ab, was ihm sein Bruder aus der Spüle überreichte. Indes wischte Melanie den Tisch ab, versorgte alles und besiegelte das Teamwork schliesslich mit einem zufriedenen «So!»
Das belustigte Hermann, weil ihr Ausruf ihn an Lütolfs Grau-Ara erinnerte. Leon Lütolf war in der Primarschule sein bester Freund gewesen. Seine Eltern wohnten damals ganz in der Nähe der Schule und hatten draussen hinter dem Haus eine Volière, wo sie Papageien züchteten. Nur einen einzigen hatten sie in der Wohnung, eben diesen gewissen Grau-Ara. Er war ein besonders ulkiger Geselle und plapperte allerlei nach, was er hörte.
Eines Tages zog nach der Schule plötzlich ein wüstes Gewitter auf, und so rannten Leon und Hermann zu ihrem Schutz rasch zu Lütolfs rüber. Kaum waren sie oben in der Wohnung angekommen, schlug in der Nachbarschaft ein Blitz ein, und ein Donnerknall liess alles erbeben und den Ara im Käfig von seiner Holzstange fallen. Frau Lütolf und die Buben waren ganz schön perplex. Aber erst der Papagei! Pfutternd kletterte er mühselig zurück auf seinen Ast und hatte einige Schnabelarbeit zu verrichten, bis die Federfrisur wieder sass. Als die Prozedur endlich geschafft war, rief der Ara abschliessend «So!». Hermann fragte sich, was Leon wohl heute tat.
Sein verwandelter Bruder und dessen schlaue Freundin machten sich daran ihre Rucksäcke zu packen, und Hermann ging sein Zimmer aufräumen. So kam es ihm jeden-

falls vor, so lebhaft an seine Kindheit erinnert durch die Papageiengeschichte und die Tutti-Frutti-Tüten und Thermoskrüge, die in Rucksäcke gesteckt wurden.
Als Hermann seine Mappe verstauen wollte, fiel ihm ein, dass sich darin die Schatulle aus Linos Schrank befand. Er nahm sie hervor und betrachtete sie.
Auf einmal kam ihm sein Traum von vorletzter Nacht in den Sinn. Da hatte doch Paul McCartney neben ihm gesessen, auf ein Kästchen auf dem Boden gezeigt und zu Hermann gesagt: «Look at that bloody fuzz!» Dieses Bild hatte Hermann noch deutlich in Erinnerung, denn gleich darauf hatte ihn das Surren der Mücke geweckt. Sollte der Traum ihm einen Hinweis geben? Er war nun gewiss nicht der Meinung, seherische Fähigkeiten zu haben, weder wach noch im Schlaf. Aber irgendwie war es ihm, als hätte es mit diesem Kästchen was auf sich. Aber jetzt war Wochenende. Hermann packte die Schatulle in seine Mappe und versorgte sie. Er wollte und musste seinen Kopf lüften, sich auf andere Gedanken bringen. Er hatte die Erfahrung gemacht, dass seine Gedanken in der Aufklärung eines Falles klarer und zielgerichteter wurden, wenn er zwischendurch den Fokus auf andere Dinge lenkte. Den Wald vor lauter Bäumen nicht sehen, das hatte schon was.
Als Erstes wollte er seine sozialen Pflichten erfüllen, um sich für den Rest des Tages befreit zu fühlen. Auf dem Programm standen Staubsaugen, ein Spitalbesuch bei Tante Emilie und der Einkauf eines Geburtstagsgeschenks für Papa Benno. Was Geschenkideen betraf, war Hermann überzeugt vollkommen talentfrei zu sein. Eigentlich hatten die drei Geschwister Schmid für etwas Grösseres zusammenlegen wollen, aber sie konnten sich nicht einigen. Céline hatte eine Kreuzfahrt vorgeschlagen, was Mani für zu teuer hielt. Sein Gegenvorschlag war ein Geburtstagskonzert seiner Guggemusig «Wuetbörger», was Céline wiederum zu billig war.

Hermann dachte bei der Mundartschreibweise des Namens von Manis Fasnachtsgruppe immer an «Wut-Burger», vielleicht eine pikante Burger-Spezialität nach dem italienischen Vorbild der «Arrabbiata».
Davon abgesehen meinte auch er, dass Vater zu seinem sechzigsten Geburtstag etwas Dauerhafteres erhalten sollte. Aber Hermann war nichts eingefallen.
Sein Vater war ein zufriedener, genügsamer und eher stiller Mann. Er rauchte Tabakpfeife, las viel, schaute gern Sportsendungen im Fernsehen und hatte sich in seiner Jugend für Punk und Hard Rock interessiert. Allerdings war er bei seiner Musik-Leidenschaft als Fan, Konzertbesucher und Luftgitarrist geblieben. Heute zeugten nur noch ein paar zu eng gewordene Merch-T-Shirts aus der Zeit vom einst wilden Benno.
Hermann sann vor sich hin, während er den Staubsauger durchs Zimmer manövrierte. Da plötzlich hatte er eine Eingebung. Er lenkte den Staubsauger quer durchs Wohnzimmer zur Küche und erwischte die beiden Wandersleute gerade noch vor ihrem Abgang. «Stopp! Moment noch, Melanie! Wer einen Schmid in die Natur entführt, muss nach alter Familientradition eine Frage beantworten. Sie lautet: Was sollen wir unserem Vater zum Geburtstag schenken?»
Melanie drehte sich zu Hermann um und sah ihn an, als wäre das die normalste Frage der Welt.
Mani murmelte: «Ou! Genau!»
«Ach, stimmt ja, Euer Papi wird – was wird er? 70?»
«60», korrigierte Hermann.
«Und wie ist er so?»
Mani schob seine Unterlippe vor und meinte: «Ruhiger Typ.»
Hermann versorgte Melanie mit ein paar individuelleren Merkmalen Papa Bennos.
Mani sah auf die Uhr seines Handys. «Wir müssen los, Mel!»

Aber «Mel» hatte die Herausforderung angenommen und liess sich nicht vom Fleck bewegen. Sie strich sich mit dem Zeigefinger übers Kinn, dann über die Nasenspitze – und «Schnipp!» – da war er, der Geistesblitz. «Eine Angelrute! Kauft ihm eine Angelrute mit Zubehör und so, das passt zu ihm.»
Hermann und Mani waren gleichermassen baff. Ihr Vater, ein Angler? Mani begann zu lachen. «Du kennst ihn nicht, Mel, der geht doch nicht fischen.»
Aber die junge Frau grinste nur schelmisch und meinte: «Doch doch. Er weiss es bloss noch nicht.»
Hermann war sich auch nicht so sicher, aber er fand sich beeindruckt von Melanies Manipulationsgeschick – was ihn sogleich amüsierte, weil im Wort Manipulation der Vorname seines Bruders steckte.
«Gut, okay, Test bestanden, du darfst meinen Bruder auf die Wanderung mitnehmen. Aber nicht kaputtmachen, gell!»
Melanie nickte lachend, und die zwei verabschiedeten sich eilig. Hermann saugte die Wohnung ohne besondere Detailverliebtheit, sah in seinem Laptop nach, wo man Fischereiartikel offline kaufen konnte, zog Mofa-Regenschutz und Gummistiefel an, packte seine Schultertasche und machte sich auf den Weg zum Fischereifachhandel nach Emmen.

Die Luft draussen war kaum wiederzuerkennen. Sie hatte sicher 10 Grad verloren, seit Hermann sie zum letzten Mal getroffen hatte. Der Samstagsverkehr war zum Glück noch nicht zu seiner Vollform aufgelaufen. Trotzdem waren die Strassen voller SUVs und Familienkombis, in denen durchschnittlich je zwei Menschen mit gestressten Gesichtern sassen. Im Unterschied zum Werktagsverkehr, der pro PW im Schnitt tendenziell eine saure Miene auf 150 Pferdestärken und 1,5 Tonne zu bieten hatte. Hermann mäandrierte zwischen den Wagen und hoffte auf keinen Kollegen von der Verkehrspolizei zu treffen.

Als er tropfend ins Anglerparadies eintrat, fühlte er sich authentisch wie ein Fischer im nassen Ölzeug. Sein eklatanter Mangel an Fachwissen kehrte dieses Gefühl allerdings schnell unter den Teppich von Sachkundigkeit der Bedienung. Hermann liess sich staunend einweihen und gab unzählige «Aha» und «Jäso» von sich, während er herumgeführt wurde. Die Sache war gar nicht so einfach. Fischen war nicht einfach Fischen! Die verschiedenen Techniken und Lehren lagen Welten auseinander …
Hermanns Entschlossenheit war, metaphorisch betrachtet, vom Hecht zum Wurm geschrumpft. Schliesslich konnte er sich doch dazu durchringen, eine banausenhafte Vereinfachung des Handels vorzuschlagen: Eine wertige Allroundsteckrute mit Schnurrolle, Haken und Schwimmer, eine Angeltasche, eine Box bunter Kunstköder, einen schönen, funktionellen Fischkorb und ein Buch für Angleranfänger. Zudem liess Hermann auf den Namen seines Vaters einen Gutschein für einen Grundkurs ausstellen. Dieses Starterset kostete ein kleines Vermögen, das Hermann für seinen Papa allerdings auch alleine auszugeben bereit war, falls seine Geschwister einen Rückzieher machen würden.
Hermann kam in Versuchung allerlei weiteres nützliches Zubehör dazuzukaufen. Etwa einen Angelschirm, unter dem er sich seinen Vater im Schutz vor dem prasselnden Regen friedlich eine Pfeife schmauchend vorstellte, geduldig wartend und die Ruhe geniessend. Hermann erwischte sich dabei, sich diese friedvolle Untätigkeit eigentlich für sich selbst vorzustellen. Er mochte aber keine Forellen umbringen. Er brauchte einfach mal eine Pause. Vielleicht sollte er so einen Angelschirm für sich kaufen, und ganz ohne Angelrute und Weiteres hin und wieder an einem stillen Plätzchen in Wassernähe verweilen.
Der Verkäufer holte Hermann aus seinem Tagtraum: «Cash oder Karte?»

Hermann bezahlte mit Karte und packte die Bagage zusammen, die er draussen mit Mühe auf den Gepäckträger seiner Vespa spannte und mit Umsicht nachhause transportierte. Der Regen hatte aufgehört, und die Wolken waren lichter geworden. Daheim legte er die erworbenen Gegenstände auf dem Boden des Wohnzimmers aus und besah sie sich mit einem gewissen Stolz. Um Geschenkverpackung würde er sich dann noch kümmern.
Wenig später tuckerte er wieder los, diesmal ohne Regenmontur. Er kaufte sich bei der Konditorei Reini eine Packung der berühmten «Rüsströpfli» für Emilie.
Während er zum Spital hinauf kurvte, brach die Sonne durch die Wolken. Melanie hatte Recht gehabt, was die Wetterentwicklung betraf. Hoffentlich auch bei der Geschenkwahl für Papa Schmid.

Als Hermann ins Spitalzimmer eintrat, war Tante Emilie in ein Gespräch mit ihrer Bettnachbarin vertieft, die sich gerade wenig begeistert über ihren Schwiegersohn in spe äusserte.
«Lue do, der Hermann!» Emilie strahlte übers ganze Gesicht. Hermann setzte sich neben Emilies Bett, überreichte ihr die Pralinés und erkundigte sich nach dem Verlauf ihrer Genesung. Sie war fast 90 Jahre alt, hatte eine Hüftgelenkoperation hinter sich und meinte jaja, doch, doch, sie könne zufrieden sein. Schmerzen halt, hin und wieder, aber sie schauen gut zu einem. Und der Oberarzt sei ein schmucker Mann, ein wenig dunkelhäutig zwar, aber sehr nett auch. Die Polin vom Nachtdienst wäre allerdings ein Räf, man könne froh sein, wenn man sie nicht rufen müsse. Hermann erfuhr auch, dass die Stationsärztin eine Deutsche sei, so eine blonde, zackige, und dass es ausser Schwester Bühler keine einzige Schweizerin habe. Dass es aber auch eine Schande sei, wie schlecht das Pflegepersonal gehalten

würde, es wäre ja kein Wunder. Und die Frau Bürgi nebenan habe am Vorabend sogar ein falsches Medikament bekommen und die ganze Nacht den Schiisser gehabt.
«Frau Bürgi, das ist mein Grossneffe Hermann», stellte Emilie sichtlich stolzerfüllt vor.
Die Angesprochene nickte Hermann verlegen zu. «Freut mich. Wie schön, dass Sie uns besuchen.»
Hermann erwiderte die Erfreutheit und wurde sogleich wieder von Emilie in Beschlag genommen. Eigentlich war sie die Tante seines Vaters, und damit seine Grosstante, aber sie war für alle immer Tante Emilie gewesen. Sie hatte ein so gutes Herz, wie altmodische Ansichten und konnte sprechen, wie seinerzeit Ferdy Kübler Velo fahren. Das Essen wäre soso lala, aber man müsse dankbar sein, dass es etwas gebe, und die Desserts seien ganz ordeli. Am Abend aber nur ein Mutschli mit Aufschnitt, je nu, was will man!
Die Tür öffnete sich, eine Spitalangestellte kam die Tabletts mit dem leeren Geschirr vom Mittagessen abräumen und fragte, ob es recht gewesen sei, was etwas reserviert mit «Danke, Schwester» beantwortet wurde.
Kaum war die Tür geschlossen worden, klopfte es. Eine junge Frau, zu der ihre modebedingt zerrissene Jeans gar nicht so recht passen wollte, trat zaghaft ein und sagte: «Grüezi mitenand!»
Der Kerl, der ihr folgte, passte hingegen haargenau zu seinem schwarzen Kapuzenpullover und war mit seinem Handy beschäftigt. Hermann tippte auf Frau Bürgis Tochter und ihren zweifelhaften Freund, was ihm umgehend bestätigt wurde, als die gehemmt wirkende junge Frau Emilies Bettnachbarin mit «Hoi Mami!» adressierte. Die beiden Gäste stellten sich an Frau Bürgis Bett, und Hermann stand auf um zwei Stühle herbeizuschaffen.
«Merci!», sagte Frau Bürgis Tochter, und zu ihrem Begleiter: «Schau, Beda, setz dich doch hin!»

Dieser leistete der Aufforderung Folge ohne Notiz von seiner Freundin zu nehmen. Sein Handy forderte all seine Aufmerksamkeit. Hermann war nicht entgangen, dass Emilie die Szene mit Missbilligung beobachtet hatte.
«So, sind Sie occupiert?», flötete sie katzenfreundlich in Richtung des Mannes namens Beda, und zu dessen Gefährtin mit einem Augenzwinkern: «Das ist halt so beim Mannenvolk, gelled Sie!»
Nun war es Frau Bürgis Tochter, die verlegen wurde. Statt einer Entgegnung stellte sie sich vor. «Lea Bürgi. Ich hoffe, es stört Sie nicht, wenn wir ein Weilchen hier sind?»
«Kannst denken, Schatz Gottes! Dein Mami hat sich schon auf dich gefreut.»
Emilie hatte Eigenschaften, die zuweilen zum Fremdschämen einluden, aber eine Heuchlerin war sie gewiss nicht. Während die Frauen Bürgi sich in gedämpftem Ton miteinander zu unterhalten begannen, taxierte Emilie unentwegt den unbeteiligten Burschen beim Herumfingern auf seinem Handy. Bevor sie ihn diesmal garantiert mit einer kompromittierenden Äusserung anpeilen würde, beschloss Hermann sie mit dem Thema Papas Geburtstagsfeier abzulenken und war dankbar, als sie darauf einstieg. Hermann erzählte von der Fischerausstattung, und Emilie musste so lachen, dass sie einen Hustenanfall kriegte. Sie begann zu berichten, wie Benno als Junge einmal beim Versuch zu angeln – und dazumal hatten die Buben ja nur Stecken, Schnur und Brot gehabt! – überraschend eine grosse Äsche aus dem Wasser gezogen hatte, es aber umsverrode nicht übers Herz gebracht hatte, ihr den Knüppel über den Grind zu ziehen. Diese Erinnerung leitete Emilie spielend zu weiteren heiteren Episoden aus Bennos Kindheit über. So plätscherten ihre drolligen Geschichten dahin, als auf einmal ein lauter Klingelton den Raum erfüllte.
Plötzlich war der Abwesende voll da. Er sprang auf, warf

ein genuscheltes «Sorry, muss da ran ...» hinter sich ins Spitalzimmer und rauschte aus der Tür.
Hermann steckte die Bewegung irgendwie an. Er erklärte seiner Grosstante, er wolle draussen kurz eine Zigarette rauchen gehen, was sie überraschenderweise gar nicht kommentierte. Sie meinte nur: «Ja, geh nur. Kommst ja noch einmal rein, oder?»
Leicht irritiert verliess Hermann das Krankenzimmer. Das Amen in der Kirche hätte er für unwahrscheinlicher gehalten als eine Ermahnung von Emilie gegen den Tabakgenuss. Er nahm den Aufzug, stellte sich unten vor dem Spitaleingang hinter eine der Säulen und zündete sich eine Zigi an, als er die Stimme erkannte, die er eben vorhin erstmals im Spitalzimmer vernommen hatte. Beda stand wohl ganz in seiner Nähe, für Hermann unsichtbar, von der Säule verdeckt.
«Easy, hey, musst nicht gleich ausrasten! Nö, kann dir nichts geben. Das Gramm brauch ich selbst. Geh doch selber zu Frau Holle! Nein, vergiss es! Hab selber grad keine Kohle locker, Mann! Nicht mein Problem ...»
Der Motor eines Taxis, das sich über die Auffahrt näherte, übertönte das restliche Gespräch, aber was Hermann gehört hatte, genügte ihm. Frau Holle und die Kohle – da waren sie wieder! Zufälle gab's!
Die Erwähnung des Gramms, das Beda selber brauchte, liess keine Zweifel offen. Frau Holle war eine Dealerin. Und wenn Linos Bruder bei ihr Kohle holte, konnte das nur eins bedeuten: Er verdiente sich an seinen eigenen Drogenkonsum als Kurier was dazu. Aber hatte das etwas mit Linos Tod zu tun? Wenn Vico Schwarz die Wahrheit gesagt hatte, kifften «The Men» höchstens mal eins, und Linos Bandmitglieder hätten es sicher mitbekommen, wenn er härtere Drogen konsumiert hätte. So oder so wollte Hermann am Montag mal bei seinen Kollegen im dritten Stock nachfragen, ob ihnen diese Frau

Holle bekannt war. Hermann seufzte. Schon stand er wieder mitten im Wald und sah lauter Bäume. Dabei hätte ihm zur Abwechslung freie Sicht aufs Mittelmeer so gut getan. Er wartete, bis er sah, wie der Kunde von Frau Holle das Spital wieder betrat und rauchte die Zigarette zu Ende. Er summte etwas vor sich hin, und merkte auf einmal, dass es die Melodie war, die er mitten in der vergangenen Nacht mit seinem Musikprogramm festgehalten hatte. Sie gefiel ihm. Dann ging er hinein, kaufte am Spitalkiosk ein Rätselheft und kehrte zurück ins Krankenzimmer, wo ihn Tante Emilie mit einem Gesichtsausdruck erwartete, der ihm plötzlich klar werden liess, warum sie ihn gänzlich ohne Ermahnungen hatte rauchen gehen lassen.
«Hast du eigentlich neue Erkenntnisse? In deinem Fall, meine ich …», fragte sie Hermann mit scheinheiliger Miene und schwenkte ihren Blick verstohlen zum Kapuzenmann, der wieder schweigend und in sein Handy versunken an Frau Bürgis Bett sass, während diese ihrer Tochter etwas im Fernsehprogrammteil der Zeitung zeigte. Offenbar zählte Emilie auf Hermanns Ermittlerfähigkeiten, um ihrer Bettnachbarin nähere Informationen über den Freund ihrer Tochter liefern zu können.
Hermann wiegte den Kopf und grinste seine Grosstante verschwörerisch an.
«Ist nicht so mein Fall … Übrigens, weil du so gerne rätselst, habe ich dir unten was geholt.» Hermann zog einen Kugelschreiber aus seiner Tasche, schrieb auf die hinterste Seite im Rätselheft: «Drogen», zeichnete daneben ein Lätsch-«Smiley» und übergab Emilie das Buch. Sie blätterte es auffällig zufällig durch, las Hermanns Notiz und nickte wissend. «Aha. Das gibt den grauen Zellen ein Weilchen zu tun, momol. Danke, bist ein Schatz!»
Hermann kündigte indessen an, er müsse weiter, wünschte Emilie gute Genesung, nickte den Bürgis mit Anhang

freundlich zu und empfahl sich. Emilie verabschiedete ihn winkend und genauso strahlend, wie als er gekommen war.

Als Hermann in der Tiefgarage des Spitals seine Vespa bestieg, gab sein Magen ein vorwurfsvolles Knurren von sich. Das rief unwillkürlich das Bild des leeren Kühlschranks zuhause vor Hermanns geistiges Auge. Hermann seufzte. «Ach herrje! Einkaufen ist ja auch noch …» Es würde wohl kein Weg an einem Abstecher zum Supermarkt vorbeiführen, um dem häuslichen Nahrungsmangel Abhilfe zu verschaffen.

In den Gängen des Geschäfts herrschte Hochbetrieb. Der Verkehr der Einkaufswagen glich demjenigen auf den Strassen, mitsamt Mienen der Lenkerinnen und Lenker. Hermann begnügte sich mit einem Einkaufskorb. Viel brauchten sie nicht übers Wochenende, denn morgen würde es bei den Eltern mehr als genug zu futtern geben. Beim Regal mit Partyartikeln gesellten sich zum Lebensmitteleinkauf noch zwei Rollen Geschenkpapier, eine Schleife und eine Glückwunschkarte.
In der Warteschlange vor der Kasse fiel Hermanns Blick auf die dicht gedrängten Cellophantüten mit Blumensträussen, die wohl in wenigen Stunden vom Ladenpersonal entsorgt würden. Die konsumentenpsychologische Strategie ging auf. Hermann zog eines der hübscheren Blumenbündel aus dem Kübel und fühlte sich ein bisschen wie der Retter dieser bunten Pracht.

Draussen war es wieder wärmer geworden. Die Strassen waren nun endgültig verstopft. Leicht gereizt gelangte Hermann nach Hause, leerte den Briefkasten und überflog die Post, während er die Treppe hochstieg. Werbungen und eine Rechnung. Bald war Monatsende. Auch das noch!

Als alles versorgt war, startete Hermann sein Laptop und arbeitete den Stapel zu bezahlender Rechnungen ab. Die Zeitanzeige auf dem Bildschirm liess ihn Hoffnung schöpfen. Wenn er nicht trödelte, konnte er sich immer noch für ein paar Stunden irgendwo ans Seeufer setzen. Er zog sich eine Badehose, helle Leinenhosen und ein türkis gemustertes Hemd an, ramassierte sein Badezeug zusammen und machte sich zu Fuss auf.

Die Ufschötti war erstaunlich bevölkert, für den Umstand, dass es erst noch geregnet hatte. Jugendliche hatten Bluetooth-Boxen dabei und beschallten die Umgebung mit ihrem zweifelhaften Musikgeschmack, was die tamilische Grossfamilie bei ihrem Picknick nicht zu kümmern schien, Hermann dagegen schon. Er suchte Ruhe und Natur und beschloss weiter zu pilgern, an der Kanti und am Hafen des Segelclubs vorbei, hinauf zum Richard-Wagner-Museum. Unten auf der Wiese bei der Schiffsanlegestelle sah er nur eine Handvoll Leute auf Badetüchern. Auf dem Spielplatz sass ein kleines Mädchen auf der Schaukel, in etwas in seinen Händen vertieft, was wohl ein elektronisches Spiel war. Hermann schlenderte hinab und installierte sich auf dem Steg beim Bootshaus. Als er sich schliesslich auf seiner Bastmatte ausstreckte, die Gegend betrachtete und das beschauliche Plätschern des Wassers wahrnahm, fühlte er, wie sich die lang ersehnte Entspannung in ihm ausbreitete. Von hier erschien der See in besonders idyllischer Szenerie. Wären da nicht die paar Wohnüberbauungen am gegenüberliegenden Ufer gewesen, hätte man die Aussicht für eine Ansichtskarte aus den Fünfzigerjahren halten können. Zwei entfernte Segelschiffe, eine Seilschaft Enten, ein Schwan und ein kleines Ausflugsschiff der alten Garde rundeten diesen Eindruck perfekt ab. Frieden in seiner reinsten Form! Hermann drehte sich auf den Rücken, schloss die Augen und

gab sich diesem Gefühl hin. Seine letzten Ferien hatte er im Februar gehabt. Eine Woche bei Kälte und Graupelschauern, die er ziemlich planlos zuhause verbracht hatte, weil er zu lange gezögert hatte etwas zu planen. Ursprünglich hätte er jetzt, Ende Juli, Ferien gehabt, aber wegen Edgars Abschied von der Kriminalpolizei musste Hermann seinen Urlaub verschieben, um während des Wechsels anwesend zu sein. Hermann spürte, wie er sich bei diesem Thema sofort anspannte. Also verscheuchte er diesen Gedankenstrang hastig und versuchte sich stattdessen mögliche Ferienreiseziele vorzustellen. Malta? Griechenland? Im Geist sah er tiefblaues Meer, malerische Küstendörfer, Agaven, hoch aufspritzende Gischt, Möwen … Aber was sollte er da tun? Und mit wem sollte er so eine Reise unternehmen?
Jetzt wurde es Hermann zu heiss. Die Sonne hatte die kurze Pause während des morgendlichen Regens wohl genutzt, um sich in Sachen Brennen weiterzubilden. Er stand auf und kletterte behutsam über die grossen, glitschigen Steine ins Wasser. Ah! Was für eine Wohltat! Hermann tauchte unter und wieder auf, liess sich das erfrischende Nass übers Gesicht laufen, drehte sich in Rückenschwummposition und liess sich auf der Wasseroberfläche treiben. Nach einer Weile schwang er sich herum und begann genüsslich zu planschen. Aus dem Schilf am Ufer wurde er verständnislos von einem Blesshuhn taxiert. In diesem Moment erklang vom Ufer her der Rufton seines Handys. Mit ein paar unbeholfenen Hopsern beförderte sich Hermann zum Steg, rutschte fast aus, robbte über den Steg und erreichte mit knapper Not seinen Liegeplatz. Fragend sah er seinen Seesack an, legte seinen Kopf darauf und stellte fest, dass das Signal nicht von da kam.
Dem Blesshuhn war auch diese dubiose Aktion Hermanns nicht entgangen. Es hätte nicht viel gefehlt, und es hätte ihm den Vogel gezeigt.

Das Telefondudeln war inzwischen verstummt, und um die Ecke des Bootshauses begrüsste eine Frauenstimme irgendjemanden mit grossem Hallo.
Hermann streckte dem empörten Blesshuhn die Zunge raus und kramte die Sonnencreme aus seinem Seesack. Er hasste es sich einzucremen, aber Sonnenbrand war auch keine Lösung. Während er seine Arme einrieb, summte er vor sich hin. Da wurde ihm bewusst, dass er gerade die Bridge für seinen neuen Song intonierte. Eilig nestelte er sein Handy hervor und aktivierte die Aufnahmefunktion. Verstohlen säuselte er die Melodieskizze ins Mikrofon, fluchte leise, weil sich mittendrin der Bildschirm sperrte, begann von vorne, pfutterte abermals verhalten, weil ihm jetzt ein Teil der Melodie entfallen war, und probierte es nochmals von vorn, als sein Telefon ihn plötzlich schrill andudelte. Vor Schreck liess er das Ding fallen. Es landete weiter dudelnd im Schilf, schlitterte runter und kam knapp vor dem Gelege des Blesshuhns zu liegen. Hermann hüpfte vom Steg und streckte die Hand aus, um sein Handy zu angeln. Jetzt war das Blesshuhn ausser sich! Es krächzte hysterisch und hackte mit dem Schnabel nach Hermanns Hand, die der Attacke knapp entkam und das Gerät an Hermanns Ohr rettete.
«Hallo?»
«Hi! Bist du das, Hermann? Hier ist Melanie.»
«Oh! Hallo … alles klar bei euch?…» Hermann war augenblicklich alarmiert, nicht nur, weil Melanies Tonfall ungewöhnlich verunsichert klang, sondern vielmehr, weil sie ihn anrief.
«Also, ‹alles› wäre jetzt ein bisschen übertrieben …»
Hermann stockte der Atem.
«Aber ich habe ihn nicht kaputtgemacht, ich schwör's dir! Mani ist gestolpert.»
Hermann schnürte sich der Hals zu.

«Was ist passiert, Melanie?»
«Er hat sich am Fussgelenk verletzt ...»
Hermann schwebte ein Bild vor Augen. Sein Bruder mitten in der wilden Gegend der Schrattenfluh, gestürzt und verletzt, weit und breit niemand ausser Melanie, die jetzt Hermann um Hilfe anrief.
«... aber er ist schon verarztet, keine Sorge!»
Hermann donnerten Felsmassive vom Herzen. «Boah! Okay! Wo ist es denn passiert? Hat Euch die Rega geholt?»
Melanie kicherte leise. «Nein, nein! Wir waren gerade in Sörenberg angekommen und wollten aus dem Zug aussteigen, als Mani sich irgendwie den Knöchel verdrehte und auf das Perron stürzte.»
«... Ihr wart gar nicht wandern?»
«Nein, dazu kam es dann natürlich nicht. Wir fuhren gleich wieder nach Luzern zurück, aber Mani tat der Fuss so weh, dass wir am Bahnhof in die Permanence gingen. Da haben sie ihn untersucht, geröngt und so ... Der Fuss ist nicht gebrochen, es ist eine Bänderzerrung. Mani hat jetzt einen dicken Verband mit Schiene. Und sie haben ihm Krücken gegeben. Ich bringe ihn jetzt im Taxi heim. Wollte dich nur ... ähm ... ich wollte dich nicht erschrecken. Sorry!»
Hermann sass da, halb erleichtert. Die Tube Sonnencreme hatte unter dem Druck seiner Hand ihren Inhalt auf seinen Schenkel entleert. «Alles gut, Melanie! Du hast alles richtig gemacht. Danke dir! Ich komme dann auch gleich nach Hause. Soll ich noch was besorgen? Braucht er Medikamente? Oder sonst etwas?»
«Nein, sie haben ihm Schmerzmittel mitgegeben. Er muss sich nur schonen und sein Bein hochlagern. Aber es ist lieb von dir, wenn du da bist für ihn. Bis nachher dann? Merci! Tschühüss.»
Hermann beendete die Verbindung, rieb mit dem Badetuch die weisse Sauce von seinem Bein und sah auf den See hi-

naus. Der Ausblick hatte gerade einiges an Reiz eingebüsst. Und die eben noch dagewesene Leichtigkeit war in die Binsen gegangen. Hermann packte die Badesachen ein und zog sich an, wie es Mister Bean nicht umständlicher hingekriegt hätte, schulterte seinen Seesack und nahm den Heimweg unter die Füsse, vorüber an lauter geradezu provokativ entspannten Menschen, wie ihm schien.

Beim Ufschötti-Kiosk fiel Hermann ein, dass Mani sich sicher über Pommes frites freuen würde. Als er an der Reihe war und seine Bestellung aufgab, fiel sein Blick auf ein kaum scheinbares zerknülltes Etwas in einer Ritze des Metallrahmens, der die Durchreiche des Standes umgab. Die ausgeblichene hellblaue Farbe und die weisse Gummifadenschlaufe verrieten das Objekt. Eine Hygienemaske. Hermann dachte beinahe belustigt an die Zeit, als diese Dinger zum Alltag gehört hatten. Im Nachhinein kam ihm diese Zeit surreal vor. Die ganze Welt war ein einziges grosses Maskentreiben gewesen. Und ein Narrentreiben noch dazu! Jetzt zeugte ein achtlos entsorgtes Relikt von dieser entrückten Vergangenheit und liess diese vollkommen absurd erscheinen, geradeso, wie wenn man in irgendeiner Nische am Boden mitten im Sommer ein paar liegengebliebene, angegraute Konfetti erblickte. Aber mit der Fasnacht liess sich die überwundene Pandemie schwerlich vergleichen, ob man Fasnacht nun mochte oder nicht. Wie sehr sich doch Katastrophen im Rückblick relativieren konnten … Hermann kam die Szene aus «Shaun of the Dead» in den Sinn, nachdem die Raserei der Untoten als Virus enttarnt und vorüber war, und die TV-Nachrichtensprecherinnen scherzhaft zueinander sagten, wer wohl je gedacht hätte, dass sie einmal die Bevölkerung dazu aufrufen würden, Mitmenschen die Köpfe abzuschlagen.
Da kamen die Frites. Sie dufteten herrlich. Hermann hatte

gleich drei Portionen erstanden. Zuhause angekommen, stürmte er ins Wohnzimmer, als gälte es, eine Jungfrau von einem Drachen zu befreien. «Mani! Mann, was machst du denn für Sachen, Mensch!» Hermann ging mit ausgestreckten Armen auf seinen Bruder zu, der von zwei Krücken flankiert, mit ausgestrecktem, bandagiertem Bein auf dem Sofa sass und Hermann entgegenstrahlte, als hätte er ihn seit Jahren nicht gesehen.

«Hörmey, hey! Einmal voll auf die Fresse gebrettert, du glaubst es nicht!»

Hermann stieg behutsam über die Krücken, setzte sich neben Mani, wandte sich ihm zu und legte ihm seine Hände auf die Schultern. Fast hätte er ihn an sich gedrückt. Manis weicher Ausdruck erinnerte Hermann an seinen Bruder als kleiner Junge, wenn er etwas ausgefressen hatte und mit diesem arglosesten aller Liebbubengesichter jede mögliche Schelte im Keim erstickte.

«Ähm … Leute, soll ich uns was kochen oder so?» Melanie war mit einer Wolldecke unter dem Arm aus Manis Zimmer hinzugekommen und war im Begriff sie über Mani auszubreiten.

«Mel, es ist Sommer!», protestierte dieser.

«Verletzte muss man warmhalten.» Damit war die Revolte beendet.

Hermann ging in die Küche, holte ein Tablett hervor und stellte die Vase mit dem Blumenstrauss aus dem Supermarkt drauf. Das verräterische Cellophan entfernte er wohlweislich. Dann kramte er die Pommes frites aus seinem Seesack, füllte damit drei Schüsseln und gruppierte sie zusammen mit dem Salzstreuer, der halb leeren Ketchup-Flasche und drei Dosen Bier aus dem Kühlschrank, um anschliessend das Ganze ins Wohnzimmer zu balancieren.

«Das Gemüse ist für dich, Melanie. Der Rest ist für uns alle.»

Während Melanie Hermann gerührt ansah, schrie Mani:

«Mann, Fritten, so geil! Her damit!»
Wie die drei so auf dem Sofa sassen und in vertrauter Einigkeit Frites futterten, Bier tranken und reihum auf die Ketchup-Flasche klopften, fühlte es sich an, als wären sie eine altbewährte WG von Couch-Potatoes. Ausser, dass der Fernseher aus war. Mani erzählte mit vollem Mund von seinem Sturz aus dem Zug und den null sexy Schwestern in der Permanence, was Melanie ein «Ha!» abtrotzte. Hermann fragte sie, was sie eigentlich beruflich mache, und erfuhr, dass sie Soziologie studiere, und mit Websites für Vereine und Aushelfen an der Buvette etwas Geld verdiene. Hermann zollte Respekt und berichtete seinerseits vom Konzert im Sedel und seinem Spontan-Engagement als Roadie im Regen.
Als sie mit Essen fertig waren, breitete Hermann die Fischerausstattung und die Geschenkpapierartikel auf dem Boden aus. Zusammen mit Melanie machte er sich ans Werk, das Ganze zu verpacken, während Mani Anweisungen gab, bis man ihn mit dem Auftrag ruhigstellte die Glückwunschkarte zu schreiben. Während das Verpackungskünstlerteam auf dem Boden mit Klebestreifen kämpfte, glotzte Mani die blanke Karte vor sich so lange an, bis Melanie ihm einen Text diktierte. Zu guter Letzt boten die Geschenkpakete einen recht ordentlichen Anblick.
Das musste begossen werden! Hermann rollte den zur Bar umgenutzten alten Stubenwagen heran und holte Gläser. Melanie pflückte die exotischsten Flaschen aus dem Sortiment und verkündete, sie mixe den besten «Smith on the Rocks», holte alles an Eiswürfeln aus dem Eisfach, was sie fand, und überreichte Mani und Hermann kurz darauf ein süsses, sehr alkoholisches aber herrlich kaltes Gesöff. Sie stiessen zusammen auf Manis Gesundheit an, als in der Küche Hermanns Handy klingelte. Seufzend schlurfte er hinaus, grub das lärmende Ding aus seinem Seesack – und

wurde schlagartig von schlechtem Gewissen gepackt. Auf dem Display stand «Mama». Er hatte seiner Mutter versprochen sie vor Papas Fest nochmals anzurufen und hatte das total vergessen! Hermann zog instinktiv den Kopf ein, als er den Anruf entgegennahm. «Hallo, Mama! Tut mir so leid, ich hab grade gemerkt, dass ich ...» Weiter kam er nicht. Seine Mutter übernahm.

«Ja, Hermann, es ist immer das Gleiche mit dir. Aber wenigstens hast du an das Emilie gedacht. Es hat sich über deinen Besuch sehr gefreut. Hör mal, du schaust, dass ihr morgen um 12 Uhr hier seid, gell. Dein Bruder weiss das auch, aber der vergisst ja seinen eigenen Kopf ...»

«Du, wegen Mani ... da muss ich dir was sagen ...» Hermann rang nach Worten.

«Was ist mit ihm? Hermann?! Er hat sich doch wohl nicht für ein Fussballturnier verpflichtet am Geburtstag seines Vaters, oder?»

«Nein, Fussball ist gar kein Thema. Im Gegenteil. Genau darum geht es – indirekt ... Ich geb ihn dir mal ans Telefon, warte kurz.» Hermann ging ins Wohnzimmer und streckte Mani sein Handy entgegen, aus dem man seine Mutter aufgeregt reden hörte.

Mani ergriff das Gerät, hielt es sich ans Ohr und setzte eine säuerliche Miene auf. «Hallooo, Mami! Ich bin's.» «Nein!» «Nein, nein!» «Ich bin kein Laueri! Ich hab einen Bänderriss, sei ein bisschen lieb zu mir!»

Die Stimme aus dem Telefon klang entsetzt. «Was?! Jesses Gott und Vatter, Mani! Was ist dir passiert, Bub?»

Mani machte ein Gesicht wie der Sultan im Schaumbad. Das Wetter hatte gedreht, und er sonnte sich sichtlich im mütterlichen Mitleid. Genüsslich beantwortete er Mama Schmid alle Fragen zum Unfallhergang, und geduldig liess er sich alle Heiligen aufzählen, denen zu verdanken war, dass es nicht schlimmer gekommen war. Ja, seinen Arbeitgeber und die Unfallversicherung hatte er benachrichtigt. Nein, mit den Schmerztabletten war es ganz erträglich. Hermann und Melanie nippten an ihren Drinks und tauschten amüsierte Blicke aus. Jetzt setzte Mani zum Geniestreich an – zumindest schien er dies Melanie mimisch andeuten zu wollen. Obwohl er haargenau wusste, dass es weit mehr als genug zu essen geben würde, fragte er lammfromm: «Du, Mami, meinst du, du hast genug Essen eingekauft, dass ich meine Retterin mitbringen kann?» Melanie riss die Augen auf und fuchtelte mit den Armen. Doch Widerstand war zwecklos. Auch wenn man den Wortlaut aus dem Telefon nicht verstand, so klang der Tonfall doch unverkennbar entzückt. Mani wurde mit Fragen bombardiert.

«Ja.» «Jaja.» «Mit ihr war ich eben in Sörenberg. Wir wollten wandern gehen.» «Mhm.» «Melanie.» «Das siehst du dann morgen.» «Jaja, geht schon.» «Ja.» «Also, bis morgen.» «Ja, sicher.» «Tschüss, Ma!» Mani legte Hermanns Handy auf den Salontisch, strampelte mit dem heilen Bein die Decke von sich und verrenkte sich nach der Fernbedienung, während Melanie sich vor ihm aufbaute.

«Sag mal, wie wär's mich zuerst zu fragen, bevor du mich mit deiner Familie verabredest?» Sie versuchte gar nicht erst ernsthaft vorwurfsvoll zu klingen.

Hermann stand auf, um das Fenster zu öffnen und meinte zu Melanie: «Das ist eine andere alte Familientradition. Wer einem Schmid ein Geburtstagsgeschenk für seinen Vater ausdenkt, muss mitfeiern.»

Mit der warmen Abendluft drangen von draussen Geräusche herein. Vor der Bar weiter vorne um die Ecke hatten sich Scharen von Ausgangslustigen versammelt.

Eigentlich hätte man die milde Sommernacht nutzen, rausgehen, ein paar Runden um die Häuser drehen, irgendwo was trinken sollen. Aber Mani musste sich heute erst mal ausruhen, und Hermann wollte ihm Gesellschaft leisten. Immerhin schienen die Tage des Sommers vorerst noch nicht gezählt. Also ging Hermann in die Küche, bereitete aus seinen Einkäufen Gemüsestangen und Quark-Dip-Creme für alle zu und gesellte sich zum Paar auf das Sofa. Mani hatte bei einem Sender Halt gemacht, der den Fussballmatch Schweiz–Portugal übertrug, und erklärte Mel gerade das natürliche Vorrecht Verletzter auf die Senderwahl. Dies, obwohl Melanie keinerlei Anstalten machte gegen die Wahl der Sendung aufzubegehren. Stattdessen blickte sie abwechselnd Mani belustigt und den Bildschirm interessiert an.

Es stand 1:0 für Portugal.

Im Eifer seines Plädoyers für die Bedürfnisse eines verunfallten Mannes entging Mani glatt die Spannung, die sich in den plötzlich gebannten Gesichtern seines Bruders und seiner Freundin aufbaute, als die beiden auf einmal aufsprangen und «Gooooal!» riefen.

Mani guckte umso verdutzter aus der Wäsche, als durchs Fenster ein grölendes Echo erschallte. Dann erst sah er auf den Bildschirm und hoffte eine Wiederholung des Torschusses zu sehen. Ein ansehnlicher Fallrückzieher von Crnogorcevic. Die Leute in der Bar um die Ecke sahen eindeutig dasselbe Spiel, aber wohl auf einem Gerät mit leicht verzögertem Streaming. Es kam ein behagliches Verbundenheitsgefühl zu den Menschen da draussen auf. Sie waren alle Teil eines Ganzen, nicht am gleichen Ort, aber emotional und akustisch einig.

Während der nächsten zwei Stunden bot das Turnier noch einige Gelegenheiten zum Japsen, Hände verwerfen, Drink nachfüllen, und Anfeuern. Das Spiel ging in die Verlängerung und endete im Penaltyschiessen, bei dem die drei Stubenhocker zu jedem Schweizer Treffer mit ihrem Torjubel

1:0 gegen ihr Echo aus der Gasse in Führung gingen. Letztlich unterlag die Schweiz um einen Penalty. Das Sofa-Triumvirat löste sich erschöpft auf. Man fühlte sich, als hätte man persönlich fast 130 Minuten auf dem Platz gestanden, gekämpft und verloren. Hermann und Melanie räumten ab. Mani stelzte mit seinen Krücken ins Bad. Alsbald wünschte man sich gute Nacht und zog sich zurück.

Hermann hängte noch seine Badehose zum Trocknen auf und pfiff dazu seinen Songentwurf mit der neuen Bridge. Dann sank er ins Bett und freute sich auf den Schlaf.

Sonntag, 30. Juli

Ein Wohlgeruch holte Hermann aus irgendeinem Konflikt mit einem untersetzten Bademeister mit Fischkopf in den Wachzustand. Kaffeeduft! Der Blick zum Wecker liess Hermann stutzen. 10 nach 10! Bis so spät hatte er schon ewig nicht mehr geschlafen. Nach der Morgentoilette ging er in die Küche und schloss sich seiner Fussballmannschaft beim Frühstücken an. Der Kaffee war köstlich. Mani begann seine Tischgenossen mit Witzen zu unterhalten. In diesem Fach war er Meister. Ein Arbeitskollege versorgte ihn laufend mit neuem Material. Gerade als Melanie einen Schluck aus ihrer Tasse nehmen wollte, schlug Mani mit einer weiteren Pointe so pointiert zu, dass Mel vor Lachen ihren Mundvoll Kaffee quer über den Tisch und Hermann übers Shirt prustete.
«Oh, neiin! Sorry!»
«Nicht schlimm! Weiss steht mir sowieso nicht.»
Nachdem sie zusammen die Küche klar gemacht hatten – Mani trocknete das Geschirr sitzend ab, sogar als Invalider und ohne zu Maulen –, ging Hermann sein Hemd wechseln und ein Taxi rufen.

Melanie hatte sich offenbar so gut organisiert, dass sie ein Kleid mit Blumenmuster und ein Paar Ballerinas im Gepäck gehabt hatte. Hermann war ziemlich beeindruckt von ihrer Erscheinung. Neben ihr wirkte Mani in seinen Trainerhosen gelinde gesagt unvorteilhaft gekleidet. Aber mit dem dicken Verband am Fuss hätte er selbst dann keine Stoffhose überziehen können, wenn er gewollt hätte. Hermann erbarmte sich seiner und ging ihm sein schönes Paisley-Seidenhemd holen.
«Hier, zieh das an! Das kompensiert dein Beinkleid wenigstens ansatzweise.»

Als Mani das Hemd ohne Weiteres entgegennahm und gegen sein unförmiges T-Shirt austauschte, begann Hermann zu realisieren, dass sein Bruder gerade im Begriff war, eine wundersame Metamorphose zu vollziehen. Treppab zu kommen, stellte sich als logistische Herausforderung heraus. Hermann stützte Mani, während Melanie die Krücken und Geschenkpakete hinuntertrug.

Unten wartete Sämi vom Taxi Tirggel. Er grinste ihnen entgegen, als wäre das sonntägliche Sommerwetter ihm zu verdanken. Sobald alles verstaut war, fuhren sie los. Die Eltern Schmid wohnten immer noch an der Dorfstrasse, im gleichen Haus, in dem Mani und Hermann aufgewachsen waren. Eines der wenigen Häuser, die nicht der Eisenbahnergenossenschaft gehörte. Das Quartier hatte sich trotz umfassender baulicher Erneuerungen über die Jahre wenig verändert. Im Vorgarten war eine Art Maibaum aufgerichtet, mit einem Holzschild, auf dem in geschwungener Pinselschrift «Benno 60» geschrieben stand.
Mani, Melanie und Hermann stellten sich vor der Haustür auf und intonierten spontan ein «Happy Birthday» in zweieinhalb verschiedenen Tonlagen, als die Tür aufging. Papa Benno stand ihnen leicht verlegen gegenüber, bedankte sich für das Ständchen und bat herein. Mama Felicitas kam aus der Küche hinzu und hiess die Neuankömmlinge willkommen. Hinter ihr tauchte Céline auf, die offenbar dabei war, die Häppchen vorzukosten. Mampfend umarmte sie Mani und Hermann und stellte sich Melanie vor.
«Hallo! Céline. Ich bin die kleine Schwester von denen da.»
«Hi! Ich bin Melanie. Nichts gegen die da, die sind schwer in Ordnung!»
Die Prozession begab sich durch das mit Girlanden ausgestattete Wohnzimmer hinaus auf die Terrasse, wo unter Sonnenschirmen auf zwei langen Gartentischen unzählige

Platten mit Leckereien aneinandergereiht waren.
«Papa hat seine Spezial-Speckschnecken gebacken!», pries Céline an. «Und die Guacamole und die mexikanischen Maisrouladen sind auch super! Die hat Mama gemacht.»
Während man noch etwas herumstand und sich über Manis Unfall erkundigte, entkorkte Vater Schmid eine Prosecco-Flasche und füllte die Gläser auf dem üppig dekorierten Esstisch. Für gewöhnlich war es Céline, die mit ihren immer mal wieder neuen Lebensentwürfen das allgemeine Interesse auf sich zog. Ob Sabbatical in Indien, Weiterbildung zur Cranio Sacral Therapeutin oder Bekehrung zum Buddhismus, bei Céline gab's immer Neuigkeiten. Diesmal aber zog die Aufmerksamkeit ihre Kreise mal nicht um sie, obwohl sie eine mutmassliche Glutenunverträglichkeit und die verschiedenen Behandlungsansätze zu bieten gehabt hätte. Die Eltern Schmid hatten den Festtagsschmaus extra mit glutenfreien Zutaten zubereitet. Im Zentrum stand für einmal Mani, oder vielmehr waren es sein Fuss und seine Freundin. Mani hatte zwar nie Probleme gehabt Frauen kennenzulernen, aber bisher waren die Bekanntschaften stets von kurzer Dauer gewesen und hatten sich der Einführung in die Familie nicht als würdig erwiesen.
Mama Schmid gab sich erdenkliche Mühe sich nicht anmerken zu lassen, was offensichtlich war. Die Neugier auf die herzige junge Frau, die ihr Mittlerer ihr da nach Hause brachte, versuchte sie in unaufdringliche, scheinbar beiläufige Fragen zu verpacken. Auch Céline wollte einiges erfahren, beispielsweise, wie um alles in der Welt Melanie auf Mani gekommen war. Hermann musste sein Schmunzeln mit einem schnellen Schluck aus der Flûte runterspülen.

Natürlich musste sich Hermann von seiner Mutter die Frage gefallen lassen, wann denn er wieder einmal ein nettes Mädchen heimbringe, auf die sie offenbar keine präzise Antwort

erwartete, denn sie wandte sich unversehens an Céline und warf ihr vor, auch so ein hoffnungsloser Fall zu sein.
Den nicht unerheblichen Fixpunkt in Célines wandelhaftem Leben, ihre Beziehung zu ihrer Mitbewohnerin Meret, hatte Hermanns Schwester in ihrer Familie nie zum Thema gemacht.
Der Jubilar sass indessen still, seine Pfeife schmauchend am Tisch und war Nebensache. Papa Benno war es so am wohlsten. Er mochte kein Tamtam um seine Person, und er war sichtlich zufrieden damit den häuslichen Frieden beinahe aufs Spiel gesetzt zu haben, indem er seiner Frau untersagt hatte ein grosses Fest zu organisieren und aus seinem runden Geburtstag eine «Hundsverlochete» zu machen, wie er solche Anlässe zu nennen pflegte.
Hermann fiel in diesem Zusammenhang der gefürchtete Einstand seines neuen Chefs ein. Er berichtete seinem Vater von der Einladung und vom Eindruck, den er von seinem angehenden Vorgesetzten hatte. Benno Schmid war als Maschinenbauingenieur seit seiner Ausbildung bei der Sulzer AG angestellt und hatte schon manchen Wechsel in der Teppichetage miterlebt. Er legte seine Hand auf Hermanns Arm, sah ihm in die Augen und sagte im Brustton der Erfahrung: «Weisst du, solche Probleme lösen sich manchmal von ganz alleine.»
Hätte Hermann auf einer Internetseite Rat gesucht und diese Weisheit mit auf den Weg erhalten, hätte er die Rückfrage «War das hilfreich?» wohl mit einem «Nein» weggeklickt. Und trotzdem fühlte sich Hermann, als hätte ihm sein Vater gerade einen Blick auf die Wahrheit gewährt. Die Bedeutsamkeit des Moments wurde von Frank Sinatra zerstreut, der irgendwo in Miniatur «Love and Marriage» sang. Melanie sprang von ihrem Stuhl hoch, kramte den Quell der Töne aus ihrer Tasche hervor, hielt ihn sich ans Ohr und machte ein paar Schritte in den Garten hinaus. Her-

mann gluckste. Wie trefflich, die Titelmelodie von «Eine schrecklich nette Familie» zur Schmid'schen Familienfeier! Die TV-Serie war in seiner Kindheit im Fernsehen gelaufen und hatte ihn zum Lachen gebracht, obwohl er mehrheitlich nicht wusste, warum. Vielleicht hatte er sie einfach lustig gefunden, weil sein Papa so herzhaft darüber lachen konnte.

«So, meine Lieben, das Buffet ist eröffnet. Greift zu, gell, und Benno, schenkst du bitte nach, ja?» Felicitas hatte in der Mitte der Terrasse Aufstellung genommen und übernahm mit souveräner Gestik die Rolle der Zeremonienmeisterin. Hermann fühlte sich einmal mehr gleichzeitig an Frau Rutishauser vom Drop-in und an Edgar erinnert.
Melanie kehrte gerade von ihrem Telefongespräch im Garten zurück und sagte zur versammelten Runde auf der Terrasse: «Entschuldigung, das war meine Mutter. Sie lässt unbekannterweise grüssen.»
Mama Schmid liess nachträglich zurückgrüssen, führte Melanie zum Buffet und erklärte ihr, was es alles zu essen gab, was sie unbedingt probieren musste, und Benno, er solle doch Melanies Glas nachfüllen.
Daraufhin bedienten sich alle am Buffet, ausser Mani, dem Felicitas einen vollgepackten Teller an seinen Platz am Tisch brachte. Man sass und ass und erfuhr allerlei, zum Beispiel, dass eine von Felicitas' Hammondorgelschülerinnen Depressionen hatte, und die Musikstunden sich zu psychologischen Beratungssitzungen gewandelt hatten. Die Leckerbissen wurden gelobt, was zum regen Austausch von Tipps und Rezepten führte. Céline warnte vor Gluten und erklärte, wie es bei der Getreideverarbeitung zustande kam. Das Gespräch erhitzte sich im gleichen Mass, wie die Temperatur auf der Terrasse die Gäste, und führte über diverse Skandale in der Lebensmittelindustrie über die Erderwär-

mung zu den Bewässerungsproblemen beim Gärtnern. Nach der dritten Flasche Prosecco wurden Rufe laut, Benno solle seine Geschenke auspacken.
Er machte ein Gesicht, als würde er zur Schlachtbank geführt und kämpfte sich alsbald durch Schleifen, buntes Papier und Schachteln. Célines Gutschein für ein «Wellness-Weekend für den Mann über 50» mit Partnerin sorgte für allgemeine Heiterkeit, am wenigsten beim Beschenkten, dafür umso mehr bei dessen Partnerin. Felicitas' Geschenk stand bereits im Garten und hatte mit seiner auffälligen Grösse schon zu Spekulationen geführt. Es waren Mutmassungen angestellt worden, ob im Falle eines Riesengartenzwerges das Wort nicht «Gartenzwergriese» lauten sollte. Die Enthüllung des verpackten Kolosses kam der Entweihung eines Kunstwerks von Christo und Jeanne-Claude gleich.
Es war ein dekorativ wirkender, solarbetriebener Springbrunnen aus Steinharz. Er erntete rundum anerkennendes Nicken und Murmeln. «Momol!» «Nicht schlecht!» «Hübsch!»
Benno freute sich sichtlich und umarmte seine Wohltäterin. Sie hatten die Anschaffung gemeinsam vorbesprochen, weil sie beide gern die Vögel im Garten beobachteten und ihnen bei diesen hohen Temperaturen eine Badegelegenheit bieten wollten.
Als letztes kamen die schwer einschätzbaren, unförmigen Pakete von Mani und Hermann – und eigentlich auch von Melanie – an die Reihe. Als erstes davon rollte Benno die Angelrute aus dem Geschenkpapier.
«Höi!» Benno strahlte mit solchem Stolz, als hinge bereits ein schwerer Hecht an der Schnur. Dass Benno Schmid sprachlos war, entsprach eigentlich seinem Normalzustand, aber die Art, in der ihm beim Auspacken der Anglerausrüstung die Worte fehlten, verriet blanke Begeisterung.

Nach dem letzten entblätterten Paket hielt Papa Schmid den Gutschein in der Hand und holte Luft. «Ihr seid – also – das ist jetzt wirklich – Spitze!» Benno ging reihum Hermann, Mani und Melanie die Hand schütteln.
«Es war Melanies Idee», verriet Hermann, «Mani und ich waren unsicher, ob dir so was Freude machen würde.»
Während Felicitas hineinging, um kurz darauf mit einem Stapel Spiele auf die Terrasse zurückzukehren, begann Benno von den Anglererfolgen in seiner Kindheit zu erzählen, die so gar nicht mit Tante Emilies Schilderungen übereinstimmen wollten. Doch doch, das Fischen sei eine alte Leidenschaft von ihm. Als Bub hätte er regelmässig mit Ferdi und Bruno beim Reusszopf geangelt und ein paar schöne Fänge nach Hause gebracht.
Hermann zwinkerte Mel zu, und Mani tätschelte lobend – oder was er darunter verstand – ihre Schulter: «Gar nicht so übel, für eine Frau!»
Céline schenkte ihm dafür einen strafrechtlich relevanten Blick, und Hermann überlegte sich einen Moment lang für einen guten Zweck auch mal gewalttätig zu werden.
Aber Mama Schmid entschärfte die Lage flink mit dem Vorschlag zusammen ein Monopoly zu spielen, gegen den alle sofort protestierten. Alle ausser Benno, der fasziniert in seine Sammlung von Ködern vertieft war. Céline war für «Lügen» und Mani brachte «Meiern» ins Spiel. Doch beide wurden von Melanies Idee ausgestochen zu «werwölfle». So ward der Tisch für eine ganze Weile ein Ort der Verdächtigungen, des gegenseitigen Fressens und Lynchens und scheinheilig vorgetragener Räuberpistolen, bis die Torte aufgetragen wurde.

Papa Benno blies die Kerzen aus und erntete Beifall, als hätte er noch nie Beachtlicheres geleistet.
«Komm, Céli, mach du das!» Damit drückte Benno seiner

Tochter das Kuchenmesser in die Hand. Diese hielt das Tatwerkzeug einen bedeutsamen Moment innehaltend in die Höhe und schnitt schliesslich zögernd gleichzeitig die gewichtige Torte und das ebenso wenig leichte Thema an.
«Meine Lieben, ich muss euch etwas sagen ...»
Mani setzte die «Oha, Céline lässt ihre neuste Bombe platzen»-Miene auf und sprach aus, was alle Schmids dachten:
«Achtung!...»
Dabei grinste er seine Schwester so offensiv an, dass die Heiterkeit ihres Bruders ihr ausnahmsweise Mut machte. Ihre Mundwinkel zuckten leicht nach oben, und sie begann sich zu erklären, während sie abwesend Stücke aus der Torte sägte.
«Es ist nichts Schlimmes. Also, eigentlich ist es schön. Für mich. Und normal ... Aber es gilt nicht als normal, und für euch ist es wohl unerwartet. Und gewöhnungsbedürftig, vermutlich. Bitte versprecht mir, dass ihr nicht ausflippt!»
«Ach was!», wurde gemurmelt, «stell dir auch vor!» Felicitas stand auf und ging um den Tisch um ihre Arme um ihre Jüngste zu legen.
«Aber Meiteli, so schlimm kann es doch gar nicht sein!»
«Eben, Mami, es ist nicht schlimm. Das ist es ja gerade. Ich muss euch etwas gestehen, was unter anderen Vorzeichen eine freudige Botschaft wäre.»
Mutter Schmid war sofort klar, was los war. Sie drückte ihre Juniorin heftig an sich. «Jesses, Kind, du bist schwanger! Darum die Blähungen ... von wegen Gluten!»
Céline löste sich aus der mütterlichen Umarmung und seufzte tief. «Nein, Mami, nicht schwanger, sondern lesbisch.»
Felicitas schien in Schockstarre verfallen zu sein, und Benno sass mit blankem Gesichtsausdruck am Tisch. Ihm schien es peinlich zu sein, und ihr jagten wohl Dinge durch den Kopf, die sie in der Erziehung ihrer Tochter falsch ge-

macht haben musste. Da begann Mani zu lachen. Melanie schubste ihn an, selbst mit Mühe ein Schmunzeln bändigend. Allmählich wurde auch Hermann von Manis erlösender Vergnügtheit infiziert. Céline stand da und hielt das Messer in die Torte gesteckt, als wäre sie ihr Herz.

Hermann stand auf und legte seiner Schwester die Hand auf die Schulter. «Wir lachen dich nicht aus, Céli! Wir sind nur so erleichtert, dass es eben nichts Schlimmes ist. Mani und mir war das schon lange klar. Komm, lass dich drücken!»

Felicitas erwachte aus ihrer Erstarrung und sah ihre Kinder gerührt an. «Also wirklich! Ihr hattet das die ganze Zeit gewusst? Nur wir Alten waren ahnungslos?» Sie setzte sich neben ihren Mann und hielt seine Hand. Aber Benno erhob sich, ging auf seine Tochter zu und löste Hermann beim Umarmen ab. «Da hast du uns ja einen schönen Schrecken eingejagt! Und wir hatten schon Panik Grosseltern zu werden, in unseren jungen Jahren.» Das fand zwar Felicitas nicht ganz so komisch, aber sie stimmte trotzdem ins allgemeine Gelächter mit ein.

Céline erklärte, dass Meret und sie über eine eingetragene Partnerschaft nachdächten. Felicitas wollte nun doch einige Eckdaten über die Beziehung ihrer Tochter mit deren Mitbewohnerin wissen und übertraf sich selbst in Sachen Aufgeschlossenheit, indem sie sich erkundigte, warum sie Meret denn nicht zum Fest mitgebracht habe.

Papa Schmid köpfte noch eine Flasche Prosecco zur Feier des Tages.

Hermann beobachtete gerade, wie Mani und Melanie sich verliebt ansahen, als Benno sich neben ihn setzte. Er schien etwas unentschlossen. Dann fragte er Hermann, warum er damals eigentlich mit Bibi auseinandergegangen sei.

«Ach, weisst du, wir hatten einfach zu verschiedene Lebensentwürfe. Und ich hatte wohl auch zu wenig Zeit für gemeinsame Unternehmungen. Wir waren im Grunde einfach zu untersch...» – da dämmerte es Hermann, was sein Vater wirklich von ihm wissen wollte. Er lachte, stand auf, hob sein Glas und richtete sich an alle. «Auf Papas Geburtstag! Und auf Célines Coming Out! Ich bin zwar nicht homosexuell, aber ich kann mir trotzdem gut vorstellen, wie schwer es Céline gefallen sein muss, uns zu verkünden, dass sie lesbisch ist. Wir stehen voll und ganz hinter dir!» Hermann prostete seiner Schwester zu, und alle taten es ihm gleich, auch der erleichtert lächelnde Papa.

Die Gespräche begannen sich nun doch noch um Céline zu drehen. Der Nachmittag zog sich dahin, die Hitze machte träge, und alle waren viel gesessen und hatten viel gegessen. Gegen sechs Uhr gab Mani bekannt, das Sitzen setze ihm zu, was bei allen Gästen ein zustimmendes Gemurmel weckte. Aufbruchstimmung kam auf. Tellerstapel wurden hineintransportiert, zerknüllte Geschenkpapierknäuel entsorgt, Dankbarkeiten, Umarmungen und Wünsche ausgetauscht, und Céline wurde von Felicitas ermahnt, nächstens einmal das Meret mitzubringen. Benno bestand darauf seine Kinder heimzufahren und holte den Wagen aus der Garage.
Mani zeigte seinen Geschwistern ein «Ätsch», weil er vorne sitzen durfte, während Céline, Hermann und Melanie sich frotzelnd auf die Rückbank quetschten.

Nachdem sie Céline in Kriens abgeladen hatten, kamen sie auf dem Weg in die Stadt in einen Stau. Im Schritttempo näherten sie sich der Ursache der Verkehrsbehinderung. Eine Ansammlung von Menschen forderte mit Transparenten und Ballons mehr autofreie Sonntage. Sie hatten einen Teil der Strasse mit Velos und Pflanzenkübeln verstellt.

Junge Familien hatten sich versammelt und Tische aufgestellt. Zwei Frauen spielten Federball, Kinder rannten umher, und ein Hund jagte einem Stöckchen hinterher, genau vor Bennos Auto. Dieser konnte den Wagen gerade noch rechtzeitig zum Stehen bringen. Ein junger Vater mit seinem Sprössling im Gepäckträger-Kindersitz war Zeuge der Szene geworden. Er näherte sich von rechts her ihrem Auto, zeigte ihnen den Stinkefinger und pfutterte etwas von «Mobilitätsterrorismus».

Das haute Benno Schmid nun aber den Nuggi raus. Er liess die Scheibe runter und raunte: «Ich habe schon für autofreie Sonntage demonstriert, da wurde noch mit Jute statt Plastik verhütet, du Grünschnabel!»
«Warum fährst du dann mit deiner Karre rum?», blaffte der Andere zurück.
«Mani, zeig's ihm!», ordnete Papa an. Mani öffnete die Beifahrertüre und streckte sein Bein heraus, direkt unter die Nase des Protestlers, der verdutzt darauf hinunterblickte.
«Der Göppel steht sonst nämlich immer in der Garage. Unser Nachbar, der neu-grüne Herr Stadtrat blocht da wesentlich mehr in der Gegend rum. Bring doch dem ein Ständchen!» Benno schnaubte.
«Okay...», kam es kleinlaut vom Demonstranten.
Mani packte wieder ein, Autofenster und -türe wurden geschlossen, um nicht zu viel von der klimatisierten Luft zu vergeuden, und Vater Schmid grummelte vor sich hin. «Meinen, sie hätten den Umweltschutz erfunden ... grün vor allem hinter den Löffeln ...» Dann gab er Gas. Es ging wieder voran.

Zehn Minuten später kamen sie in der Sempacherstrasse an. Hermann half seinem Bruder treppauf in ihr trautes

Heim. Melanie, die bei der Verabschiedung von Benno mit tief empfundener Dankbarkeit bedacht worden war, meldete sich schweren Herzens für die Nacht bei Mani ab, weil sie noch was fürs Studium vorbereiten und wieder mal ihre eigenen vier Wände berücksichtigen müsse.

Die beiden Brüder sassen einige Zeit am Küchentisch und schwiegen. Sie fühlten sich irgendwie verkatert, obwohl sie nicht übermässig getrunken hatten. Hermann schlug ein Schnäpschen vor, aber Mani winkte ab. «Hast du das wirklich gewusst? Ich meine wegen Pumuckl», wollte Mani von Hermann wissen.
«Pumuckl» war Manis Übername für seine Schwester wegen ihrer rot gefärbten und oft kühn gestylten Haare.
«Na ja, gewusst nicht. Aber ich hatte so ein Gefühl. Du nicht?»
«Och … Keine Ahnung. Hab nicht drüber nachgedacht.»
Schweigen.
Dann kam von Mani eine Frage, die Hermann überraschte: «Meinst du, sie ist glücklich?»
Hermann dachte nach. Nach einer Weile antwortete er zögernd: «Weisst du, ich glaube, sie ist vielleicht nicht direkt unglücklich. Aber sie scheint mir immer auf der Suche danach zu sein, wer sie ist.»
Mani runzelte belustigt die Stirn und zuckte die Schultern. «Soll doch mich fragen, und ich sag's ihr einfach.»
Hermann war fast erleichtert. Das war wieder sein Bruder, wie er ihn kannte.
Nach einer Weile trollte sich Mani vor den Fernseher.

Hermann zog sich in sein Zimmer zurück, startete sein Laptop auf und begann mithilfe der Tonskizze von seinem Handy seinen Song zu vervollständigen. Wäre die Bridge-Melodie nicht sowieso in seinem Gedächtnis hängen geblieben, hätte er sie an seinem gehauchten «Dudu-dumm-die-diie» mit

Freibadgeräuschen im Hintergrund wohl kaum erkannt. Es kostete ihn einige Zeit, bis er einen Schlagzeug-Loop fand, der seiner Vorstellung entsprach. Auch mit seiner gesanglichen Leistung war er lange nicht zufrieden. Er hatte Scheu aus voller Kehle zu singen, was der Gesangslinie etwas blödsinnig Gehemmtes verlieh. Okay, es handelte sich bei der Aufnahme ja nur um einen Entwurf. Und ausserdem hatte Hermann keine Ahnung, was er damit anfangen sollte. Aber das war ihm egal. Auch wenn kein Ohrenpaar ausser seinem eigenen dieses Home Recording je zu hören bekommen würde, sollte es gut klingen.
Als er die Aufnahme so weit fertig hatte, wie es sein Ehrgeiz an diesem Abend zuliess, holte er sich in der Küche zur Belohnung ein Bier und entschied, sich dieses auf der Dachterrasse zu gönnen. Mani war vor dem Fernseher eingeschlafen und gab beim Ausatmen ein so faszinierendes Pfeifen von sich, dass Hermann überlegte, es aufzunehmen. Aus Pietätsgründen verwarf er diesen Plan gleich wieder. Er packte sein Zigarettenpäckchen in seine Hosentasche und machte sich auf zum Aufstieg aufs Dach.

Oben hatte es drei Leute von der anderen Hausseite. Ihre Stimmen waren nur entfernt zu vernehmen. Die Geräusche aus den Strassen ringsum übertönten sie. Die Dachterrasse war durch eine Reihe Kübelpflanzen aufgeteilt, und Hermann hatte seine Hälfte für sich. Er sah empor in einen klaren Sternenhimmel, setzte sich mit einem Seufzen der ultimativen Entspanntheit in einen der abgenutzten Gartenstühle, als handelte es sich um eine todschicke Luxus-Lounge, steckte sich eine Zigi an, öffnete seine Bierbüchse und prostete dem Himmelszelt zu. Dieses antwortete prompt mit einem weit ausladenden Lichterregen und einem kurz darauf folgenden Knall. Hermann war baff. Es folgten weitere Feuerwerksbilder in anderen Farben, die allesamt auf ihn zukamen, als wären sie persönlich für ihn gezündet worden. Gerade als er sich zu wundern begann, warum keines der Feuerwerke seinen Namen an den Nachthimmel zeichnete, war der Spuk vorüber. Hermann blickte noch eine Weile empor. Die Eindrücke der vergangenen Tage rieselten über ihn, wie es eben noch die bunten Lichter getan hatten. Seine Familie, Edgar und die Menschen, denen er durch Linos Tod zum ersten Mal begegnet war, bevölkerten seinen Kopf. Die betörende Velomechanikerin Angelika fiel ihm ein, die doch tatsächlich mit seinem alten Bassisten Terry zusammen war. Der Abend im Sedel zog durch Hermanns Gedanken. Dann tauchte Dudu auf. Und schliesslich auch Lino. Beide würden nie mehr in den Himmel hinaufsehen und ein Bier trinken.

Die Zeit verging, und kein Moment kam zurück. Man ging in seinem Trott durchs Leben wie ein Hamster im Rad, hatte ständig zu wenig Zeit, und bildete sich ein, Dinge aufschieben oder nachholen zu können. Arbeit füllte die Tage aus, abends war man müde, und wenn man nichts daran änderte, würde man eines Tages Dudu und Lino folgen und all die aufgeschobenen Dinge versäumt haben. Dinge wie … sich lebendig fühlen. Sollte es das dann gewesen sein? Irgendwie vermisste Hermann sich in seinem Leben. Er dachte daran, wie Mani gesagt hatte, Céline brauche nur ihn zu fragen, und er sage ihr, wer sie sei. Hermann grinste, nahm den letzten Schluck aus seiner Bierdose, stieg treppab und kehrte in die Wohnung zurück. Mani war offenbar zu Bett gegangen, und Hermann tat es ihm gleich.

Montag, 31. Juli

Hermann erwachte vor dem Klingeln des Weckers und schnupperte. Kaffee! «Und täglich grüsst das Murmeltier!», murmelte er vor sich hin. Er musste sich das einbilden. Es war vor sieben Uhr. Heute war sein Stammcafé geschlossen. Vermutlich hatte reines Wunschdenken seinen Geruchssinn genarrt. Aber auf dem Weg zum Bad intensivierte sich der Duft, und aus der Küche waren Geräusche zu hören. Hermann fiel plötzlich ein, dass Mani ja unfallbedingt nicht zur Arbeit gegangen war. Aber sollte sein Bruder Kaffee gekocht haben? Oder war Melanie frühmorgens zurückgekommen, um Mani zu umsorgen?
Im Bad sah es unordentlich aus. Das Waschbecken zierten winzige dunkle Haarschnipsel, und ein nasses Handtuch lag über dem Klokasten.
Hermann duschte, ging sich anziehen und liess sich einigermassen neugierig aufs Abenteuer Montag ein. Als er in die Küche eintrat und seinen Bruder am Herd stehen sah, staunte er ein erstes Mal. Ein zweites Mal erst recht, als Mani sich umdrehte. Der Bart war ab! «Aber hallo! Junge, Junge, du siehst ja aus wie ein Mensch!» Mani widersprach Hermanns Kommentar nicht. «Mel findet Bärte doof.»

Auf dem Tisch standen zwei Frühstücksgedecke. Zwei! Eines davon für Hermann! Mani humpelte mit dem Kaffeekrug zum Tisch und goss das duftende Gebräu in die Tassen. Hermann betrachtete ihn ungläubig und wusste nicht, ob er sich mehr über Manis Rasur oder seine Zubereitung des Frühstücks wundern sollte. Er hatte seinen Bruder seit Jahren nicht mehr ohne Bart gesehen. Dabei sah er richtig gut aus! «Grossartig, danke, Mani!» Hermann schmierte sich ein Konfibrot und strahlte dabei seinen Bruder staunend an. «Wie geht's dir mit dem Fuss?»

«Och, ganz okay. Manchmal tut's etwas weh, aber ich will nicht zum Pillenfresser werden. Wird schon wieder.»
Auf einmal kam Hermann ein Gedanke. «Du, Mani, wer bin ich?»
Der Mann mit dem neuerdings kantigen Kinn sah Hermann verdutzt ins Gesicht. «Mein Bruder.»
«Und mehr fällt dir zu mir nicht ein?»
Mani feixte. «Ach so … Pumuckl-Krise, was? Na ja, du bist ein feiner Kerl. Immer für die anderen da und so.»
Bei Hermann fiel der Groschen. Immer für andere da, aber für sich nicht. Mani hatte es wirklich drauf, einem den Spiegel vorzuhalten, und dies in wenigen, schlichten Worten.
Da fiel Hermann ein: «Oh, übrigens, du schuldest mir noch deinen Anteil an Papas Geschenk.»
Mani konterte mit seiner oberschlauen Schlaumeiermiene. «Echt jetzt! Kaum sag ich dir, dass du ein feiner Kerl bist, krieg ich die Quittung? Und was ist mit meinem Honorar als dein neuer Personal Couch, he? Hab ich recht, oder hab ich recht?»
Hermann lachte in sein Konfibrot hinein. «Okay, du bist gut, und ich spende dir was an Englischstunden, wenn du willst. Aber Vaters Fischerzeug wird brüderlich geteilt.»

Als sie mit dem Frühstück fertig waren, wollte Hermann den Kassencoupon aus seiner Brieftasche hervorsuchen, aber Mani plädierte auf Verschiebung der Abrechnung.
«Was tust du nun den ganzen Tag?», nahm es Hermann wunder.
«Rumhängen. Was lesen, vielleicht», meinte Mani.

Hermann traute seinen Ohren nicht. Sein bartloser Bruder machte Frühstück und las etwas! «Was denn so?» Hermann dachte, vielleicht meinte Mani Einträge auf «FaceBock» oder Fussballresultate.

Mani wies mit seiner Krücke auf ein Taschenbuch, das auf dem Sideboard neben der Anrichte lag. Hermann sah sich den Titel an. «Der Fänger im Roggen»» von J. D. Salinger.
«Wow!»
«Hat mir Mel geliehen.»
«Hätte ich nie erraten.» Hermann zwinkerte seinem wundersam verwandelten Bruder zu und wünschte ihm einen schönen Tag.

Mit Mappe und Käppi ausgestattet machte sich Hermann auf den Weg zur Arbeit. Bis auf einige Kondensstreifen zeigte sich der Himmel in reinem Blau. Es war beinahe frisch.
Beim Eintreten in den Bau kam Hermann Thea Loosli entgegen. Sie salutierte scherzhaft und eilte an ihm vorbei. Für die meisten war sie «die Frau Dokter» von der «Droge», weil sie mit ihrem Hochschulabschluss in Kriminalistik bei ihrer Funktion in der Fachgruppe Betäubungsmitteldelikte eigentlich fehl am Platz war. In Anbetracht ihrer Ausbildung und Qualifikation gebührte ihr eigentlich ein deutlich höherer Rang in der Hackordnung. Sie leistete Tag für Tag hervorragende Arbeit und wurde Jahr um Jahr beim grossen Sesselrücken übergangen. Als Hermann eine Stimme «Morgen, Hermann!» sagen hörte, stellte er fest, dass er sich nach Thea umgedreht hatte. Edgar grinste ihn an. «Soso!»
«Äch, Edgar, nicht was du denkst! Ich wollte sie was fragen, aber sie hat es offenbar eilig. Nachher muss ich dann kurz bei der ‹Droge› reinschauen.»

Die beiden Männer nahmen die Treppe, und Hermann berichtete Edgar von seiner Zufallsbegegnung im Spital und seiner Vermutung zu «Frau Holle». Ausserdem kündigte er an den Sedelhauswart aufzusuchen, um ihn nochmals zu

befragen. Edgar dankte ihm und erklärte mit eingetrübter Miene, er müsse sich wohl noch um ein Einstandsgeschenk für Norbert Hürzeler kümmern.
«Trag das doch Eveline von den ZD auf. Die kommt ja ständig für irgendwelche Geschenke sammeln und organisiert so was scheinbar leidenschaftlich gerne.»
«Gerne und gut sind zwei verschiedene Paar Schuhe, Hermann. Hürzeler ist kaum der Typ für Säuglingsrasseln oder Gutscheine für Wellnessweekends ...»
Hermann musste schmunzeln. Er erinnerte sich an den Gesichtsausdruck seines Vaters bei der Aussicht auf ein solches Wochenende und stellte sich amüsiert seinen neuen Chef bei Hot-Stone-Massagen und Aromatherapiebädern vor.
«Angelt er? Vielleicht wäre eine Fischerausstattung was für ihn?»
Edgar bedachte seinen Mitarbeiter mit einem seiner Blicke. «Der hat keine Zeit zum Angeln zu haben! Wenn schon, wär das was für mich und meine Beiz. Fisch, frisch auf den Tisch. Am Wirtesonntag vom Wirt geangelt.» Diese Idee schien Edgar Glinz zu beflügeln. Die Aussicht auf sein gastronomisches Unternehmen regte ihn sichtlich an.
Hermann dankte im Geiste Melanie, die für ihn, ohne es zu wissen, nun auch ein Abschiedsgeschenk für seinen Chef gefunden hatte und kehrte in sein Büro zurück.
Im Intranet warteten zwei Berichte auf ihn. Einer war von der Spurensicherung zu Daten aus Linos Handy, der andere stammte von der Medienstelle und beinhaltete eine Randnotiz aus der Zeitung mit der Überschrift «Toter im Musikzentrum Sedel». Immerhin enthielt der Zeitungsartikel keine Unwahrheiten. Es war die Rede von einem bislang unaufgeklärten Todesfall eines Secondos. Irgendwie kam die Presse immer zu Hinweisen, man konnte nur froh sein, wenn kein spekulativer Journalismus ins Spiel kam.
Auf Linos Handy waren gemäss SpuSi in den Tagen vor

seinem Tod diverse Textnachrichten versandt und empfangen worden, deren Inhalte Hermann keine Rätsel aufgaben. Fünf Nachrichten wurden in einer Gruppe mit Vico und Mandy ausgetauscht, in denen es ums Abmachen der Probe und Mitbringen von Getränken ging. Einige andere waren an und von Terry. Sie hatte von Lino wissen wollen, wo er sei und wann er sich mal blicken liesse und hatte diese Fragen mit ein paar für sie typischen Kratzbürstigkeiten gewürzt. Er hatte darauf mit verblüffender Gelassenheit und sparsamer Information reagiert.
Hermann wurde bewusst, dass er den Toten anhand der Textnachrichten quasi posthum sprechen hörte – ohne Stimme freilich. Diese würde er wohl höchstens als Singstimme vernehmen können, wenn er sich einen Song von «The Men» anhören würde.

Gedacht, getan. Hermann wurde auf Youtube sofort fündig. Ihm gefiel, was er sah und hörte. Da war er, der junge Mann, der nun in der Pathologie im Kühlfach lag, rannte im Video quicklebendig über die Bühne, riss Posen und schlenkerte seine dünnen Beine in reinster Mick-Jagger-Manier. Seine tiefhängende Gitarre spielte eher eine dekorative Rolle. Die Saitenarbeit erledigte Bootie, der dicke Riffs über den satt rollenden Boden der Rhythm Section schickte, während er hin und her tigerte. Vico wiegte seinen Oberkörper rhythmisch zum Drumpattern, und Mandy wirkte hinter seinem schwarzen Preci so was von abgeklärt, als hätte er die Coolness erfunden. Linos Stimme hatte etwas leicht Heiseres, für das weibliche Publikum eindeutig Aufreizendes.
Die Aufnahme stammte laut Legende von einem Live-Auftritt in einem kleinen Lokal in Whitby, in dem eine Stimmung herrschte, wie man sie hierzulande bei Konzerten selten antraf.

Es klopfte, die Tür wurde geöffnet, und Hermann klickte das Video mit gleicher Eile still, wie Teenager heimlich gerauchte Zigaretten ausdrückten, wenn ihre Mütter in ihre Zimmer traten. Kurt Bühlmann schloss die Tür hinter sich und fixierte Hermann über seine Lesebrille hinweg, als würde er ihn gleich ausschimpfen.
«Es ist nicht das, wonach es sich anhört, Kurt! Der Tote war Musiker. Das gehört zur Recherche. Schau mal her!» Damit winkte Hermann seinen Kollegen zu sich und wies auf den Bildschirm, auf dem die erstarrte Momentaufnahme des Videos zu sehen war. «Lass mal laufen!», meinte Bühlmann. Hermann drückte auf seine Maus, und die Rockhölle tobte weiter. Kurt gab durch seinen rotierenden Zeigefinger zu verstehen, dass er den Song zu Ende hören wollte und deutete dann mit demselben Finger nach oben weisend an, Hermann solle lauter stellen, was dieser mit leichtem Unbehagen tat. Nächstens würden womöglich sämtliche Kollegen aus dem Stockwerk hereinstürmen und sich beschweren. Aber nichts dergleichen geschah. Stattdessen stand Kurt Bühlmann, der Dienstälteste aus der Spurensicherung, mit verschränkten Armen da und nickte mit geschlossenen Augen seinen Kopf im Takt, bis das Video fertig war. «Nicht schlecht, Herr Specht! Lieber so was als Helene Fischer.»
Hermanns Verblüffung wurde durch ein weiteres Klopfen an der Tür zerstreut. Eveline von den Zentralen Diensten trat mit ihrem Kässeli ein, das sie ihren Mitarbeitenden mit schöner Regelmässigkeit unter die Nase hielt, zusammen mit einer Karte zum Unterschreiben und einem Präsent, das zu präsentieren sie vor Stolz jeweils schier verhudelte. Sie breitete vor Hermann eine Unterlage mit einer grossformatigen Glückwunschkarte aus, die schon an die zwanzig Unterschriften zierten, und flötete: «Darf ich euch um euer Autogramm bitten, meine Lieben? Ein kleines Willkom-

men für Herrn Hürzeler. Und steckt doch ein Nötli ins Säuli, bitte!» Damit wies sie auf den Schlitz, der das grinsende Maul des Schweinegesichts bildete, das ihr Kässeli darstellte. Sie trug weisse Baumwollhandschuhe, um die Karte nicht zu beschmutzen. So weit ging ihre Hingabe an ihre selbstauferlegte Aufgabe.
Kurt brummelte etwas von Portemonnaie nicht dabei, soll nachher in seinem Büro oben vorbeikommen und übernahm den Stift von Hermann, um sein schwungvolles Gekritzel mit Ü-Punkten unter die anderen Signaturen zu setzen. Während Hermann seine Brieftasche hervorkramte, wunderte er sich über das Fehlen Evelines gewohnt atemloser Vorstellung der ultimativen Geschenkidee. «Evi, was haben wir denn für Hü… für Herrn Hürzeler?»
Eveline war schlagartig untröstlich. «Ach, Hermann, eben noch nichts! Edgar hat mir ja erst vorhin den Auftrag erteilt, und ich kam einfach noch gar nicht dazu, mir…»
«Helene Fischer!», unterbrach Kurt sie trocken. «Kauf ihm ein Ticket für ein Konzert von der, das gefällt dem garantiert!»
Hermann und Evi strahlten Kurt Bühlmann genau gleich begeistert an, wenngleich die Gründe für die Begeisterung Welten auseinanderlagen.
«Geniaaal!», quietschte Evi. «Kudi, du bist ja der reinste Partyknüller!» Eveline sammelte sorgfältig ihre Unterlagen ein, drückte dem perplexen Kurt einen schmatzenden Kuss auf die Wange und stöckelte beglückt aus dem Raum.
Als sich Kurt Bühlmann wieder gefangen hatte, stimmte er in Hermanns Gelächter mit ein. Mit einem Räuspern leitete er seinen eigentlichen Grund ein, weshalb er hier war. «Das Handy des Toten konnte entsperrt werden. Am Freitagabend traf kurz nach vier ein Anruf ein. Es war ein Englisch sprechender Mann. Ich rede zwar ein wenig Englisch, aber ich habe trotzdem nicht verstanden, worum es ging. Du kannst doch Englisch, Hermann. Kannst du ihn zurück-

rufen und rauskriegen, wer er ist und was er wollte?» Kurt zog einen Beutel mit Linos Handy aus seiner Aktenmappe und legte ihn auf den Schreibtisch. Hermann nickte, als sich Othmar Galliker zu ihnen ins Büro gesellte. Auch er hielt eine Aktenmappe in den Händen, die er vor Hermann auf den Plastikbeutel legte. «Darf ich?» Seine Neuigkeit brannte ihm augenscheinlich unter den Nägeln.

«Bitte! Ich bin hier fertig. Ciao, Hermann. Und danke fürs Rockkonzert!» Mit einem Schmunzeln überliess Kurt Othmar die Bühne.

«Ich sagte ja, ich knie mich noch in die Sache mit dem Vater rein. Es ist alles etwas dubios. Russi hat mir geholfen. Er hat … wie soll ich sagen … nicht direkt Informationen erhalten. Aber es scheint so, als wäre der Vater des Toten vor ein paar Wochen untergetaucht, und Russi meinte, alles weise auf mafiöse Verbindungen hin. Frag mich nicht. Russi hat da ein Gespür …»

Hermann blickte eher ratlos zu seinem Kollegen auf. «Also, das ist natürlich interessant. Aber meinst du, die Mafia würde hier im Sedel in einen Proberaum hereinspazieren und den Sohn eines Rivalen mit einem altmodisch lackierten Gegenstand erschlagen? Arbeitet die Mafia nicht eher mit Schusswaffen?»

Othmar sah enttäuscht aus. «Aber die Mafia treibt hier ihre Blüten. Das darf man nicht unterschätzen! Und der lackierte Gegenstand könnte so eine rituelle Sache sein.»

Hermann stellte sich zwei dunkle Typen in Nadelstreifenanzügen und Borsalinohüten vor, wie sie zu Lino in den Proberaum eindringen und ihm mit dem Fuss eines alten Turnbarrens den Schädel einschlagen, den sie als rituelle Tatwaffe mitgebracht haben und wieder mitnehmen. «Ich weiss nicht, Othmar … Der Vater ist ja schon in den Neunzigerjahren abgehauen und hat die Familie im Stich gelassen.»

«Aber das sind *Italiener*, Hermann! Wir verstehen das nicht.» Othmars Gesichtsausdruck, wie er «Italiener» sagte, hätte hervorragend zum Wort «Ausserirdische» gepasst.
Hermann nahm seine Mappe, holte Linos Devotionaliendose hervor und drückte sie Othmar in die Hand. «Hier, schau mal, ob der Zettel und die Fotografie da drin in dein Schema passen. Vielleicht hat der Vater ja da mal den Heiligen Gral der Mafiosi vergraben.»
Othmar Galliker öffnete die Schatulle und besah sich die Gegenstände darin. Dann klappte er sie zu, nahm seine Aktenmappe wieder an sich und wandte sich zum Gehen. Mit leicht beleidigtem Unterton warf er über seine Schulter: «Du hältst wohl nichts von der Mafia-Theorie, oder?»
«Trotzdem vielen Dank für deine Arbeit, Othmar! Vielleicht irre ich mich ja. Komm wieder, wenn du was hast, ja?»

Im Bericht von der Spurensicherung waren nebst den Textnachrichten zwei von Linos Handy ausgehende Anrufe verzeichnet. Beide zwei Tage vor Linos Tod. Einer der Angerufenen war Celio. Der zweite Anruf war an eine Handynummer gegangen, die nicht in den Kontakten erfasst war. Hermann überlegte, was er zuerst anpacken sollte. Er hatte diesen englischsprechenden Anrufer vom Freitag zurückzurufen. Ausserdem wollte er Celio fragen, weshalb Lino ihn zwei Tage vor seinem Tod angerufen hatte. Und schliesslich musste auch diese unbekannte Nummer ausgecheckt werden, die Lino kurz nach dem Anruf an Celio gewählt hatte. Mit einem tiefen Seufzer gab Hermann seiner Motivation Ausdruck. Da fiel ihm ein, dass er zur «Droge» wollte.

In den Büros im oberen Stockwerk waren nicht viele Kollegen anwesend. Auch hier machte sich bemerkbar, dass es

Ferienzeit war. Am vierten Tisch ragte ein Bürstenschnitt mit blondiertem Streifen über den Computerbildschirm. Hermann hob die Hand, um sich bemerkbar zu machen. «Hallo!»
Die Frisur hinter dem Bildschirm schnellte nach oben und gab einem Augenpaar freie Sicht auf den Ankömmling. «Ah, hoi! Musst du zu mir?» Yannik Lüthi erhob seine ganzen 199 cm Lebensgrösse und kam auf Hermann zu. Bei einem Casting für einen Film über Jugend und Sport im Dritten Reich hätte er beste Chancen gehabt. Aber Yannik war laut seinem Ruf unter den Kollegen ein «Sozi-Softie» und ein netter Kerl.
«Ja, wenn du kurz Zeit hast. Ist euch eine Dealerin mit Kosenamen ‹Frau Holle› bekannt?»
Hermann hatte erwartet, dass sein Kollege sich gleich wieder hinter den Bildschirm begeben und die Datenbank bemühen würde. Dieser lachte stattdessen und stützte die Arme in die Hüfte. «Nein.»
«Okay … dann …» Verblüfft über die prompte Antwort begann sich Hermann zum Rückzug abzudrehen, als Yannik erneut lachte. «Keine Dealerin. Es ist ein Typ. Er heisst irgendwie … warte kurz!» Yannik trabte hinter seinen Schreibtisch zurück, tauchte hinter dem Bildschirm unter und nach kurzer Zeit wieder auf. «Duvoisin. Valentin.»
«Ach!» Hermann staunte. «Auf freier Wildbahn?»
«Wir hatten ihn schon ein paar Mal im Verhör. Konnten ihn bislang nicht dingfest machen. Ist ein schmieriger Lackaffe.»
Beim Wort «Lack» merkte Hermann auf. «Dealt er auch mit Lacken?»
Yannik Lüthi guckte verdutzt. «Weiss nicht … Wie meinst du?»
«Schon gut! War nur so ein Gedanke. Die Tatwaffe bei unserem Totschlag war ein lackierter Gegenstand. Hast du eine Adresse?»

Der Hüne verschwand wieder hinter seinen Bildschirm und las von dahinter vor. Hermann notierte sich alles, bedankte sich und wandte sich zum Gehen.
«Wart schnell! Hat der Tote konsumiert?»
Hermann erklärte seinem Kollegen, dass der Bruder des Toten mit Drogen zu tun hatte und angeblich «bei Frau Holle Kohle zu holen» pflegte.
«Ihr datet uns up, gell, wenn ihr was Konkretes habt.»
«Du meinst, wenn wir «Frau Holle» auf frischer Tat beim Schneien erwischen? Klar! Das wäre märchenhaft!»
Zurück in seinem Büro übertrug Hermann die erhaltenen Angaben in seine Akte. Valentin Duvoisin wohnte in der Vonmattstrasse, knapp ausserhalb Sichtweite der Kantonspolizei. Quasi vor ihrer Nase.
Als Hermann «Frau Holles» bürgerlichen Namen in sein rotes Büchlein schrieb, stutzte er mitten im Vornamen. «VALE…» Terry hatte einen «Vale» erwähnt, als es um ihren Seitensprung gegangen war. Und laut forensischer Analyse ihres Blutstropfens auf Linos Wange zeigte die DNS Hinweise auf Kokainkonsum! Womöglich war dieser Vale Terrys Koks-Dealer und Liebhaber. Das wäre ja allerhand! Hermann setzte sich kerzengerade auf. Da lag ein Motiv für einen Streit zwischen Lino und Terrys Lover! Möglicherweise wusste Lino auch davon, dass sein Bruder durch diesen Typen mit Stoff und kleinen «Aufträgen» versorgt wurde. Ein Durchbruch? Hermann wurde nervös. Das geschah immer, wenn er sich bei einem Fall der Lösung näherte. Es fühlte sich ähnlich an wie Lampenfieber vor einem Bandauftritt. Wenn er nun schon mal aufgeregt war, konnte er geradesogut jetzt den Rückruf an den englischsprechenden Anrufer vom Freitag in Angriff nehmen. Hermann holte Linos Handy aus dem Plastikbeutel, suchte in der Anrufliste die Nummer mit der Vorwahl von England und wählte sie. Am anderen Ende meldete sich jemand

mit einem gestresst wirkenden «Yesss? – Oh, right! You're the lad from ‹The Men›. Couldn't reach you last week. How's things, then? Could you persuade your pals to sign, at last? It can't wait forever, you know!»
Hermann unterbrach und erklärte, dass er nicht «the lad from The Men» wäre, sorry, und erkundigte sich, mit wem er denn spräche.
Der andere war kurz still. Dann stellte er sich als Robert Falseham von EMI vor und wollte seinerseits wissen, mit wem er es zu tun hatte. Hermann klärte ihn darüber auf, dass er Herman Schmid von the Police of Lucerne sei, und dass er fürchte eine schlechte Nachricht für ihn zu haben: Lino De Luca hätte der Tod ereilt.
«What?!» Robert Falseham war not amused. Er fragte, wie «the poor lad» denn gestorben sei, und Hermann musste mangels einschlägiger englischer Vokabeln umschreiben, dass man bislang über die Todesursache noch nicht schlüssig war. Das halblaute, durch die Zähne gezischte «Bloody 'ell!» war vermutlich weniger an Hermann gerichtet als die darauf folgende Frage, wieso er über Linos Mobile anrufe. Hermann erklärte, dass er im Rahmen der Investigation die Anrufe auf dem Handy des Toten zurückverfolgen musste, und Bob Falseham klang alarmiert. «Good Lord! It was murder, then?»
Hermann formulierte nochmals neu, dass ermittelt wurde, um festzustellen, ob es Totschlag oder ein Unfall war. Anyway, er könne ihm zurzeit leider lediglich versichern, dass Lino tot sei. Falseham grummelte ein paar Worte des Bedauerns, das er, wie es Hermann schien, eher mit sich selbst zu haben schien und stellte die rhetorische Frage in den Raum zwischen London und Luzern, ob EMI nicht vielleicht für Endless Mess Indeed stehe. Schliesslich wurde das Gespräch mit ein paar Höflichkeiten einem Ende zugeführt, und Hermann drückte erleichtert auf die rote Schaltfläche auf Linos Smartphone.

Als nächstes war der Anruf an Celios Handy an der Reihe. Hermann tippte die Nummer auf seinem Bürotelefon ein, um Celio den Schreck zu ersparen, einen Anruf vom Handy seines toten Bruders zu erhalten. Das Freizeichen tutete und tutete. Kein Celio, keine Combox. Hermann beschloss später zu versuchen, Celio unterwegs aufzustöbern. Also stand jetzt der Anruf auf die andere Nummer an, die Lino zwei Tage vor seinem Tod, kurz nach dem Anruf an Celio gewählt hatte. Hermann wog ab, ob er ab Linos Handy anrufen sollte.
Wenn die Nummer diejenige des Mörders war, würde dieser ziemlich sicher damit rechnen, über Linos Handy einen Anruf von der Polizei zu erhalten. Gehörte die Nummer einer unbescholtenen Person, die von Linos Tod wusste, würde sie ein Anruf von Linos Nummer sinnlos verstören. Und sollte jemand Unbescholtenes als auch Uninformiertes hinter der Nummer stecken, müsste Hermann diesem Menschen unnötigerweise von Linos Tod berichten. Andererseits könnte er unter Umständen zu brauchbaren Hinweisen kommen, wenn er Linos Handy benützte. Es war eine knifflige Entscheidung.

Vor Hermann lag noch sein Portemonnaie, dem er vorhin seinen Beitrag an Hürzelers Konzertticket entnommen hatte. Er grub eine Münze aus der Geldbörse, sagte: «Kopf, Festnetz», warf den Zweifränkler in die Höhe, fing ihn ab und klatschte ihn auf seinen Handrücken. Zahl lag oben. Also wählte er auf Linos Handy die unbekannte Nummer und lauschte gespannt, während sein Blick auf dem blauen Himmel draussen vor seinem Fenster ruhte. Die Stimme eines Mannes meldete sich mit einem zögerlichen «… Jaaa, hallo?»
«Hallo! Mit wem spreche ich, bitte?»
«Wer ist denn da?» Die Stimme klang verunsichert.

«Hermann Schmid von der Kantonspolizei hier. Und wer sind Sie?»
«*Gosh,* ich dachte schon, irgendwer hätte dem armen Lino das Handy geklaut. Ich bin Valentin Duvoisin.»
Hermann machte Augen. In diesem Moment kreuzte vor dem Fenster blitzschnell ein schwarzes Etwas seine Sicht.
«Zagg en Amsle!», fuhr es Hermann durch den Kopf.
«Ähm, gut! Tag, Herr Duvoisin. Sie wissen von Linos Tod?...»
«Ja, ich habe davon gehört. Shame! Er hätte eine Zukunft im Musikbusiness gehabt.»
«Wie haben Sie von seinem Tod erfahren?»
«*Bad news travel fast,* Herr Schmid. Von einem Mitarbeiter, glaube ich, weiss ich es.»
Hermann hob die Brauen. «In welcher Branche sind Sie denn tätig, Herr Duvoisin?»
«Ach, ich führe ein kleines, ganz gut positioniertes IT Gaming Start-Up.»
«Aha. Ein Angestellter von Ihnen hat Sie über Linos Tod informiert?»
«Nicht direkt. Wir arbeiten ausschliesslich mit freien Mitarbeitenden zusammen. Flache Hierarchien, maximale Flexibilität ...»
Hermann rollte die Augen. «Wie heisst der Betreffende?»
«Gandalf. Unsere Spieletester sind uns nur mit ihren Pseudonymen bekannt. Sie erhalten ihre Honorare in Form von Kryptowährung.»
Hermann kniff die Augen zusammen. Einen schmierigen Lackaffen hatte Yannik «Frau Holle» genannt. Genau das war er. «Und was sagte Gandalf genau? Können Sie sich an den Wortlaut erinnern?»
«Ich kann's gleich nachsehen im Thread, Momentchen kurz...»
Während Hermann wartete, blätterte er in seinem roten

Büchlein, bis er die Seite fand, auf die er die Strichmännchen gekritzelt hatte. Dasjenige neben dem Strichweibchen versah er mit einem V vor dem Fragezeichen. Dann meldete sich Duvoisin wieder. «Ich lese Ihnen den Faden vor, okay? – Gandalf: ‹CIO:› – Das bedeutet Check It Out – ‹Lino De Luca tot.› – Ich: ‹Dafuq?! Wie das?› – Gandalf: ‹NOFIN› – Das steht für No Further Information. – Ich: ‹FN?› – Also, ich frage, ob es Fake News sein könnten. – Gandalf: ‹Nö.› Dann hat er mir den Link zu einem Artikel in der Online-Presse geschickt. Dort steht zwar nur was von einem toten Secondo im Sedel, aber ich bin später im Coop Linos Freundin begegnet. Sie ist total down. Ist ja lo…»
Hermann unterbrach eilig. «Moment, Herr Duvoisin, der Akku hier macht nächstens schlapp und ich muss gleich los. Kann ich unterwegs kurz bei Ihnen vorbeikommen?»
Zögern. «Tja, das passt jetzt leider echt nicht, nein. Ich treffe mich gleich mit einem unserer Game-Architects.»
So was hätte sich Hermann denken können. «Okay, dann nur noch kurz eine Frage: Sie haben am Montag, 24. Juli einen Anruf von Lino De Luca erhalten. Worum ging es bei Ihrem Gespräch mit ihm?»
«Ach, das ist schnell gesagt. Er hat wieder mal angerufen und gefragt, ob ich einen Job für ihn hätte. Lino war ein lieber Kerl, aber bei uns braucht einer *Background*, verstehen Sie.»
«Das war alles, was Lino sagte? Schien er anders als sonst? Nervös?»
«Ich meine, er schien ganz *relaxed*, ausser dass er wohl Geld brauchte. Das war aber ganz normal bei ihm … Sorry, aber ich muss jetzt echt den Abflug machen.»
«Alles klar. Danke, Herr Duvoisin. Vielleicht melde ich mich später noch mal bei Ihnen.»
«*Anytime*, Herr Schmid. Tschüss dann!»

Hermann beendete die Verbindung und steckte Linos Handy in die Plastiktüte zurück. Das war ja dicke Post! Der Dealer, bei dem Linos Bruder für Drogenkurierdienste «Kohle holte», war möglicherweise auch der Liebhaber und Koksdealer von Linos Freundin. Und ebendieser Dealer behauptete nun, Lino hätte ihn angerufen, um ihn um einen Job zu bitten. Das stank doch zum Himmel!
Hermann ramassierte Vespaschlüssel, Helm, Zigaretten und sein Handy und hetzte davon. Er wollte doch mal sehen, ob «Frau Holle» seine Behausung verliess, um den angeblichen stinkwichtigen Termin wahrzunehmen. Als Hermann aus dem Haus trabte, rannte er beinahe Thea über den Haufen, die ihrerseits ebenso eilig um die Ecke herum auf den Eingang zukam. «Hoppla!» – «Ou Sorry!»

Natürlich sträubte sich der Kickstarter erst ein paarmal, aber dann ging's los, um den Block, hinein in die Vonmattstrasse. Das Haus Nummer 46 sah nicht eben nach preisgünstigem Wohnraum aus. Hermann hielt schräg gegenüber vom Hauseingang unter einem Baum, blieb auf seiner Vespa sitzen und tat, was er bei Observierungen immer tat. Er gab sich den Anschein mit seinem Handy beschäftigt zu sein, während er aus den Augenwinkeln sein Ziel avisierte. Nach einer Viertelstunde begannen seine Augen zu schmerzen, ohne dass jemand das Haus verlassen hatte. Mehrere Leute waren die Vonmattstrasse entlang gefahren oder gegangen. Eine Frau mit einem Pekinesen an der Leine war an ihm vorüber in die Pilatusstrasse eingebogen und hatte sich mit einem Blick nach ihm umgedreht, als hätte sie ihn im Verdacht irgendeine Schurkerei im Schilde zu führen. Hermann steckte sich eine Zigi an und blinzelte ein paar Mal, um seine Augen zu entspannen. Kaum hatte er den ersten Zug in die Luft entlassen, tat sich etwas. Zwar kam niemand aus dem Haus, aber eine ihm wohlbekannte Figur näherte sich dem Hauseingang. Celio kam in seiner üblichen fahrigen Hast die Strasse entlang, stellte sich an die Sonnerie der Hausnummer 46 und drückte auf eine Klingel im oberen Bereich. Ein kurzer Austausch über die Gegensprechanlage fand statt, dann erhielt er Einlass.

Ein zufriedenes Grinsen breitete sich über Hermanns Gesicht. Er blies ein Rauchwölkchen aus und dachte triumphierend: «Sieben auf einen Streich!» Das stammte zwar aus einem anderen Märchen, und hier waren es ja nur zwei, aber das würde die Gebrüder Grimm nicht kratzen. Wenn ein Dealer «Frau Holle» sein konnte, schien es nur recht und billig, dass «Das tapfere Schneiderlein» Polizist war und ein bisschen übertrieb.

Ein Blick auf sein Handy sagte Hermann, dass es kurz nach elf war. Verstohlen spickte er seine Kippe in einen Gully und sah sich dabei um, als hätte er gerade eine Mordwaffe im städtischen Abwasser versenkt. Halb erwartete er, dass die Frau mit dem Pekinesen hinter ihm stand und dazu ansetzte ihn mit ihrer Einkaufstasche unschädlich zu machen. Da ging drüben beim observierten Haus die Tür auf. Celio trat heraus und blieb einen Moment unschlüssig stehen.

Das war Hermanns Moment! Er schloss schnell seine Vespa ab und schritt auf den jungen Mann auf der anderen Strassenseite zu. Dieser begann zu rennen, als er Hermann erblickte. Hermann hinterher. Der andere jagte in Richtung Sälistrasse davon und bog beim Denner ein. Hermann war ihm auf den Fersen. Der Verfolgte schien während des Spurts etwas aus seiner Hosentasche hervorzukramen. Auf dem Parkplatz hinter dem Denner standen drei Wagen, einer davon ein älterer Subaru Forester, bei dem die Heckklappe offenstand.

In dem Moment, als Celio an diesem vorbeiraste, schwang beinahe gleichzeitig sein Arm hoch, wie sein linkes Bein einknickte und Celio stürzen liess. Hermann nahm im Gegenlicht undeutlich etwas kleines Helles wahr, was von Ce-

lios Hand in einem Bogen wegflog und im offenen Heckraum des Subarus landete. Celio war gestolpert und rollte sich auf dem Boden ins Gebüsch hinter einem der geparkten Autos. Hermann erblickte im Heckraum des Subarus zwei Ifco-Gitter mit Büürli und Landjägern, als er daran vorbeistürmte. Auf den Landjägern schien ein kleiner Plastikbeutel zu liegen, doch dafür war jetzt keine Zeit. In wenigen Schritten holte Hermann Linos Bruder ein, ging in die Knie und packte ihn bei den Schultern. «Hey, was sollte denn das werden?»
Celio sah Hermann mit geweiteten Augen an. «Reflex, Mann. Wenn die Schmier hinter einem her ist, rennt man eben los.»
Nahende Stimmen liessen die Beiden innehalten. Zwei kräftig gebaute Männer waren aus dem Denner getreten und näherten sich dem Subaru, jeder mit einem Harass Bier. Hermann stutzte. Einer der Männer war Norbert Hürzeler! Hermann duckte sich automatisch, indem er sich nahe über Celio kauerte, als ihm auffiel, wie dieser entsetzt die beiden Männer beim Subaru beobachtet hatte und nun irritiert den sich in Deckung bringenden Polizisten über sich ansah.
So fragte sich jeder im Stillen, was der andere für Gründe haben mochte, vom Beladen eines Fahrzeugs hinter dem Denner derart betroffen zu sein, während beide schweigend die Szenerie beobachteten. Hürzeler und sein Begleiter unterhielten sich scherzend und stellten die Harassen hinten in den Laderaum des Subarus.
«Pass auf, dass du nicht die Büürli zerdrückst, Hänsu. Stell du dein Carré auch hier auf die Landjäger, die mögen das schon vertragen.»
«Gopferteli, man merkt schon, dass man nicht mehr zwanzig ist. Chäibe Rügge!» Hänsu stopfte sein herausgerutschtes kariertes Hemd wieder in die Hose zurück, schlug die Heckklappe zu und hielt sich mit einer Hand den Rücken,

während er um das Fahrzeug ging, die Tür öffnete und sich auf den Fahrersitz wuchtete. Hürzeler folgte ihm, wartete, bis sein Kumpan die Tür zugemacht hatte, und stemmte sich dann leger mit einem Arm gegen das Autodach. Hänsu liess die Scheibe runter und erhielt noch ein paar Instruktionen. Dann verabschiedete man sich. Hänsu startete den Motor, setzte zurück und fuhr davon. Indessen stieg Hürzeler in ein anderes der geparkten Autos und verliess den Schauplatz ebenso.

Hermann wandte sich Celio zu und half ihm auf.

«Was war das, was du da in den Wagen geschmissen hast?»

«Nichts!», protestierte Celio.

Hermann fühlte sich an einen Fussballer erinnert, der dem Schiedsrichter versicherte, wie lammfromm und versehentlich sein Foul an einem Gegenspieler war. «Also gut, ist mir ja egal. Ich wollte dich eigentlich nur fragen, warum Lino dich zwei Tage vor seinem Tod angerufen hatte. Was habt ihr bei diesem Telefongespräch besprochen?»

Celio setzte seine Trotzmiene auf und schwieg sich lautstark aus. Hermann packte ihn erneut bei den Schultern und sah ihm in die Augen. «Mensch, es geht um deinen Bruder. Du willst doch auch, dass wir aufklären, was ihm zugestossen ist, oder ist dir das Wurscht?»

Celio versuchte Hermanns Blick auszuweichen. Hermann liess ihn los und verschränkte die Arme. «Also, komm. Warum hat Lino dich an dem Tag angerufen?»

Zögerlich begann der Befragte eine Antwort hervorzudrucksen. «Er … er hat Geld gebraucht.»

«Lino hat dich um Geld gebeten? Hast du ihm denn welches gegeben?»

«Quatsch, ich doch nicht. Hab ihm halt einen Kumpel angegeben, der ihm was leihen konnte.»

Hermann kombinierte. «Hast du ihm die Handynummer dieses Kumpels angegeben?»

«Ja, klar, was sonst.»
«Und weisst du, ob Lino ihn angerufen hat?»
Celio verdrehte die Augen. «Bin ich seine Sekretärin, oder was?»
Hermann war allmählich genervt. «Dieser Kumpel ist derselbe, den du eben gerade besucht hast, nicht wahr?»
«Mannaia la miseria!», zischte Celio und machte Anstalten wieder wegzurennen. Hermann fasste ihn gerade noch am Ärmel, zog ihn zurück und schüttelte ihn. «Jetzt hör mir mal zu, *figliolo*! Ich bin nicht von der ‹Droge›. Was du dir rein pfeifst, interessiert mich genauso wenig, wie von wem du es hast. Ich ermittle zum Tod deines Bruders, und wenn du dich nicht als Mordverdächtiger in Szene setzen willst, gib mir gefälligst Auskunft!» Hermann staunte über seine eigene Rüpelhaftigkeit, aber sie tat ihre Wirkung.
Linos Bruder war bleich geworden. «Oke oke, easy!»
«Lino hat diesen Kumpel also angerufen. Hat er Geld von ihm gekriegt?»
«Glaube schon, ja.»
«Und weisst du, wozu Lino Geld gebraucht hat?»
Celio machte ein Gesicht, als müsste er angestrengt nachdenken.
«Also, er sagte was von Schulden wegen der Tour. Irgend so was.»
«Wann hat er Lino das Geld gegeben?»
«Weiss ich nicht!»
«Hat dein Kumpel ihm Bargeld gegeben?»
«Weiss ich nicht!»
«Okay. Hat dein Kumpel Lino getötet, Celio?»
Hermann war ganz nah an sein Gegenüber herangetreten. Celio reagierte, als müsste er sich selbst verteidigen. «Nein! So was macht der nicht! Der ist in Ordnung!»
«Gut!» Hermann liess Celios Ärmel los, gab ihm einen Blick zur Erinnerung mit auf den Weg und liess ihn ziehen.

Während Hermann zu seiner Vespa zurückging, grübelte er angestrengt. Hatte «Frau Holle» Lino eine grössere Summe Bargeld geliehen, die dieser am Tag seines Todes auf sich trug? Konnte es doch ein Raubüberfall mit Todesfolge gewesen sein? Aber hätte sich Lino nicht gewehrt? Es gab keine Kampfspuren.
Hermann schwebte diesmal ein Räuber mit Panzerknackermaske vor, der Lino mit dem Fuss eines alten Turnbarrens drohend die Wahl zwischen Geld oder Leben liess. Wann die Übergabe des Darlehens stattgefunden hatte, war unklar. Hatte Lino «Frau Holle» dazu in seinen Proberaum bestellt? Unwahrscheinlich, dass Duvoisin seinen Olymp verliess, um einem kleinen Fisch Geld zu bringen. Es sei denn, letzterer hätte was gegen ihn in der Flosse gehabt. Hatte Lino gewusst, dass Vale seinen Bruder ins Drogengeschäft verwickelte? Wollte er «Frau Holle» erpressen? Aber wäre Lino so naiv gewesen, einen Dealer zu erpressen und seinen eigenen Proberaum als Treffpunkt für die Geldübergabe vorzuschlagen? Und würde sich der schmierige Lackaffe die Finger schmutzig machen und seinen Erpresser erschlagen? Mit einem lackierten Vintage-Gegenstand noch dazu? Oder aber vielleicht wusste Lino, dass Vale Duvoisin Terrys Lover war, und wollte ihn zur Rede stellen? Und Geld von Vale zu leihen war nur ein Vorwand? Ein Streit aus Eifersucht? Ein Totschlag im Affekt? Aber es blieb unwahrscheinlich, dass Linos grossspuriger Rivale zu ihm in den Proberaum gepilgert war. Zudem war der Proberaum eines Musikers sein Refugium. Für ein Treffen mit einem Widersacher würde man diesen nicht in seine heiligen Hallen einladen.

Als Hermann sich auf sein Gefährt schwang, überlegte er kurz, ob er versuchen sollte, «Frau Holle» einen Spontanbesuch abzustatten, verwarf die Idee aber, weil sich in die-

sem Moment ein aschfahler Kerl der Haustür näherte und im oberen Bereich die Sonnerie betätigte. Es war sonderbar. Eigentlich hatte Hermann mit diesem Valentin Duvoisin nun einen Hauptverdächtigen. Und trotzdem war es ihm, als läge der Hase in einem ganz anderen Pfeffer. Aber dennoch fühlte Hermann, dass er der Auflösung dieses Falles nahe war. Er spürte an diesem Punkt in einer Ermittlung quasi den Vorgeschmack der Lösung auf seiner Zungenspitze. Hermann knurrte der Magen. Er musste an die Landjäger denken. Dann fiel ihm Norbert Hürzeler ein. Und obendrein gleich darauf dessen «Bullezmorge», das über Hermann drohend zu schaukeln schien wie das Schwert des Damokles. Wie heiss es auf einmal war!
Hermann setzte seinen Roller in Bewegung. Er wollte im Büro seine neuesten Erkenntnisse festhalten und dann bald einmal Mittagspause machen.
Zurück im Bau begrüsste ihn an der Personalpforte Rosmarie, diesmal ohne Verwechslung mit dem Gottessohn, aber trotzdem erneut mit besorgter Miene. «Hoi Hermann! Geht's dir gut? Siehst etwas bleich aus.»
«Jaja, danke, Rosmi. Ist Edgar im Haus?»
«Ja, er ist oben.»
Hermann fand Edgars Bürotür geschlossen vor und klopfte an. Sein Chef öffnete die Tür, streckte den Kopf raus, spähte nach links und nach rechts, zog Hermann rein und schloss die Tür wieder. «Ich mag den Stürmi langsam nicht mehr sehen. Hast du was?»
Hermann ahnte, wer gemeint war. Er berichtete seinem Noch-Vorgesetzten die jüngsten Entwicklungen und seine Überlegungen. Der nickte anerkennend.
«Klingt ganz gut. Da können wir am Ende vielleicht gar zwei Fliegen mit einer Klappe schlagen und der Droge einen Stein in den Garten werfen. Steig dem Schneewittchen auf die Bude!»

Das tapfere Schmidlein musste schmunzeln. «Frau Holle! Werde ich versuchen, klar. Er wird mich allerdings sicher wieder abwimmeln. Ein Durchsuchungsbefehl wäre hilfreich. Meinst du, wir kriegen einen?»
Edgar runzelte die Stirn. «Hm … Kaum. Dazu haben wir zu wenig in der Hand.»
Hermanns Lust dem windigen Dealer auf die Pelle zu rücken hielt sich in Grenzen. «Heute Nachmittag will ich mir nochmals den Tatort ansehen. Da ist irgendwas, was mich nicht in Ruhe lässt …»
«Aha! Was?»
Hermann zuckte die Schultern. «Wenn ich das wüsste! Ich komme vielleicht drauf, wenn ich den Ort nochmals auf mich wirken lasse.»
Edgar kannte seinen Spürhund. Wenn er etwas in Witterung hatte, lag etwas in der Luft. «Mach das! Was ganz anderes: Fährst du morgen bei mir mit zu diesem … zum Einstand?»
Hermann erleichterte die Aussicht die Anreise zu diesem befremdenden Anlass im geschützten Rahmen von Edgars Ford anzutreten. «Gerne!»
«Also, ich hole dich dann so um zwanzig vor zehn ab. Und jetzt tu, was du tun musst!» Damit entliess Edgar seinen Spürhund auf seine Fährte.
Hermann ging in sein Büro und ergänzte seine Akte, während sich sein Magen immer lautstarker bemerkbar machte. Gegen halb Eins erreichten die Hungergeräusche Volume 10. Zeit, dem Bauch Genugtuung zu verschaffen. Aber als Hermann sich erheben wollte, fiel ihm sein Bruder ein. Eilig tippte er seine Nummer ein.
«Ja aber hallo!» Mani schien vergnügt.
«Hey, ich wollte nur schnell fragen, wie's dir geht. Hast du alles, was du brauchst?»
«Alles im grünen Bereich, hier. Aber gut, dass du anrufst.

Wo sind eigentlich die Kochbücher?»
Hermann hatte sich wohl verhört. «Sagtest du ‹Kochbücher›?»
«Na ja, du hast doch welche, oder? Betty Bossi, Jamie Oliver und so was.»
Hermann hatte sich nicht verhört. «Die sind im rechten oberen Schaft in der Küche. Der über dem Brotkasten. Was willst du damit?»
«Och, ich dachte, ich bastle ein Mobilé daraus. Wann kommst du abends heim?»
Hermann fasste es nicht. Mani wollte was kochen. «Schwer zu sagen. Vermutlich nicht vor acht. Ähm … aber wie kaufst du denn ein?»
«Ich gebe Meli die Liste durch, und sie bringt das Zeug mit.»
Hermann kam eine Idee. «Kannst du für vier kochen? Auf acht Uhr? Du wirst Bruder des Monats, wenn du das machst.»
Mani raunte: «Vier? Okay okay … Dann gibt's, warte …»
Hermann vernahm Geräusche und hörte schliesslich, wie sein Bruder blätterte. Etwas fiel runter, Mani fluchte und rumpelte herum, ächzte und blätterte dann wieder. «Also, es gibt ‹Rindercarpatschio mit Tuka› für vier!»
«Und wo kriegt Melanie frischen Tukan zu kaufen, hm?»
«Tuka! D–U–K–K–A–H. Scheint ein Gewürz zu sein…»
Hermann schmunzelte. «Mani, mach doch zum Anfang erst mal was Einfaches! Spaghetti zum Beispiel.»
Mani klang etwas beleidigt. «Spaghetti bei der Hitze?! Ich will was Sommerliches machen. Oder hier: Vitello tonnato! Das hat doch Mami immer gemacht im Sommer.»
«Das ist sehr aufwendig, und du musst das Fleisch so lange sieden, dass du in unserer Küche eine Sauna eröffnen kannst. Koche doch Spaghetti Caprese! Spaghetti und Olivenöl hat's, Tomaten hab ich gekauft. Da brauchst du nur noch Mozzarella und frischen Basilikum. Das Rezept fin-

dest du garantiert im Netz. Suche einfach nach ‹Caprese›, mit C.»
Mani sagte nichts. Dafür konnte man seine Miene beinahe hören. Hermann nahm noch einen Anlauf: «Echt! Das ist total fein und erfrischend! Das lieben alle! Ich bringe dann Rosé mit, dann trinken wir dazu Summer Wine.»
«… Okee. Wird gemacht. Um acht also?»
«Cool! Ich freue mich! Danke, mein Bester!»
Hermann war eingefallen, dass sein Serien-Junkies-Abend mit Ellie am Mittwoch kaum einzuhalten sein würde, am ersten Tag unter dem neuen Chef. Er wählte ihre Nummer und sprach auf die Combox. Als Entschädigung für den ausfallenden Filmabend solle Ellie doch heute zum Abendessen zu ihm kommen, acht Uhr. Dann packte er seine Mappe und machte sich auf die Socken. Draussen herrschte beileibe alles andere als Sockenwetter. Hermann fuhr zum Griechen an der Reuss, ergatterte den einzigen gerade freiwerdenden Tisch und bestellte sich einen Teller Sardellen «Pasti» und ein Bier.
Am Nebentisch hatten sich zwei Väter mit ihren Kinderwagen installiert, die sich bemüht beherrscht über Eheprobleme unterhielten. Offenbar über ihre gemeinsamen. Hermann dachte an seine Schwester, und fragte sich, ob sie mit Meret ähnliche Gespräche führte. Eine Gruppe junger Leute in Badesachen manövrierte ihre aufgeblasenen Schwimmhilfen an schwitzenden Touristen und gestresst wirkenden Businessleuten vorbei, und eine alte Dame mit weissem Strohhut bahnte sich mit dem Rollator ihren Weg durch das bunte Treiben.
Als Hermann sein Mittagessen beendet und bezahlt hatte, hielt er auf dem Weg zu seiner Vespa beim Krienbrüggli-Brunnen und steckte beide Arme ins kühle Wasser. Er hätte gute Lust gehabt ganz und gar ins erfrischende Nass hineinzusteigen, begnügte sich aber damit, dem kleinen Mäd-

chen gönnerisch zuzuzwinkern, das genau das getan hatte und kichernd vor sich hin planschte.

Seine nassen Arme verschafften Hermann im Fahrtwind immerhin etwas Abkühlung. Er hatte den Weg zum Sedel eingeschlagen, dem Ruf seines Gefühls folgend. Auf der Geissmattbrücke sass eine lange Reihe Surfer auf dem Geländer, die lautstark eine Annika anfeuerten, die unten wohl zum ersten Mal auf dem Brett stand. Oben in der St. Karlistrasse sassen ein paar Leute vor einem Haus im Baumschatten beim Aperitif. Am blonden Haarschopf erkannte Hermann unter ihnen einen altbekannten Sedelmusiker. Hermann hob im Vorüberfahren die Hand zum Gruss, und hörte jemanden aus der Gruppe rufen: «War das jetzt Ibri? Ciao!» Nun ja, Hermann kannte so manchen, der umgekehrt ihn nicht kannte.

Die Friedentalstrasse war kaum belebt und bot wohltuenden Schatten. Hermann tuckerte unaufgeregt vor sich hin, als vor ihm auf einmal ein Eichhörnchen aus dem Wald hopste und in wenigen Sätzen die Strasse überquerte. Er riss eine Vollbremsung und konnte gerade noch einen Sturz verhindern. Aber seinem rechten Fuss hatte die jähe Aktion nicht gutgetan. Hermann rieb sich den Knöchel, schnaufte auf und setzte seinen Weg fort. In den Schrebergärten wurde grilliert. Ein kleiner, braungebrannter Mann harkte trotz der Hitze beherzt in seinem Beet, während im Hintergrund der Rotsee friedlich in tiefem Grün schillerte. Die Absteckungen der Bahnen für die Regatta waren entfernt, und die Natur hatte wieder das Zepter übernommen.

Als Hermann beim Sedel anlangte und seine Vespa abstellte, war niemand zu sehen. Drüben beim Bauernhof muhte eine Kuh, als würde sie sich über die Ruhestörung beklagen wollen. Beim Haupteingang musste Hermann feststellen, dass dieser abgeschlossen war.

«Blöd jetzt!», murmelte er, begab sich in den Schatten, kramte sein Handy hervor, suchte Nora Seilers Nummer und wählte sie. Es dauerte ein paar Freizeichen lang, dann meldete sie sich.

«Moment! Ah, Herr Schmid, hallo!»

«Grüezi Frau Seiler! Ich bin froh, dass ich Sie erreiche. Ich wollte mir nochmals den Ta... Linos Proberaum ansehen. Jetzt stehe ich vor dem Sedel und kann nicht rein. Können Sie mir da behilflich sein?»

«Ou! Das ist blöd jetzt.»

Hermann lachte auf. «Sie sagen es!»

«Ja, ich bin nämlich gerade in Locarno. Hmm ... Haben Sie's schon bei Charlie versucht, also beim Hauswart?»

«Ach! So blöd! Klar, zu dem wollte ich ja sowieso. Danke, Frau Seiler. Ist es auch so heiss bei Ihnen unten?»

«Ich sage es Ihnen! Kaum zum Aushalten!»

Hermann wünschte der Sedel-Sekretärin trotz Hitze noch einen schönen Aufenthalt, beendete das Gespräch und suchte den Kontakt des Hauswarts. Blöde nur, dass er ihn nicht in sein Telefon eingetragen hatte. Als nächstes durchstöberte er seine Mappe, grub sein rotes Büchlein hervor und wurde fündig. Sein Anruf wurde jedoch nicht entgegengenommen. «Wieder einer ohne Combox», grummelte Hermann. Er ging auf die Treppe zu, die von aussen zur Hauswartswohnung führte und sah an der Türe ein Stück Papier. Darauf stand: «In Bälde zurück.» Bälde war nun zwar ein lustiges altmodisches Wort, aber auch eine ausgesprochen relative Zeitangabe. In diesem Augenblick hörte Hermann ein Geräusch vom Eingang her. Ein weisshaariger Mann mit Pferdeschwanz hatte gerade den Sedel verlassen und ging über den Parkplatz. Hermann kannte ihn. Es war Ferdy Sutter, der Jazz-Schlagzeuger, der in sei-

nem Proberaum schon seit Ewigkeiten und in grosser Regelmässigkeit unermüdlich seine Fertigkeiten mit Fellen und Becken unter Beweis stellte.
Hermann trabte auf ihn zu und rief: «Hallo Ferdy! Entschuldige bitte, kannst du mir die Tür aufschliessen?»
Ferdy begrüsste Hermann, als hätte er ihn erst gerade letzte Woche letztmals gesehen. Klar könnte er ihm aufmachen, ob er den Schlüssel vergessen hätte?
Hermann war es gerade zu umständlich zu schildern, wie sich die Dinge tatsächlich verhielten, und ausserdem war ihm wohl dabei, als Sedel-Musiker behandelt zu werden.
«Ja, dummerweise. Merci!»
Ferdy schloss Hermann die Tür auf und wünschte ihm eine gute Probe.

Drinnen war es dunkel, erstaunlich kühl und roch nach einer Mischung aus Bier und Putzmittel. Der Boden war klebrig. Daher wohl die Biernote. Woher der Putzmittelgeruch stammte, war schwer auszumachen. Vielleicht benutzte der Hauswart einen Raumspray mit «Frisch geputzt»-Duft. Die Versiegelung an der Proberaumtür des Raums 10 war unversehrt. Hermann löste sie vorsichtig und fühlte sich dabei an die Szene aus Big Bang Theory erinnert, in der Rajesh und Howard gemeinsam die Schutzfolie von Rajeshs neuem iPhone ablösten.
Hermann grinste und öffnete die Türe. Der Geruch im Raum übertraf nun bei weitem denjenigen im Korridor. Hermann pirschte sich durchs Chaos und öffnete zwei Fenster. Es war, als würde er zwei Türen von laufenden Backöfen aufmachen. Aber diese bedauernswerte Luft musste ausgetauscht werden.
Hermann hatte ein Herz für viele Dinge. Auch für Luft. Zum Beispiel taten ihm die kleinen Portiönchen Luft leid, die in den Blasen von Luftpolsterfolie gefangen sassen. Al-

lein schon aus diesem Grund befreite er sie mit Genugtuung, wann immer ihm ein Stück solchen Verpackungsmaterials in die Finger kam. Zum Dank gaben die winzigen Lufteinheiten diese herrlichen Plop-Geräusche von sich.

Als Hermann ein paar Schritte tat, wirbelten Staubteilchen auf und tanzten zu Tausenden in den durch die Fenster einfallenden Sonnenstrahlen. Die Markierung der Leichenfundstelle war das Einzige, was in diesem Raum auf eine Tragödie hinwies. Trotz all seiner Unaufgeräumtheit war diesem Ort eine gewisse Gemütlichkeit nicht abzusprechen. Ja, sogar etwas Vertrautes hatte er, nicht unähnlich Hermanns altem Proberaum, der zwar recht ordentlich gewesen war, aber im Grunde dieselbe Geschichte hatte.

Vor über fünf Jahrzehnten waren diese Räume Gefängniszellen gewesen, und inzwischen schon seit über vier Jahrzehnten boten sie Bands und Kunstschaffenden Obdach für die Hingabe an ihre Leidenschaft. Hier waren unzählige Ideen geboren, Pläne geschmiedet, Projekte auf die Beine gestellt worden. All diese Menschen verband die Passion, ob sie sich in Punk oder Electrosounds, Metal oder Countrymusic, T-Shirtdruck oder Plakatgestaltung äusserte. Man hatte stets einiges gemeinsam: Kreativität, Idealismus und gelebte Träume. Bands waren Wahlfamilien, und Musik war das Blut, das die Familienmitglieder verband. Dieser Ort, an dem früher Verbrechen und Vergehen verbüsst worden waren, hatte an jeglichem Verderbten eingebüsst, seit anno 1981 die jungen Menschen Einzug hielten, um ihrer Musik und Kunst ein Zuhause zu geben.
Hermann setzte sich auf den Schlagzeughocker und sah auf den Fleck am Boden, wo Lino gelegen hatte. Täuschte er sich? Verharmloste sein Heimatgefühl einen möglichen Tatbestand? Er schloss die Augen, öffnete sie wieder und

liess die Atmosphäre auf sich wirken. Dies war kein Ort, an dem ein Mord verübt worden war.

Hermann steckte sich eine Zigarette an, nahm einen Zug und blies einen Rauchring aus, den er dabei beobachtete, wie er aufstieg, sich allmählich verformte und schliesslich verflüchtigte. Hermanns Blick blieb an der Stelle haften, wo sich die Rauchfigur in Nichts aufgelöst hatte und die Sicht auf ein anderes Nichts freigab, nämlich in die gähnende Leere im Hohlraum über der herunterhängenden Deckenplatte.

Draussen auf dem Flur erklangen Schritte und Stimmen. Hermann ging zur Tür und sah hinaus. Zwei Männer mit Gitarrentaschen stiegen die Treppe hoch und waren sich uneinig über einen neuen Distortion-Effekt. Hingegen schienen sie in ihren Lederjacken von der herrschenden Temperatur einig unberührt. Hermann schloss die Tür wieder, liess noch ein paar Rauchringe steigen und drückte seine Kippe dann in eines der mit Zigarettenstummeln überfüllten Gefässe. Als er erneut den Hindernispfad zu den Fenstern auf sich nahm, um sie zu schliessen, dröhnte direkt von über ihm verzerrter Gitarrensound. Die zwei Jungs mit dem streitbaren Distortion-Effekt waren offenbar die Proberaummieter des gleichen Raums einen Stock höher. Dafür, dass sie nur zu zweit waren, machten sie ganz schön viel Lärm.
Hermann hob seine Mappe vom Boden bei Linos Fundstelle auf und suchte ein Siegel hervor, um den Raum wieder amtlich zu verschliessen. In diesem Moment krachte es oben. Hermann hob den Kopf und sah einem Rinnsal Staub entgegen, das von der offenen Deckenplatte auf sein Gesicht rieselte. Über ihm rumpelte es weiter. Hermann stand da wie ein begossener Pudel. «Asche auf mein Haupt!»,

murmelte er. Er wischte sich den Staub von der Nase und sah wieder empor. Ein aus der Nische über der Deckenplatte fallender Gegenstand wäre zweifellos auf Linos Kopf gelandet, danach zu urteilen, wie er dagelegen hatte. Aber hätte der fragliche Gegenstand genug Schwung gehabt Lino zu töten? Dieser Raum war höher als andere Proberäume im Sedel. Wenn Hermann sich recht erinnerte, war hier zu Zeiten des Strafanstaltbetriebs das Sanitätszimmer gewesen. Aber trotz grösserer Distanz zur Zimmerdecke schien es unwahrscheinlich, dass ein fallendes Objekt einen darunter stehenden Menschen erschlagen könnte. Es müsste schon ein sehr schweres Ding gewesen sein. Und sie hatten kein solches vorgefunden, als sie Linos Leiche entdeckten.

Hermann verliess den Proberaum und befestigte das neue Siegel aussen an der Tür. Im Treppenhaus wummerte der Bass des Duo Infernale im oberen Stock.
Als Hermann sich draussen im Schatten des Zweiradunterstands auf seine Vespa setzte, holte er sein Handy hervor und wählte nochmals die Nummer von Charlie Binggeli. Wieder nichts.
Sein Display zeigte eine Textnachricht an. Ellie hatte geschrieben: «Mit Vergnügen. So long, Sherlock!»
Hermann fiel sein Versprechen ein, zum Abendessen Wein mitzubringen. Es war schon nach vier Uhr. Die Geschäfte würden früher schliessen, weil morgen Nationalfeiertag war. Dass der neue Kripo-Chef seinen Einstand am Wiegenfest der Eidgenossenschaft gab, fand Hermann so passend wie peinlich. Aber immerhin waren sie nicht aufs Rütli eingeladen.

Hermann schlug den Rückweg über den Seetalplatz ein, um den beginnenden Stau in der Sedelstrasse zu umgehen,

als ihm plötzlich Edgar einfiel, oder vielmehr die Anglerausrüstung, die er ihm zum Abschied schenken wollte. Er fuhr zum Fischereibedarfs-Center, trat ein und steuerte geradewegs auf den Verkäufer zu, der ihn offenbar wiedererkannte und dienstfertig begrüsste. Als Hermann seine Brieftasche hervorkramte und den Kassenbeleg zückte, verflüchtigte sich die Begeisterung aus dem Gesicht des Fachhändlers, wie ein Schwarm Elritzen beim Auftauchen einer hungrigen Äsche. Er sah Hermann besorgt an.
«Sind Sie nicht zufrieden mit Ihrem Kauf?»
«Im Gegenteil! Ich hätte gern das Gleiche noch mal.» Hermann streckte dem Händler strahlend seine Quittung entgegen.
Sein Gegenüber schien sich nicht sicher zu sein, ob da nicht noch das dicke Ende nach kam. Er ergriff den Kassenzettel, ohne den Blick von Hermanns Gesicht abzuwenden. Aber Hermanns Miene wurde nur noch ermunternder. «Wirklich! Echt! Ganz ehrlich. Einfach noch mal dasselbe. Bitte!»
Allmählich hellte sich der Ausdruck des Verkäufers auf. Er nickte beflissen und verschwand in die diversen Winkel des Ladens, um bald darauf mit derselben Sammlung an Anglerutensilien zu erscheinen, wie zwei Tage davor. «So, das hätten wir!»
Mit einem fachkundigen Blick auf die Kassenquittung meinte er: «Sie hatten da ja noch einen Grundkurs gebucht, soll ich den auch wieder auf den Herrn …» Er sah auf sein Terminal, klickte ein paar Mal und scrollte. «Benno Schmid ausstellen?»
Beinahe hätte Hermann gekichert. «Nein, den Kurs lasse ich sein. Nur die Hardware, diesmal, danke!»

Als der Handel abgewickelt und Hermann wieder draussen war, befestigte er seinen Fang schon fast mit Routine an

seiner Vespa. Er überlegte kurz, wo er am besten einen zufriedenstellenden Rosé finden konnte und beschloss diesen in einem Laden in der Nähe seines Zuhauses einzukaufen. Auf dem Heimweg fand Hermann die Spur in Gegenrichtung voller vorfeiertäglicher Frühheimkehrender und fühlte sich beinahe etwas schadenfroh stadteinwärts unterwegs zu sein. Dies allerdings nur bis zum Kreuzstutz. In der Baselstrasse hatte es einen Auffahrunfall gegeben. Zwei bärtige Männer gestikulierten wild und stritten in einer fremden Sprache, während im Inneren der beiden Autos Frauen mit Kindern sassen und aus dem Fenster sahen, als ginge sie das alles gar nichts an.
Aus einem der kleinen familienbetriebenen Lebensmittelläden kam ein weiterer Bärtiger geeilt, der einem der Streithähne ein Handy vor die Nase streckte und auf ihn einredete. Dazu stiess schliesslich der Quartierpolizist, der von der Lädelistrasse herauf geschritten kam und beschwichtigend die Arme ausbreitete. Hermann hob grüssend die Hand, und als Bruno ihn erkannte, winkte er zurück und seinen Kollegen von der Kriminalpolizei gleichzeitig weiter. Offenbar brauchte er Hermanns Unterstützung nicht. Auch gut, wenn nicht sogar besser. Hermann rollte sein Vehikel aufs Trottoir und schob es ein Stück, bis die Strasse wieder frei war, und er weiterfahren konnte. In der Neustadt besorgte sich Hermann in einem Geschäft für italienische Spezialitäten vier Flaschen Rosato und brachte seine Einkäufe nach Hause.
Er fand seinen Bruder lesend auf dem Sofa vor und war erneut ob dessen blankem Kinn überrascht. Die Gewohnheit an Mani ohne Bart hatte sich noch nicht eingestellt.
Der Bartlose grinste ihn an. «Hey, schon da? Traust du mir nicht zu Spaghetti zu kochen, oder was?»
«Ach Unsinn! Ich stelle nur den Wein kalt und fahre noch mal ins Büro.»

Hermann versorgte die Anglerausrüstung in seinem Zimmer und den Rosato in den Kühlschrank. In der Küche traf er den Tisch säuberlich vorbereitet mit vier Gedecken und der Vase mit Melanies Blumen an, die sie dagelassen hatte. Auf der Anrichte standen mehrere Schüsseln, der Spaghettitopf, die Spaghettizange und ein Brett mit Messer.
«Sag mal, hast du die Küche so vorbereitet?»
Mani blickte von seinem Buch auf, als würde man ihm nun wirklich die dümmste Frage der Welt stellen.
«*Hallo?* Das nennt man Mise en Place.»
Hermann war baff. Sein lesender, rasierter Bruder hatte nicht nur ein vorbildliches Mise en Place bewerkstelligt, er sprach es auch noch richtig aus. Hatte er an einem einzigen Tag die Grundbegriffe der Gastronomie und die französische Sprache erlernt? «Na dann, Bocuse, bis später!» Etwas erleichtert, dass Mani ihn nicht mit so was wie «A plus tard, Maigret» verabschiedete, sondern offenbar nichts mit «Bocuse» anfangen konnte, verliess Hermann die Wohnung.
Draussen schien die Luft über dem Asphalt zu flimmern. Die heisseste Tageszeit hatte sich gegenüber früher in den Spätnachmittag verschoben. Man hatte den Eindruck, als wäre kein Mensch mehr am Arbeiten. Die träge Atmosphäre liess gar Zweifel daran aufkommen, ob irgendjemand jemals arbeitete.
Als Hermann in seinem Büro ankam, war er verschwitzt und wenig motiviert noch etwas zu tun. Für eine Weile sass er einfach da, im Windstrahl seines Ventilators, und liess Leere herrschen. Schliesslich rang er sich dazu durch in der Fallakte seinen Besuch im Sedel und seine Überlegungen nachzutragen. Er wurde das sonderbar entspannte Gefühl nicht los, dass dieser Fall sich von selbst löste – oder gar nie ein solcher gewesen war. Warum vermochte er freilich nicht zu sagen. Er lehnte sich zurück und versetzte sich im Geist

nochmals in den sonnendurchfluteten Proberaum, in dem er vor zwei Stunden hatte Rauchringe steigen lassen. Hermann begann zu summen. Das leise Surren des Ventilators lieferte ihm einen Grundton, aus dem wie von selbst eine Melodie zu entstehen schien. Den Takt tappte Hermanns linke Hand auf die Schreibtischplatte, während die Finger der rechten die Zwischenschläge trommelten. Die Worte «All kinds of things» kamen von nirgendwo her und fügten sich in die Tonfolge, die sich aus seinem Singsang ergab. Ein Song. Einfach so, ganz ohne Hadern und Suchen. Hermann grübelte sein Handy aus der Mappe und bannte die spontane Kreation auf das Diktafon. Er hörte es sich an und musste über seine improvisierte Schreibtischperkussion lachen. Aber die Songidee gefiel ihm. Warum sollte er eigentlich nicht wieder Musik machen? Auf einmal schien ihm alles ganz logisch. «The Men» gab es nicht mehr. Im Proberaum Nr. 10 wurde Platz frei. Hermann hatte seinen alten Bassisten wiedergetroffen, einen Schlagzeuger seines Schlags und einen sympathischen, bekanntlich guten Gitarristen kennengelernt. Und wenn es so weiterging mit Songideen, die ihre Aufwartung aus dem Unbewussten machten …
Hermann packte die Chance und sein Handy, auf dem er Booties Nummer wählte. Drei Summtöne forderten seine Geduld. Dann meldete sich jemand. «Hallo! Ist da die Polizei?» Lachen.
«He! Ich habe dich angerufen. Und nein, hier ist nicht die Polizei. Hier ist Hörmey.» Hermann liess keine Zeit verstreichen. Er erklärte Bootie geradeheraus seine Idee.
«Ich weiss, es ist vielleicht pietätlos, entschuldige! Aber mir fallen ständig Songs ein, die gespielt werden möchten. Ich habe keine Ahnung, ob das dein Ding wäre. Oder Vicos. Und Terry hab ich auch noch nicht gefragt.»
Bootie räusperte sich. «Also, direkt blöd ist der Gedanke nicht.» Bootie sprach in den Raum hinter sich und fragte

Terry, der offenbar zugegen war, ob er sich eine Band mit Hermann, Vico und seiner Wenigkeit vorstellen könne. Schritte näherten sich, und Terrys Stimme wurde vernehmbar. «Sag mal, spinnst du, so eine sinnlose Frage zu stellen? Wann ist die erste Probe?» Terrys kehliges Gelächter versetzte Hermann in Euphorie.
Bootie hatte sich wieder dem Telefon zugewandt und meinte zögernd: «Hm … der hier scheint nicht abgeneigt.» Booties Zögern überliess das Mikrofon dem Miauen der Katze, die wohl in unmittelbarer Nähe sass, während Terry lebhaft auf Bootie einredete. Hermann war nicht ganz wohl dabei, dass Bootie Zweifel hatte. Er hörte, wie sein alter Bassist Hermann als sauguten Songwriter pries und dessen Einfall als Gebot der Stunde. Er ereiferte sich in Binsenwahrheiten aus dem Reitsport und riet seinem Mitbewohner, gleich wieder aufs Ross zu steigen, wenn er abgeworfen wurde. Der Redefluss des langen Schweden war nicht zu bremsen. Er schwärmte von alten Zeiten, dem Spass, den sie zusammen gehabt hatten, die coole Mucke, die sie gespielt hatten, und schloss schliesslich damit, dass sie all das hatten sterben lassen, als einer von ihnen starb.
Dieses Finale verfehlte seinen Effekt nicht. Nach einem Moment der Stille sprach Bootie besonnen: «Weisst du was, du hast recht. Lasst uns das machen!»
Hermann vernahm ein Klatschen, das wohl von einem Handschlag Terrys auf Booties Schulter stammte, und ein empörtes Fauchen.
«Mann! Du hast ihn erschreckt, du Grobian! Er hat mich voll mit der Kralle erwischt!»
«Dieses Tier ist aber auch ein Weichei! Keine Ahnung von Rock'n'Roll, dieser Hatschi. Pfui, Hatschi! Komm, du Affe! Willst du was zu fressen?» Damit entfernte sich Terry mitsamt miauendem Begleiter.
«Also, Vico ist überstimmt, aber der würde eh nicht ableh-

nen. Ich frage ihn noch, aber mit ihm kannst du rechnen. Dann machen wir nächste Woche zusammen mal zu einem Bier ab. Oder Vico und du kommt besser zu uns, dann haben wir auch eine Soundanlage, und … Sag mal, was ist eigentlich mit Lino? Hat sich alles geklärt? Wann ist seine Beerdigung? … Ich möchte irgendwie nicht eine neue Band gründen, bevor … na ja, du weisst schon …»
Hermann erschrak selber über seine unprofessionelle Offensive. Er als ermittelnder Polizist trug den Mitmusikern des Mordopfers an, mit ihm eine Band zu gründen und in dessen Proberaum zu proben, und dies, bevor der Fall abgeschlossen war. Theoretisch hätten beide nach wie vor die Täter sein können. Er versuchte die Worte möglichst unverfänglich zu wählen. «Ich kann es noch nicht beweisen, aber ich bin fast sicher, dass Linos Tod kein Totschlag war. Tut mir leid. Das war unsensibel von mir.»
Bootie räusperte sich erneut. «Schon gut. Es ist einfach alles noch so nah … Aber Pläne schmieden täte vielleicht ganz gut. Das Leben geht weiter, wie man sagt.» Terry würde sich bei Hermann melden um zum gemeinsamen Treffen abzumachen, meinte Bootie, und nun müsse er seinen Kratzer von Hatschi desinfizieren gehen.

Als Hermann das Gespräch beendete, fühlte er sich wie ein Verräter. Wie konnte er nur den trauernden Mitmusikern vorschlagen mit ihm eine neue Band zu gründen, während unten in der Rechtsmedizin ihr Bandleader tot im Kühlfach lag, nachdem er vor einer Woche noch quicklebendig und voller Aufbruchstimmung in eine Zukunft auf der Bühne gewesen war!
Das schlechte Gewissen blieb an Hermann hängen, wie ein Pinscher, der sich in sein Hosenbein verbissen hatte. Zur Strafe zwang sich Hermann zur Erledigung von Bürokram, den er vor sich hingeschoben hatte. All die zähnefletschen-

den Papiertiger, die er genauso zu bändigen hatte, wie die Herausforderungen der Ermittlungsarbeit. Über zwei Stunden lang tat er Busse, indem er Papiere ablegte, Ordnung in elektronische Nachrichten und Dokumente brachte, Berichte überflog, abheftete, registrierte und lose Notizen in eine manierliche Pendenzenliste übertrug. Dann zeigte die Zeitanzeige seines Bildschirms 19:54, und Hermann beendete seufzend seine Selbstgeisselung. Er fühlte sich zwar nicht begnadigt, dafür aber etwas erleichtert, ungeliebte Aufgaben bewältigt zu haben.

Als Hermann ins Freie trat, drangen Alphornklänge an sein Ohr. Es war schwer auszumachen, aus welcher Richtung sie kamen, und einen Moment lang fürchtete Hermann, auf dem Dach der Kantonspolizei könnten sich Kollegen seines angehenden Chefs versammelt haben, um auf diese Weise den Nationalfeiertag einzuläuten. Aber beim Abbiegen in die Klosterstrasse näherten sich die Klänge, und schliesslich waren die Urheberinnen der urchigen Töne zu sehen. Drei Frauen hatten sich im Halbkreis mitten auf der Gibraltarstrasse hinter ihren Alphörnern aufgestellt und konzertierten konzentriert.
Hermann fiel Kollege Ottiger ein, dem es allmählich zu genderös zu und her ging, und gleich darauf dachte er an Leonie und ihre feministische Rhetorik. Ein Schmunzeln stahl sich in sein Gesicht, und ein wenig Versöhnlichkeit mit seinem flapsigen Vorgehen Bootie gegenüber in sein Gemüt. Sein Nachhauseweg glich einer Odyssee durch die sommerabendlichen Verlockungen im Freien. Alle Terrassen am Strassenrand waren voller Leben.
Als Hermann ein Teenager gewesen war, hatte ihn oft der Eindruck heimgesucht, dass das Leben immer gerade da stattfand, wo er nicht war. Wo auch immer er sich aufhielt, stets hatte er den Verdacht, woanders würde wirklich Be-

deutendes geschehen. Etwas von dieser Neigung war ihm auch im Erwachsenenleben geblieben.

Dudu war kurz vor seinem Tod mit grosser Bitterkeit erfüllt gewesen. Einmal, als Hermann ihn in der Klinik besucht hatte, hatte er zu Hermann gesagt: «Ist das jetzt alles gewesen?» Dieser Moment hatte Hermann lange verfolgt. Sein Bedauern, dass Dudu all das versäumen würde, was sich weiter entwickelte, fand keinen Trost. Alle Tage würden in Zukunft erwachen, ohne dass Dudu seine Augen aufschlug.

Damals, als Hermann bei der Droge gearbeitet hatte, schien ihm, dass die Menschen, die den Rausch brauchten, genau aus diesem Grund ihre Sinne zu erweitern suchten. Eine Abhängige hatte ihm mal erzählt, sie hätte das Gefühl, ihr Leben durch eine Milchglasscheibe zu sehen, und es nie wirklich berühren zu können. Ein sonderbares Phänomen. Dabei war jeder Mensch ein Universum für sich, einmalig und nicht austauschbar. Alles, was sich im eigenen Leben abspielte, zählte. Auch die Erlebnisse, auf die man gern verzichtet hätte. Das Leben eines Menschen war wie ein Film. Und der Mensch selbst der Protagonist darin. Gewiss, manche Protagonisten hatten tatsächlich miese Produktionen erwischt. Pleiten, Pech und Pannen. Tragödien. Aber wie kam es, dass Hauptdarsteller von ganz passablen Plots diese als so zweitklassig empfanden? Hermann musste diese Wahrnehmung ändern! Er nahm sich vor, sich bewusst zu werden, dass sein Leben ein grossartiger Film war. Der einzige, eigentlich.
Auf einmal stieg unbändige Vorfreude auf eine neue Band in ihm auf. Daheim, beim Einbiegen in den Innenhof fielen ihm Luftballons auf, und ein Schild, das mit der Beschriftung «Tim & Tabea» den Weg zu einer Party im Haus wies. Vielleicht war geheiratet worden.

Im Treppenhaus flackerten bis zum 1. Stock auf jeder Stufe Teelichter. Dort war die Türe links mit Herzen und allerlei glitzrigem Firlefanz dekoriert, und der Treppenabsatz fand sich mit Turnschuhpaaren überhäuft.
Hermann versuchte sich vorsichtig einen Weg durch die Schuhe zu bahnen, als er versehentlich auf einen trat, einknickte und mitten im Schuhmeer landete. Ausgerechnet wieder der rechte Fuss! Hinkend erreichte er sein Stockwerk und trat ein. Angeregte Unterhaltung und appetitenthemmender Duft lagen in der Luft. Hermann rieb sich seinen Knöchel und setzte sich auf den Schemel, um die Schuhe auszuziehen, was sich beim rechten ziemlich schmerzhaft gestaltete.
«Hey, Hermann, bist du das?» Melanie kam aus der Küche und blieb bei Hermanns Anblick abrupt stehen. «Sag mal, hast du dir deinen Fuss jetzt auch noch verletzt?»
«Hallo Melanie! Ich bin auf einen der Treter getreten, die da unten rumliegen. Und am Nachmittag stand eine Akrobatiknummer mit einem Eichhörnchen auf dem Programm. Aber so schlimm wird's wohl nicht sein.»
«Na, hoffen wir's mal! Komm, es ist alles parat. Mani hat gekocht. Und Ellie ist auch schon da.»

In der Küche waren Mani und Ellie in ein Gespräch vertieft, als wären sie alte Bekannte. Mani hatte sich eine Schürze umgebunden und ein rotes Tüchlein um den Hals geknüpft. Er stand lässig auf eine Krücke gestützt am Herd. Ellie sass am Tisch und blickte vergnügt auf, als Hermann eintrat. «O là là, le gendarm! Alles klar auf dem Posten? He, humpelst du etwa? Wie dein Bruder?» Ellie schüttelte den Kopf. «Also, schon klar, du bist Zwilling. Aber das ist ein Sternzeichen, keine Berufung!»
Auch Mani war beeindruckt. «Das ist jetzt nicht dein Ernst! Warst du wandern?»

Allgemeine Heiterkeit brach aus, und Ellie entdeckte in Woody Allens «Zelig» sogleich eine filmische Analogie zu Hermanns Angleichung an seinen Bruder, was Melanie auf eine Szene aus «All you ever wanted to know about sex» brachte, die sie so anschaulich schilderte, dass Ellie vor Lachen den Schluckauf kriegte. Als sich die Unterhaltung über Filme jüdischer Regisseure weiterspann, klopfte Mani mit der Holzkelle auf die Anrichte, verkündete, dass es jetzt losgehe, und liess die Spaghetti ins siedende Wasser im Topf gleiten.
In der Mitte des Tischs stand eine grosse Schüssel mit der klein gehackten Caprese. Nicht nur der Duft des Basilikums glich einem betörenden Parfüm. Mani hatte frischen Knoblauch hinzukomponiert, was dem Ganzen eine Note von Pesto verlieh. Hermann holte den Rosato, füllte bauchige Gläser mit Eiswürfeln und kredenzte den Summer Wine.

Die Pasta schmeckte köstlich. Melanie bescheinigte Mani auf einer Serviette 15 Gault-Millau-Punkte, und Ellie stimmte ein lautstarkes «For he's a jolly good fellow» an, das aus schwer durchschaubaren Gründen in «Bandiera rossa» überging und schliesslich in «Bella ciao» mündete, wenngleich die meisten den Text nur phonetisch mitschmetterten. Ellie war früher im Jugendparlament und bei der Juso gewesen, bis sie eines Tages das Handtuch warf, weil sie nach eigener Einschätzung zu idealistisch sei, um in der Classe Politique nervlich gesund zu bleiben.

Nach der gesanglichen Grosstat mussten die Kehlen befeuchtet werden, was zu weiteren Filmzitaten unter Körpereinsatz führte – Hermanns Chefinspektor Dreyfus erntete Kichersalven – was schliesslich wiederum als logische Folge eine Partie Scharade auf den Plan rief. Mani war die Darstellung eines Teils von «Hinkelstein» aus aktuellem

Anlass derart auf den Leib geschneidert, dass sein Teampartner besorgt aufsprang, statt zu raten, und sich dabei den rechten Fuss glatt noch ärger verknackste.

Aber von diesem schmerzhaften Misstritt abgesehen fühlte sich Hermann an diesem Abend in seinem Leben pudelwohl. Als er mit Ellie mal für eine Zigi aufs Dach stieg, meinte sie verwundert, sie hätte sich Mani anhand Hermanns Schilderung ganz anders vorgestellt. Hermann erklärte in kurzen Zügen, was für eine wundersame Metamorphose sein Bruder erfahren habe, seit Melanie in sein Leben getreten sei. Ellie blies Rauch aus und nickte: «Die Frau ist grosses Kino!»
Laut knatternde Luftgeschosse liessen die beiden wieder reingehen. Manche Leute feierten offenbar in den 1. August hinein. Zwei weitere Flaschen Rosato und zwei weitere Stunden verschwanden im Handumdrehen. Plötzlich war es zwölf und Zeit für Hermann schlafen zu gehen. Die anderen drei Gemütsmooren entschieden sich für einen Absacker.

Dienstag, 1. August

Ein Dudeln riss Hermann aus dem Schlaf. Sein Handy klingelte. Aber wo? Hermann schwang sich aus dem Bett – und stand buchstäblich mit dem falschen Bein auf. Ächzend hüpfte er durchs Zimmer dem Gedudel entgegen, suchte, fand, sah Edgars Nummer und ging ran.
«Hermann! Gut, dass ich dich erreiche. Folgendes: Mein Ford streikt. Ich fürchte, du musst selbstständig nach Neudorf gondeln.»
Hermann machte sein zerknülltes Kermit-Gesicht gleich aus mehrfachem Anlass. Während er sein schmerzendes Fussgelenk rieb, wichen die letzten Resten Schlafs aus seinem Bewusstsein und eröffneten ihm die Aussicht auf Norbert Hürzelers Einstandsfeier. Etwas benommen antwortete Hermann: «Morgen, Edgar! Okay, alles klar. Was hat er denn, dein Ford?»
«Ist wohl der Anlasser. Wahrscheinlich muss ich den Bus nehmen.»
Edgar klang, als würde ihm damit ein grausames Schicksal bevorstehen. Beinahe empfand Hermann mit seinem Chef mehr Mitleid als mit sich selbst. «Frag doch einen der Kollegen, ob du mitfahren kannst!»
«Ja, warum eigentlich nicht. Soll ich fragen, ob du auch mitfahren kannst?»
«Nein, ist gut, Edgar. Ich nehme die Vespa.»
Die beiden verabschiedeten sich. Dann hinkte Hermann ins Bad und kramte in der Medikamenten-Schublade. Er fand eine halbantike Tube Antiphlogistine, schmierte sich davon eine dicke Schicht um seinen rechten Fussknöchel und umwickelte diesen mit einer ganzen Rolle Verbandsgaze, die auch schon Altertumswert hatte.
Nach einer Katzenwäsche nahm er Aufstellung vor seinem Kleiderschrank. Hermann besass zwei karierte Hemden –

zwar nicht von der rustikalen Art – aber heute achtete er peinlich darauf, in seiner Kleiderwahl jegliche als Opportunismus auslegbare Tendenz zu vermeiden. Ganz unten in seinem T-Shirt-Stapel lugte ein schwarzer Zipfel hervor. Er zögerte. Konnte er sich so einen Mangel an Etikette zum Einstand seines neuen Vorgesetzten leisten? Andererseits, wer in dieser Gesellschaft wusste schon, wer oder was «rage against the machine» war? Er würde einfach ein luftiges Hemd offen darüber tragen. Dann waren auf seiner Brust allenfalls noch die weissen Buchstaben «age again» und «he machin» auf schwarzem Grund zu lesen. Das schien unverfänglich genug, und gab ihm doch das tröstliche Gefühl ein bisschen Rebellion zu pflegen. Kaum hatte sich Hermann das Shirt übergezogen, hörte er Geräusche. Er ging in die Küche und traf Mani an, der in heiterster Laune am Herd stand und vor sich hin pfeifend dabei war, Kaffee zu machen.
«Ach, du bist noch da? Dachte, du musst heute früh raus?» Manis Blick wanderte von Hermanns Gesicht hinab und wurde zusehends belustigter.
«Hey, war das nicht irgendwann mal so eine strube Band?» Hermann grinste befriedigt. Sein Bruder war noch klein gewesen, und er selbst auch nicht viel grösser, als Hermann eine Zeit lang hie und da zu Philip, dem Sohn der Nachbarn, raufging. Philip war damals im Gymnasium und hörte in seinem Zimmer oft Radio Vielfach, ein Jugendradio, das Musik und Beiträge sendete, die man nie im Leben auf anderen Sendern angetroffen hätte. Philips Lieblingssendung lief jeweils am Montagabend. Hermann faszinierten damals Philips introvertierte Welt und seine finstere, laute Musik. Und Philip schien es nicht zu stören, dass sein kleiner Nachbarsjunge mit ihm abhängen wollte. Eines Abends drehte Philip bei einem Stück plötzlich die Lautstärke auf, stellte sich in die Mitte des Zimmers und

begann zu stampfen und ekstatisch seinen Kopf zu schütteln, was ihm Hermann unverzüglich nachmachte.
Das hatte eine Kraft! Wenn man zum Beispiel gerade Ärger hatte, weil der kleinere Bruder wieder mal was ausgefressen und einem in die Schuhe geschoben hatte, und man nicht wusste wohin mit dem Zorn und der Wut über die Ungerechtigkeit dieser Welt, hatte das hier etwas Heilendes, Befreiendes.

Hermann hatte eine Idee. Er ging in sein Zimmer und holte die Platte, die Philip ihm damals zum Abschied geschenkt hatte, als er für sein Studium in eine WG nach Zürich zog. Hermann hatte als Kind keinen eigenen Plattenspieler, aber als er sich später einen anschaffte, hörte er diese Scheibe immer mal wieder in Momenten, in denen er Dampf ablassen musste. Eines Tages entdeckte er an einer Plattenmesse das T-Shirt und kaufte es sich zur Erinnerung.
Während Mani Kaffee eingoss, legte Hermann in der Küche die Platte auf. Kaum erscholl die kraftvolle, wütende Musik, riss Mani die Augen auf und rief: «Hey, geil!»
So kam es, dass die zwei Brüder sich am 1. August morgens um neun am Frühstückstisch head bangend gegenüber sassen, jeder mit einem eingebundenen Fuss unter dem Tisch und einer Scheibe Brot auf dem Teller. Hermann bestrich sein Brot mit Erdbeerkonfi und platzierte gekreuzt zwei Scheiben Butter darauf, und Mani schlug einen «errate die Flagge»-Konfibrot-Wettkampf vor, verwarf die Idee aber gleich wieder, mangels blauer und grüner Konfitürensorten.
Nach dem unbeschwerten Frühstück machte sich Hermann auf den beschwerlichen Weg. So fühlte es sich zumindest an. Sein verbundener Fuss wollte in keinen Schuh passen, sodass Hermann nichts anderes übrig blieb als seine alten, ausgelatschten Sandalen überzuziehen, die er für gewöhnlich zum Badengehen trug.

Der Nationalfeiertag bot allerdings kein Sandalenwetter. Es war bedeckt, und die Wolken sahen aus, als würden sie sich ihre Entladung just für den geeigneten Augenblick aufheben.
Den Kickstarter zu treten bereitete Hermann einige Mühe, aber es gelang letztlich. Mit schmerzendem Fuss brauste er los. Immerhin hatte es nicht viel Verkehr. Kurz vor Neudorf hielt Hermann bei laufendem Motor an und orientierte sich auf seinem Handy über den Weg zur Korporations-Hütte.

Wenig später fuhr er auf dem Festgelände vor und stellte seinen Roller zwischen die zahlreichen geparkten Autos. Vor der Waldhütte war ein grosses Pavillonzelt aufgebaut, unter dem emsiges Treiben herrschte. Den Eingang ins Zelt flankierten zwei riesige Schweizerfahnen, und rings um das Zelt hingen Lampions mit Schweizerkreuzen. Auf dem Vorplatz standen mehrere Grüppchen von Kolleginnen und Kollegen. Man versammelte sich abteilungsorientiert, begrüsste sich und tauschte Unverbindlichkeiten aus. Reto Lampart von der SiPo Süd brachte gerade zwei Frauen zum Lachen, die Hermann noch nie gesehen hatte. Überhaupt kannte er einige der Anwesenden nicht.
Hermann überlegte sich, welcher Gruppe er sich anschliessen sollte, als ein roter Volvo in die Einfahrt einbog. Hermann erkannte Kurt Bühlmann am Steuer und Edgar auf dem Beifahrersitz. Er wartete, bis Kurt den Wagen geparkt hatte und ging auf die beiden Männer zu, als sie ausstiegen.

«Sag mal, Hermann, warum hinkst du?» Edgar sah auf Hermanns Fuss, als würde er die Antwort von diesem erwarten.
«Och, kleines Missgeschick. Wird schon wieder werden.»
Kurt hob mahnend den Finger. «Lädierte Füsse sollte man

nicht auf die leichte Schulter nehmen!»
Hermann stellte sich dies amüsiert in physischem Sinn vor und sah zu, wie ein pastellgrüner Fiat Cinquecento einparkte, dem Thea Loosli, Yannik Lüthi und eine weitere Kollegin von der «Droge» entstiegen. Hermann winkte die drei herbei und war erleichtert, dass er für an diesem Anlass sein eigenes Wohlfühlgrüppchen um sich hatte.

Die Kleinprozession näherte sich der Schar um Dr. Fahrni und erweiterte damit ihren Kreis. Hermann fielen die Blasen in Lavalampen ein, wie sie sich teilten und vereinten. Die Bewegungen auf dem Vorplatz schienen ihm ganz ähnlich zu verlaufen.
Hier waren sie nun, Edgar und er, inmitten der «Anderen» und waren froh zu ihnen zu gehören. Etwas Gemeinsames hatte sie vereint – das unbehagliche Gefühl dieser Art von Einstandsfeier beizuwohnen. Die Situation schweisste sie dermassen zusammen, dass sie sich innert kürzester Zeit in einer ungekannten Intensität miteinander unterhielten.

Drüben unter dem Pavillondach waren drei Frauen in Trachten mit Geschirrstapeln und Tabletts voller Besteck und Gläser zugange. Eine vierte trat mit einem Riesenkorb Brot aus der Hütte. Dann entdeckte Hermann den hemdsärmeligen Hänsu, den er mit Hürzeler hinter dem Denner beim Beladen des Wagens beobachtet hatte. Dieser wuchtete schnaufend Harassen herbei. Ein kleiner dünner Mann im Älplerhemd war weiter hinten unter dem Zeltdach dabei sich mit Stuhl und Schwyzerörgeli einzurichten.
Dann trat Norbert Hürzeler aus der Waldhütte und kam mit ausgebreiteten Armen auf den Vorplatz zu. In seiner Sennenkutte fehlte ihm zur helvetischen Heldenfigur nur noch die Armbrust. «Geschätzte Kollegen, ich begrüsse Euch recht herzlich zum Bullezmorge! Kommt, hockt ab!» Damit

wies er mit stolzgeschwelltem Bauch zum Zelt hinüber.
Die Menschentrauben begannen sich in Richtung Zelt zu wälzen. Einzelne lösten sich aus den Gruppen und gesellten sich zum Gastgeber, um ihm Worte der Wertschätzung angedeihen zu lassen.
Hermanns Lager begab sich geschlossen zum hinteren Teil der Festanlage und verteilte sich um zwei aneinandergereihte Holztische. Hermanns Fuss erschwerte den Einstieg über die Bank, und so kam er ans äussere Ende zu sitzen, neben Edgar und gegenüber von Kurt. Neben diesem hatte Thea Platz genommen. Die beiden waren in ein Gespräch vertieft. Als alle sassen, bekam Hermann mit, worüber sie sprachen: Hunde.
Hermann wandte sich Edgar zu und fragte ihn scheinheilig, ob er sich denn für seinen Ausstand auch so was Hübsches einfallen liesse. Der schenkte ihm einen Blick. «Ich lade zu einer Gartenzwerg-Messe ein. Es gibt Essiggurkenschnaps, Eigenbrand.» Hermann wusste, dass Edgar seine Abteilung in seine Beiz einladen würde, sobald sie fertig eingerichtet sein würde. Er war ein begnadeter Koch, und er würde sich nicht lumpen lassen.
«Und was gibt's zu essen?»
«Currywurst!»
Yannik links neben Edgar nahm diesen offenbar beim Wort.
«Hast du auch an die Gäste gedacht, die kein Fleisch essen?»
«Die kriegen Sauerkraut à discretion.»
Hermann erbarmte sich Yanniks, lehnte sich hinter Edgar zu ihm hinüber und klärte ihn über den Sachverhalt der Ironie auf.
«Ach so! Ich dachte noch – Essiggurkenschnaps … echt abgefahren!» Der blonde Riese kicherte.
Jetzt wurde aufgetragen. Die Landfrauen platzierten grosse Platten auf die Tische, während Hänsu und ein bleicher junger Mann Bier und Sauren Most verteilten. Für die Ab-

stinenzler gab es auch Mineralwasser. Hänsu versorgte ausserdem jeden Tisch mit demselben Scherz, nämlich, dass er der «Katerer» sei und deswegen für den Kater zu sorgen hätte, was er jedes Mal von Neuem haarsträubend komisch fand. Die Servierplatten waren üppig beladen mit Buurehamme, Mostbröckli, Aufschnitt, Landjägern, verschiedenem Käse, Radiesli, Cornichons, Silberzwiebeli und Maiskölbchen, garniert mit Salatblättern und Peterlibüscheln. Hermann fühlte sich an die Abbildungen in einem Kochbuch seiner Grossmutter aus den Fünfzigerjahren erinnert. Es fehlten nur noch pochierte Eier, kreuzweise mit Sardellen belegt. In den Käseecken steckten die Schweizerfähnchen, die Hermann an sein Zusammentreffen mit seinem neuen Chef im Supermarkt erinnerten.
Jemand legte Hermann eine Hand auf die Schulter. «Nehmt Ihr ein Büürli oder von der Landwegge?» Die Landfrau mit dem Brotkorb und dem Entlebucher Dialekt blickte Hermann erwartungsvoll an. Er wählte dankend eine der dicken Scheiben Landwegge.
Vom vorderen Ende des Tischs prosteten Othmar, Ueli und Roman ihnen am hinteren Ende zu. Dr. Fahrni hob ein Glas Rotwein in die Höhe, über dessen Herkunft Hermann und Edgar rätselten. Kurt kommentierte: «Der Fahrni hat sich den Roten selbst mitgebracht, der trinkt ja kein Bier. Er hat auch noch mehr Gläser dabei. Wollt ihr auch einen Schluck?»
Edgar öffnete den Mund, aber er kam nicht mehr dazu, seinen Wunsch zu äussern. Im vorderen Teil des Zelts hatte sich Norbert Hürzeler aufgestellt und dengelte mit einem Messer an seine Bierflasche. «Achtung, alles hört auf mein Kommando!» Hürzelers Schnurrbart bebte vor Amusement. «Verehrte Kollegen, wir haben uns hier am Vaterlandstag versammelt, um unsere Einheit zu stärken und miteinander auf gute Zusammenarbeit anzustossen. Ich, Hürzeler Nor-

bert, übernehme ab heute offiziell das Kommando der Kripo Luzern. Zu diesem Anlass lade ich Euch ein und bitte Euch kräftig zuzulangen. Nach dem Essen werde ich noch ein paar Worte zu meiner Person verlieren und dem scheidenden Glinz Edgar danken. Aber zuerst hauen wir rein und lassen die Musik sprechen.» Hürzeler präsentierte mit einer Handbewegung den kleinen Mann im Älplerhemd, der hinter ihm mit einem Schwyzerörgeli bewaffnet auf einem Stabellenstuhl sass. Neben ihm stand eine Frau schwer schätzbaren Alters in Tracht, mit den Händen in den Rocktaschen und ernstem Gesichtsausdruck. «S'Krummenachers aus Hasle, der Küde und seine Schwester Pia, untermalen das Mahl. E Guete!» Hürzeler und einige der Gäste klatschten, während Küde auf seinem Instrument die ersten Takte eines Schottisch anstimmte, und der allgemeine Geräuschpegel anhob. Norbert Hürzeler hatte sich zurück an den Tisch gesetzt, und wandte sich seiner Tafelrunde und dem Essen zu.

Ländler war nun nicht Hermanns Lieblingssound, auch wenn es in dieser Sparte durchaus virtuose Musikerinnen und Musiker gab. Küde und Pia machten ihre Sache gut, kein Zweifel. Küdes Fingerfertigkeit auf dem Örgeli war beeindruckend, und Pia jodelte tadellos. Es war wohl mehr der mutmassliche Mentalitätshintergrund, der ihm die volkstümliche Musik suspekt erscheinen liess. Aber so oder so, sein Ding war sie nicht.

Edgar und Thea hatten inzwischen von Dr. Fahrni je ein Glas Rotwein herübergereicht erhalten und fachsimpelten über Gehalt und Abgang des guten Tropfens. Kurt kaute zufrieden an einem Stück Mostbröckli und grinste vor sich hin. Er sei in puncto Wein ein Banause, verriet er Hermann, behaupte aber trotz mangelnden Sachwissens, dass da allerhand hineininterpretiert würde. Wie denn bitte eine Kiwi-Note in ei-

nen Roten gelangen sollte. Edgar entging das nicht. «Jä, neinei», eine feine Zunge möge schon einiges an Aromen detektieren, die einem Zigarrenraucher nicht auffielen. Thea nannte Edgar eine berufsbedingte Spürnase, und Yannik wollte nun doch auch einen Schluck probieren. Am hinteren Teil des Tisches war man ebenso in Diskussionen vertieft, oder vielleicht auch in den Austausch von Anekdoten, denen herzhaftes Gelächter folgte. Die Kollegin von der «Droge», die neben Yannik sass, hatte nicht so recht Anschluss gefunden und begnügte sich damit, jeweils in die Richtung derjenigen Seite zu lächeln, auf der lauter gelacht wurde. Hermann verkostete den Buurehamme und sah sich um. An den meisten Tischen unterhielten sich die Gäste mit den Kolleginnen und Kollegen, mit denen sie sich auch sonst austauschten. Spartenübergreifende Geselligkeit war kaum auszumachen.
Vom Tisch links von Hürzelers Platz setzte sich eine kleine Delegation in seine Richtung in Bewegung. Eveline näherte sich zusammen mit Pina von der Pforte, einer Geschenkbox und einem grossen Kuvert feierlich dem neuen Kripo-Leiter, dem sie die Gaben mit aus der Distanz kaum vernehmlichen Worten entgegenstreckte.
Hürzeler dengelte erneut an seine Bierflasche und deutete Küde an eine kleine Pause einzulegen. «Darf ich um kurze Aufmerksamkeit bitten! Diese beiden Schätzeli überreichen mir doch tatsächlich ein Einstandsgeschenk von Euch. Das wäre dann also nicht nötig gewesen!»
Yannik beugte sich zu Edgar und Hermann herüber und fragte ungläubig: «Hat er ‹Schätzeli› gesagt?»
Edgar rollte die Augen und nickte. Auch Hermann wollte seine Missbilligung kundtun, als ihn ein Jauchzer des Entzückens auffahren liess. Norbert Hürzeler hatte ausgepackt, gelesen und war fassungslos. Ganz verreckt! Er sei nämlich ein Riesenfan von Helene Fischer. Da habe jemand aber genau das richtige Gspüri gehabt.

Blitzschnell erkannte Kurt Bühlmann, dass Evi ihn in der Menge auszumachen suchte, um dem begeisterten Beschenkten seinen Wohltäter zu zeigen. Kurt tauchte mit einem jähen Hopser unter den Tisch, und Thea verschüttete vor Schreck ihren Wein. Die Szene hatte etwas so slapstickhaftes, dass der ganze Tisch in Heiterkeit ausbrach, obwohl allein Hermann den Grund von Kurts Aktion kannte. Evis suchender Blick war auf dieser humorigen Tischreihe haften geblieben und gewann zusehends an Verständnislosigkeit. Da der Gesuchte aber unsichtbar blieb, beschloss sie wohl, die plötzliche Vergnügtheit am hintersten Tisch zu ignorieren und das Protokoll mit Würde weiterzuverfolgen.
Norbert Hürzeler bedankte sich mit Wangenküsschen bei den beiden Ehrendamen und rief der Festgemeinde sichtbar gerührt zu: «Rüdig schön, Kollegen, herzlichen Dank Euch allen!»

Damit ging man wieder zur gehabten Ordnung über. Küde und Pia stimmten ein rassiges Stück namens «Verkehrt statt lätz» an, und die Gäste widmeten sich erneut ihren herzhaften Happen. Dr. Fahrni schenkte Thea Loosli Wein nach, während Kurt Bühlmann nach eingehender Überprüfung der Lage von unter dem Tisch hervorkam und neugierige Erkundigungen nach seinem Motiv für den überraschenden Tauchgang mit geheimnisvollem Grinsen bedachte.
An die Gespräche wurde wieder angeknüpft, wo sie unterbrochen worden waren. Man ass, trank, und war gesellig. Hermann fragte Edgar gerade gespielt ernst, ob er dann bei ihm als Tellerwäscher anheuern könnte, wenn es ihm mit seinem neuen Chef zu bunt werden würde, als die allgemeine Gemütlichkeit ein jähes Ende fand.
Hürzelers Tischgenossen gerieten plötzlich in Unruhe. Urs Gasser, der KaPo-Kommandant, der rechts neben Hürzeler

gesessen hatte, sprang auf, und Sonja Rüegsegger zu Hürzelers Linken beugte sich besorgt zum neuen Kripo-Chef hinüber, der augenscheinlich zu dieser Sorge Anlass gab. Er sah fahl aus, hielt sich den Bauch und krümmte sich, schien aber gleichzeitig aufs Lebhafteste zu reden.
Jemand rief: «Was ist passiert?», und Gasser gab zu verstehen, dass Norbert sich nicht gut fühle. Das Ländlerduo brach ab und sah fragend zum Tisch des Geschehens.
Auf diesen Moment hatte das Gewölk über Neudorf gewartet. Wie auf Befehl begann Regen auf das Zeltdach niederzuprasseln. Ein Raunen ging durch die Reihen. Mittellautes Getuschel und unsichere Blicke wurden ausgetauscht. Dr. Fahrni erhob sich und bahnte sich den Weg zu Norbert Hürzeler, stellte diesem ein paar Fragen und fühlte seinen Puls. Hürzeler deutete mit einer vagen Geste an, so viel Aufhebens wäre sicher nicht nötig, und machte Anstalten, aufzustehen, als er zusammensackte und der Länge nach im Sägemehl auf dem Boden landete.
Man hörte «Jesses»-Rufe, und Kurt, der sich wie alle an Hermanns Tisch erhoben hatte, schätzte trocken: «Materialermüdung.»
Hermann sah ihn mit seltsam leerem Ausdruck an. Kurt fühlte die Dringlichkeit einer Relativierung seiner Aussage: «Ich meine das nicht zynisch. Wir Alten haben schon mal einen Materialschaden, zwischendurch. Wird sicher nichts allzu Ernstes sein.» Als Hermann ihn weiterhin so sonderbar ansah, wurde Kurt unwohl, und er wandte sich an Edgar mit einem verlegen jovialen «Gell, Edi?»
Edgar hatte nun einen anderen Gesichtsausdruck. Einen, den man von ihm nicht kannte. Er sah drein, als fühlte er sich schuldig.
Unterdessen hatte Dr. Fahrni Stefan Camenisch zu sich gewunken und ihm Anweisungen erteilt. Er solle die Ambulanz rufen, Wolldecken auftreiben und ihm helfen, den Pa-

tienten richtig zu lagern. Ringsum griff Betroffenheit um sich. Man wusste nicht so recht, was mit sich anfangen, und ob man helfen konnte oder in Gottes Namen halt ratlos herumstehen sollte. Hänsu war fluchend herbeigesprungen und neigte sich über seinen Freund. Er diagnostizierte vernehmlich, Norbi hätte Koliken und fantasiere – er müsse was cheibs gegessen haben – was ihm Dr. Fahrni umstandslos bestätigte.

Jetzt schloss Thea sich ihnen an und begann Hürzelers Bierflasche zu beschnüffeln und seinen Tellerinhalt zu untersuchen. Sie roch am Fleischkäse, am abgebissenen Stück Appenzeller und schliesslich am übrig gebliebenen Ende des Landjägers, das sie sofort die Brauen heben liess. Sie benetzte ihren Zeigefinger, strich über den Wurstzipfel und probierte. Theas Brauen stiegen noch höher. Mit dieser alarmierten Miene sagte sie etwas zu Dr. Fahrni, der sie verdutzt anstarrte, und nach kurzem Innehalten dasselbe Prozedere vollführte, wie es Thea soeben vollzogen hatte. Nun hoben sich auch Dr. Fahrnis buschige Brauen. «Frau Dokter» und Herr Doktor standen sich einen Moment lang mit Brauen auf Höchststand gegenüber. Dann hörte man die Sirene der Rettung. Das Blinklicht wurde von den Regentropfen gebrochen, was ein wenig wie ein Feuerwerk wirkte. Die rot-gelb uniformierten Leute vom Rettungsdienst stiegen aus dem Wagen und machten sich unverzüglich an die Arbeit. Dr. Fahrni nahm die Notärztin zur Seite und klärte sie mit ernster Miene über etwas auf, das sie ihre Brauen heben und den Patienten mustern liess. Thea war in der Zwischenzeit mit dem Landjägerstück und einem Tütchen am Werk. Norbert Hürzeler wurde auf eine Bahre geladen und in das Ambulanzfahrzeug verfrachtet, das kurz darauf mit heulender Sirene davonfuhr.

Hermann hatte während alldem mit entrücktem Blick stocksteif dagestanden. Eingeweihte hätten ihn für einen

Vulkanier gehalten, aber für seine Kolleginnen und Kollegen sah es bloss aus, als hätte er Blutleere im Kopf. Hermann befand sich in einem Zustand, der ihm vertraut war. Er nannte ihn «Götterdämmerung», ganz ohne Neigung zu Wagner. In seinem Hirn herrschte Hochbetrieb. Es hatte all die Vorgänge genau registriert, seine Synapsen knisterten und funkten, und alle Puzzleteile fügten sich wie von selbst zu einem Ganzen. Als würde er aus einem Traum erwachen, kehrte Leben in Hermann zurück. Edgar hatte ihn beobachtet und ahnte, was vor sich ging. Hermann wollte sich ihm erklären, aber Edgar klopfte ihm auf die Schulter und sagte: «Mach nur! Du bist auf der Spur. Verfolg sie!» Mit Stolz sah er Hermann dabei zu, wie er sich humpelnd durch die verdatterte Menge an Thea Loosli ranpirschte und sich mit ihr unterhielt. Theas Augenbrauen waren heute im Hoch. Dr. Fahrni und Kommandant Gasser traten nacheinander hinzu, beteiligten sich am Gespräch und kurz darauf am obligaten Brauenreigen. Wenig später verabschiedete sich Hermann von ihnen, und Thea peilte den völlig aufgelösten Hänsu an.

Hermann watschelte vorsichtig über das nasse Gelände zu seiner Vespa, setzte sich darauf, setzte den Helm auf, holte den Schlüssel hervor, biss die Zähne zusammen und brachte sein Gefährt mit einem einzigen schmerzhaften Tritt zum Laufen. Die Fahrt war eine klamme Angelegenheit. Seine Füsse fühlten sich in den Sandalen wie Fische im Wasser, bloss nicht im sprichwörtlichen Sinn. Durch den Regen war es kühler geworden. In seiner sommerlichen, durchnässten Kleidung fror Hermann im Fahrtwind so, dass seine Zähne im Takt des Motors klapperten. Er sah kaum durch das Visier und fuhr regelmässig durch hoch aufspritzende Pfützen, die er nicht hatte kommen sehen.
Als er über die Hochebene bei Hildisrieden unterwegs war,

konnte er durch den Niederschlag hindurch schwach zwei Höhenfeuer in der Ferne ausmachen. In Rothenburg trotzten Familien in ihren Gärten mit Partyzelten und Gasgrillwagen verbissen dem Wetter, und in Emmen streiften Jugendliche um die Häuser, die sich mit pfeifenden Knallkörpern und Böllern bei Laune hielten.

Kommandant Gasser hatte vorhin bestätigt, dass Norbert Hürzelers Landjäger mit einem «scharfen Pulver» bestäubt war, wie Hürzeler es genannt und für eine allweg neumödische Würzung gehalten hatte, was Hermanns Vermutung bekräftigte. Hermann hatte Thea den Vorfall auf dem Parkplatz beim Denner geschildert und ihr den Hinweis auf «Frau Holle» mit auf den Weg gegeben.

Beim Überqueren der Reuss liess der Regen nach. Durchgefroren tuckerte Hermann die Sedelstrasse hinauf, bog zum Sedel ein und freute sich darauf in Kürze ins Trockene zu gelangen. Der Verband an seinem rechten Fuss war mit Wasser vollgesogen und fühlte sich an, als wäre er aus Eis. Immerhin waren dadurch sowohl der Fuss wie die Schmerzen kaum mehr spürbar.
Beim Absteigen fiel Hermann mit Schrecken ein, dass die Eingangstüre des Sedels ja abgeschlossen war. Wenn er Pech hatte, würde seine Reise vergebens gewesen sein. Entmutigt näherte er sich der Treppe zur Aussentüre der Hauswartswohnung. Als er sah, dass das Schild weg war, das gestern vergebens die baldige Rückkehr des Verfassers versprochen hatte, fasste Hermann einen Funken Hoffnung. Er stieg umständlich die Stufen hinauf und klopfte an die Tür. Nichts. Hermanns Hoffnungsfunken drohte zu ersterben.
Da nahm er etwas wahr. Entfernte Musik. Musik, die er kannte. Aber woher? Es war roher, ruppiger Sound, der von drinnen kam, aber nicht direkt von hinter der Türe. Her-

mann lauschte und schloss die Augen – das war es! Dieses Stück hatte er durchs Treppenhaus hallen gehört, als er und Edgar den Tatort untersucht hatten. Die «Lopez Mobs» hatten bei Charlie Binggeli Aufnahmen gemacht. Der Hauswart betrieb in Nebenräumen seiner Hausmeisterwohnung ein Aufnahmestudio. Wenn Hermann Glück hatte, war Binggeli dabei die Aufnahmen zu bearbeiten. Er klopfte erneut, diesmal kräftig. Nichts.

Er musste irgendwie auf sich aufmerksam machen. Wenn Binggeli sich die Recordings im Studio anhörte, dann bestimmt in einer Lautstärke, die ein Klopfen weit in den Schatten stellte.

Hermann erinnerte sich, dass der Regieraum des Studios zum Garten hin lag. Er kletterte die Stufen hinunter und stakste rund um das ganze Haus herum durch den Garten, bis er unten an der Stelle angelangt war, wo oberhalb der Punkrock durch die Fensterscheibe dröhnte. Hermann sah sich um. Wenn er Kieselsteine an die Fensterscheiben würfe, würde er das Risiko eingehen nicht bemerkt zu werden. Und mit grösseren Steinen schlüge er womöglich die Scheibe ein.

Weiter hinten lag eine Holzstange unter dem Gebüsch. Er schleppte sie heran, zog sein nasses Hemd aus und band es ans Ende der Stange. Diese improvisierte Fahne schwenkte er nun so gut es ging vor dem Fenster hin und her. Eine Weile lang geschah nichts. Dann brach die Musik ab, und kurz darauf wurde das Fenster geöffnet. Das runde Gesicht Binggelis erschien und blickte verdutzt auf ihn nieder.

«Hallo Herr Binggeli! Ich bin's, der Hermann Schmid von der Kripo.»

Binggeli starrte ihn einen Moment lang an, dann begann er zu lachen. «Ach so, Sie! Kapitulieren Sie, oder wie muss ich die weisse Fahne interpretieren?»

Hermanns Kermit-Miene liess keinen Zweifel offen, wie

lustig er das fand. «Hören Sie, könnten Sie mich bitte reinlassen? Es wäre irgendwie einfacher.»
Der Hauswart nickte und verschwand aus dem Fenster. Hermann band sein nasses Hemd von der Stange los und warf es sich über die Schulter. Nach ein paar Minuten öffnete sich die Tür, die vom Garten ins Untergeschoss führte. Binggeli bedeutete Hermann einzutreten. Hermann folgte Binggeli durch den finsteren Korridor mit den Graffitis und der grossen Fotocollage, und dann treppauf.
«Also, eigentlich bin ich gerade an der Arbeit, auch wenn es für Sie wohl nicht danach aussieht ...», murrte Charlie Binggeli.
«Sie mischen wohl gerade die Aufnahmen der ‹Lopez Mobs› ab?»
Der Hauswart drehte sich zum Polizisten hinter ihm um, und sah ihm verblüfft ins Gesicht. Dann wanderte sein Blick hinab auf die Brust des Ordnungshüters, wo weiss auf schwarz «rage against the machine» zu lesen stand.
«Da sieh einer an!» Binggelis gute Laune war wiederhergestellt.
Als die beiden vor Linos Proberaum angekommen waren, blieb der Hausmeister stehen, offenbar in der Erwartung, dass der Kriminalbeamte mit ihm den Tatort erörtern wolle. Hermann aber deutete mit der Hand in Richtung Flur und meinte: «Darf ich kurz zu Ihnen reinkommen? Ich wäre ganz froh, wenn Sie mir ein Glas Wasser anbieten könnten.»
Binggeli zögerte.
«Und wenn Sie nichts dagegen haben, würde ich ganz gern einen Blick auf Ihr Studio werfen, aus rein privatem Interesse. Ich mache nämlich selbst Musik.»
«Ach daher kommt's! Ein Connaisseur!» Binggeli zeigte auf Hermanns T-Shirt und grinste. Das Eis war vielleicht nicht gebrochen, aber wenigstens angeknackt.
Der stolze Studiobetreiber ging vor Hermann her den Flur

lang, an dessen Ende die Tür zur Hausmeisterwohnung offenstand und die Sicht auf ein Sammelsurium aus Schuhen, Schlagzeugteilen, Katzenkörbchen und allerlei anderen Habseligkeiten freigab, die ihrer eigenen Ordnung zu folgen schienen.

Hermann stieg hinter seinem Gastgeber über die abenteuerliche Landschaft hinweg und betrat den Raum links, aus dem der Punkrock durchs Fenster zum Garten hin gedröhnt hatte. Der Regieraum. Geruchsmässig konnte er es mühelos mit Linos Proberaum aufnehmen.

Während Charlie Binggeli zeigte und erklärte, schweifte Hermanns Blick über die stattliche, alte Bandaufnahmeanlage, das Regiepult mit den verstaubten Mischreglern, den abgegriffenen, krümeligen Ledersessel, die mit Zetteln, Kleberollen und Essensresten überhäufte Arbeitsfläche und, darüber an der Wand, Regale voller Bänder. Binggeli schwärmte von den Vorteilen von Bandaufnahmen, und dass man kaum mehr Studios fände, die solche anböten.

Etwas Weiches schmiegte sich an Hermanns schmerzenden Fussknöchel. Eine schwarzweisse Katze schnurrte seinen Verband an und verzierte ihn mit Haaren. Ganz offensichtlich galt ihr Dekorationsdrang auch dem Spannteppich, der wohl einst beige gewesen war.

Im Raum standen einige Mikrofonständer mit verkabelten Mikrofonen, ein paar abgetakelte Stühle, zwei Gitarrenamps und anderes, was halt dastand, weil es nicht woanders stand. Eine grosse, ungeputzte Scheibe gab den Blick in den angrenzenden Raum frei, in welchem wenig anderes als ein Schlagzeug zu sehen war.

Binggeli stand am Mischpult mit dem Finger an einer Taste und fragte Hermann erwartungsvoll: «Mal reinhören?»

«Oh, äh, dürfte ich wohl vorher einen Schluck Wasser haben? Ich bin wirklich durstig.»

«Ach ja, das hatten Sie ja gesagt, sorry. Kommen Sie mit rüber.»
Hermann humpelte dem Studiobesitzer nach, hinüber zur Hausmeisterküche, soweit diese solcher Bezeichnung gerecht wurde. Auch hier herrschte ein Durcheinander, und Hermann kamen Zweifel, ob sich ein genügend sauberes Glas finden würde, aus dem zu trinken er sich überwinden könnte. Seine Zweifel erübrigten sich im Handumdrehen. Binggeli behändigte das erstbeste Glas vom schmuddeligen Regal, füllte es am Hahn mit Leitungswasser und streckte es dem durstigen Beamten mit einem gönnerischen «Voilà!» entgegen.
«Augen zu und durch!», dachte letzterer und kippte den Inhalt des suspekten Gefässes waghalsig in seinen Hals. Um seinen dringlichen Durst zu betonen, leerte Hermann das Glas in einem Zug und legte dabei seinen Kopf in den Nacken. In dieser Haltung fiel sein Blick auf einen altmodisch grünlich-grau lackierten Gegenstand mit runden Kanten, der oben auf dem Küchenschrank hervorschaute. Als Hermann seinen Kopf in Normalposition zurückbrachte, sah er, wie Charlie Binggelis Kopf im Nacken lag und an die fragliche Stelle auf dem Küchenschrank zeigte. Ohne sich zu bewegen, drehte Binggeli seine Augäpfel in Hermanns Richtung.
«Nicht gut, oder?» Binggelis Stimme klang kleinlaut, und sein Gesicht hatte einen roten Schimmer angenommen.
«Kommt drauf an...» Hermann sah Binggeli unverwandt an. Zeit Edgars Knack-Methode anzuwenden. Sie wirkte.
«Es ist nicht das, wonach es aussieht!» Binggeli hatte sich Hermann zugewandt und schien in Nöten.
«Es sieht nach einer Kasse aus», konstatierte Hermann seelenruhig.
«Jaja, eine Kasse ist es schon. Aber ... ich meine ... also, es ist meine. Meine Kasse.»
«Darf ich die mal ansehen, Ihre Kasse?»
Der Hauswart wuselte aus der Küche und kehrte mit einer

Stellleiter zurück, die er vor dem Küchenschrank aufstellte und bestieg, um den Gegenstand herunterzuholen und dem Polizisten zu überreichen. «Ich schwöre, Herr ...»
«Schmid»
«Herr Schmid, das hat nichts mit Lino zu tun. Keine Ahnung, warum sie da herumlag, aber sie war voll. Das Geld war drin. Nichts war gestohlen. Und das Geld war ja meins.» Binggeli redete verzweifelt auf Hermann ein.
«Erzählen Sie mir die ganze Geschichte – von Anfang an!» Hermann nahm mit gespreizten Fingern ein Glas vom Regal, füllte es mit Wasser und hielt es Binggeli vor die Nase. «Hier, nehmen Sie einen Schluck! Das hilft.»
Der Hausmeister leistete der Aufforderung Folge und stürzte das Wasser hinunter, während Hermann die Kassenschatulle in seinen Händen betrachtete. In diesem Augenblick fiel ihm Paul McCartney ein, wie er in seinem Traum auf eine Schatulle auf dem Boden gezeigt hatte: «Look at that bloody fuzz!» Hermann lächelte.
Die Geldkassette war schwer. An einer der gerundeten Ecken war etwas vom Lack abgesplittert. Hermann drehte den kleinen Schlüssel und besah sich den Kasseninhalt. Er bestand mehrheitlich aus Zweifränklern und Fünflibern. Einige Geldnoten waren auch dabei. Schätzungsweise ein paar hundert Franken. «Wollen wir uns hinsetzen, Herr Binggeli, ich hätte Lust eine Zigarette zu rauchen, wenn's recht ist.»
Charlie Binggeli stand da, das leere Glas in der Hand, und starrte auf seine Geldkassette in Hermanns Händen. Dann regte er sich, rückte die zwei Hocker, die unter dem Küchentisch standen, zurecht und ging hinaus. Zurück kehrte er mit einer Flasche Gin und einem halb vollen Aschenbecher, den er flüchtig in einen offenen Kübel unter der Spüle leerte und vor Hermann hinstellte.
«Ich habe leider kein Tonic.» Damit goss er Gin in ihre leeren Wassergläser und setzte sich hin.

Hermann steckte sich eine Zigi in Brand und prostete seinem Gastgeber zu. «Also?»
Binggeli nahm einen kräftigen Schluck Gin und zündete sich gleichfalls eine Zigarette an. Seine Hände zitterten. Er war sichtlich aufgewühlt. «Also... Diese Kasse gehört mir, und auch das Geld darin. Früher veranstaltete ich eine Zeit lang Konzerte im Club. Das war noch in der Zeit, bevor ich die Hauswartung und das Studio übernahm. Teilweise liefen die Gigs ganz gut, aber ausgerechnet an dem Abend, als mir diese Kasse gestohlen wurde, hatten wir rekordmässig Umsatz gemacht. Zum Glück hatte ich den Bands die Gagen schon ausbezahlt, bevor sie verschwand. Aber auch so war es ein Desaster. Ich bin nicht auf Rosen gebettet, wissen Sie!»
Hermann konnte es sich vorstellen.
«Jedenfalls, sie war weg, und ich hätte nie gedacht, sie jemals wiederzufinden, erst recht nicht mit dem Geld. Das war etwa vor ...» Binggeli rechnete angestrengt. «... etwa vor fünfzehn Jahren, so um den Dreh.» Vielleicht waren es doch sechzehn Jahre, denn Binggeli schien immer noch mit der zeitlichen Einordnung beschäftigt.
«Und dann?» Hermann hatte endlich wieder eine normale Körpertemperatur erlangt und blies entspannt Rauchringe in die Luft.
«Ja, und dann! Letzten ... was war es für ein Tag? ... Mittwoch! Da kamen ja die ‹Lopez Mobs› zu mir ins Studio, und als Pepe und Kong für die Chöre dazukamen – das heisst, Pepe kam ja erst später – aber die Mobs wollten eben Chöre und alles live einspielen, da musste ich noch mehr Mikroständer auftreiben. Das hatte ich ja Ihrem Boss erzählt, dass ich in solchen Fällen bei Bands, die cool drauf sind, mal was ausleihe.» Binggelis Ohren leuchteten rot, und auf seinem Gesicht bildeten sich kleine Schweissperlen. Mit einem Zug an seiner Zigarette machte er sich Mut fortzufahren. «Also ging ich zum Proberaum der ‹Men› und

wollte aufschliessen, als ich merkte, dass die Tür nicht abgeschlossen war, und als ich reinging … das hatte ich ja auch schon gesagt, dass ich Lino am Boden fand und erst dachte, er wäre sonst irgendwie tilt, aber dann merkte ich, dass er … tot war.» Charlie Binggeli sass da, wie ein Häufchen Elend.
«Ja, das hatten Sie berichtet. Nachdem Sie behauptet hatten, Sie hätten Putzmittel holen wollen.»
Augenblicklich war Binggeli wieder nervös. «Jaja, aber das hatte ich nur gesagt, weil … Also, ich klaue nichts. Nie! Ich bringe die Sachen immer wieder zurück, ich schwör's Ihnen!»
«Und die Kasse?»
Binggeli wurde puterrot. «Das habe ich auch nicht verstanden! Als ich hereinkam und Lino liegen sah, lag da auch meine Kasse. Sie lag einfach auf dem Boden. Voll! Ich meine, mit allem Geld drin … Als ich dann merkte, dass Lino tot war, dachte ich, dass er ganz sicher nicht überfallen worden war, sonst hätte der Räuber ja meine Kasse mitgenommen, oder?» Hermann musterte Binggeli und drückte seine Kippe aus. «Und dann haben Sie einfach die Kasse mitgenommen. Sie wissen schon, dass man an einem Tatort nie was verändern darf?»
Binggelis flehender Blick kannte kaum mehr Steigerung.
«Aber es ist meine Kasse. Mein Geld! Ehrlich verdient. Wenn Sie die Kasse gefunden hätten, wäre sie sicher beschlagnahmt worden oder so, und kein Mensch hätte mir geglaubt, dass sie mir gehört. Warum auch. Verstehen Sie?»
Hermann sinnierte. Dann hob er sein Ginglas und trug seinem Gastgeber zu dessen Überraschung das «Du» an, der das Prosit erwiderte und «Ja dann, Charlie» sagte.
«Hast du irgendeine Idee, wie die Kasse in Linos Proberaum gekommen war?»
Charlie überlegte. Dann sagte er zögernd: «Vielleicht … Aber so?»

Hermann ermunterte ihn seine Gedankengänge mit ihm zu teilen.
«Na ja, dazumal, als Pepe, Nero und ich die ‹Fetish Boys› hatten, probten wir in Pepes Raum, also in Zelle 10 – ich meine, in dem Raum, wo Lino die letzten Jahre mit ‹The Men› probte.» In Charlie wurden Erinnerungen wach. Er grinste. «Das waren Zeiten! Das hat gerockt, damals … Aber wir hatten immer ein Schlagzeuger-Problem. Eine Weile lang probierten wir's sogar mit dem durchgeknallten Gregi – möge er in Frieden ruhen …»
«Moment mal! Also du hattest mit Pepe Zingg zusammen eine Band, und ihr habt in Zinggs Proberaum geprobt?»
«Ja, genau. Pepe ist ja immer noch der Raummieter und jammt da ab und zu mit seiner Bierbauch-Bluestruppe. ‹The Men› sind seine Untermieter. Aber damals probten nur wir im Raum 10, und das war zu der Zeit, als mir die Kasse wegkam. Vielleicht … keine Ahnung. Ich war nicht besoffen an dem Abend. Irgendwie musste die Kasse ja scheinbar damals in unseren Proberaum geraten sein … Aber ich hab sie die ganzen Jahre über nie gesehen! Als wir die ‹Fetish Boys› auflösten, räumten wir den Raum schier leer. Die Kasse war nicht im Raum, ich schwör es dir. Und letzte Woche liegt sie da mitten auf dem Boden!» Charlie schenkte beiden Gin nach.
Hermann grübelte. «Und was war mit dem durchgeknallten Schlagzeuger, der jetzt tot ist?»
Charlie stutzte. «Weisst du was, er ist damals kurz nachdem umgekommen. Ich meine, nachdem die Kasse verschwand. Wir hatten Gregi gerade aus der Band geworfen, weil er einfach untragbar war. Ein totaler Chaot. Einmal hatte er sogar Nero einen Zahn ausgeschlagen, weil er ihm gesagt hatte, er solle achteln. Gregi war unberechenbar. Und immer abgebrannt.» Charlie war im Geist in jene Zeit zurückgereist und versuchte sichtlich konzentriert die Geschehnisse ein-

zuordnen. Plötzlich schnippte er mit den Fingern. «Genau! Wir hatten Gregi ja eben aus der Band geschmissen, aber er weigerte sich den Schlüssel zurückzugeben. An dem Tag, als dann abends beim Club-Konzert die Kasse wegkam, spielte am Nachmittag bei uns ein neuer Drummer vor. Ich weiss noch, Gregi lungerte den ganzen Abend herum und machte Radau. Pepe wollte ihm den Proberaumschlüssel abnehmen, aber Gregi tat wie ein wildes Tier ... Wenn ich mich nicht irre, hatte Gregi dann am nächsten Tag den Unfall. Er donnerte mit seinem Mofa in die Wand einer Unterführung. Erfahren haben wir das erst zwei, drei Tage später.»

Hermann lehnte sich zurück an die Wand hinter ihm und kombinierte. «Sag mal, hängt die lose Deckenplatte in Zinggs Proberaum schon länger herunter?»

«Die Deckenplatte? Ach so, ja, hab ich gesehen. Keine Ahnung. Länger wohl kaum, nein. Ich war die vordere Woche mal im Raum, weil ich für ‹Die Blinden Hühner› ein knackigeres Snare brauchte. Da lag auch die Kasse noch nicht ...»

Hermann beobachtete, wie bei Charlie der Groschen fiel. In Zeitlupe. Aber er fiel. Die Götterdämmerung hatte nun auch ihn erreicht. «Meinst du ... die war da oben? ... Das wäre ja ...» Charlie tupfte mit dem Ärmel seine Stirn ab und sah Hermann mit aufgerissenen Augen an.

Hermann nahm die Kassenschatulle vom Tisch. «Was ich weiss, ist, dass Lino mit – oder von – einem Gegenstand erschlagen wurde, der genau dieselbe Lackierung hat, wie deine Kasse. Ausserdem ist hier der Lack ab.» Hermann hob die Kasse hoch und Charlie vors Gesicht. «Was ich von dir erfahren habe, lässt, sofern du die Wahrheit sagst, Folgendes schliessen: Nachdem in dieser Kasse, die du bei Linos Leiche auf dem Boden gefunden hast, kein Geld fehlt, kann, wie du selbst sagtest, ein Raubmord ausgeschlossen werden.» Hermann hob zur Illustration den Kassendeckel an und wies auf das Geld darin. «Da die Deckenplatte vo-

rige Woche noch war, wo sie hingehört, und diese Kasse sehr schwer ist und in den Hohlraum über der Deckenplatte passen würde, ist es nicht auszuschliessen, dass die Kasse über der Deckenplatte versteckt war, bis eine *Materialermüdung* dazu führte, dass sich die Deckenplatte einseitig löste und die Kasse herabstürzen liess. Unglücklicherweise auf Lino, der genau zu dem Zeitpunkt darunter stand.»
Hermann liess die Kasse ein Stück fallen und fing sie mit Mühe ab. «Was ich meine, ist reine Theorie: Euer schlimmer Finger Gregi könnte sich an jenem verhängnisvollen Abend die Kasse heimlich gegriffen und sie in eurem Proberaum über der besagten Deckenplatte versteckt haben. Es tut sich ja ein hübsches Sträusschen an Motiven auf. Rache, Not, Frust. Vielleicht wollte er die Kasse später holen, zu einem günstigeren Zeitpunkt für den Transport von so viel schweren Münzen. Oder sich nach und nach daraus bedienen. Das würde seine Weigerung erklären, den Schlüssel zurückzugeben. Abermals unglücklicherweise nützte ihm der Schlüssel dann doch nichts, weil er – wie ist er verunfallt?»
Charlie hatte sein Gesicht in beide Handflächen gelegt. Durch die Finger hörte Hermann ihn sagen: «Meine Güte, was für eine vermaledeite Verkettung!» Dann senkte er die Hände und blickte Hermann entsetzt an. «Dann bin ich ja schuld an Linos Tod!»
«Nein. Eigentlich ist niemand daran schuld, sondern der Zufall. Aber du kannst für Unterschlagung von Beweismaterial belangt werden. Lass dir ein für alle Mal gesagt sein: Bewege nie mehr etwas an einem Leichenfundort!»
Charlie schüttelte heftig den Kopf. «Ich will *nie mehr eine Leiche finden!»*
Hermann hakte nach: «Wie ist Gregi zu Tode gekommen, sagtest du?»
«Selbstunfall, meinten sie. Vermutlich hatte er Dope intus.

Er raste mit seinem Töffli ohne ersichtlichen Grund voll in die Betonwand einer Strassenunterführung. In Ebikon war's. Bei Gregi hätten wir uns nicht mal gewundert, wenn er durch spontane Selbstentzündung ums Leben gekommen wäre.»
Hermann stand auf, füllte sich am Hahn sein Glas mit Wasser auf und kippte es in einem Zug herunter.
«Ich muss deine Kasse mitnehmen und sie der Forensik für die Überprüfung der Übereinstimmung des Lacks übergeben. Aber ich bin ziemlich sicher, dass Lino von deiner Kasse erschlagen wurde. Einzig eines stört mich: Die Falllinie von der Decke auf den stehenden Mann scheint mir recht kurz für eine tödliche Folge durch den Aufprall, auch wenn das Teil wirklich schwer ist.»
Charlie sah bemitleidenswert drein. Sein Hundeblick traf Hermann mitten ins Herz.
«Was kriege ich für die Unterschlagung?»
Hermann überlegte. Dann sagte er: «Komm mit!», und bedeutete dem Hauswart ihm zu folgen. Sie gingen aus der Wohnung, den Flur lang, zu Linos Proberaum. Hermann löste die Versiegelung und trat ein. Der Geruch hatte sich von der frischen Luft vom Vortag wieder erholt.
Hermann stand im Raum und sah sich um. Charlie war im Türrahmen stehengeblieben und wartete schicksalsergeben auf was auch immer kommen möge.
«Wo lag die Kasse, als du sie gefunden hast?»
Charlie umkreiste mit dem Zeigefinger einen Bereich auf dem dreckigen roten Teppich, zwischen der Stelle, wo Linos Leiche gelegen hatte, und der Türe.
Hermann stellte sich in die Markierung der Leichenfundstelle, sah zur Deckenplatte empor und begann schwungvolle Bewegungen mit dem Arm in verschiedene Richtungen zu vollführen. Offenbar war sein Unterfangen nicht zufriedenstellend. Er rieb sich nachdenklich das Kinn. Dann

setzte er sich auf den Boden und blickte abermals nach oben und hinter sich, wo Linos goldige Gretsch-Gitarre lag. «Das muss es sein!», murmelte er zu sich, und zum Hauswart vernehmlicher: «Kannst du mal die Stellleiter holen, bitte?» Dieser setzte sich in Bewegung und kam kurz darauf mit der Leiter zurück. Hermann stellte sie unter der Deckenplatte auf und stieg beschwerlich hoch, um sich die Stelle anzusehen, an der sich die Platte gelöst hatte. «Wie ich's mir gedacht hatte, da hat mal jemand dran herummanipuliert. Die Gregi-These könnte also hinhauen. Aber du musst mit einer Busse rechnen fürs Entfernen des Corpus delicti, mein Lieber. Wir hatten uns alles genau angesehen, und es ist zu unwahrscheinlich, dass das Ding irgendwo hingefallen sein könnte, wo wir es nicht entdeckt hätten.» Binggeli liess den Kopf hängen. Hermann stieg von der Leiter herunter und redete dem Betrübten ins Gewissen. «Du musst einfach bei deiner Geschichte bleiben, sonst könnte es kompliziert werden.»
«Es ist keine Geschichte, echt nicht! Es ist die Wahrheit», plädierte Charlie, während die beiden den Raum verliessen, und Hermann mangels Ersatzes die Versiegelung so gut es ging glattstrich, als wäre sie unverletzt.

Als sich die Zweierprozession mit Hinkebein und Stellleiter zur Rückkehr in die Hausmeisterwohnung in Bewegung setzte, trat jemand durch den Haupteingang ein.
«Heyyy, Hörmey! Ohne deinen Hamster unterwegs?» Hermann hatte Vera unter der Kapuze ihrer riesigen Regenjacke erst nicht erkannt. Sie kam die Treppe hoch auf Hermann und Charlie zugesteuert, nickte dem Hauswart zu und guckte auf Hermanns Fuss hinunter.
«Uiii! Bist du verletzt?»
«Ach, nicht so schlimm. Ich bin nur über das Offensichtliche gestolpert.»

Veras Anblick versetzte Hermann spontan zurück in ihr gemeinsames Patois. Sie beäugte die Leiter in Charlies Händen, meinte lachend: «Dann seid Ihr jetzt wohl auf der Höhe!», und trat ihrerseits den Aufstieg über die Treppe an. «Bis dann dann!»

Zurück in Charlies Wohnung bat Hermann ihn um einen Plastiksack für den Transport der Kassenschatulle. Nach einigem Rumoren in diversen Winkeln seiner Küche beförderte der Hauswart einen violetten Voegele-Sack ans Tageslicht. Hermann war beeindruckt. Dieses Modell war schon ein Stück Altertum gewesen, als Hermann noch Kind gewesen war. Zum Nostalgiker geboren, hatte er bereits als Bube alles als bemerkenswert empfunden, was aus vergangenen Zeiten stammte.
Charlie Binggeli sah dem Beamten mit Unbehagen dabei zu, wie er seine Kasse in der Plastiktasche verstaute. Mit seinem ernstesten Peter-Lorre-Blick fragte er: «Werde ich sie je wiedersehen?» Man hätte denken können, es ginge um die Liebe seines Lebens.
«Wenn deine Geschichte nicht bloss eine Geschichte ist, ja. Vielleicht geht allerdings der Inhalt für das Zurückhalten von Beweismitteln drauf.» Hermann klopfte dem zerknirschten Kassenbesitzer auf die Schulter, verabschiedete sich und machte sich auf den Weg zur Kantonspolizei. Er nahm an, dass er Edgar inzwischen dort antreffen würde und konnte es kaum erwarten ihm die frohe Botschaft zu verkünden.

Hinter der Wolkendecke erschien die Sonne als blasse, helle Scheibe. Hermanns Sandalen waren immer noch feucht, und sein rechter Fuss wurde diesmal vom Kickstarter übel herausgefordert. Aber einmal unterwegs stellte Hermann erleichtert fest, dass die Temperatur angenehmer geworden war. Aus den Schrebergärten unterwegs stiegen zahlreiche Rauchsäulen auf. Die Luft war mit dem appetitanregenden Duft von Grillfeuern gesättigt. Eigentlich hatte Hermann in Neudorf zwar genügend Fleisch einverleibt, aber er konnte so satt sein, wie er wollte; wenn er Grillgeruch wahrnahm, erwachte in ihm der hungrige Höhlenmensch.

Bei der St.-Karli-Kirche war eine unerschrockene Gummiboot-Karawane unterwegs zum Reussufer. Die Träger in ihren Neoprenanzügen verschwanden mit ihren Oberkörpern fast ganz im Inneren der umgekehrten Boote, sodass es von weitem wirkte, als würden Ameisen Lakritzezungen abtransportieren. Drüben, auf der Heiterweid schossen ein paar Witzbolde bereits Raketen in den bedeckten Nachmittagshimmel.

Als Hermann auf den Parkplatz vor dem Bau einbog, wurde ihm klar, dass die gesamte Festgemeinde von Neudorf in der Zwischenzeit hierher disloziert hatte. Stolz holte er den violetten Plastiksack mit seinem gewichtigen Inhalt unter der Sitzbank seiner Vespa hervor und hinkte damit so heroisch es ging auf den Eingang zu. Am Personaleinlass sass Fredy Bürkli. Fredy war eigentlich im Ruhestand, sprang aber bei Bedarf immer gern ein, und genoss es jeweils sichtlich wieder «unter seinen Leuten» zu sein. Er strahlte Hermann an: «So, Schmid, auch im Dienst, am Vatterlandstag?» Dann linste er auf Hermanns Fuss und erkundigte sich, ob er den Scheichen abenand habe; er selbst habe noch vor Kurzem den Arm in der Schlinge gehabt, aber es nütze nichts, etwas sei immer.
Hermann war nicht in Plauderlaune. Er wollte seinem offiziell nicht mehr Vorgesetzten seinen Durchbruch zu Füssen legen und ihn zum Abschied mit der Lösung des Falls erleichtern. Oben herrschte Betriebsamkeit. Die Kolleginnen

und Kollegen hatten sich wohl aus lauter Verlegenheit ob der unerwarteten Wendung der Dinge in die Arbeit gestürzt.

In Edgars Büro tagte eine Beratung. Der Kommandant stand Edgar mit verschränkten Armen gegenüber und trug eine Miene, die man mit «Ernstfall» beschriftet hätte, wenn sie mit einem Label zu versehen gewesen wäre.
Edgar hatte die Hände in den Hosentaschen und sah Hermann mit einer Mischung aus pflichtbewusster Betroffenheit und willkommener Neugier an, als dieser mit dem violetten Paket im Arm eintrat. Hermann nickte Urs Gasser zu und fragte, ob er gerade ungelegen kam.
Gasser räusperte sich und sprach in dienstlichem Ton: «Schmid, das betrifft Sie auch. Wir sind mit einer prekären Lage konfrontiert. Ihr neuer Vorgesetzter ist ausser Gefecht gesetzt. Die Angelegenheit ist mit äusserster Diskretion zu behandeln. Gegenüber der Öffentlichkeit wird eine vorläufige Beurlaubung aus familiären Gründen kommuniziert werden.» Kommandant Gasser sah mit todernster Miene auf den Boden vor seinen Füssen, als käme nun das absolute Non-Plus-Ultra in Sachen schlechter Nachrichten. «Edgar hat mir klar gemacht, dass er seinen Dienst bei uns nicht verlängern kann. Er hat seine neuen Verpflichtungen wahrzunehmen. Auf seinen Vorschlag hin wird die Kriminalpolizei bis auf Weiteres von Thea Loosli geführt. Ihre Qualifikation dürfte so weit ausreichen. Die Leitung der Abteilung Betäubungsmitteldelikte wird ad interim durch den jungen Yannik Lüthi übernommen. Sie sind nun also einer Frau unterstellt, Schmid.» Gassers Ausdruck kam demjenigen eines Arztes gleich, der seinem Patienten die Diagnose einer letalen Krankheit mitzuteilen hatte.
Hermann freute sich diebisch über diese neue Entwicklung. Er hätte juchzen können. Aber ihn zwickte der Schalk. Er setzte eine Miene auf, als wäre ihm soeben sein Todesurteil

verkündet worden. «Ja dann ...» Verstohlen schielte er zu Edgar hinüber, der ihn überrascht ansah. Durchschaute er seinen langjährigen kriminologischen Weggefährten tatsächlich nicht? Hermann zwinkerte ihm zu, und Edgar lachte erleichtert auf. «Mach jetzt nicht das Kalb, du Löli!» Damit zwinkerte er zurück und meinte, an den Kommandanten gewandt, erklärend: «Schmid fügt sich seinem Schicksal mit Begeisterung, Urs. Er ist ein zäher Bursche, den wirft so schnell nichts um.»
«A propos umwerfen ... Ich muss das mal abstellen, es wird langsam zu schwer.» Hermann humpelte zu Edgars Schreibtisch und deponierte das violette Schwergewicht darauf.
Urs Gasser sah halbwegs zufrieden aus. «Haben Sie was, Schmid?»
«Na ja, allmählich frage ich mich, ob's eine Verstauchung ist.»
«Ich meine das Paket da», Gasser sah ihn schärflich an.
«Oh! Ach so, ja. Wir können vermutlich die Ermittlung im Todesfall vor einer Woche im Sedel abschliessen. Unfall mit Todesfolge, wenn die Forensik unsere Vermutung bestätigt.» Hermann zeigte auf den Voegele-Sack, und Gassers Miene hellte sich deutlich auf, bevor sie wieder einen ermahnenden Ausdruck annahm und auf Hermanns Fuss wies. «Schauen Sie, dass Sie das in Ordnung bringen! Wir können jetzt keine Krankheitsausfälle brauchen!» Der Kommandant wirkte, als wollte er «Abtreten!» sagen, dann aber merkte, dass er derjenige war, der den Raum verlassen musste, und sich im Gehen zu einem trockenen «Gute Arbeit. Weitermachen!» durchrang.

Kaum hatte sich hinter Gasser die Tür geschlossen, fuhr Hermann die Freude in die Beine. Ein Impuls, ganz frei von Überlegung. Er machte einen Luftsprung.
«*Au!* Ahhh! Verdammt, ich Depp!»

Edgar beugte sich besorgt über seinen nicht mehr Untergebenen, der auf dem Boden kauerte und sich mit schmerzverzerrtem Gesicht seinen Knöchel hielt.
«Wart, ich hole den Bruno!», rief Glinz ihm zu, während er hinaus eilte.
Hermann liess sich verblüfft auf sein Hinterteil kippen. Der Du-resistente Dr. Fahrni musste heute während der Feier dem aus dem Dienst scheidenden Edgar das Du angeboten haben. Kein Mensch war je per du gewesen mit dem Doktor. Das wollte schon was heissen.

Ein paar Minuten verstrichen, bis sich Stimmen näherten, und Edgar in Begleitung der Kollegin aus der «Droge» eintrat, die bei der Einstandsfeier keinen Anschluss gefunden hatte.
«Bruno war nicht abkömmlich. Aber Sylvie hier ist ausgebildete Krankenschwester.»
Hermann dachte bei sich, dass Edgar ein bisschen angab mit seinem neu erlangten Privileg den Gerichtsmediziner mit Vornamen zu kennen und streckte der freundlich grüssenden Sylvie dankbar sein rechtes Bein hin. Sie war, dem ursprünglichen Anlass geschuldet, festlich gekleidet und ging auf ihren schlammverschmierten Stilettos in die Hocke, um den fraglichen Fuss von Sandale und Verband zu befreien und zu untersuchen.
«Ich bin dann der Hermann. Du bist noch nicht lange bei uns, oder?»
Sylvie lächelte ihn durch ihr übergrosses lachsfarbenes Brillengestell an und erklärte, sie sei hier noch in Ausbildung. Sie habe damals nach dem Balkonapplaus entschieden umzusatteln, und es gefalle ihr ganz gut.
Hermann stellte fest, dass sie einen leichten Silberblick hatte und verdächtigte diesen, schuld an ihrer Schüchternheit zu sein. Umso mehr verdutzte ihn ihre abschliessende Äusserung zu seinem Fuss.

«Also, dranbleiben kann der nicht. Aber keine Sorge. Amputation ist heutzutage keine Sache mehr.»
Edgar und Hermann starrten die junge Frau in Pastelltönen an, von der diese rabenschwarze Diagnose gekommen war. Diese stand auf, grinste breit und machte eine wegwerfende Handbewegung. «Nein, Blödsinn, sorry! Ich hab natürlich nur Spass gemacht. Der Fuss ist wohl nicht gebrochen, aber mit ziemlicher Sicherheit sauber verstaucht. Eine Röntgenaufnahme wird Klarheit schaffen.»
Zwei Paar Männermundwinkel taten es den ihrigen gleich. Edgar klopfte Sylvie etwas kräftiger auf die Schulter, als es ihre Absätze zuliessen, und half ihr rasch, den Stand zu halten. «Ou, hoppla! Also, du bist hier goldrichtig! Solche, wie dich, können wir brauchen.»
Sylvie lächelte und wirkte wieder schüchtern. Hermann zog sich an Edgars Schreibtisch hoch und feixte seinen Ex-Chef an. «Wir? Du bist jetzt Gastwirt, schon vergessen?»
Sylvie erklärte, sie hole vernünftiges Verbandszeug, um den Patienten transportfähig zu machen. In der Tür kreuzte sie Eveline, die mit wichtiger Miene eintrat. Für ein singendes Telegramm fehlte nur noch, dass sie ihre Botschaft musikalisch vortrug. «Versammlungsgebot für 16 Uhr im SiZi. Der Kommandant Gasser hat eine Bekanntmachung zu verkünden.»
Edgar tat ihr Kund, dass sie anwesend sein würden, sofern Hermann bis dann fachgerecht verarztet worden wäre. Evi hatte keine Zeit für Anteilnahme. Sie hatte eine Mission zu erfüllen und machte auf dem Absatz kehrt. «Sie gäbe den perfekten weiblichen C3PO ab», schwärmte Hermann ihr nach. Edgar kannte diesen Code nicht, aber was ihn viel mehr interessierte als Eveline Boogs Potenzial, stand in einem Plastiksack aus den Achtzigerjahren auf seinem Pult. «Der Beizer möchte noch gern wissen, wie der Tschugger den Fall gelöst hat, wenn's recht wär.»

«Ach du liebes Bisschen! Genau, da bin ich nun gar nicht so sicher, ob du befugt bist von der Auflösung meines Falls …»
«Wumm!», hatte er einen leichten Box vom Beizer im Bauch.

Hermann packte die Kassenschatulle aus und erzählte dem Unbefugten ihre ganze Historie, seine an Wahrscheinlichkeit grenzend sichere Vermutung zum Hergang von Linos Tod und obendrein die Szene, die sich beim Catering-Verlad Hürzelers hinter dem Denner zugetragen hatte. «Die Harasse muss das Drogensäckchen zerdrückt und das Heroin auf den einen Landjäger gequetscht haben. Ganz schön Pech für den Hü… Hat eigentlich sonst niemand was abgekriegt?»

Als Sylvie mit Verbandszeug und Schienen eintrat, befand sich der zum Gastronomen umgesattelte KriPo-Leiter gerade in Hochstimmung. «Ein Landjäger wird von einem Landjäger gebodigt und überlässt wegen Heroinkonsums der ‹Frau Dokter› von der ‹Droge› seinen Posten! Wenn's nicht wahr wäre, wär's aus einem Schundroman!»
Sylvie lächelte mit, ohne zu wissen, wovon genau die Rede war, wies Hermann auf Edgars Stuhl und machte sich ans Werk. «Wir müssen gleich zur Versammlung. Ich mache dir einen Leichtverband mit Kunststoffschienen, das geht schnell. Vielleicht kann dich Dr. Fahrni nachher unten röntgen, falls das erlaubt ist. Sonst musst du dich dann halt zügig bei deiner Ärztin für die Radiologie anmelden, gell.»
«Bei meiner Ärztin?» Hermann guckte.
«Oder bei deinem Arzt.»
Hermann wunderte sich über sich selbst und musste an Leonie denken.

Sylvies Verband verlieh spürbar Stabilität. So hinkte Hermann hinter seiner Erlöserin und seinem Ex-Chef aus Edgars Büro, das eigentlich für einen Tag Hürzelers Büro gewesen war und nun Theas Büro sein würde. Die drei pilgerten hinauf zum Sitzungszimmer und stellten sich möglichst unauffällig hinten an. Der Raum war voller Kolleginnen und Kollegen, die aufmerksam lauschten, was der Kommandant ihnen mitzuteilen hatte.

«…zeler hat sich den Heroinrausch unwissentlich durch Fremdverschulden zugezogen. Es wurden Lebensmittel von seinem Teller sichergestellt, die mit der Substanz versehen waren. Die Untersuchung, wie es dazu kam, ist in vollem Gange. Aber ich muss hierzu betonen, dass über den Grund von Hürzelers vorläufiger Freistellung vom Dienst ab-so-lutes Stillschweigen geboten ist.» Kommandant Gasser nahm einen Schluck von dem Wasserglas vor ihm auf dem Besprechungstisch. Dann eröffnete er der Versammlung die ihm offensichtlich schwerfallende Botschaft der provisorischen Leitungsrochaden.

Aufgeregtes Murmeln ging durch die Reihen. Yannik Lüthi und Thea Loosli wurden nach vorne gerufen. Gasser legte Yannik die Hand auf die Schulter und stellte ihn in den höchsten Tönen vor. Dann wies er auf Thea mit einer Geste, die dazu geschaffen schien Balthasar Glättli als Ersatzstürmer in der Schweizer Herren-Eishockeynationalmannschaft zu präsentieren. Die Erwähnung von Looslis akademischer Ausbildung und bisherigen beruflichen Stationen fiel knapp und trocken aus.
Dann begann jemand zu klatschen. Es war eine kleine, stämmige Beamtin von der Streife, die Hermann nur unter dem Übernamen «Mops» bekannt war. Nach und nach erhob sich der Applaus im ganzen Raum. Manche klatschten mit verhaltener Begeisterung, einige mit Verve und «Bravo!»-Rufen.

Urs Gasser huschte ein Anflug von Zufriedenheit übers Gesicht, der sofort einem strengen, beherrschten Ausdruck wich. «Bitte! Wir wollen doch nicht vergessen, dass unser geschätzter Kollege Hürzeler einem mutmasslichen Attentat zum Opfer gefallen ist. Es ist mir ein Anliegen, dass ihm Respekt gezollt wird.»
Inzwischen johlten ein paar der Anwesenden, während einige sich nach vorne drängten, um den beiden Ernannten zu gratulieren.
Der Kommandant rief zur Ordnung, wünschte Lüthi und Loosli guten Start in ihre neuen Aufgaben, und hätte wohl nur zu gern den Saal räumen lassen, worauf er wohl oder übel in Ermangelung von Befehlsempfängern, die nicht Teil der Unruhestifter waren, verzichten musste.

Edgar grinste Hermann tief zufrieden an.
«Das habt Ihr Euch verdient, du und Thea. Ihr werdet das Kind schon schaukeln.»
Hermann fehlten gerade die Worte. Dann gesellte sich Thea zu ihnen und drückte beiden strahlend die Hand. Sie neigte sich vertraulich zu Edgar und sagte: «Ich ahne, wer ein gutes Wort für mich eingelegt hat. Danke, Edgar!»
Dann traten Kurt, Stefan und Roman hinzu und sprachen Thea ihre Glückwünsche aus. Kurt meinte, sie könnte nun eigentlich ihren Border Terrier zur Arbeit mitnehmen, was Stefan spontan zum Angebot ermunterte, diesen dann auch ab und zu Gassi zu führen.

Hermann aber nahm Roman beiseite und fragte ihn, ob er ihm noch einen Dienst erweisen könne. Er erklärte ihm kurz seinen Fund und seine Vermutung. Roman Wenger, Forensiker mit Leib und Seele, war sofort zu haben. Die beiden Männer empfahlen sich und verliessen die Versammlung.

«Lahmst du?», fragte Roman, als er Hermann zu Edgars Büro folgte.
«Lieber den Fuss verstaucht als den Geschmack», frotzelte Hermann mit Blick hinter sich auf Romans Krawatte.
«Die hat einiges gekostet!», protestierte dieser leicht eingeschnappt.

Beim Auspacken der violetten Plastiktasche kehrte die gute Laune des Forensikers zurück. Allein der Anblick der Kassenschatulle schien ihm zu bestätigen, dass dies der Lack war, den er in der Wunde des Toten gefunden hatte. «Dann nehmen wir das gute Stück doch mal mit ins Labor … Hoppla! Nicht schlecht schwer, das Ding!»

Auf dem Weg durch den Korridor begegneten die beiden einigen Rückkehrenden von der Personalversammlung. Auch Thea, Kurt und Edgar kamen ihnen entgegen.
«Chef!», rief Hermann und blieb stehen, während Roman mit der Kasse unter dem Arm seines Wegs ging.
Edgar sah auf. «Ja?»
Hermann kicherte. «Doch nicht du! Sie!» Hermann zeigte auf Thea, die ihn überrascht anblickte, und fragte sie scheinheilig: «Darf ich Sie noch duzen, Chef?» Edgar und Thea sagten gleichzeitig: «Also, daran muss ich mich erst noch gewöhnen.»
Einen Moment lang sahen sich die zwei an, dann brach bei allen vier Heiterkeit aus, bis Urs Gasser im Flur erschien. Er steuerte auf Thea zu und beorderte sie auf nächsten Tags 0800 zwecks ordentlicher Übergabe zu sich in die Kommandantur. Für heute erteilte er, soweit keine Dringlichkeit vorlag, die Erlaubnis auf Rückzug. Und an Edgar gewandt meinte er in weniger dienstlichem Tonfall, er sehe dem angekündigten Ausstandsessen in Edgars Restaurant freudig entgegen. Damit machte er kehrt und entfernte sich geschäftig.

«Meine Spelunke ist noch nicht ganz parat, die Elektriker sind noch nicht fertig, und es liegt noch ein Haufen Grümpel herum. Aber wir könnten ja trotzdem bei einem kühlen Blonden zusammen auf Theas Beförderung anstossen. Was meint Ihr?»
Das liessen sich die Eingeladenen nicht zweimal sagen. Thea gab zu bedenken, dass sie noch schnell Lord Nelson bei der Nachbarin abholen musste und fragte, ob Hunde gestattet seien. Edgar murmelte, doch doch, wenn er stubenrein sei, könne er rein, und gab Hermann den Rat seinen Töff stehen zu lassen und mit Kurt im Wagen mitzufahren. Hermanns Einwände wurden von Kurt mit dem Angebot ausgeräumt ihn anschliessend heimzufahren.

Im Auto fiel Hermann Sylvies Anordnung ein sich zeitnah röntgen zu lassen. Er hatte ganz vergessen, Dr. Fahrni zu suchen, um zu fragen, ob dies in der Pathologie möglich wäre. Edgar, der sich aus Rücksicht auf Hermanns Fuss auf den Rücksitz gesetzt hatte, lehnte sich zwischen den Vordersitzen nach vorne und bot seinem verletzten Schützling an, den Bruno anzurufen und das zu klären.
Gesagt, getan. Der Bruno gab seinen Segen dazu. Hermann solle sich morgen früh vor der Arbeit unten für eine radiologische Untersuchung melden. Bis dahin solle er sich schonen und halt ein Analgetikum einnehmen, wenn es nötig sei, richtete Edgar aus.
Das schlechte Wetter war weitergezogen. Sie fuhren bei offenen Fenstern durch die gereinigte, milde Abendluft und genossen, jeder für sich im Stillen, wie dieser Tag zu einem unerwarteten Abschluss kam. Kurt wählte den Weg zum alten Krematorium über die Spitalstrasse, wo man in den Gärten der Genossenschaftshäuser Lampions und Familien beim Feiern sah. Alles war friedlich. In den Strassen gab es kaum Verkehr. Die Fahrt durch die Friedentalstrasse gab

den Blick auf den Friedhof frei. Offenbar hatten viele Hinterbliebene auf den Gräbern ihrer Verstorbenen Seelenlichtlein angezündet.
Hermann dachte an Lino und empfand den Wunsch, für ihn eine Kerze anzuzünden. Dann fiel ihm Hürzeler ein. Eigentlich auch ein bisschen ein armer Kerl. Aber er würde sich bald erholen und wieder ganz der Alte sein, während Lino nie ein alter Mann werden würde. Was für ein Pech! Zum falschen Zeitpunkt am falschen Ort. Wäre im Moment der Materialermüdung der Deckenplatte niemand im Proberaum gewesen, hätte Charlie am nächsten Tag beim halberlaubten Holen von benötigten Recording-Utensilien seine lang verloren geglaubte Kasse gefunden und wäre wohl erstaunt, aber glücklich gewesen. Und Lino hätte zwar eine zerstrittene Band gehabt, aber er wäre am Leben geblieben. Vielleicht hätten sich «The Men» zusammengerauft und ihre gemeinsame Rockkarriere erlebt. Lino hätte irgendwann erfahren, dass er der Vater des Kindes war, das Terry erwartete. Es hätte ein langes, glückliches, kompliziertes, leichtes, schwieriges, anstrengendes, wunderbares – erfülltes – Leben werden können.
Was das Schicksal doch für seltsame Zufälle auf Lager haben konnte …

Kurt lenkte den Wagen hinauf und parkte nahe dem Eingang, damit Hermann nicht zu weit zu gehen hatte. Hier oben bot sich ein prächtiger Blick über einen Teil der stattlichen Anlage des Friedentals bis hin zum Pilatus, der in der Ferne thronte, heute besonders feierlich mit zwei Höhenfeuern, die durch die Abendluft funkelten.

Als Edgar aufschloss und seine ersten Gäste eintreten liess, waren Kurt und Hermann bodenlos beeindruckt. Die Einrichtung hatte Edgar aus altem Mobiliar kombiniert, das er wohl über viele Jahre auf Brocante-Märkten und in Brockenhäusern aufgestöbert und in einem Lager gehortet hatte. Der Rundbau glich einem Antiquitätenmuseum. An den Wänden reihten sich alte Emaille-Werbetafeln und Reklameschilder aneinander, und überall gab's gastronomische Vintage-Trouvaillen, die Nostalgiker in helles Entzücken versetzten. Die unterschiedlichen, kleinen Holztische waren alle durch Holzregale voller Pflanzen voneinander abgetrennt, die romantische Separés und Lauben bildeten. Die Höhe des Raums mit seiner Kuppel, die von hohen, schmalen Fenstern und einem Figurenfries gesäumt war, hatte etwas Majestätisches. Aber durch das warme Licht der verschiedenen Wand- und Stehlampen und das behagliche Meublement war keine Spur von der ursprünglichen Bestimmung dieses Saals zu spüren.

Edgar war noch damit beschäftigt, rundherum die Lichter anzumachen, indem er diverse Tretschalter auf dem Boden bediente und etwas von «cheibe Stromer» vor sich hin pfutterte. «Bitte, nehmt Platz, wo ihr wollt. Ich gehe indes die Tranksame holen.» Damit verschwand er hinter einem Paravent, von wo daraufhin ein Rumpeln, ein Fluch und weitere Geräusche vernehmlich wurden.

Kurt stand immer noch da, seinen Blick rundum schweifen lassend, mit anerkennendem Ausdruck dauerhaft nickend und murmelte: «Momol! Der Edi hat einfach Stil, das muss man ihm lassen.»

Hermann kam Edgars Aufforderung nach und setzte sich in die ihn momentan am meisten ansprechende Laube. Zu gern wäre er in jeden Winkel stöbern gegangen und hätte das faszinierende Inventar aus der Nähe in Augenschein genommen, aber das musste warten, bis sein Fuss diesem

Unterfangen nicht mehr im Weg stand. «Einfach der Hammer!», meinte er träumerisch. Mitten in diese Andacht dudelte sein Handy. «Forensik» stand auf dem Display, als Hermann das Ding aus seinem Hosensack beförderte. Mit erwartungsvoller Miene nahm er den Anruf entgegen. «Hallo?»
«Roman hier, sali Hermann. Mach eine Flasche auf! Deine Vermutung hat sich bestätigt. Der Lack ist identisch, und die Stelle, von der der Splitter stammt, wurde identifiziert. Treffer!»
Hermann leuchtete mit der Stehlampe über ihm um die Wette. «Grossartig, Roman! Danke dir, du bist der Grösste!»
Wenig überraschend knallte es in diesem Moment, kaum war in den Fenstern der Südseite ein Funkenstern mit anschliessendem Lichterregen erstrahlt.
«Hermann?! Geht's dir gut? Was war das?»
«Keine Sorge, Roman, das war nur eine 1. August-Rakete.»
«Ach ja, ist ja immer noch Feiertag. Ganz vergessen, hier im Bunker.»
Hermann kannte Roman als Labor-Nerd.
«Mach Feierabend, mein Bester, und mach auch eine Flasche auf, du hast es verdient!»
Man verabschiedete sich, während die Fenster von weiteren Feuerwerksbildern erhellt wurden.
Kurt hatte sich zu Hermann an den Tisch gesetzt und nickte weiter, diesmal wohl, weil ihm an Hermanns Reaktion klar geworden war, dass es gute Neuigkeiten waren, die dieser erhalten hatte. «Any joy?», fragte Kurt, und Hermann war einmal mehr verblüfft über seinen Kollegen der Spurensicherung. Kurt Bühlmann gestand, dass er ein glühender Verehrer von englischen Krimis war. Statt Hermanns gute Neuigkeiten auszutauschen, gerieten die beiden unversehens ins Schwärmen. «Begonnen hat alles, als man mit den modernen TV-Abos die vielen ausländischen Sender rein-

kriegte. Judy und ich hatten schon immer eine Schwäche für England, und nachdem wir die Barnaby-Reihe von den deutschen Sendern her irgendwann auswendig kannten, suchten wir die englischen Stationen nach Serien ab, die wir noch nicht kannten. ‹Inspector Morse›, kennst du den?»
«Jaja, klar! Die Rückblende dazu ist ja dann die Serie ‹Endeavour› …»
«Eben! Und dem alten Morse sein Assistent Lewis wurde dann später zur Hauptfigur seiner eigenen Serie. Auch nicht schlecht! Aber auch die alten Sachen, wie ‹The Sweeney› zum Beispiel sind ziemlich gut …»
«Ha! Von wegen Dennis Waterman: Kennst du ‹New Tricks›?»
Die beiden schlugen sich gegenseitig ihr Krimiwissen um die Ohren, als wär's eine Kissenschlacht, als Edgar mit einem grossen Tablett daherkam, das er mit einem Seufzer auf dem Tisch absetzte. Darauf standen eine Flasche, eine silberne Schüssel mit Eiswürfeln, vier Kelche und kleine Schalen mit Häppchen. «Der Getränkekühlschrank war nicht am Strom – jedenfalls nicht an einer der Steckdosen, die funktionieren …» Edgar unterstrich seine Botschaft mit einem Augenrollen. «Ich kann euch kein kühles Blondes offerieren. Aber dieser Beaujolais Nouveau ist mit Eis auch ganz erfrischend. Und die Schnecken passen dazu, da wird Euch das Wasser im Mund zusammenlaufen.»
Beim Wort «Schnecken» verformte sich Hermanns Gesicht zu Kermits verkniffenstem Ausdruck, aber Kurt beugte sich sichtlich appetitangeregt vor, um die weiteren Verlockungen in den Schalen zu inspizieren, betrachtete dann aber auf einmal aufmerksam das dekorative Salzfässchen auf dem Tisch und witzelte: «Der Heroinstreuer, hm?», bevor er ernst nachsetzte: «Wie kam bei Hürzeler eigentlich die Droge auf die Wurst?»
Hermann wollte ihn gerade über die Sache mit dem Dro-

gensäckchen aufklären, da ging die Türe auf und ein Hund flog herein – so schien es zumindest. Ein quirliger schwarzbrauner Terrier raste in direkter Linie mit flatternder Zunge und wedelndem Schwanz auf Edgar zu, vor dem er sich possierlich hinsetzte und empor sah. Er hatte wohl eine Spürnase dafür, wer der Kostgeber war. Hinter dem Hund erschien Thea im Raum. «Eigentlich müsstest du fragen, wie dank Hürzeler die ‹Droge› auf den Hund kam.» Thea Loosli wirkte gelöst und grinste in die Runde. Dann liess sie ihren Blick schweifen und drehte sich um die eigene Achse. «Edgar! Das ist ja sensationell!»

Der Empfänger des Kompliments dankte, bot Thea einen Stuhl an und strubbelte Lord Nelsons Fell.

Die vier erhoben ihre Gläser und brachten nacheinander Toasts aus auf Theas – zumindest vorläufige – Beförderung, auf den gelösten Todesfall, und als vor den Fenstern erneut eine Rakete den Himmel erleuchtete, auf den 1. August. Und schliesslich, etwas beschämt, auf Norbert Hürzelers Genesung.

Kurt machte geltend, laut Eveline Boog ein Talent für Geschenkideen zu haben, und schlug vor, dass zum – zumindest vorläufigen – Ausstand Hürzelers ein Tiefdruckgebiet nach ihm benannt werden sollte.

Eine Weile jagte ein Kalauer den nächsten. Dann kam Hermann zurück auf die eine Geschichte mit dem Drogensäckchen und dem Landjäger und die andere mit der Kasse und der Materialermüdung. Dass der junge Musiker durch so einen unglücklichen Zufall sein Leben verloren hatte, brachte einige Verlegenheit über die Tischgenossen. Edgar tätschelte Lord Nelson. Kurt machte Anstalten sich draussen mal eine Zigarre zu genehmigen. Hermann wollte sich ihm für eine Zigi anschliessen. Thea, die nichts mit Rauchwaren am Hut hatte, fand andere Gründe die beiden an die

frische Luft zu begleiten und fragte Edgar, ob er auch mitkomme. Dieser grübelte ein zerknautschtes Päckchen Brunette aus seiner Brusttasche, meinte: «Freut euch des Lebens, weil noch das Glimmstängelchen glüht!», und trottete mit dem Terrier im Schlepptau hinter den anderen her nach draussen.
Die kleine Prozession schritt die Treppe zur Terrasse mit dem leeren Wasserbecken hinunter, um sich bei einer der Trauerbuchen zu versammeln und in den immer wieder hell aufleuchtenden Abendhimmel zu sehen. Bei jedem Knall bellte Lord Nelson. Ansonsten war es still. Drei zarte, krause Rauchsäulen stiegen auf.

Dann musste Hermann seinem Drang nachgeben. Er humpelte den Säulengang mit den Urnennischen ab und besah sich alle sorgfältig. Als er fündig wurde, entschuldigte er sich flüsternd für seinen Klau und versprach der Unbekannten in der bauchigen Urne innert Kürze Ersatz zu bringen. Es sei für einen guten Zweck.
Er kehrte mit der unversehrten Grabkerze zu seiner Gesellschaft zurück, zündete sie an und stellte das Seelenlicht auf die kleine Steinbank. Worte waren nicht nötig. Sogar Lord Nelson liess drei Knaller verpuffen, bevor er die weiteren wieder verbellte.
Nach einer Weile waren die Schweigeminuten angemessen verstrichen und die Rauchopfer dargebracht. Man kehrte zurück in den Tempel der Gastlichkeit.
«Sag mal, Edgar, hast du den Umbau machen lassen, oder hast du da selbst Hand angelegt?», wollte Thea wissen.
«Die Küche haben natürlich Fachleute eingebaut, und auch die Sanitäranlagen. Aber hier im Schankraum hab ich bis aufs Elektrische alles selber gemacht.»
Kurt pfiff durch die Zähne. «Da hast du aber ganz schön den Hornbach rausgehängt, mein Lieber!»

Hermann sass staunend da und fragte sich im Stillen, woher sein Chef – sein Ex-Chef – die Zeit genommen hatte für all die Arbeit, als er unter dem Tisch ans intakte Bein einen Stupser erhielt, den er mit einem abwesenden Streicheln des Hundekopfes beantwortete, der erwartungsvoll zu ihm hoch gerichtet war und sich wohl etwas Essbares erhoffte. Edgar entging nichts. Er erhob sich und holte eine Schale mit Wasser, die er vor Lord Nelson auf den Boden stellte, indes er sich an Thea wandte. «Wie sieht es mit Spuren aus? Kannst du bei der ‹Droge› noch eine Verhaftung landen?»
Thea grinste verschwörerisch. Sie berichtete, auf dem Drogensäckchen hätten sich mehrere Fingerabdrücke gefunden, von denen zwei Duvoisins entsprachen. Aber sie würde es dem jungen Lüthi als Starthilfe überlassen, «Frau Holle» zu überführen.
Kurt nickte respektvoll, und Edgar meinte: «Bist ein feiner Kerl, Thea. Aber immerhin kannst du ja deine Übernahme der KriPo-Leitung gleich mit der Lösung des Todesfalls De Luca bekränzen.»
Davon wollte Hermanns neue Chefin auch nichts wissen. «Das sind Hermanns Lorbeeren. Ehre, wem Ehre gebührt!»
Hermann setzte mit vollem Mund dazu an, sich gegen die Wohltat gegenüber seiner Person zu wehren, da erklang aus Kurts Sakko «Smoke On The Water». Hermann blieb die Kinnlade in der Luft hängen, als Kurt sein Handy hervorzog und den Anruf entgegennahm. Es war Judy, die sich erkundigte, ob sie ihren Gatten mit einer Wurst vom Grill nach Hause locken könnte. Ihr Gatte erkundigte sich umgekehrt nach der Menge an Würsten, die vorrätig waren, sollte er denn Gesellschaft mitbringen.

So ergab es sich, dass sie spontan zu Bühlmanns nach Horw zum Grill-Znacht im Garten eingeladen wurden. Hermann räumte eine Vorabklärung ein und rief Mani an, den er auf der Lido-Wiese erreichte, wo er mit Mel beim Picknick sei. Es gehe tiptop mit den Krücken, solange er nicht versuche Frisbee zu spielen. Hermann beendete das Gespräch und strahlte. «Alles paletti! Dann können wir.» Edgar verstaute Geschirr und Reste, dann ging es los. Ein Blick zurück, Lichter aus, Türe zu, und zum Aufbruch ein «Wuff» von Lord Nelson.

Rückblende

Sedel, Proberaum 10, Dienstag, 25. Juli, 22.25 Uhr

Vom Treppenhaus her nähern sich Schritte, die Türe wird aufgeschlossen, das Licht wird eingeschaltet. Lino tritt ein.

«Wo verdammt ist die Flasche Whisky? Ach, ja klar, Vico hat sie natürlich wieder mal geleert. Shit! Immerhin hat's noch Bier im Kühlschrank. Boah! Was für eine Scheisse! Aber das kühle Bier tut gut. Eine Zigi für Ziggy Stardust! Cool down, man!»

Lino tigert durch den Raum. Er ist aufgeladen. Der Fussmarsch zum Sedel hat auch nicht wirklich geholfen.

«Dumme Kuh! Rumzuvögeln mit irgendeinem Arsch, während ich mir meinen aufriss, um endlich was auf die Reihe zu kriegen! Und wie es auf die Reihe gekommen war! Endlich, endlich war mal etwas richtig gelaufen. Aber es musste ja in die Hose gehen. Ich bin ja schliesslich der Loser vom Dienst.»

Lino ginggt an den Türrahmen, was diesem weniger wehtut als Linos Fuss.

«Dreck, verdammter, elender! *Mannagia la miseria!* … Noch ein Bier für das Tier. Another Zigi for Ziggy. Alles, *alles* endet immer in Rauch und Asche … Wir hätten die Welt gerockt, verdammt! Aber nein, klar, ich doch nicht! Die ewige zweite Geige. Die ewige zweite Gitarre. ‹Bootie hier, Bootie da. Genial! Hör dir dieses Riff an! Gitarrengott! Blablabla…› Das fing ja schon als Kind an. *‹Ma guarda, com'è bello Celio! Ma che tesoro! Ooh, poverino! Coccolino cocodà!›*»

Lino nimmt seine Gretsch aus dem Ständer und setzt sich auf den Boden. Er zupft auf den Saiten herum, drückt die Zigi aus, schrummt ein paar Akkorde.

«Klingt alles Scheisse.» Er lehnt die Gitarre hinter sich an den Amp. «Fuck! Alles am Arsch! Die coolste Band, die schönste Frau – alles am Arsch! Und die endlose Misere mit dem Geld geht weiter! … Mit dem Vertrag hätte sich alles ändern können. Endlich Moneten, ohne immer den Clown für die neureichen Golf-Deppen spielen zu müssen. Stattdessen jetzt noch die Schulden von der Tour am Hals. Die Jungs kann ich nicht mehr anpumpen, so angepisst, wie die sind. Und dann noch diese Szene bei diesem damn fuckin' Dealer meines Bruders. Schleimiger Sack! Mit seinem generösen Gehabe wegen der läppischen paar hundert Stutz für den Übersetzer drüben. Mann! Es hätte legendär werden können! Gigs ohne Ende, Wochen im Studio, Touring … Moment! Was hatte der windige Affenarsch von Dealer nochmal wegen Terry angedeutet? … Ich glaub's ja nicht! … Der war das! Ausgerechnet dieses miese Subjekt hat es meiner Terry besorgt?!! Aber es passt, oder? Typisch. Mir passiert so was! Dieser Kotzbrocken hat meine Terry geschwängert, während wir auf Tour waren! Und bezahlt garantiert keinen Cent für die Abtreibung, *quel' figlio di putana!* Der würde eher in seiner ganzen Kohle ersticken, dieser Mistkerl!»

«… Hey, ich bin Katholike aus Cattolica – warum sollte ich es nicht einmal mit einem Gebet versuchen?»

Lino kniet sich hin, blickt nach oben, faltet die Hände und spricht: «*Buon dio! Se ci sei, ti prego di benedirmi con un sacco die soldi. Tanto che saranno risolti tutti i miei problemi per sempre.* Amen!»

Ein kleines Knacken. Über Lino löst sich die Deckenplatte und entlässt eine jahrelang verborgene Geldkassette in ihre Freiheit, in gerader Falllinie auf Linos Haupt. Linos Sinne schwinden. Er kippt, landet mit dem Kopf auf seiner Gretsch – und siehe da, all seine Probleme sind für immer gelöst.

Nachwort

Mitten in der Schweiz, in Luzern, thront das Musikzentrum Sedel über dem für die Ruderregatten bekannten Rotsee. Der Sedel war bis 1971 eine Strafanstalt und erhielt 1981 dank der im Zeichen der Zeit stehenden, erfolgreichen Aufmüpfigkeit der lokalen Punk- und Rockszene fortan seine neue Bestimmung. Er beherbergt über 120 Bands in 57 Proberäumen, Ateliers und The Club mit seinen Live-Konzerten. Geführt wird der Sedel vom Verein Interessengemeinschaft Luzerner Musiker:innen.
Diese Soft-Crime-Story ist diesem einmaligen Haus und allen Menschen, die in ihm wirken, gewidmet.

Danke!

Für Inspiration, Probelesen, Ratschläge und Unterstützung an Leslie Schnyder, Dany Glinz Rindisbacher, Elisabeth L. Schnyder, Léon Schnyder †, Thomas Hösli †, Nicole Forny, Nicole Rudolph, Mia Isenegger und Dominik Riedo sowie an Sämi Hofmann für seine Kunst im Sedel.

Für die Unterstützung danken wir der gemeinnützigen Gesellschaft der Stadt Luzern, dem FUKA-Fonds der Stadt Luzern und der Kulturförderung LuzernPlus.

Gemeinnützige Gesellschaft der Stadt Luzern

Stadt Luzern FUKA-Fonds

LuzernPlus LUZERN Kulturförderung

Übersetzung fremdsprachlicher Passagen
«Pronto!» – «Hallo!»

«Ma chi è?» – «Wer ist denn da?»

«... parlo con la Signora De Luca? Parla il tedesco?» – «... spreche ich mit Frau De Luca? Sprechen Sie Deutsch?»

«No, no! Aspetta, figliolo!... Rosaaaa!» – «Nein, nein! Warte, mein Sohn!... Rosaaa!»

«Pronto! Chi è?» – «Hallo! Wer ist da?»

«Ha di nuovo combinato qualche cosa, il disgraziato!» – «Er hat wieder was angestellt, der Spitzbube!»

«Ma che c'è? Rosa mia, che cos'è?» – «Aber was ist denn? Was ist los, meine Rosa?»

«Maaamma! Lino è morto! Morto è, mamma!» – «Maaama! Lino ist tot! Tot ist er, Mama!»

«O dio santo cielo! Che sfortuna mandi ammia figlia! Ommadonna mia!» – «Gütiger Gott im Himmel! Was für ein Unglück schickst du meiner Tochter! O Madonna!»

«Sarebbe possibile, che lei ... äh ... viene domani al nostro ufficio?» – «Wäre es möglich, dass Sie ... äh ... morgen in unser Büro kommen?»

«Si, Signor ... Schemid. D'accordo. Mi presenteró da voi domani. Mi scusate per adesso, vi prego!» – «Ja, Herr ... Schmid. Einverstanden. Ich komme morgen zu Ihnen. Entschuldigen Sie mich jetzt, bitte!»

«M'annu lassatu!» – «Sie haben mich verlassen!»

«Primu Pàpu, mò puru fratama!» – «Zuerst Papa, jetzt auch noch mein Bruder!»

Ammazza, sti carbinieri! ...» – sinngemäss: «Unfassbar, diese Polizisten !...»

«Ma, che cazzo vuoi? » – sinngemäss: «Was willst du, was?»

[Songtext «Hey Jude» von The Beatles]

«Look at that bloody fuzzzzzzzzzz!» – sinngemäss: «Sieh dir diesen verdammten Fuzz an!»

«Buongiorno Signora De Luca. Schmid della Kripo. Posso passare da lei, oggi? Dovrei ... ricercare qualcosa nella stanza di Lino.» – «Guten Tag, Frau De Luca. Schmid von der Kripo. Kann ich heute bei Ihnen vorbeikommen? Ich müsste ... mich in Linos Zimmer umsehen.»

«No no, è il ragazzo della polizia.» – «Nein nein, es ist der Junge von der Polizei.»

«E a chè ora vuole venire? Devo uscire per far le spese nel pomeriggio.» – «Und um welche Zeit wollen Sie kommen? Ich muss am Nachmittag noch Einkäufe besorgen gehen.»

«Certo, Signora. Potrei venire prima di mezzogiorno?» – «Sicher. Ich könnte vor dem Mittag kommen?»

«È, va bene, venite d'avanti le dodici, però!» – «Na gut, kommen Sie aber vor 12 Uhr!»

«Sì, d'accordo, Signora. Grazie e a presto.» – «Ja, gerne. Danke und bis bald.»

«PeR Zio NAtALiNo» – «FüR OnkEL NAtALiNo»

«Ho già finito, Signora. Porteró con me alcuni documenti per esaminarli. Li riavrete indietro, naturalmente.» – «Ich bin schon fertig. Ich nehme einige Dokumente mit, um sie zu untersuchen. Sie erhalten sie natürlich zurück.»

«Documenti? Ma che documenti?» – «Dokumente? Was für Dokumente?»

«La banda. I contratti per la banda.» – «Die Band. Die Verträge für die Band.»

«Cosa?» – «Was?»

«I contratti dell'E – Emme – I. Per fare un disco.» – «Die Verträge der E M I. Für eine Platte.»

«La banda rock di Lino, Signora. Aveva una offerta per fare un disco. Un … record.» – «Die Rockband von Lino. Er hatte ein Angebot für eine Platte. Eine … Schallplatte.»

«Ah! Quella roba!» – «Ach! Dieses Zeugs!»

«Yesss? – Oh, right! You're the lad from ‹The Men›. Couldn't reach you last week. How's things, then? Could you persuade your pals to sign, at last? It can't wait forever, you know! …» – «Ja?! – Ach so! Du bist der Bursche von ‹The Men›. Konnte dich letzte Woche nicht erreichen. Wie stehen denn nun die Dinge? Konntest du deine Kumpel schliesslich überreden den Vertrag zu unterschreiben? Das kann nicht ewig warten, weisst du! …»

«Bloody 'ell!» – sinngemäss: «Herrgott nochmal!»

«Good Lord! It was murder, then?» – «Grundgütiger! Dann war es Mord?»

Endless Mess Indeed – sinngemäss: Echt Ewiger Schlamassel

«Mannaia la miseria! …» – sinngemäss: «Verdammte Scheisse! …»

figliolo – Bürschchen

‹Ma guarda, com'è bello Celio! Ma che tesoro! Ooh, poverino! Coccolino cocodà! …› – sinngemäss: ‹Ach, schau, wie niedlich Celio ist! Was für ein Schatz! Ooh, armer Liebling! Putzi Mutzi Schatzilein! …›

«Buon dio! Se ci sei, ti prego di benedirmi con un sacco di soldi. Tanto che potrei risolvere tutti i miei problemi per sempre. Amen!» – «Lieber Gott! Falls es dich gibt, bitte ich dich mich mit einem Haufen Geld zu segnen. So viel, dass all meine Probleme für immer gelöst werden. Amen!»

Nadine Schnyder wurde 1965 in Luzern geboren und wuchs in Kriens inmitten von Liebe, Humor, Musik, Kunst und Literatur auf. Sie ist manches aus Leidenschaft und Kauffrau von Beruf. Auch Grafikerin und Illustratorin war sie lange, bis der Ernst des Lebens das nicht mehr so lustig fand. Als Liebhaberin von uneinträglichen Tätigkeiten macht sie auch Musik. Sie hat das Glück, Proberaum-Untermieterin im Musikzentrum Sedel zu sein und konnte das Bedürfnis nicht unterdrücken, diesem einmaligen Ort einen Liebesroman zu schreiben, der auch ein bisschen ein Krimi ist. Aber eben nur ein bisschen, denn Nadine Schnyder ist ein leidenschaftliches Weichei.